UM NAMORADO DE NATAL

B.K. BORISON

UM NAMORADO DE NATAL

Tradução
Carolina Candido

3ª edição
Rio de Janeiro-RJ / São Paulo-SP, 2025

VERUS
EDITORA

Título original
Lovelight Farms - Lovelight Series

ISBN: 978-65-5924-190-3

Verus Editora Ltda.
Rua Argentina, 171, São Cristóvão, Rio de Janeiro/RJ, 20921-380
www.veruseditora.com.br

CIP-BRASIL. CATALOGAÇÃO NA FONTE
SINDICATO NACIONAL DOS EDITORES DE LIVROS, RJ

B739n
Borison, B. K.
Um namorado de Natal / B. K. Borison ; tradução Carolina Candido. - 3. ed. - Rio de Janeiro : Verus, 2025. (Lovelight ; 1)

Tradução de: Lovelight farms
ISBN 978-65-5924-190-3

1. Romance americano. I. Candido, Carolina. II. Título. III. Série

23-86422 CDD: 813
CDU: 82-31(73)

Gabriela Faray Ferreira Lopes - Bibliotecária - CRB-7/6643

Revisado conforme o novo acordo ortográfico.

Seja um leitor preferencial Record.
Cadastre-se no site www.record.com.br e receba informações sobre nossos lançamentos e nossas promoções.

Atendimento e venda direta ao leitor:
sac@record.com.br

Para E, minha história de amor favorita.
E para Ro, o melhor felizes para sempre.

Christmas Eve will find me
*Where the love-light gleams.**
— Kim Gannon & Walter Kent,
"I'll Be Home for Christmas"

* A véspera de Natal me encontrará onde a luz do amor brilha. (N. da T.)

1.

— LUKA, PRESTA atenção. — Eu me reclino na cadeira e procuro desajeitadamente a pilha de papéis no arquivo atrás de mim, xingando baixinho quando meus dedos esbarram na borda do canto e eles caem em uma cascata branca. — Presta atenção, preciso que você pare de falar de pizza por um segundo.

Há uma pausa do outro lado da linha.

— Mas eu estava chegando na melhor parte.

O que ele quer dizer é que ia começar a tagarelar sobre queijo caseiro, e acho que não consigo suportar ouvi-lo discorrer sobre muçarela com tantos detalhes agora. Analista de dados, Luka é ridiculamente minucioso com tudo. Ainda mais com queijo. Massageio o foco de dor entre minhas sobrancelhas.

— Eu sei disso, desculpa, mas preciso falar com você sobre outra coisa.

— Tá tudo bem? — Ouço uma buzina no fundo, um xingamento abafado de Luka e o ruído constante da seta conforme ele muda de faixa.

— Tudo… bem. — Olho para as planilhas de orçamento espalhadas pelo chão e faço uma careta. — Quer dizer… Tudo ok. É só que… — A pouca confiança com que comecei esta conversa se esvai, e eu me largo na cadeira. Todas as vezes que liguei para Luka esta semana ou que ele me ligou, acabei recuando. Não acho que desta vez vá ser diferente. — Preciso desligar.

Um dos fornecedores está me ligando. — Franzo a testa, me olhando no reflexo do computador. Tenho olheiras, meu lábio inferior está inchado e vermelho de tantas mordidas, fruto do nervosismo, e meu volumoso cabelo escuro está retorcido em um coque que cairia muito bem em uma boneca vitoriana mal-assombrada.

Pareço tão acabada quanto as folhas de orçamento.

— Eu sei que não tem fornecedor nenhum ligando, mas vou fingir que sim. — Luka parece entretido. — Me liga quando acabar de trabalhar, tá? Podemos conversar sobre o que quer que você esteja tentando falar a semana toda.

Meu reflexo franze ainda mais a testa.

— Talvez.

Ele ri.

— Até mais tarde.

Desligo o celular e resisto à vontade de arremessá-lo do outro lado da sala. Luka consegue me decifrar, e não quero isso agora. Para ser sincera, não quero isso nunca. Tenho medo do que ele vai encontrar quando começar a analisar todos esses dados.

Meu celular vibra na palma da mão quando uma mensagem chega, e eu o viro para baixo e coloco em cima de uma pilha de faturas. Ele vibra de novo e eu aperto a ponte do nariz.

Do jeito que nossas finanças andam, minhas opções estão se esgotando bem rápido. Pensei... acho que pensei que ter uma fazenda de árvores de Natal seria uma coisa romântica.

Tinha grandes sonhos de feriados de fim de ano repletos de magia. Crianças abrindo caminho por entre as árvores. Pais bebendo chocolate quente e roubando beijos. Todas aquelas coisas sobre as quais se escrevem nas músicas de Natal. Jovens casais que se dão conta de que estão embaixo do visco. Luzes penduradas baixinho e meias gigantescas. Grades de madeira pintadas de vermelho e branco. Biscoitos de gengibre. Bastões de menta.

E, no começo, tudo era ótimo. Nossa inauguração foi tão mágica quanto poderia ser.

Mas de lá para cá aconteceu uma coisa atrás da outra.

Estou enterrada em dívidas com um fornecedor de fertilizantes que, para a conveniência dele, esquece minha remessa mês sim, mês não. Tenho um terreno repleto de árvores que parecem ter saído de um filme do Tim Burton, e há uma família de guaxinins planejando ocupar o celeiro do Papai Noel com bastante hostilidade. Para resumir, não é um lugar encantado e mágico de inverno.

É um lugar infernal e gelado do qual ninguém consegue escapar, enfeitado com um lindo laço vermelho.

Eu me sinto enganada. Não só por cada filme água com açúcar a que já assisti, mas também pelo antigo dono deste lugar. Hank se esqueceu de mencionar que parou de pagar as contas meses antes e, como nova dona, eu herdaria todas as dívidas dele. Na época, vi o local como um achado. O preço estava muito bom, e eu tinha ideias empolgantes de expansão e para o marketing. Com um pouquinho de amor, essa pequena fazenda poderia causar um grande impacto. Mas agora me sinto um tanto burra. Sinto que ignorei uma série de alertas vermelhos por culpa da vontade de criar uma coisa especial.

Fui iludida pelos pinheiros.

Mas encontrei uma solução. Só não tenho certeza se estou disposta a encarar o e-mail no topo da minha caixa de entrada.

Para ser sincera, a esta altura, vender meus órgãos me parece uma ideia menos assustadora.

— Stella.

Tomo um susto quando Beckett entra de repente no escritório, meu braço batendo no café, em uma samambaia quase morta e em uma pilha de aromatizantes com formato e cheiro de pinho. Tudo cai no chão, em cima do meu sistema de arquivamento destruído. Franzo a testa para meu principal agricultor ao ver a bagunça.

— Beckett — sussurro, e a dor de cabeça próxima aos meus olhos se espalha, espiralando na base do meu crânio. Beckett é fisicamente incapaz de entrar em uma sala de um jeito normal e discreto. Os joelhos dele estão cobertos de lama, e franzo ainda mais a testa. Deve ter vindo do terreno sul. — O que foi agora?

Ele pisa no amontoado de planta, papelão e café e inclina o enorme corpo na poltrona do lado oposto à minha mesa — uma coisinha feita de couro, horrível e pequena demais, que encontrei na rua. Meu plano era trocar o estofamento, colocar um de veludo verde-escuro, mas então os guaxinins surgiram. E a cerca próxima à estrada desmoronou do nada, duas vezes.

Então, a poltrona continua ali. O couro marrom horripilante se desfazendo e deixando parte do estofado escapar, cair no chão. Me parece uma metáfora.

Beckett olha para os recortes de árvores desbotados que agora decoram o carpete, o papelão se enrolando nas pontas. Uma de suas sobrancelhas se ergue.

— Pode me explicar por que você tem setenta e cinco aromatizantes de posto de gasolina no escritório?

Típico de Beckett ignorar o pedido de desculpa e se meter em assuntos pessoais. Meu celular vibra de novo. Três longas vezes, uma atrás da outra. Deve ser Luka dissertando acerca da consistência da borda da pizza ou outro fornecedor perguntando do pagamento atrasado.

As sobrancelhas de Beckett se erguem ainda mais.

— Ou talvez seja melhor espiar atrás da porta número dois. Pode me explicar por que está ignorando o Luka?

Odeio quando Beckett dá uma de espertinho. Quase sempre acaba mal para mim. Ele é mais astuto do que deveria, apesar de, na maior parte do tempo, dar uma de agricultor burro. Eu me abaixo e pego um aromatizante, que jogo na última gaveta da minha mesa com os outros. Uma enorme confusão de fios emaranhados, pinhos mofados e sentimentos não correspondidos. Um pinheiro para cada vez que Luka esteve em casa, desde quando tínhamos vinte e um anos e éramos bobos. Eu geralmente os encontro uma ou duas semanas depois que ele vai embora — escondidos em algum lugar. Sob o globo de neve, embaixo do teclado.

Preso no meu filtro de café.

— Não e não — murmuro. Um não firme para qualquer uma das duas opções, obrigada. — Pode me explicar o que você encontrou lá hoje de manhã?

Beckett tira o chapéu e passa os dedos pelos cabelos loiro-escuros, espalhando uma mancha ou duas de sujeira. Tem a pele bronzeada por passar os dias no campo sob o sol, a camisa de flanela com as mangas erguidas até os cotovelos exibe uma mistura de cores e tinta nos antebraços. Todas as mulheres da cidade são loucas por ele — e provavelmente é por isso que ele não vai à cidade.

E provavelmente é por isso que ele franziu a testa quando sugeri um calendário de fazendeiros gostosões para aumentar os lucros.

É sério, eu não teria preocupações financeiras se ele me deixasse levar essa ideia adiante.

— Não consigo entender — murmura ele, passando o dedão pelo maxilar. Se Cindy Croswell estivesse aqui agora, morreria no mesmo instante. Ela trabalha na farmácia e, às vezes, finge que não consegue ouvir direito quando Beck entra, só para fazer com que ele se aproxime mais e grite em sua orelha. Eu até já cheguei a ver aquela velha safada fingir se desequilibrar nas prateleiras só para que Beckett a ajudasse a não cair. É um caso perdido.

— Essas árvores devem estar entre as que menos exigem cuidados, entre todas as que já tive que cuidar. — Há uma piada em algum lugar dessas palavras, mas francamente não tenho energia para isso. Meus lábios se curvam para baixo até que minha cara franzida espelhe a dele. Dois palhaços tristes. — Não consigo pensar num motivo para as árvores no terreno sul se parecerem...

Penso em como as árvores que crescem na base das colinas se curvam e dobram, na textura quebradiça da casca. As agulhas capengas e tristes.

— Tipo uma versão sombria da árvore de Natal do Charlie Brown e do Snoopy? — arrisco.

— É, tipo isso.

Por mais que pareça estranho, há pessoas que procuram por árvores de Natal de aspecto solitário. Mas aquelas não se enquadram nessa categoria. Elas são irrecuperáveis. Posso jurar que outro dia, quando fui até lá, uma delas se desfez em pedaços enquanto eu a observava. Não consigo imaginar nenhuma sendo colocada na casa de alguém — seja por ironia ou não. Puxo meu lábio inferior com o polegar e faço alguns cálculos mentais rápidos. Há dezenas de árvores naquele lote.

— Vamos ficar bem sem elas? — pergunta Beckett

Beckett parece preocupado, e tem todos os motivos para estar. É outro golpe que não temos como suportar. Como chefe das operações de cultivo, sei que devo a verdade a ele. Que estamos por um fio. Mas não consigo fazer as palavras saírem da minha boca. Ele me deu um voto de confiança quando deixou o emprego na fazenda agrícola para trabalhar aqui comigo. Sei que está contando com que isto aqui seja um sucesso. Que todas as promessas que fiz para ele sejam verdade.

E elas têm sido até agora, graças às minhas economias. Tive que economizar, guardar dinheiro e comer bastante macarrão instantâneo à noite, mas nenhum dos funcionários teve seu salário reduzido. Não estou disposta a fazer esse sacrifício.

Mas isso não vai durar para sempre. Alguma coisa tem que dar certo em breve.

Olho de volta para a tela do computador, o e-mail no topo da minha caixa de entrada.

— Bom — digo, mordendo o lábio inferior. Agora é tudo ou nada. Se Beckett quer que passemos pela próxima temporada com a fazenda inteira, tem uma coisa que ele pode fazer. Respiro fundo para reunir o restinho da coragem que sobrou da minha ligação com Luka. — Quer ser meu namorado?

Eu riria da expressão dele se não estivesse falando sério. Parece até que pedi que fosse ao pomar enterrar um cadáver.

— Isso é... — Ele se remexe na poltrona, o couro rangendo sob suas pernas. — Stella, eu não... Eu não vejo você como... Você é tipo minha...

Quando foi a última vez que ouvi esse homem gaguejar? Para ser sincera, não faço ideia. Talvez quando Betsey Johnson tentou dar uma apalpada nele na frente de um grupo de alunos, durante a apresentação do Dia da Árvore no ensino fundamental.

— Relaxa. — Levo a ponta da bota em outro aromatizante e o puxo na minha direção. — Não estou falando de um namoro de verdade.

Tenho dificuldade em arrastar o pedaço de papelão, então não vejo quando Beckett fica completamente tenso na poltrona. Tudo o que vejo é a perna dele movimentando para cima e para baixo a mil por hora. Bufo. Quando olho para cima, seus olhos estão arregalados e parece que apontei uma arma para a cabeça dele. É a mesma apreensão e o mesmo constrangimento velados que demonstra a cada vez que pisa na cidade.

— Stella. — Ele engole em seco. — Isso é... Você está me convidando para...?

— O quê? Meu Deus, Beck... — Não consigo suprimir o arrepio que passa por todo o meu corpo. Eu amo Beckett, mas... *pelo amor de Deus.* — Não! Meu Deus, é isso que você pensa de mim?!

— O que eu penso?! O que *você* pensa? — A voz dele tem um tom que nunca ouvi. Ele gesticula sem parar, obviamente sem saber o que fazer. — Tudo isso é muito estranho, Stella!

— Eu quis dizer tipo um namoro de mentira! — berro, como se fosse óbvio. Como se isso fosse uma coisa que as pessoas pedem todos os dias para seus amigos platônicos. Como se minha imaginação fértil e meia garrafa de sauvignon blanc não tivessem me enfiado nessa confusão. Clico para abrir o e-mail e o encaro com tristeza, ignorando a animação de confetes que explode na minha tela. Assisto três vezes seguidas e finjo que os olhos de Beckett não estão abrindo um buraco na lateral da minha cabeça. — Eu fiz uma coisa — comento, e não digo mais nada.

— Uma coisa — repete ele.

Faço um som indistinto em resposta.

— Você quer me contar o que é essa coisa?

Não.

— Eu...

Como se convocada por pura força de vontade, Layla entra no escritório na ponta dos pés, uma bandeja com alguma coisa em cima surgindo antes dela à porta. Sinto cheiro de canela, cranberries secas e um toque de baunilha.

Pão de abobrinha.

Como um anjo vindo dos céus, ela trouxe pão de abobrinha. A única coisa que sempre, *sempre* distrai Beckett.

Beckett faz um barulho quase obsceno e, por alguns instantes, penso em gravar para colocar no OnlyFans. Isso pode render alguns dólares: *Fazendeiro Gostoso Come Abobrinha.* Rio sozinha. Ele agarra a bandeja com as mãos, mas

Layla bate nos dedos dele com uma colher de pau que tira... do bolso de trás, talvez? Ela equilibra a bandeja com cuidado na extremidade da minha mesa. Quase choro ao olhar. Ela também trouxe biscoitos com gotas de chocolate.

— Fiz uma coisinha pra você, chefe.

Ela empurra a bandeja para a frente com a ponta da colher e apoia o queixo na mão, fazendo graça.

Enquanto Beckett é a personificação da grosseria e da reclusão, com todo o charme de um boleto vencido, Layla Dupree ilumina qualquer ambiente em que entra com sua doce hospitalidade do Sul e sua perspicácia sem enrolações. Está linda com seus olhos claros cor de mel e cabelos pretos curtos. É tão gentil que dói e faz o melhor chocolate quente da região. Eu a trouxe para cuidar da alimentação na minha pequena fazenda de árvores, assim que provei um de seus biscoitos com gotas de chocolate no evento de confeitaria do corpo de bombeiros. Ela é o terceiro membro do nosso humilde trio e, se está me trazendo doces, é porque quer alguma coisa.

Alguma coisa que eu provavelmente não consigo bancar.

Enfio um pedaço de pão na boca antes que ela possa perguntar, estou determinada a curtir ao menos um pouco até que eu negue seu pedido.

Meu celular também aproveita o momento e vibra alegremente na mesa. Layla pisca, troca olhares com Beckett e olha para mim.

— Por que você está ignorando o Luka?

— Eu não estou... — Uma chuva de migalhas douradas, pequenas e deliciosas acompanha minha fala. — Não estou ignorando o Luka.

Soa mais como *numxtou guinoran iuka.*

Layla faz um "hum" e se remexe.

— Bom, eu estava pensando — diz ela.

Bingo.

— Se colocar mais um fogão na cozinha, a gente consegue quase dobrar a produção. Talvez até deixar algumas coisas já prontas e embaladas, se as pessoas quiserem levar uma cestinha com elas para o campo.

Beckett cruza os braços enquanto continuo mastigando. Ignoro Layla por enquanto e o encaro.

— Ainda está quentinho — digo.

Ele resmunga. Layla cede, revirando os olhos e pegando um pedaço para oferecer a ele.

— Se as pessoas começarem a deixar lixo no terreno, vou ter problema — resmunga Beckett. Ele enfia o pedaço de pão inteiro na boca e se reclina no espaldar da poltrona em êxtase, o couro rangendo de novo em uma sinistra derrota. Como está prestes a acontecer comigo.

— Adoro essa ideia, mas pode ser que a gente precise esperar um pouco antes de fazer outra compra grande. — Penso nos números tristes e pequenos na minha poupança. Em como mal consegui cobrir as despesas do último trimestre.

Layla faz cara de lamento, sua mão alcançando a minha. Ela toca os nós dos meus dedos uma vez. É uma gentileza que não mereço, levando em conta que não tenho sido totalmente honesta em relação à nossa situação catastrófica.

— Estamos indo bem?

— Estamos... — procuro uma palavra que possa resumir *estamos por um fio* — indo.

Beckett enfim engole o pedaço enorme de pão que tinha na boca e chuta o ar.

— A gente estava falando disso, na verdade. A Stella quer que eu seja o brinquedinho dela.

— Ah, é? Interessante. Mas não entendo o que isso tem a ver com as condições da fazenda.

— Eu também não. Mas foi o que ela disse quando fiz essa mesma pergunta para ela.

— Eu também vou receber esse tipo de proposta?

Reviro os olhos e decido não perder meu tempo respondendo. Em vez disso, movimento a tela do computador para que os dois vejam a animação de confetes em toda a sua glória. Beckett nem pisca, mas Layla ergue as mãos no ar com um grito agudo que me provoca uma careta.

— É sério isso? — Ela agarra meu computador com as mãos e se inclina, o nariz quase encostado na tela. — Você é finalista daquele negócio da Evelyn St. James?

Beckett olha para o pão de abobrinha se equilibrando precariamente na ponta da minha mesa, os olhos vidrados como se tivesse sido drogado.

— Eventim Saint o quê?

Layla bate na mão dele de novo, sem nem olhar.

— Ela é uma influenciadora.

Beckett faz cara de confusão.

— Isso é tipo um negócio político?

— Você vive no século passado? Ela faz bastante sucesso nas redes sociais. Faz parcerias com empresas em vários lugares do mundo. Tipo um canal de viagens rápidas.

Sinto uma ponta de orgulho. Evelyn é *a* influenciadora quando se trata de lugares para visitar. Conseguir uma parceria com ela é o equivalente a gastar uma boa grana em publicidade — grana esta que nem temos. Essa oportunidade transformaria a fazenda em um lugar que as pessoas querem visitar, não só uma parada no meio do caminho. E o prêmio em dinheiro de cem mil dólares para o vencedor do sorteio para pequenas empresas nos manteria à tona por mais um ano, se não mais.

Uma pena que menti na minha inscrição.

— E o que isso tem a ver com ele ser seu brinquedinho?

— Eu não... Eu não propus isso pro Beckett. — Viro meu computador de volta para mim e minimizo o e-mail. Tamborilo os dedos nos lábios e me lembro da noite que me colocou nessa confusão. Eu estava em uma chamada de vídeo com Luka, um pouco bêbada por causa do vinho branco e pelo jeito como os olhos dele se enrugavam nos cantos. Luka estava fazendo uma piada boba sobre sanduíches de presunto e não conseguia parar de rir por tempo o suficiente para terminar de contar. Ainda não sei o fim da piada até agora.

— Eu disse no formulário que sou dona da fazenda, com meu namorado — resmungo. Minhas bochechas ficam coradas e quentes. Aposto que estou tão vermelha quanto a porta de um celeiro. — Achei que seria mais romântico que *uma mulher triste e solitária que não tem um encontro há dezessete meses.*

— Espero que você esteja fazendo sexo casual de vez em quando.

— Por que você precisa de um namorado para ser bem-sucedida?

Layla e Beckett falam ao mesmo tempo, mas, para ser justa, Layla faz um esforço muito maior enquanto se impulsiona para a frente na cadeira e grita sua declaração sobre minha vida sexual. Ela recua, a boca aberta, a mão no peito, dramática.

— Caramba, não é de espantar que você seja... — Ela aponta para mim com a colher e eu faço tudo o que posso para não ficar ainda mais vermelha. Devo estar quase vinho agora. — Do jeito que você é.

Eu me remexo na cadeira e sigo em frente. Não preciso explicar a Layla que namorar em uma cidade pequena tem suas complicações, mais ainda transar sem compromisso.

— Ela vai vir aqui passar cinco dias para uma entrevista e vamos aparecer nas redes sociais dela. A coisa do namorado, não sei. Acho que pensei que ter um namorado faria com que este lugar parecesse mais romântico. Ela adora essas coisas de romance.

Beckett rouba outro pedaço do pão de abobrinha, se aproveitando do fato de Layla ainda estar em choque e admirada com meu celibato.

— Bom, isso é ridículo.

Olho para ele.

— Obrigada, Beckett. Sua opinião foi muito útil.

— Mas falando sério. — Ele divide o pedaço de pão em dois. — Você fez com que este lugar fosse incrível. Você. Sozinha. Devia sentir orgulho disso. Colocar um namorado na sua história não faz com que ela seja mais ou menos importante.

Eu pisco repetidamente.

— Às vezes esqueço que você tem três irmãs.

Ele dá de ombros.

— Só falei o que penso.

— Tem certeza que não quer fingir que me acha irresistível por uma semana?

Layla balança a cabeça, enfim saindo de seu transe.

— Péssima ideia. Já viu como ele fica quando tenta mentir para alguém? Não queira nem ver. Ele vira um tonto monossilábico sempre que precisa ir à cidade para fazer compras.

É verdade. Já tive que ir mais de uma vez no açougueiro buscar o pedido dele. Estou convencida de que Beckett virou agricultor só para ter que ir menos vezes na mercearia. Ele não gosta de pessoas, principalmente do jeito que flertam abertamente com ele toda vez que vai até a cidade. Às vezes sinto que Layla e eu somos as únicas imunes à sua considerável falta de charme, mas suponho que isso aconteça quando você vê um homem xingando baixinho as árvores metade do dia, todos os dias.

E quando seu coração está desesperadamente ansiando pela mesma pessoa por quase dez anos.

Pego outra fatia de pão e começo a mordiscar, avaliando minhas opções. Minhas opções que não sejam Luka. Poderia pedir a Jesse, o dono do único bar da cidade. Mas é bem provável que ele veja a situação além do que ela realmente é, e não tenho tempo nem energia para um término de mentira de um relacionamento de mentira. Eu poderia procurar serviços de acompanhantes, talvez. É uma possibilidade, certo? Bom, é por isso que existem serviços de acompanhantes, não é? Para as pessoas... sei lá, acompanharem outras pessoas?

Pressiono os dedos sobre os olhos, esquecendo que ainda seguro um pedaço de pão de abobrinha. A resposta é óbvia. É só que... isso me assusta mais que a morte.

— Pronto — murmura Beckett, e preciso de todas as minhas forças para não jogar o pão na cara dele. — Ela acabou de pensar na solução.

— Não sei por que você está surtando. É uma solução simples. Ele faria isso em um piscar de olhos — diz ela.

Eu espio Layla por entre meus dedos. Ela ostenta um sorrisinho presunçoso. Só falta ela usar um monóculo e acariciar um gato sem pelos para se tornar o Bond. Não sei por que achei que ela era um amor de pessoa. Layla é uma menina malvada.

— Peça ao Luka.

2.

Luka e eu gostamos de ir em um bar específico na cidade. A cerveja é barata, o chão é grudento e, quando chuto a jukebox no lugar certo, ela toca Ella Fitzgerald treze vezes seguidas, sempre. É perfeito.

Mas às vezes, no sábado à noite, quando o bar fica lotado e é quase impossível se mexer, fica difícil curtir a noite. Encorajados pelo uísque, é quase inevitável que uma mão pare na minha bunda ou algum abusado que se acha irresistível encare minha blusa, cheio de más intenções. E, como sempre, Luka passa um braço pelo meu ombro, por baixo dos cabelos, na minha nuca. Ele me puxa para perto e apoia o queixo na minha cabeça. Eu me encaixo perfeitamente ali, grudada no corpo dele. É o meu lugar.

Já pensei nisso algumas vezes durante a tranquilidade da noite. A sensação do toque dele na minha pele, a palma da mão gentilmente apoiada atrás da minha cabeça, o movimento ao mesmo tempo possessivo e respeitoso. Pensei em como seria sentir os dedos dele apertarem mais forte, deslizando entre meus cabelos, me puxando e ajeitando o ângulo para que a boca dele encontrasse a minha.

Já pensei em muitas coisas relacionadas a Luka. Coisas que não se deveria pensar de um melhor amigo.

Nós nos conhecemos quando eu tinha vinte e um anos. Dei de cara com ele saindo de uma loja de ferramentas, mergulhada em um luto do qual não conseguia me livrar. Estava agarrado a mim como um cobertor desconfortável, implacável, desde que minha mãe falecera três meses antes. Eu me lembro de estar parada em um dos corredores, segurando pacotes de porcas e parafusos que não se encaixavam, determinada a fazer alguma coisa com uma energia apática. Construir uma casa de passarinhos. Uma nova prateleira para o corredor. Tropecei em Luka nos degraus da frente quando estava saindo, e ele me segurou pelos cotovelos para não me fazer cair. Lembro de olhar para os cabelos castanho-claros dele, que começavam a cachear embaixo do boné de beisebol, o sorriso que surgia primeiro em um dos cantos da boca. Parecia que era a primeira vez em muito tempo que eu notava qualquer coisa. Luka limpou a garganta, firmou meus braços e perguntou se eu queria ir comer queijo grelhado. Sem "Oi". Sem "Tudo bem". Só "Quer comer queijo grelhado?"

Não sei o que me levou a aceitar. Na época, mal falava com pessoas que conhecia havia anos. Na melhor das hipóteses, eu existia. Na pior, afundava. Mas fui comer queijo grelhado com Luka em uma pequena cafeteria na cidade. Ele me contou que a mãe havia acabado de se mudar para Inglewild e que a estava ajudando a se acomodar. Ofereci para ele o conjunto de ferramentas que tinha comprado, e ele riu, surpreso. Ainda consigo me lembrar do toque áspero dos dedos dele ao pegar o ridículo manípulo que comprei sem motivo.

Luka disse que era o destino. Tinha ido àquela loja comprar exatamente aquilo.

Daquele momento em diante, entramos em uma espécie de rotina. Sempre que ele estava na cidade, dava um jeito de me encontrar para comermos queijo grelhado. Do queijo grelhado fomos para as caminhadas de tarde pelo parque e as manhãs no mercado dos agricultores. Happy hours à tarde e noites de jogos de perguntas. Ele passou a vir para Inglewild com mais frequência e me convidou para visitá-lo se um dia eu fosse para Nova York. Criei coragem e fui, depois de comprar a passagem de ônibus no calor do momento.

Luka ia ocupando os espaços vazios na minha vida, devagar, com cuidado, com o sorriso fácil e as piadas bobas. Ele me fez voltar a ser eu mesma.

E, desde então, tem sido assim.

O que é frustrante é que tudo é platônico.

Não seria diferente desta vez, tento dizer para mim mesma. Pedir a Luka para fingir por cinco dias seria apenas um amigo ajudando outro amigo. Eu faria o mesmo por ele ou Beckett ou Layla. Não precisa — não precisa significar o que minha mente está obcecada em achar que significa.

Não comecei a pensar nisso só depois da sugestão de Layla. É claro que já tinha pensado antes. Tenho tentado perguntar para ele a semana toda. Ele é a razão pela qual escrevi aquilo, no fim das contas. Pode chamar de pensamento positivo ou viver num mundo de fantasias, mas sei em quem estava pensando quando digitei aquelas palavras.

Mas tenho a sensação de que isso seria ultrapassar um limite que tomamos muito cuidado em manter. Um limite que sou cautelosa em manter. Luka é a única pessoa na minha vida que não sumiu. Ele é mais que meu melhor amigo — é tradição e intimidade. É como biscoitos caseiros no primeiro sábado do mês. Como as noites assistindo a *Duro de matar* no calor grudento do verão, com o celular largado nas respectivas mesas de café. Como pizza com cogumelos extras e pouco molho, com uma borda que parece perfeita.

A relação que tenho com ele é o mais perto que chego de uma família. Não posso — e não quero — arriscar tudo isso para ver no que poderia dar.

Por mais que me faça essa pergunta. Por mais que o motivo de não ter nenhum relacionamento em dezessete meses seja porque, uma hora ou outra, acabo comparando todos os homens com Luka, e sempre fico desapontada.

Mas talvez essa ideia — de fingirmos que estamos juntos — seja a solução. Após uma semana fingindo, pode ser que eu consiga parar de pensar nisso. Parar de pensar *nele*. Que pare de ficar me perguntando e comparando e siga em frente.

Afinal, se fosse para acontecer alguma coisa com Luka, já teria acontecido, não?

Pensar nisso faz uma velha ferida doer, uma em que costumo botar o dedão de vez em quando só para sentir a leve dor. Porque a verdade é que houve ocasiões em que pensei que ele talvez quisesse algo a mais também. Por vezes, depois de uma noite bebendo juntos, eu percebia que ele me olhava. Seu olhar se demorava na curva do meu ombro ou no meu lábio inferior volumoso. Os toques dele se tornavam mais espontâneos. Uma mão no meu quadril enquanto me girava pela pequena pista de dança. A testa dele contra a minha. Momentos congelados no tempo ao longo dos anos, sempre por um segundo ou dois. Mas sempre o suficiente para me fazer sentir que, talvez, ele me desejasse da mesma forma que sempre o desejei. Como mais que um amigo

Mais que tudo.

Mas então pressiono aquela ferida e repito a mim mesma que é melhor assim.

Porque é assim que consigo mantê-lo perto.

— Não sei se ele está na cidade esta semana — respondo para Layla após uma longa viagem pela minha memória, consciente de que essa desculpa é, no mínimo, fraca.

Ela me olha pouco convencida.

— Ele mora há três horas daqui. Além disso, eu já não encontrei com ele, tipo, duas vezes este mês?

Beckett decide que esse é o melhor momento para se juntar à conversa.

— E você não pediu que ele voltasse pra casa para a competição de geleia de morango em abril?

Eu me afundo ainda mais na cadeira.

— Ele ama geleia de morango.

Beckett se levanta da minúscula poltrona de couro e enxuga a palma das mãos nas coxas. Está oficialmente se retirando da conversa. Em sua mente, percorre algum lugar entre os bálsamos, cantarolando uma musiquinha alegre, um pão de abobrinha fresco aninhado com delicadeza nas mãos.

— Tô indo — anuncia e se vira.

Layla levanta para se juntar a ele, segurando-o pelo cotovelo antes que se afaste. Ela aponta um dedo ameaçador em minha direção.

— Peça ao Luka ou eu vou pedir por você.

Não quero nem saber no que daria isso. Em uma apresentação de PowerPoint, talvez. Minha humilhação total e absoluta, sem dúvida.

Nesse exato instante, meu celular desliza pela mesa. Ele vibra uma vez, longa e violentamente, e depois para. Eu o viro com cuidado e vejo as notificações, uma tempestade perfeita de ansiedade revirando meu estômago e subindo pelos meus ombros.

7 mensagens
Luka
3 mensagens
Charlie
1 mensagem
Charlie, Brian Milford, Elle Milford

Ai, caramba. As pessoas não costumam salvar o contato do pai com nome e sobrenome, mas acho que isso resume minha relação com ele. Decido cuidar das mensagens dele primeiro.

16h32
Brian Milford
Nosso jantar de Ação de Graças vai ser no primeiro fim de semana de novembro. Você pode trazer a torta de abóbora, Estelle.

Eu posso levar a torta de abóbora. Incrível. Aposto que, se eu fosse o tipo de pessoa que salva mensagens de texto, essa seria igualzinha, no dia e na hora, à do ano passado. Na verdade, não sei dizer se meu pai já me mandou qualquer outra mensagem além dessa pequena pérola. Isso explica as três mensagens de Charlie, então. Deleto o grupo com meu pai, a esposa dele e meu meio-irmão e vou para a próxima mensagem.

Charlie
Ele leva jeito com as palavras, não?
Não liga para o que ele fala.
Duvido que você leve uma torta de nozes.

Dou risada e envio um GIF estúpido — algo com um cachorro em meio às chamas, que resume bem o que sinto ao ser convocada como uma criança petulante. Meu pai e a família não comemoram o Dia de Ação de Graças no primeiro fim de semana de novembro, mas é para esse que fui convidada, para que ele possa ticar a obrigação anual de passar o feriado comigo da sua lista. Talvez isso ajude a aliviar a culpa que sente pela forma como deixou a mim e à minha mãe, ou talvez Elle o obrigue a fazer isso. Seja qual for o motivo, sempre fica um clima estranho no jantar, interrompido apenas pelas tentativas bem-intencionadas de Charlie de puxar conversa e pelos resmungos mal-humorados do meu pai.

Com certeza vou levar torta de nozes.

Vejo as mensagens de Luka em seguida, o estresse do dia se fazendo ver. Acho que esta noite pede um vinho de caixinha, *Sintonia de amor* e pizza na cama.

Luka

Como foi a conversa com os fornecedores?

Você fica fofa quando está mentindo pra mim, só pra constar.

Aliás, por que tem três episódios de *Largados e pelados* baixados na minha TV? Será que não conheço mais você?

Às vezes esqueço que usamos a mesma conta nos serviços de streaming. Ainda bem que assisti àqueles filmes picantes da Netflix na casa de Layla.

Luka

O Charlie me mandou uma mensagem sobre uma torta de nozes.

Meu Deus.

A Layla está fazendo tortas agora?

Eu não deveria sentir uma pontada de ciúme por causa da torta de nozes, mas é a vida. É a isso que Luka me reduz.

Luka

Sintonia de amor voltou pra HBO.

Fecho os olhos e pressiono o celular na testa. Bato o aparelho duas vezes e tomo uma decisão. Vou fazer isso. Vou pedir para ele. Vou perguntar e vai ficar tudo bem.

Stella
Podemos falar por vídeo hoje? Preciso de um favor.

Meu celular toca no mesmo instante, uma foto de Luka tirada cinco anos antes esticada na tela. É de quando eu o obriguei a comer em sete pizzarias diferentes em um único dia porque não conseguia encontrar um molho do meu gosto. Na foto, ele está com um chapéu ridículo que parece um pedaço gigante de pizza. Que bobo!

Eu amo.

Deixo o celular tocar mais algumas vezes e tento invocar uma versão mais resiliente de mim mesma. Uma que talvez não tenha uma mancha de xarope de bordo do waffle-cura-estresse que comeu de manhã na camiseta.

Eu consigo. Posso pedir esse favor simples para Luka e nada vai precisar mudar.

— Oi!

É alegre e forçado demais, e a resposta é um silêncio perturbador. Há um arrastar de pés abafados, uma porta se fechando e, em seguida, alguém bufa.

— Você pode, por favor, me contar o que está acontecendo?

Fico brincando com um dos aromatizantes de pinho que não joguei na gaveta de baixo, retorcendo a corda para a frente e para trás no meu polegar.

— Como assim?

É oficial: sou uma mentirosa compulsiva.

— Você tá estranha a semana toda.

— Não… não estou, não.

— Você tá estranha agora mesmo — diz ele. Luka suspira de novo e ouço um baque, como se ele tivesse acabado de se jogar na cama. Imagino as pernas dele se projetando como uma estrela-do-mar, os tornozelos apoiados na beirada. — Vamos, Stella. O que está acontecendo? Não consigo me lembrar da última vez que você me pediu um favor.

Franzo a testa e me viro na cadeira, espiando pela grande janela saliente que dá para as árvores. Estamos bem isolados aqui. Mas, se você atravessar o estreito caminho de terra que leva à nossa fazenda, vai encontrar a pequena cidade de Inglewild. Cerca de vinte anos atrás, alguém tentou fazer Inglewild ser chamada de *Pequena Florença,* nos comparando à cidade incrivelmente bela da Itália. Acredito que tenha sido um esforço para atrair mais turistas que iam para a cidade de Washington ou para Baltimore. O problema dessa campanha de marketing é que as semelhanças entre Inglewild e Florença são zero. Não colou.

— Um mês e meio atrás — começo —, pedi para você me trazer três potes de sorvete de chocolate daquela loja na esquina do seu apartamento. Você teve que comprar um refrigerador especial e tudo o mais.

A risada dele ressoa na linha e atinge bem entre minhas costelas.

— Ok, isso é verdade. Mas você tá estranha. O que houve?

Meu estômago resmunga e dou uma olhada no relógio. Tem um macarrão instantâneo esperando por mim na despensa. E não quero falar disso aqui, onde qualquer pessoa pode entrar. Prefiro ter uma taça de vinho nas mãos.

— Posso te ligar de volta quando chegar em casa? — Eu ganho tempo, jogando o aromatizante na minha mesa. A cordinha deixou uma marca vermelha no meu polegar. Aparentemente, quero que essa ansiedade dure um pouco mais. — Estou quase indo embora.

— Bom, olha que coincidência — fala ele. — Na verdade, estou na cidade visitando minha mãe. Consigo chegar na sua casa em vinte minutos, o que acha?

Merda.

— Claro, pode ser — respondo baixo, em pânico. Típico do Luka. Lembro a mim mesma que ele é meu melhor amigo, e já fiz coisas muito mais vergonhosas em nossa longa relação do que pedir que ele seja meu namorado de mentirinha. Como quando vomitei no capacho dele depois de apostar com alguém que poderia tomar uma jarra inteira de um vinho misterioso. Ou quando cortei minha franja e usei um chapéu de pescador em todo lugar a que íamos por quase cinco meses. Tento acalmar meus nervos.

— Que ótimo!

3.

Apesar de o meu chalé ficar a uma curta distância a pé do escritório, ainda levo quarenta e cinco minutos para me livrar dos e-mails, pegar minhas coisas e começar a caminhar para casa. Faça uma anotação para falar com Hank e ver se ele observou problemas com as árvores no terreno sul. Ou se ele percebeu a família de guaxinins que está destruindo o celeiro. Ou se deu alguma encrenca com o distribuidor de fertilizantes.

E, se deu, por que ele não me contou nada?

Porque ele sabia que este lugar sugava todo o dinheiro e queria se mudar para a Costa Rica com a esposa. Minha mente, sempre prestativa, relembra os pôsteres que tive que arrancar das paredes do escritório. Selvas verdes brilhantes e cachoeiras exuberantes, praticamente desbotados por terem ficado pendurados ali por tanto tempo.

Eu não estava com a cabeça no lugar quando comprei isto aqui. É provável que a positividade tenha me cegado. Focada demais no pequeno chalé que fica no canto da propriedade, me vendo aconchegada em frente à lareira de pedra com uma caneca de chá nas mãos. Imaginando a primeira neve do ano, andando por fileiras e fileiras de árvores. Um lugar para chamar de meu. Um lugar a que poderia, enfim, pertencer.

Eu e minha mãe nos mudávamos com frequência enquanto eu crescia, sempre à procura da próxima oportunidade. Tinha dificuldades em me habituar quando chegávamos a uma cidade nova para um trabalho de garçonete ou um bico. Não foi por falta de tentativa da minha mãe. Ela sempre fazia o melhor que podia para que eu me sentisse especial, conectada. Ficávamos no mesmo lugar pelo máximo de tempo que dava, guardando cuidadosamente nossos poucos pertences enquanto íamos de um lugar para o outro. Sempre pendurávamos a plaquinha em ponto-cruz escrito "bem-vindo" no mesmo local, o mesmo pano de prato com limões e limas bordados. Mas eu sempre tinha medo de fincar raízes, me perguntando se seria em vão. Se no mês seguinte teríamos que arrancar as raízes e começar tudo de novo.

Uma rajada de vento passa por entre as árvores, soprando nos meus cabelos e roçando minhas bochechas, enquanto esmago com as botas as folhas dos poderosos bordos que margeiam a propriedade. Há uma trilha que serpenteia por um pequeno prado e a parte mais externa do canteiro de abóboras, que liga a casa ao escritório. É uma caminhada de cinco minutos quando o tempo está bom, mas me pego andando mais devagar esta noite, observando o sol oscilar mais baixo no céu, a luz refletindo nas folhas. Vermelho, laranja e amarelo dançam em um caleidoscópio de cores ao meu redor.

Não deve ser coincidência que eu tenha comprado a fazenda em outubro. Há uma magia especial em noites assim, uma certa nostalgia quando o passado se mistura com o presente e flerta com o futuro. Posso sentir o cheiro da fumaça de madeira da lareira que Beckett acendeu na casa dele, ao pé das colinas, e vejo a nuvem subindo de sua chaminé. Os galhos sussurram acima de mim e algumas corujas piam, um som majestoso quando o sol se põe. Por um momento único e perfeito, sinto como se estivesse naquela foto que minha mãe grudava na parede de qualquer apartamento que chamávamos de lar.

Uma fazenda. Um único trator vermelho. Uma garotinha com terra nos joelhos e uma coleção perfeita de árvores de Natal atrás dela.

É um sonho que tenho antes mesmo de ter tido coragem de sonhar.

Uma luz a distância chama minha atenção, um brilho quente lançado sobre a pedra da entrada de casa. Enquanto contorno a última árvore que marca o limite de minha propriedade pessoal, a porta da frente se abre e Luka sai, apoiando o ombro no balaústre. É quase cômico: ele, um homem grande na varanda pequena da entrada pequena da minha casa pequena com meu pano de prato pequeno nas mãos. Ele o coloca no ombro, os pés com meias cruzados na altura dos tornozelos. Sorrio quando percebo que está usando as meias que dei para ele no Natal passado, aquelas com garrafinhas de sriracha. A boca está aberta em um pequeno sorriso, que repuxa seu lábio inferior um pouco mais para baixo à esquerda, o vento de outubro despenteando os cabelos sempre bagunçados. Os olhos, castanhos e quentes, refletem o pôr do sol, fazendo-os parecer quase âmbar na luz que se extingue.

— Está invadindo casas agora? — Apresso o passo, o cheiro de tomate e manjericão no ar. Se ele estiver preparando a receita de almôndegas da avó, pode ser que nunca mais eu o deixe ir embora.

— Não é invasão se você tem a chave — responde. Dou risada e o sorriso dele se transforma em uma coisa linda. É um momento que quero gravar na minha alma para as noites em que me sinto um pouco sozinha e muito triste. Respiro fundo para congelar o instante. O rosa e o roxo que destacam o rosto dele em meio à sombra, o moletom sobre o peito, os pés com meias fazendo a madeira envelhecida da varanda ranger. A magia está nos detalhes, minha mãe sempre dizia. E esses detalhes são perfeitos.

Meus pés tocam o último degrau, e ele me encontra no meio do caminho, dois braços fortes me envolvendo em um abraço de urso. Ele cheira a molho marinara e ao sabonete de baunilha que deixo ao lado da pia da cozinha, e de repente, inexplicavelmente, quero chorar.

— Ei, Lalá. — Ele descansa o queixo no topo da minha cabeça, me abraçando com mais força. — Quanto tempo.

Eu o abraço de volta e pressiono as mãos nos ombros dele. Expiro lentamente pelo nariz e nos faço balançar para a frente e para trás.

— Faz duas semanas que a gente se viu — murmuro em algum ponto do seu peito. — Assistimos *Independence Day* duas vezes seguidas sentados no sofá porque você está fissurado no Jeff Goldblum.

— Tem alguma coisa naquele traje de voo, você também não acha? — Ele se afasta, mas mantém as mãos sobre meus ombros. Seus olhos castanhos procuram meu rosto. Assim, tão perto, consigo ver as sardas em seu nariz, que se espalham como constelações abaixo dos olhos. Reprimo um suspiro e ele franze a testa.

— O que está acontecendo, Stella?

Ainda sinto o pânico. Então, decido enrolar. Dou um tapinha na costela dele e fico na ponta dos pés para tentar enxergar por cima de seu ombro.

— Vamos comer primeiro?

Ele franze a testa, mas concorda, a mão deslizando pelo meu braço em uma série de apertões. Faz isso desde o primeiro dia em que dei de cara com ele, as mãos se movendo com rapidez pelos meus bíceps, cotovelos e mãos — um-dois-três. Quando entramos, ele volta para a cozinha e eu tiro os sapatos, chutando-os para perto da porta, e percebo que as botas dele já estão guardadinhas no lugar, embaixo do pequeno aparador na entrada. Coloco minhas chaves em cima das dele no prato azul de cerâmica, resultado de um projeto da aula de artes do ensino médio, e penduro o cachecol no gancho ao lado da jaqueta jeans preta dele.

E não é uma bobagem amar como as coisas de alguém ficam ao lado das suas? Pequenos pedaços de uma vida vivida em paralelo.

Encaro a jaqueta por um minuto a mais e ele grita da cozinha, perguntando por uma garrafa de vinho tinto que está guardada no armário do corredor. Eu ficaria impressionada com a memória dele se não fosse o fato de que fora Luka mesmo quem trouxe aquele vinho e o escondeu embaixo dos meus suéteres alguns meses atrás.

Entro na cozinha com a garrafa de vinho nas mãos e outra embaixo do braço. Essa conversa deve fluir mais fácil se eu tiver um pouco de encorajamento líquido. Ele olha por cima do ombro quando pouso a garrafa no balcão, uma mecha de cabelo caindo no olho, o maldito pano de prato com os gnomos de jardim enfiado no bolso de trás. Está completamente ridículo e deliciosamente perfeito, calças jeans gastas o moletom desbotado, as mangas puxadas até o cotovelo.

— Uma noite daquelas?

— Um ano daqueles — murmuro em resposta enquanto reviro a gaveta em busca do abridor de garrafas. Luka me observa por cerca de vinte e seis segundos antes de largar o que quer que estivesse mexendo no fogão e se aproximar de mim, o peito pressionado contra minhas costelas enquanto se estica acima de nossa cabeça. Acontece de repente, o corpo dele encostado no meu, e ergo a cabeça para olhar para ele. Como estamos, eu poderia morder o bíceps dele se quisesse, a curva do braço a alguns centímetros do meu nariz.

Ele me olha nos olhos, um sorriso fazendo o lábio superior se curvar.

— No que diabos você está pensando?

— Nem queira saber. — Minhas bochechas ficam vermelhas e dou um beliscão nele. Ele estremece, mas continua vasculhando os armários. — O que você está procurando?

Ele mostra um abridor em resposta, e estico o pescoço para olhar os armários de cima, franzindo a testa.

— O que mais você está escondendo aí?

— Qualquer coisa que eu não queira que você coloque essas mãozinhas.

Faço uma nota mental para mais tarde pegar o banquinho e investigar. Ele pega a garrafa de vinho da minha mão e, com uma série de movimentos suaves que para falar a verdade não deveriam ser tão sensuais assim, a abre. Estica a mão por cima do meu ombro e serve um copo para nós dois, comigo ainda grudada em sua frente. O topo da minhá cabeça mal chega nos ombros dele e posso ver a saliência de suas clavículas saindo do moletom. Só sei olhar para elas.

— Mais alguns minutos e o jantar fica pronto — murmura ele, suas palavras um sopro quente contra minha pele.

Eu pisco e pego meu vinho, me agarrando a ele como uma tábua de salvação. Já tinha notado tudo isso, é claro, mas agora parece que os detalhes de Luka estão mais evidentes. A vida ganhando cores, acho eu.

— Obrigada. — Olho em volta para minha cozinha como se nunca a tivesse visto, atordoada e confusa. — Você precisa de ajuda?

Minha voz soa estranhamente formal, como se eu devesse acrescentar um *senhor* ao fim da frase. Luka me observa com os olhos estreitados e apenas aponta para a mesa. Sigo a direção que ele indicou sem comentários e me acomodo na cadeira de jantar bamba de meados do século, que com certeza não combina com a mesa típica de fazenda. Eu olho e olho para a mesa e faço o meu melhor para não surtar, mas é difícil quando estou prestes a pedir uma coisa que pode fazer meu melhor amigo rir na minha cara ou sair correndo pela porta, ou ambos.

No momento em que Luka coloca um prato cheio de espaguete e almôndegas na minha frente, minha taça de vinho já está vazia e eu me transformei em um fogo de artifício emocional, pronto para explodir.

— O Beck disse que as árvores estão boas. — Luka desliza na minha frente, aconchegando-se na cadeira. — Bom, tirando o terreno no portão sul.

Não preciso daquele lembrete. Meus olhos vagam do meu prato cheio de espaguete para o punho do moletom apertando o antebraço dele. Rapidamente redireciono meu olhar para a garrafa de vinho no balcão da cozinha e o queijo parmesão ao lado dela. Espero que não tenha vindo da minha geladeira.

Aponto para o queijo com o garfo, a perna dançando sob a mesa.

— De onde é aquilo?

Luka me encara como se eu fosse louca.

— Da mercearia.

— Legal. Legal, legal.

— Stella. — Luka apoia o garfo na beirada do prato e se inclina para a frente, estendendo a mão para mim como se quisesse segurar as minhas. Não tenho certeza se isso ajuda, para ser sincera. Ele se afasta, suspira e esfrega os nós dos dedos no maxilar. Pega o garfo. — O que está acontecendo com você?

— Por que a pergunta?

Ele arqueia uma sobrancelha.

— Acho que você ficou meio perturbada ali na cozinha, por exemplo.

— Eu só... preciso te perguntar uma coisa.

— Você precisa de um rim?

— O quê? Não.

Ainda que eu preferisse ter que pedir um transplante de órgãos agora.

— Você está agindo como se precisasse de um rim.

— Preciso que você seja meu namorado — deixo escapar. Minhas palmas estão suando, meu coração está em algum lugar na minha garganta, e meu estômago desistiu da conversa. Luka, por sua vez, não hesita. Ele apenas gira o garfo com calma, pegando o que parece ser o espaguete mais longo do mundo.

— Tá. — Ele enfia o garfo na boca.

— É de mentira — digo, praticamente gritando com ele. Não sei por que estou falando tão alto. Tento me acalmar. — Não seria... Eu queria perguntar se você poderia fingir que é meu namorado. Com ênfase em fingir.

Ele dá de ombros.

— Claro.

Claro. *Claro.* Estou à beira de um colapso mental, mas Luka diz *claro.* Observo outra almôndega cortada com elegância desaparecer na boca dele. Espeto agressivamente uma das minhas com o garfo e ela voa até o meio da mesa. Eu ignoro, espeto outra e enfio tudo na boca.

— Rexeta dáxua bó?

Luka toma um gole do vinho com toda a calma do mundo, ignorando o fato de que estou a um passo de ficar louca.

— Perdão?

Eu engulo e gentilmente passo nos cantos da minha boca o guardanapo que estava em meu colo. Sou uma dama.

— Esta receita é da sua vó?

— É, sim.

— Você acha que ela me adotaria?

— Ela me expulsaria e adotaria você em um segundo. — Luka dá risada. — Nós dois sabemos disso. A propósito, obrigado por levar o jantar para ela na semana passada. Ela me ligou setenta e cinco vezes para se gabar e perguntar como você faz os biscoitos de canela.

Eu não fiz aqueles biscoitos. Mas nem sob tortura eu contaria isso para a avó de Luka, que faz a própria massa de macarrão. Certa vez, quando veio em casa, ela viu um pote de molho marinara comprado pronto na minha geladeira, já pela metade, e me olhou bem nos olhos enquanto o jogava no lixo.

Queria que ele não me agradecesse por passar um tempo com a família dele. Não é nada difícil. Ir visitar a avó, a mãe e, por vezes, a tia Gianna, que mora a duas cidades depois, é uma boa distração do fato de que a única família que tenho decide comemorar o Dia de Ação de Graças três semanas antes do Dia de Ação de Graças, só para não terem que explicar minha existência.

Além disso, a avó dele é fodona.

— Foi a Layla quem fez os biscoitos, então você teria que perguntar pra ela.

— Estou mais interessado em saber por que você precisa fingir que a gente namora, na verdade. — Ele faz uma pausa e dá outro gole dramático no vinho. Olho triste para a minha taça vazia. — Você não está namorando o Wyatt?

Eu o encaro. Encaro e encaro e encaro. Como é possível alguém estar tão envolvido na minha vida e, ainda assim, não perceber que faz pouco mais que uma eternidade que Wyatt não aparece?

— Luka. — Eu pisco para ele. — Faz mais de um ano que nós terminamos.

Luka é como uma caricatura do emoji de chocado. As sobrancelhas franzidas, o garfo parado a meio caminho da boca. Seria engraçado se não fosse tão chocante.

— O quê?

— É, depois do Festival da Colheita do ano passado. Ele mandou uma mensagem.

— Ele... Calma aí, ele terminou com você por mensagem?

Wyatt era gentil e fofo, ainda que um pouco imaturo. De certa forma, era como se eu tivesse voltado a ser adolescente e estivesse namorando o capitão charmoso do time de futebol. Alguns amassos fortes, um rótulo inútil e nenhuma ligação emocional. Ele me mandou uma mensagem depois do festival do ano passado, dizendo apenas *Você é muito legal, mas acho que queremos coisas diferentes. Amigos?* 😊

Muito legal.

O emoji de sorrisinho foi o que colocou o ponto-final para mim. Nunca mais ouvi falar dele. Eu concordei e, bom, foi isso.

— Eu te contei.

Ele me encara.

— Você não me contou.

Baixo o garfo e me inclino para a esquerda para pegar a garrafa de vinho.

— Luka, como diabos eu teria tanto tempo livre pra estar com você se estivesse namorando alguém?

Ele pisca, o olhar distante, como se repassasse mentalmente o último ano. Sua boca se mexe sem emitir som nenhum, então ele pega a taça de vinho, bebendo tudo em um único gole.

— Ok, então o Wyatt está fora do jogo.

— Exato.

— Eu sou sua única opção?

Não sei por que ele parece tão chateado.

— Se for fazer você se sentir melhor, eu pedi pro Beckett primeiro. Ele disse que não. — Luka franze ainda mais a testa, a pequena saliência entre as sobrancelhas se acentuando. — Eu ia perguntar pro Jesse, mas...

— Você ia pedir pro Jesse e não pra mim? Caramba, Stella. — Agora é a vez de ele espetar uma almôndega como se ela o tivesse ofendido. — Você devia ter pedido pra mim primeiro. Agora estou me sentindo como se fosse sua última chance.

Não confirmo que, na verdade, ele é isso mesmo. Bom, tirando o serviço de acompanhantes.

— Desculpa, Luka. — Junto as mãos à minha frente na mesa, grata por soar só um pouco sarcástica. — Você queria que eu me esforçasse mais para pedir que você seja meu namorado de mentira?

— Não ia custar nada — murmura Luka. Ele passa as mãos pelos cabelos, para trás e para a frente e para trás de novo, um tufo do lado esquerdo se espetando. É um gesto tão familiar que sinto uma pontada de melancolia no peito.

— Luka, olha só. — Engulo em seco duas vezes, hesitante. A reação dele me parece importante. Se ele já está angustiado agora...

Não quero estragar o que Luka e eu temos.

Seguro os talheres com as duas mãos.

— Esquece, foi uma ideia boba. Se você não quiser ...

— Não, não é isso. Desculpa, eu só... — Ele para de falar, os olhos castanhos fixos no prato. Ele pega o garfo de volta e enrola, enrola, enrola mais macarrão. — Ainda estou meio perdido. Por que você precisa de um namorado de mentira?

Ele desviou o assunto, mas aceito do mesmo modo que ele me permitiu enrolar antes. Explico sobre o concurso, deixando de fora as partes sobre quanto nossa fazenda precisa desesperadamente do prêmio em dinheiro. Em vez disso, me concentro na exposição nacional, nos clientes que viriam e, com sorte, em uma presença online que possa ser monetizada. No final, parece que estou fazendo uma apresentação para os diretores de uma empresa e, considerando o olhar vidrado de Luka, é bem capaz que ele tenha concordado.

Ele funciona melhor com números. Eu devia ter trazido algumas estatísticas para mostrar.

Ele balança a cabeça devagar quando termino.

— Acho que esta é a primeira vez que ouço as palavras *fluxo de entrada* e *fluxo de saída* vindas da sua boca.

— É bem provável. — Eu penso por um segundo. — Mas acho que devo ter dito isso quando estava reclamando da feira estadual.

Ele ri. Sabe muito bem o que acho da feira estadual.

Ficamos em silêncio por alguns instantes, o som dos galhos das árvores arranhando minhas janelas preenchendo o espaço entre nós. O vento assobia pelas frestas da porta e penso em acender a lareira. Tomar um vinho em frente à lareira parece uma ideia excelente.

Luka se recosta na cadeira e me avalia. Fico feliz em deixá-lo com seus pensamentos enquanto trabalho para desvendar os meus.

— Você acha que isso vai ajudar? O namoro falso?

— Acho — falo sem hesitar, a resposta surgindo de dentro de mim. Não sei explicar por que Luka é a chave para tudo isso, mas tenho certeza de que é. Esse relacionamento de mentira, por mais que seja burrice e uma bobagem e um clichê, é a chama que precisamos. É a chama que eu preciso. Limpo a garganta. — Tenho certeza.

Ele me conhece o suficiente para saber que estou escondendo alguma coisa, mas também me conhece bem o bastante para não me pressionar. Parece que corremos várias maratonas verbais, uma atrás da outra, desde que entrei pela porta, e acho que ambos concordamos em terminar a conversa por ali esta noite.

Luka assente, tomando uma decisão.

— Então é isso que vamos fazer.

Imito a posição dele e relaxo na cadeira, procurando alguma coisa para me manter com os pés no chão. Alguma coisa que me fará sentir como se não estivesse cometendo um erro gigante.

Mas nada me vem à mente.

4.

Acordo no dia seguinte com dor de cabeça e dor de estômago por comer balas de goma demais e, talvez, pela decisão precipitada de forçar meu melhor amigo a fingir que está em um relacionamento comigo. Dá para ter ressaca de más decisões?

Tudo indica que sim.

À luz do dia, aquilo parece um erro desnecessário. Um namorado não vai me fazer ter mais ou menos chances de ganhar esse prêmio. Eu nem ao menos sei se Evelyn St. James leu todo o formulário de inscrição, quem dirá a linha do meu texto em que digo que meu namorado e eu somos os donos da fazenda e cuidamos dela.

A não ser que ela tenha lido, meu cérebro sussurra. E você automaticamente será eliminada por mentir.

Eu fiz minha pesquisa. Assim que ouvi falar do concurso, investiguei todo o *feed* de Evelyn. Procurei por dicas no conteúdo dela, os tipos de lugares que gostava de recomendar. Ela sempre tem uma história para contar e ama um romance. As últimas três colaborações que fez contavam de alguma forma histórias de amor. O casal em Maine com a pousada. Os melhores amigos que se conheciam há tempos e comandavam passeios históricos de barco do pequeno píer na Carolina do Sul. Os recém-casados que se conheceram em um encontro às cegas e decidiram abrir a própria adega. Talvez eu queira que, ao menos uma vez, minha história não seja tão triste. Esfrego os olhos e me livro dos cobertores enrolados nas pernas. Estou cansada de ser a tristonha.

Penso em Beckett e Layla. Na pilha de contas que vão se acumulando. Penso no portão de ferro forjado na entrada da fazenda, nos dois laços vermelhos enormes que coloquei neles no ano passado. Lembro o dia em que recebi as chaves, de como o som das correntes enferrujadas escorregando nas barras quase me fez chorar. Penso em fechar aquele portão e passar as correntes de volta nas barras e tenho vontade de chorar por um motivo completamente diferente.

Preciso tentar. Essa é a melhor chance que tenho. Mesmo que... Mesmo que pareça bobagem, é essa história que quero contar para este lugar.

Quero que Evelyn St. James veja tudo o que me fez me apaixonar pela fazenda no primeiro inverno em que a visitei com minha mãe. Quando eu tinha dezesseis anos e era programada para odiar quase tudo, mas me encantei com o enorme espaço a céu aberto que cheirava a bálsamo e laranjas cortadas com uma pitada de canela. Quero que ela ande pelas filas e filas de árvores, quando o sol estiver se pondo e esteja silencioso o bastante para ouvir o barulho das botas no chão congelado. Onde as agulhas dos pinheiros se enroscam nos cabelos e você se sente como a única pessoa no mundo. Quero que ela tome um chocolate quente na padaria de Layla, que vá patinar na pista de gelo que Beckett montou no inverno passado, e veja as crianças brincarem de pega-pega perto do celeiro.

Quero que ela veja a magia.

— Eu meio que achei que você não estaria sozinha.

Percebo quanto estava mergulhada em meus pensamentos, pois nem ao menos me retraio quando Layla aparece na porta do quarto, uma touca azul-marinho enfiada na cabeça. Isso também mostra que devo repensar em quem tem as chaves da minha casa.

Franzo a testa, metade da cabeça embaixo do travesseiro, as pernas desesperadamente enroladas nos lençóis. Parece que a cama foi cenário de uma batalha.

— E quem estaria aqui comigo?

Ela revira os olhos e tira os sapatos, deitando na cama sem hesitar. Há um remexer de pernas, um cotovelo no meu peito, então Layla está deitada ao meu lado, os joelhos contra os meus quadris. Adoro que para conversar ela goste de ficar bem pertinho, que nunca hesite em reiterar isso se aninhando rapidamente. Ela puxa o edredom até o queixo e me olha.

— Você sabe.

Eu pisco. Não faço ideia.

— Quem?

— Acho que é óbvio que estou falando do Luka. — Ela desliza a ponta dos dedos pelo meu braço, subindo e descendo. — Passei pela casa da mãe dele antes de vir e vi o carro dele na garagem.

— Você viu o carro dele na casa da mãe, mas achou que ele estaria aqui comigo?

— Pensei que ele tivesse voltado. — Ela dá de ombros, se enfiando ainda mais embaixo das cobertas até que eu só consiga ver seus olhos. Estão verdes hoje, refletindo a cor das árvores na janela do quarto. O edredom faz a voz dela sair abafada. — Não sei, ele podia ter saído de fininho de lá.

— Ele já é adulto. Por que teria que sair de fininho?

Ela suspira.

— Não sei, Stella, me deixa viver essa fantasia. Torço por vocês dois desde que te conheci.

Isso com certeza explica os gestos um tanto vulgares que ela faz pelas costas de Luka toda vez que ele vem à fazenda.

Franzo a testa. Layla percebe e coloca o dedo indicador bem no canto da minha boca. Ela puxa, tentando me fazer sorrir, e ri com desdém quando faço uma cara grotesca. A frustração de antes se desfaz.

— Você pediu pra ele?

Assinto e puxo um fio solto no edredom.

— E?

— Ele disse que topa — murmuro no algodão, após puxar o travesseiro para que cobrisse todo meu rosto. Ontem à noite, quando pedi para Luka, estava tão certa de que ele diria não que nem pensei no que significaria se ele aceitasse. Fingir namorar. Vamos ter que fingir outras coisas também. Fingir um romance. Fingir afeição.

Será que o Luka se deu conta disso? Não falamos muito ontem à noite após a conversa no jantar. Fui bem enfática em não discutir os detalhes, morta de vergonha por ter pedido aquilo. Estava com medo de falar mais a respeito e correr o risco de ele mudar de ideia. Ou, pior, ter que explicar a situação em detalhes.

Colocamos *Sintonia de amor* e nos acomodamos no sofá. Dormi com os pés enfiados embaixo das coxas dele e a cabeça apoiada no braço do sofá.

Layla ajeita meus cabelos.

— Então por que você está tão triste, querida?

Vergonha, imagino. Um pouco de solidão. Medo de mudar, puro pavor só de pensar em confundir as coisas. Em cogitar que Luka descubra o que de fato sinto por ele.

Pode escolher, Layla. Tem bastante opções.

Em vez de dizer isso, respiro longa e profundamente no travesseiro e deixo que isso responda por mim. Layla levanta o travesseiro com gentileza, deitando a cabeça nele.

— Acho que está na hora de falarmos no assunto.

— Não, obrigada.

— Stella.

Balanço a cabeça.

— Eu não quero. Que tal se a gente falar de você e do Jacob?

Os olhos dela se estreitam. O histórico de romances de Layla é, no mínimo, interessante. Ela tem certa tendência a escolher os piores tipos de homens.

— A gente não tá falando de mim agora. O papo é sobre você.

— A gente podia falar de você.

— Você gosta dele, Stella.

Eu sei disso. É claro que sei. Só não estou disposta a fazer algo a respeito.

— Eu...

— Você gosta muito do Luka, e ele gosta muito de você, e eu não entendo por que nenhum dos dois nunca tomou uma atitude.

É fácil para ela. Layla sempre esbanjou confiança em si mesma e no que sente. Apesar de tudo o que já passou, sempre conseguiu sacodir a poeira e dar a volta por cima, cheia de otimismo. Ela mantém a dignidade quando passa por uma desilusão. Eu não.

E as coisas com Luka estão ótimas — incríveis, eu diria — do jeito que estão.

— Querida. — Ela me olha e desvia o olhar, um sorriso triste surgindo no canto da boca. — Só porque você se permite amar alguém, não quer dizer que a pessoa vá embora.

Mas com certeza não significa que vá ficar.

— Acho que… — Engulo em seco, a garganta apertada, e tento pegar só um pouquinho da confiança de Layla. Me viro de lado e imito a posição dela, as mãos juntas embaixo do queixo. Parece que estamos em uma nuvem, debaixo do meu edredom desse jeito. Levitando. Aqui, assim, confesso meus pensamentos mais secretos. — Acho que se fosse para acontecer alguma coisa entre mim e o Luka, já teria acontecido.

Layla não gosta dessa resposta. Consigo perceber pela forma como a boca dela se mexe.

— Talvez ele esteja esperando que você diga alguma coisa.

Balanço a cabeça, triste. Certa vez, vi Luka chegar em uma garota no bar, apoiar a mão no encosto da cadeira e dizer algo que a fez erguer o queixo enquanto ria. Ele estava confiante, cheio de charme. Foram embora juntos menos de meia hora depois. Luka nunca hesitou em dizer o que queria. Se me quisesse, imagino que eu já saberia a esta altura.

— Acho que a gente já é o que deveria ser. — Eu me enfio ainda mais nos cobertores, piscando para afastar o formigamento no canto dos olhos. — A gente tem que ser amigo. E só amigos.

— Então por que você mentiu no formulário? — É uma acusação gentil, mas sinto mesmo assim. — O Beckett estava certo. Você não precisava ter feito aquilo.

— Eu não planejei nada disso, se é o que você quer dizer. Não ia enganar ninguém para fingir que fosse meu namorado. Não estou… — Coço o rosto com as mãos. — Não estou tão desesperada assim.

Não mesmo. A mentira no formulário foi só porque eu queria que este lugar parecesse romântico. Acolhedor. Quando cheguei na parte do texto, não achava que a gente teria alguma chance. Parecia um detalhe pequeno e inofensivo. Eu só queria... só queria que tivéssemos as melhores chances.

Dedos gelados pegam os meus, a pressão do anel dela deixando pequenas marcas na minha pele.

— Querida, não. Não é isso que eu quis dizer.

— Então o que você quis dizer?

Ela me olha com gentileza enquanto ajeita meus cabelos atrás da orelha.

— Só estou dizendo que talvez essa seja a oportunidade que vocês dois estavam esperando.

As palavras de Layla ficam martelando na minha cabeça enquanto caminho penosamente até o escritório. Se ontem à noite pensava em todos os motivos por que comprei este lugar, esta manhã só me lembro de todos os motivos por que era melhor eu não ter comprado. Caminhando nesta direção, posso ver o contorno irregular de árvores mortas e moribundas. Decididamente, não há um caminhão de suprimentos na entrada do celeiro como eu havia programado, e uma das abóboras que ladeavam a escada para o escritório agora está despedaçada no chão.

Mas é a última coisa que me faz xingar baixinho. Se um dos gêmeos McAllister achou que seria engraçado destruir os campos de novo, é bem provável que Beckett acabe matando alguém.

No outono passado, os alunos do ensino médio de Inglewild decidiram que nossa fazenda era o lugar ideal para atividades ilícitas. Eu vi mais pele branca leitosa de adolescentes de dezesseis anos do que gostaria. Beckett e Luka lidaram com isso da forma que qualquer homem adulto faria.

Vestiram roupas de camuflagem, se esconderam no milharal e assustaram para sempre as crianças que estavam dando amassos dentro de carros.

Desde então, tudo tem estado quieto, e já me peguei rindo sozinha mais de uma vez enquanto andava pela cidade e ouvia os adolescentes falarem sobre as criaturas dementes que vivem na fazenda da sra. Stella. Penso em Luka e Beckett usando meu minúsculo banheiro para se pintarem e se camuflarem. A quantidade absolutamente ridícula de verde que eles deixaram em todas as minhas lindas toalhas de banho.

Sempre quis ser uma lenda urbana.

Estou recolhendo os pedaços da abóbora quando a porta de um carro bate e duas botas pesadas aparecem no meu campo de visão. Luka se agacha e pega o maior pedaço da abóbora, um copo grande para viagem na outra mão.

Sinto cheiro de avelã e imediatamente derrubo toda a gosma de abóbora que estou segurando. Faço menção de pegar o copo com as duas mãos, um pequeno gemido ganancioso preso no fundo da minha garganta. Ele nem tenta resistir quando seguro seu pulso com uma mão e com a outra pego o copo. Apenas deixa acontecer.

A avelã quente e cremosa me leva ao nirvana quando dou um gole. Emito um som quase inumano e bebo de novo. E de novo.

— O que você disse pra ela? — pergunto.

A sra. Beatrice deve fazer o melhor latte de avelã de todo o universo, mas só quando quer, e apenas quando recebe o elogio estranhamente específico que espera. O elogio nunca é o mesmo e nunca há uma pista, e Deus me livre de dizer alguma coisa sem o tom sincero necessário.

Ela ainda só me serve descafeinado.

Luka ri, o ar saindo pelo nariz e formando uma fumaça branca na fria manhã de outubro. Ele me entrega o copo, assentindo discretamente.

— Disse que o cabelo roxo combina muito com ela. — Ele sorri, envergonhado. — Talvez eu tenha feito um sotaque do sul? Não sei. Senti o cheiro de avelã e todas as lembranças estão embaçadas.

Olho para Luka e seguro o copo com as duas mãos e perto do meu corpo antes que ele pense em pegar de volta. Por Deus, ele está com um gorro preto com uma bolinha verde-escura no topo. Apostaria todo o meu escasso dinheiro da poupança que foi a mãe dele quem fez. A sra. Beatrice deve ter olhado para ele e ficado vermelha das bochechas até as meias de compressão.

Dou outro gole no latte.

— As coisas que a gente faz por um bom café.

— *A gente*. Ahã, tá bom. — Ele ri, arqueia a sobrancelha e estende a mão, os dedos enluvados exigindo a bebida de volta sem muita educação. — Comprei um pra você também — diz ele, e só então percebo que tem outro copo em cima do carro —, mas tenho quase certeza de que é descafeinado. — Eu xingo. — Anda, vamos entrar, daí a gente pode misturar os dois.

Caminhamos com dificuldade até meu escritório, os pedaços de abóbora largados nos degraus. Posso varrer depois, ou até deixar ali para os guaxinins. Uma espécie de trégua entre nós. Luka se joga na poltrona de couro gasto, as pernas estateladas e os cotovelos largados nos apoios. Ele sempre tem dificuldade de caber nos lugares, todo pernas compridas e braços definidos. Talvez eu o obrigue a participar do calendário com o Beckett.

Ele se mexe sem parar, em uma tentativa corajosa de ficar confortável. Ainda não soltei o latte dele, e os olhos quentes e castanhos vão do copo para os meus e de volta para o copo. Ele começa a aparentar que perdeu a esperança. Talvez já tenha percebido que cometeu um erro terrível.

— Espero que você tenha tomado um pouco no carro. — Dou um gole para enfatizar meu ponto.

Ele se mexe, a poltrona chia e ele franze a testa.

— Estava quente demais para beber no carro — murmura. — Você vai me devolver?

— Acho que não.

Ele resmunga e se mexe na poltrona de novo.

— Stella, presta atenção.

— Estou prestando.

— Tenho sido um bom amigo pra você, não tenho?

Eu me sento com bastante afetação na cadeira. A cadeira de tamanho ideal e com o revestimento em dia.

— Tem, sim.

Ele se inclina para a frente, as mãos juntas entre as pernas.

— Você se lembra do verão de 2016? Eu te dei meu waffle na festa de rua da primeira sexta do mês.

Não consigo me lembrar de Luka me dando um waffle. Dou mais um gole, fazendo barulho.

— Stella. Para com isso. Eu te levei pra assistir *O senhor dos anéis* naquela sessão da meia-noite, e eu nem sabia o que era um hobbit. Comprei uma capa pra você.

É verdade. Ele fez isso mesmo. E depois passou sete semanas me perguntando se deveria deixar os cabelos crescerem que nem o Aragorn. Como se o universo precisasse que Luka ficasse ainda mais atraente.

Ele continua:

— Não contei pra minha avó que foi a Layla quem fez os biscoitos de canela.

Ergo as sobrancelhas e dou outro gole. Não tenho medo dela.

Zero medo.

Ok, talvez um pouco.

Ele se aproxima, a língua pressionando o interior da bochecha. Os olhos castanhos um tom mais escuro e a voz mais baixa.

— Concordei em ser seu namorado de mentira por uma semana.

De repente, parece que ele não está me provocando. Toda a minha coragem e bom humor evaporam com aquele breve comentário, uma onda de calor inundando minhas bochechas. Odeio a forma como meu estômago se aperta e desvio o olhar, fixando-o na minha mesa. É assim que vai ser agora? Luka usando isso como moeda de troca? Uma história divertida para contar nos churrascos e festas? *Ah, lembra aquela vez que você estava tão desesperada que me pediu para fingir que era seu namorado?*

Já entendi. Fui eu que pedi esse favor para ele. Mas, ainda assim, é uma sensação... estranha. Nada boa.

Após passar sabe-se lá quanto tempo encarando a marca na minha mesa, feita em um dia em que fui particularmente agressiva com o grampeador, pigarreio e olho em sua direção, meu olhar se fixando em algum lugar do ombro esquerdo dele. Entrego o café, me parabenizando ao ver que minhas mãos não estão tremendo.

— Toma.

Os dedos dele encostam nos meus, mas ele não me deixa soltar o copo. Tem uma força fingida nas mãos, o que faz meus pensamentos pegarem um caminho mais diferente e mais vulgar.

— Stella.

Ele consegue dizer muito nas duas sílabas em staccato do meu nome. É um dom. Pisco para desviar o olhar do calendário na parede e de volta para ele e suspiro ao ver que seus lábios formam uma linha fina. Luka versão preocupado. Puta merda.

— Por que você ficou chateada?

Tento tirar minha mão, mas ele aperta ainda mais. Temo pelo copo de papel. Não é o fim que um latte de avelã merece.

— Não fiquei.

Ele emite um som do fundo da garganta.

— Faz quase dez anos que te conheço. Por que você ficou chateada?

— Eu não quero... — Os dedos dele se mexem nos meus. Não quero que faça isso porque o forcei. Não quero que ele odeie cada segundo disso. Não quero ser um incômodo, um aborrecimento, uma obrigação. — Não quero que isso estrague tudo.

— Não vai estragar. Stella, olhe pra mim, por favor. — Quando consigo encará-lo, aqueles olhos castanhos estão mais sérios que nunca. Com o sol que entra pela janela e aquele gorro idiota na cabeça, consigo ver as linhas douradas neles. O anel marrom-claro nas bordas das íris me faz pensar em café com leite demais. Latte de avelã. — Isso não vai estragar nada, tá? Estamos juntos nessa.

Concordo, e a mão dele aperta a minha no copo de novo. Meu braço começa a formigar por ficar esticado tanto tempo. Luka abre a boca para dizer mais alguma coisa, a mão puxando, a parte da frente do meu corpo se inclinando na direção dele, mas a porta do escritório abre e um Beckett bem mal-humorado surge, as mãos cheias de abóbora amassada.

— Temos um problema.

Vinte minutos depois, estou em frente à plantação de abóboras, vendo centenas de abóboras amassadas. Parece um campo de batalha, mas com mais... laranja. E lá se vai a minha trégua com os guaxinins. Eles têm um bufê coma-quanto-quiser bem aqui.

Faço uma nota mental para pesquisar se guaxinins podem comer abóboras.

— Bom... — Alongo o pescoço para a frente e para trás. Não tem problema. Não tem... não tem problema algum. Ao meu lado, Luka entrega o latte de avelã sem dizer uma palavra. — Faltam dois dias para o Halloween. A gente já ia colher tudo isso mesmo, para a Layla. Talvez a gente possa... não sei. Transformar isso em um campo assombrado?

Beckett parece resmungar baixinho. Deve estar com medo de que eu o obrigue a usar uma fantasia de zumbi.

— Vou matar aqueles merdinhas dos McAllister.

Ele parece um homem de oitenta anos vendo o gramado da entrada de casa. Sinto como se eu tivesse trazido isso à tona.

Olho em volta, analisando o tamanho do prejuízo. Cada uma das abóboras nas ramadas foi destruída. Dois adolescentes sozinhos não conseguiriam fazer isso. É organizado demais, metódico demais.

— Não sabemos se foram eles.

Ao que tudo indica, terei que instalar câmeras.

Luka e Beckett me olham com a mesma expressão de descrença, mas Beckett consegue acrescentar uma camada de frustração hostil na dele. É difícil levar Luka a sério com esse gorro com um pompom em cima.

— Tudo bem, então... — Tento incorporar minha versão otimista. — Já está na hora de a gente mudar pro Natal mesmo. Vamos deixar as grandes decorações para a semana que vem, mas podemos esquecer o Halloween. Vou pedir pra Layla fazer umas guloseimas a mais para a padaria, e se alguém aparecer atrás de abóboras podemos vender aquelas que conseguirmos tirar com desconto.

— O que vamos fazer com quem quer que tenha aprontado isso? — Ao que parece, Beckett tinha algumas sugestões.

Dou de ombros.

— Não sei, de verdade. O que podemos fazer? — Por alguns instantes, flerto com a possibilidade de empregar o que aprendi nas maratonas de *Law & Order SVU* e procurar por pegadas na lama e pedaços de tecido nas árvores. O que eu não daria para ter o detetive Stabler aqui agora. — Vou mandar instalar umas câmeras em locais estratégicos, mas não dá para colocar na fazenda inteira.

Não tenho dinheiro para instalar câmeras na fazenda inteira.

Nós três ficamos em silêncio. Ao menos é bom que isso tenha acontecido bem no fim do outono. Não consigo evitar de pensar que tudo isto esteja conectado — as abóboras, o fertilizante, as árvores. Ninguém tem tanto azar assim, certo?

— Você acha que isso tem a ver com os problemas com os fornecedores?

Franzo a testa para Luka e pressiono os dedos na base do pescoço. Ele me ouviu reclamar das entregas que não vieram e dos incidentes aleatórios desde que comprei este lugar. Meus ombros ficam tensos após mais esse problema despejado neles.

— Não sei. É provável. — Baixo as mãos ao lado do corpo e olho em volta. — Vai saber.

Seja o que for, precisamos descobrir a raiz do problema. De preferência antes que a fazenda seja exibida para milhões de pessoas.

5.

Beckett nos segue de volta para o escritório, o latte de algum modo indo parar nas mãos dele. Não sei por quê. Não é como se ele tivesse dificuldade de pedir alguma coisa para a sra. Beatrice.

— O que você está fazendo aqui? — pergunta para Luka. Também havia pensado nisso, mas não tive tempo de perguntar para ele. Luka não costuma aparecer assim, de repente. Normalmente sei os fins de semana que ele vem visitar a mãe. Nova York fica a apenas algumas horas daqui, e ele é conhecido por decidir visitar no calor do momento, mas quase sempre me manda uma mensagem antes. — Achei que você só viesse para casa no Dia de Ação de Graças.

— Decidi chegar antes. — Luka me olha de um jeito que não consigo interpretar. — Passar um tempo com a Stella.

Franzo a testa, confusa. Ah, será que ele quer… praticar? Pensar na história que vamos contar? Acho que é uma boa ideia. Limpo a garganta.

— É, somos namorados agora. — Minha voz sai alta demais na fazenda silenciosa, os pássaros em uma árvore por perto levantando voo. Então falo mais baixo: — Somos… hum, pessoas que namoram. Ele veio passar um tempo comigo, a… hum, a namorada dele.

Beckett para de andar e olha para mim, as duas sobrancelhas erguidas. Eu me remexo, inquieta com o olhar, demorando um pouco demais para pegar a mão de Luka. Ele ri, mas tenta disfarçar com uma tosse. Aperto os dedos dele com força o suficiente para quebrá-los.

— É — Beckett vira na direção do celeiro, o latte indo com ele —, isso vai exigir muito trabalho.

Solto a mão de Luka.

— Pessoas que namoram? — Luka olha fixamente para as árvores, um sorriso discreto fazendo os olhos se enrugarem nos cantos. Ele se vira e olha para mim. — Sabe, acho que a gente devia se apresentar assim quando a srta. Instagram chegar.

Estreito os olhos e decido não responder. Eu me viro e continuo andando para o escritório. Ele ri alto e corre até mim, me ultrapassando só para poder andar de costas, me alfinetando um pouco mais. O casaco se abriu com o vento, deixando ver um suéter idiota com o mascote do Inglewild High. Ele deve ter comprado na última feira beneficente, empolgado para dar apoio à mãe, que é professora e diretora da Associação de Pais e Mestres.

Nunca pensei que um homem poderia ser tão atraente com um texugo estampado no peito.

— Mas isso faz pensar numa coisa.

— Que é?

— Se agora somos pessoas que namoram, isso quer dizer que já fomos pessoas que não namoravam?

Eu o ignoro e, de propósito, não o aviso do enorme bordo ancião em que ele está prestes a bater. Mas, como o universo me odeia, no momento exato Luka dá alguns passos para o lado. Enfio as mãos mais fundo no bolso e enterro meu rosto no cachecol.

— Não sei. Eu fui burra. É claro.

— Mas a gente devia falar disso. Stella, espera. — Mãos fortes seguram meus ombros, me fazendo parar. A expressão dele ainda parece divertida, mas há certa seriedade também. Como no dia em que ele disse que queria aprender as letras de todas as músicas do álbum *A Night at the Opera*, do Queen, em tom de brincadeira, mas falando um pouco sério.

— Ela acha que a gente namora, certo? Essa influenciadora?

Assinto.

— E acha que compramos este lugar juntos?

Assinto de novo.

— Tá, tudo bem. — Ele me balança de leve. — Também é provável que ela vá ficar aqui em Inglewild. E isso vai ser uma novidade em uma cidade cheia de gente intrometida.

O nó no meu estômago se aperta ainda mais. Não tinha pensado nisso. Em uma cidade pequena como Inglewild, é bem capaz que nossa foto vá parar na primeira página dos jornais se, de repente, dissermos que estamos namorando há anos. Na única vez que Beckett tirou a camiseta, ao arar os campos em um dia quente e seco de verão, Becky Gardener estava passando por perto com a minivan, e a coluna do lado direito do *Inglewild Gazette*, dedicada às imobiliárias, falou dele durante três semanas.

— Não tinha pensado nisso — consigo dizer. Engulo em seco, uma *sensação* estranha e quase cômica entre nós. — Ela vai ficar numa pousada.

Luka aperta meus braços. O costumeiro um-dois-três.

— Eu tenho um plano.

Uma hora depois, estou parada ao lado da fonte de pedra que marca o centro do nosso distrito. Não sei se alguns poucos prédios que abrigam uma padaria, uma pizzaria e uma livraria podem ser considerados um distrito, mas é assim que ele é chamado desde que me mudei para cá. Luka adora rir disso quando estamos juntos em Nova York — ele fala de quanto sente falta das luzes fortes do centro de Inglewild enquanto caminhamos pelas ruas movimentadas e cheias de gente, com homens carregando pastas, embalagens de comida para levar e casais que saem aos montes dos bares, rindo.

É válido ressaltar que, da última vez que Luka Peters me disse que tinha um plano, acabei ficando completamente bêbada de tequila, vesti uma saia havaiana e cantei pop dos anos 90 no karaokê de um restaurante vinte e quatro horas. Luka ri quando o relembro disso, a mão encontrando a minha e nossos dedos se enroscando.

— Mas você se divertiu, não?

Claro. Também fiquei de ressaca por quase cinco dias. Tive que me deitar em um campo de árvores no dia seguinte, para que o horizonte parasse de girar.

— Pense nisso como um teste. — Ele balança nossas mãos para a frente e para trás, nossos passos sincronizados enquanto vamos para a Main Street.

— Vamos entrar em algumas lojas. Cumprimentamos as pessoas e vemos no que isso dá.

Suprimo a vontade de soltar minha mão e voltar correndo para a fazenda. Isso parece repentino demais. E uma burrada.

— A gente não tinha que ter se preparado pra isso?

Ele murmura alguma coisa que não consigo compreender e solta minha mão, apoiando o braço no meu ombro. Eu resmungo, mas me acomodo com facilidade ao lado dele. Sempre fomos carinhosos um com o outro. Esse contato físico entre nós não é nada de novo. É o resultado, acho, de duas pessoas que têm no toque um método de conforto e comunicação.

Mas, com a história que estamos tentando vender, parece diferente. Um flash de consciência percorre minha espinha e se instala onde o braço dele descansa pesadamente nas minhas costas. Sinto a pele formigar onde os dedos dele brincam preguiçosos com o cabelo que escapa do meu chapéu.

— O que você teria feito? — pergunto a Luka.

Eu faço um som indistinto, distraída. Estou ocupada retribuindo o olhar firme do sr. Hewett, o bibliotecário da cidade. Ele está parado nos degraus da biblioteca, a vassoura em mãos para limpar as folhas que se acumulam no caminho de pedras. Ele nos olha como se estivéssemos fazendo uma coisa indecente. Eu aceno e continuamos andando.

— Para se preparar — complementa Luka, sem perceber a estranha interação. — Como você teria se preparado pra isso?

— Não sei. Acho que combinando nossa história, pra começar. — Olho por cima do ombro, meu nariz pressionado no braço de Luka. O sr. Hewett ainda está nos observando andar pela rua, os óculos de armação de tartaruga quase embaçados.

— Nós já temos uma história.

— Ah, é? — Paro de me preocupar com os olhos arregalados do velho bibliotecário e me volto para Luka. O maxilar dele está cerrado. Ai, caramba, já vi essa determinação antes.

2015: Feira popular de verão. Mais de setenta e cinco dólares nos ingressos em um jogo para libertar o máximo de peixinhos-dourados possível.

2016: Olimpíadas de verão no Rio. Quando ele se convenceu de que conseguia correr um quilômetro e meio em quatro minutos.

2018: O pequeno estúdio em que eu morava, logo acima da oficina em que trocavam óleo. A urgência que ele sentiu em colocar trancas em cada janela e duas na porta.

— É — diz ele. Viramos à esquerda na Main Street. — Rapaz conhece garota. É uma história bem simples.

Estou desconfiada.

— Certo.

— Foi assim: A mãe do rapaz decidiu se mudar para uma pequena cidade na Costa Leste. Buscava um lugar diferente, novo, e não parava de falar na Pequena Florença. O rapaz não entendia muito bem, mas foi com ela. Ajudou a mãe a se acomodar. Quando estavam fazendo a mudança, o rapaz conhece a garota. Deu de encontro com ela, literalmente. E ela é... — Ele tosse, o braço tensionando em meu ombro. — Ela é incrível. Inteligente, engraçada, linda pra caramba. Mas também está muito triste. Então ele compra uma cerveja e um queijo grelhado para ela, e depois disso... Bom, depois disso ele continua se encontrado com ela. Compra mais queijo grelhado. E é isso.

E é isso. Eu engulo em seco. É a nossa história, mas... diferente. Ele de fato me comprou queijo grelhado e uma cerveja. Disse que era uma forma de se desculpar por quase me atropelar. Todos aqueles meses, eu me sentia como se estivesse com a cabeça embaixo d'água, e quando Luka apareceu minha cabeça emergiu na superfície.

Olho para ele, presa em um ponto em particular da história.

— Você me acha linda?

Ele franze a testa para mim enquanto continuamos caminhando.

— Claro que sim. Já te falei isso.

Balanço a cabeça, me sentindo um pouco tonta. Penso de novo naquele dia, tentando me lembrar do que veio depois. Minha amizade com Luka surgiu de modo natural. Boa parte do tempo, não consigo me lembrar de como eram as coisas antes dele. A sensação é que ele sempre esteve na minha vida. E não é de admirar, depois de quase uma década.

E, ainda que a gente se sinta tão confortável um com o outro, tanto quanto melhores amigos se sentem, acho que ele nunca me disse que sou linda. Luka sempre pareceu — *alheio* não é a palavra certa. Acho que nunca considerei que ele pensasse em mim dessa forma. Amigos não pensam em amigos desse jeito.

Você com certeza repara nas clavículas dele, meu cérebro acrescenta, sempre tão prestativo. *Nunca perde a chance de olhar para aqueles bíceps.*

— Não, você nunca disse.

— Ah. — Ele franze ainda mais a testa. — Você é linda.

Ele soa quase como se estivesse bravo. E, bom, somando isso à testa franzida, acho que é o elogio mais estranho que já recebi.

Se bem que uma vez um homem me disse que eu tinha dentes bonitos. E uma mulher no supermercado a duas cidades daqui me disse que tenho panturrilhas fortes.

— Mas, se você quiser uma história agoniante de como eu te salvei de uma lata de lixo que rolava ruidosamente na sua direção no meio da rua quando sua bota estava presa no bueiro, fique à vontade.

— Isso soa familiar — murmuro.

Ele sorri, mas eu quase não percebo. Meu cérebro ainda está pensando na palavra *linda*.

Linda, linda, linda. Penso nisso sem parar enquanto continuamos andando, então não percebo quando ele nos conduz para a estufa, que fica bem na esquina. É enorme, as paredes curvas cobertas de vidro, a cúpula ornamentada com o topo em cores vivas. As silhuetas de cestas penduradas e folhas largas roçam as janelas, a névoa dos aquecedores embaçando os detalhes e contornos. Quando eu era criança, os garotos do ensino médio entravam aqui e desenhavam pênis nas janelas.

Sigo Luka sem pensar, entrando por uma das grossas portas de vidro. Duas coisas acontecem imediatamente. A umidade espessa da estufa me dá as boas-vindas, fazendo meus cabelos se arrepiarem, e Mabel Brewster grita a plenos pulmões.

Luka e eu estremecemos.

— Ai, meu Deus — resmungo. — Você achou que seria uma boa ideia começar aqui?

Mabel está ziguezagueando entre as prateleiras de suculentas no fundo com um olhar quase maníaco. Seu longo cabelo preto está preso em tranças, cuidadosamente amarradas para trás com um lenço em volta da cabeça, o laranja e o vermelho contrastando com a pele escura. Embora eu sinta o suor começando a se acumular na base das minhas costas e na cavidade da minha garganta, a pele dela cintila quase injustamente na umidade da estufa, um leve brilho em suas maçãs do rosto salientes. Ela parece uma Barbie de estufa, e repito isso toda vez que ela visita a fazenda levando ervas frescas.

Mas agora parece uma pequena dinamite prestes a explodir.

Resmungo de novo, só para garantir. Luka muda de posição, aparentemente começando a se arrepender da decisão quando ela derruba dois vasos de palmeiras e não diminui a velocidade.

— Por que ela está assim? — pergunta ele.

Eu sei exatamente o que Luka quer dizer, mas quero ouvi-lo falar.

— Assim como?

Ele me puxa para mais perto de si, como se pudesse me proteger da determinação aterrorizante dela. Conheço Mabel desde o ensino médio. A última vez que a vi assim foi quando ela pegou Billy Walters desenhando os pênis nas janelas da estufa do pai.

— Como se ela quisesse nos cortar em pedacinhos, mas também meio que dar uns amassos com a gente.

A risada escapa pelo meu nariz. Mabel tem um metro e meio e um pouco menos de cinquenta e seis quilos. Mas compensa em energia tudo o que não tem de tamanho. Ela marcha até nós, olhando fixamente para a mão de Luka que segura meu braço. Ele me puxa um pouco mais perto e exala, trêmulo, na parte de trás da minha cabeça. Quero gargalhar com a situação, mas tenho um pouco de medo do que Mabel pode fazer.

— Vocês parecem bem íntimos.

Ficamos em silêncio. Ela estreita os olhos.

— Faz tempo que não te vejo, Luka.

— Você me viu duas semanas atrás, Mabel. Na mercearia.

Ela faz um som indistinto e finge não ouvir o que ele disse.

— E você, srta. Fazendeira Chique. Tem alguma coisa para compartilhar com a turma? — O olhar dela parece queimar o local em que estou agarrada à jaqueta de Luka.

— Na verdade, não — digo, me fazendo de boba. — Ah, tinha me esquecido. — E ela se anima. — A partir da terceira semana de novembro, vou ter alguns ornamentos frescos pra você. Pra fazer guirlandas, se você quiser.

Ela parece querer torcer meu pescoço.

— Fazer guirlandas.

— É.

— Tá bom.

Há um momento de silêncio enquanto todos nos analisamos. Tento suprimir um sorriso e posso sentir o estrondo de uma risada presa no peito de Luka. Ele me ajeita para que eu fique totalmente na frente dele e cruza os dois braços sobre meus ombros, me puxando para perto. Encaixamos com perfeição, a barba por fazer dele arranhando o caos dos meus cabelos nesse lugar abafado. Os olhos de Mabel se iluminam e um sorriso começa a surgir.

— A gente queria saber se você faria uma guirlanda para a nossa porta da frente — diz Luka, o queixo apoiado no topo da minha cabeça.

Ele é esperto. Podia ter sido direto e contado para ela. Em vez disso, deu a entender que ela já deveria saber daquilo. Uma conclusão precipitada. Atingiu o epicentro da fábrica de fofocas dessa cidade.

Mabel entrelaça os dedos, colocando as mãos sobre o coração. Ela sorri enquanto balança para trás em seus calcanhares.

— Está acontecendo — cantarola.

E assim nossa saga começa.

Aparentemente, Inglewild tem alguma rede de comunicação secreta.

Descobrimos isso assim que deixamos a estufa de Mabel e atravessamos a entrada de automóveis que sai do corpo de bombeiros e entra na estrada principal. As portas do compartimento do caminhão estão fechadas, e Clint e Monty estão relaxando nas cadeiras de jardim desbotadas que usam quando o tempo está bom. Ambos começam a aplaudir assim que nos aproximamos, um assobio caloroso vindo de algum lugar lá no fundo. Gus, sem dúvida. Ele provavelmente está enfiado embaixo da van dos paramédicos, consertando.

— Porra, até que enfim! — grita Clint, levantando o energético em um brinde. Monty dá um tapa nele e gesticula para o parque infantil abandonado do outro lado da rua, como se o palavrão dele pudesse perdurar e influenciar crianças que não estão ali agora a falarem como marinheiros. Clint balança a mão em desdém.

— A Mabel ligou para contar as novidades!

— Faz doze segundos que saímos de lá — murmuro.

— Intrometidos. Eu te disse. — Luka ergue o queixo para Clint. — A Cathy sabe que você está bebendo isso aí?

Clint olha para a bebida na mão e abre um sorriso atrevido para Luka.

— É claro que ela sabe que estou tomando esta exelente bebida de hidratação aprimorada com eletrólitos. — Ele baixa a cabeça e olha para nós dois por cima do aro dos óculos, uma advertência silenciosa em seus olhos sorridentes. Cathy, a esposa, ia chutar o traseiro dele rua acima e abaixo se soubesse que ele ainda está bebendo aquilo depois do último susto com o coração. — E vai continuar assim.

Alex, na livraria, ergue a caneca com chá de camomila em um pequeno cumprimento quando passamos pelas grandes vitrines de sua loja. A sra. Beatrice, sempre do contra, apenas franze a testa quando Luka enfia a cabeça no estabelecimento, minha mão apertada na dele, pedindo um latte para viagem. E Bailey McGivens e a esposa Sandra quase começam a chorar quando Luka e eu as encontramos na calçada.

— Estamos muito felizes por vocês dois — diz ela, agarrada ao braço de Sandra. — A gente sempre teve esperança de que isso um dia fosse acontecer.

Não sei se ela está falando comigo ou com Luka, mas fico vermelha, gaguejo e faço o possível para não me entregar. Eu não fazia ideia de que todos estavam tão interessados. Olho furtivamente para Luka, para ver se há algum constrangimento, mas ele está sorrindo, gentil, aceitando todos os parabéns com calma, sem um pingo de ansiedade no rosto bonito. Eu? Eu peguei toda a ansiedade do mundo para mim.

— Você tá bem? — Luka pergunta no meu ouvido, os dedos encontrando o cós da minha calça. Eu quase morro de susto.

— Tô, sim!

A cena se repete conforme andamos pela cidade. Pessoas que conheço há tempos e pessoas que não conheço dando tapinhas nos nossos ombros, acenando e comemorando. Parece que estamos em um pequeno desfile de dois participantes, e sou eternamente grata por Luka ter sugerido fazermos isso agora, e não quando Evelyn estivesse por aqui. Todos estão agindo como se fôssemos os escolhidos e nossa união determinasse o destino do mundo.

Quando chegamos à delegacia, que marca o fim da Main Street, estou exausta. Acho que não falo com tantas pessoas desde a última vez que a sra. Beatrice fez uma promoção de pague um leve dois nos mochaccinos de Nutella e toda a cidade apareceu para esperar na fila.

Luka acaricia minhas costas antes de passar os dedos pelos meus cabelos, apoiando o polegar na base do meu pescoço. Sinto o que só pode ser descrito como um arrepio de corpo inteiro, um som obsceno saindo da minha boca. Luka faz um murmuro em resposta, interessado.

— Topa uma pizza quando a gente voltar? — pergunta ela.

Faço que sim com a cabeça, ainda focada no centímetro quadrado de pele que ele pressiona com o polegar, fazendo pequenos círculos. Metade de mim quer cair de cara na calçada; e a outra, arrancar todas as minhas roupas.

Luka arqueia uma única sobrancelha, os olhos castanhos brilhando em um tom mais escuro. Seu polegar pressiona novamente com intenção, testando, e meus ombros vão para trás em um leve arrepio. Sinto aquela pressão na minha barriga, na curva da minha espinha.

Luka sempre me atraiu. Ele é bonito de todas as maneiras que mais gosto; alto, cabelos sempre bagunçados, maxilar anguloso e algumas sardas na ponta do nariz. Mas sempre foi fácil ignorá-lo. Me convencer de que não o via dessa forma.

Estou me dando conta disso agora.

Um sorriso diabólico surge no canto da boca dele, o interesse claro nas linhas de seu rosto.

— Eu não... — Ele limpa a garganta, a voz rouca, os dedos avançando pela minha pele até que toda a minha nuca esteja envolvida na palma da sua mão. Uma mão grande, quente. Ele aperta uma vez enquanto seu olhar procura meu rosto. — Eu não sabia...

Não sei o que ele não sabia, porque somos interrompidos pelo barulho de uma espingarda sendo carregada.

6.

LUKA USA A mão no meu pescoço para me puxar para trás e posiciona metade do corpo na frente do meu. Espio por cima do ombro dele e vejo o xerife Jones sentado na varanda da velha delegacia, uma espingarda apoiada despreocupadamente nos joelhos.

— Belo instinto o seu, rapaz. — Ele inclina o chapéu para Luka, mas mantém uma das mãos firme na arma. — Isso vai contar a seu favor.

Luka ri, os ombros relaxando com uma expiração profunda. A mão desliza do meu pescoço, aliviada.

— Ah, isso era um teste?

O xerife Jones não ri.

— Com certeza.

Dane Jones, xerife da cidade, foi a primeira pessoa que minha mãe e eu conhecemos quando nos mudamos para Inglewild. Ele nos viu tirando as malas do carro e se ofereceu para ajudar, carregando uma das mochilas de lona da minha mãe nos ombros largos e equilibrando uma caixa com meus livros no outro braço. Pediu duas pizzas para a gente, entregou seu cartão para minha mãe e disse que, se precisasse de alguma coisa, era só ligar.

Sorrio contra a lã do casaco de Luka e fico na ponta dos pés, acenando para o xerife.

— O que tá rolando, Dane?

Dane pisca, desviando o olhar de Luka para sorrir para mim. Aquilo mal poderia ser definido como um sorriso, mas depois de quase vinte anos sei o que aquele movimento da boca dele significa.

— Ouvi dizer que vocês estão namorando.

— Ah, é?

— Pensei em dar parabéns para vocês. — Luka emite um som abafado em protesto, com certeza curioso para entender como uma espingarda pode ser entendida como *votos de felicidade*. Dane olha de novo para ele, encarando-o. — E também deixar o rapaz aqui avisado.

Ah, entendi.

Meu sorriso fica ainda maior, um calorzinho surgindo em meu peito. E, estranhamente, sinto Luka relaxar na minha frente.

— E isso é o melhor que você pode fazer? — Ele aponta para a arma. — Uma arma sem munição e um aviso ambíguo?

— Não tem nada de ambíguo quando digo que vou quebrar todos os ossos do seu corpo parrudo se vir uma lágrima no rosto dessa garota. E que, com todo o prazer do mundo, vou acabar com você fisicamente, mentalmente e emocionalmente. — Ele se inclina para trás e apoia os pés no balaústre. Dá um tapinha na arma. — E quem foi que disse que essa arma não está carregada?

— Ah. — Luka engole em seco. — Entendido.

Ficamos em silêncio, um encarando o outro. Eu olho para Dane. Dane olha para Luka. Luka, devo admitir, não desvia o olhar de Dane.

— Sabe — observo, a voz cuidadosa —, você nunca apareceu com uma espingarda quando eu estava namorando o Wyatt.

Dane olha preguiçosamente para mim, como se eu estivesse sendo boba.

— Acho que a gente já sabia que aquilo não ia dar em nada, Palitinho de Canela.

Reviro os olhos ao ouvir o apelido que ele me deu quando eu tinha treze anos e confessei aos prantos o meu grande crime de esquecer de pagar pelos palitinhos de canela no supermercado na esquina da Third com a Monroe. Eu me sentei em frente à mesa dele e chorei como uma boba, erguendo os pulsos para a algema que tinha tanta certeza que Dane me forçaria a usar.

Para minha surpresa, ele não achou que eu deveria ser colocada sob custódia.

— Você vai pra casa do seu pai fim de semana que vem?

Faço careta. Já tinha quase me esquecido disso.

— Vou, o de sempre.

Luka se vira e franze a testa para mim.

— Ele ainda está fazendo isso? O Dia de Ação de Graças antecipado?

Sim, meu pai me faz celebrar o Dia de Ação de Graças mais cedo na casa dele para não ter que passar pelo pesadelo de entreter a filha bastarda no feriado de verdade. E, sim, meu pai ainda é a pior combinação de egocêntrico e egoísta, a falsa humildade sendo a cereja amarga no topo.

Mas ele é a única família que ainda tenho. E isso deveria contar para alguma coisa.

Por mais que *ele* não queira.

— Sim — respondo apenas. — Eu vou levar a torta.

Consigo sentir o olhar pesado dos dois. Luka parece ter algumas opiniões a respeito. Acho que o vi franzir a testa mais vezes nos últimos dois dias que em todo o tempo que somos amigos. Dane voltou a passar os dedos pela espingarda, parecendo pensativo.

— Diga que mandei um oi para ele — fala Dane. — E que ainda acho que nem o diabo ia querer comprar a alma dele.

Explodo em uma gargalhada. Adoraria ver a cara de Brian Milford depois de receber esse recado. Vou ter que enviar uma mensagem para o Charlie depois.

— Pode deixar. — Dou o braço para Luka e viramos para retornar para a cidade. Se tivermos sorte, Matty ainda deve ter alguma pizza de pepperoni e podemos comprar um pedaço para levar. — É sempre um prazer, xerife.

— Digo o mesmo, Palitinho de Canela. Estou de olho em você, Peters.

Parte de mim espera que ele aponte para os próprios olhos e depois para Luka antes de passar o dedo pela garganta. Mas, aparentemente, isso seria ir longe demais para o homem sentado em frente à delegacia com uma arma no colo.

Luka fica quieto enquanto voltamos. Olho para ele, percebendo que a testa continua franzida. Limpo a garganta. O que eu não daria para voltar à frivolidade de seus dedos enfiados no cós da minha calça.

— Você ficou incomodado? — pergunto.

— Hã?

— Com o xerife? Acho que ele estava só brincando. Você sabe que ele é bastante protetor.

Luka ergue as mãos para passar os dedos nos cabelos, mas lembra no último instante que ainda está com o gorro com o pompom. Em vez disso, ele empurra a frente para cima até que os fios espessos do seu cabelo surjam em um emaranhado. Com as bochechas rosadas e cabelos escuros e bagunçados, ele parece um boneco que deveria estar em um globo de neve. Suspiro.

— Não, foi tranquilo — fala. Um sorriso surge, parte de sua melancolia desaparecendo. — Na verdade, foi incrível. Gosto que você tenha pessoas que cuidam de você.

— Ele passa na fazenda a cada duas semanas para saber como estou. Acho até que mandou alguns dos policiais limparem a beira da estrada no trecho que leva até nós.

E ele sempre compra três árvores. Todo ano. E pega abóboras suficientes para colocar em cada balaústre da varanda. E faz questão de pegar um chocolate quente de Layla e os produtos frescos de Beckett. É um bom homem.

— Por que você ainda vai para a casa do seu pai? Você sempre fica tão... — Ele pensa nas palavras com cuidado, me avaliando com o canto do olho. — Você fica diferente depois. Fazer isso te deixa triste.

Dou de ombros e foco nos nossos pés, que marcham no mesmo ritmo. As pernas do Luka são muito mais compridas, mas ele diminui o passo para acompanhar meu ritmo, dois pares de botas em perfeita harmonia.

— Não fico triste, só fico... cansada, eu acho. É sempre muito cansativo.

— Então por que você ainda vai lá?

— Gosto de ver o Charlie. E a Elle é legal.

— E daí? Você pode ver qualquer um dos dois quando quiser. Não precisa participar desse feriado esquisito que seu pai insiste em fazer todos os anos.

Não tenho certeza se foi ideia do meu pai. Acho que ele entrou no jogo, é claro. E, com certeza, é mais conveniente para ele se eu estiver presente nessa versão do Dia de Ação de Graças e não na grande festa que dá no feriado verdadeiro, para o conselho de administração que supervisiona sua empresa de gestão de fundos de cobertura. Mas, no começo, o convite veio diretamente de Elle.

Suspiro e decido ser honesta.

— É bom ter um lugar pra onde ir — digo baixinho. — É bom ter uma família para visitar.

O jantar é uma tradição por si só, mesmo que não passe de uma hora e meia de conversa-fiada.

— O que significa isso? Você está me dizendo... — Fico surpresa ao ouvir que Luka parece zangado. Furioso, até. — Stella. Eu convido você todos os anos para o Dia de Ação de Graças.

Eu sei disso. E recuso todas as vezes. E, no lugar, passo o dia em um abrigo nos arredores de Baltimore, servindo purê de batatas e sanduíches de peru até parecer que meus braços vão cair. E, a caminho de casa, paro na loja de conveniências e como meu peso em batatas fritas e macarrão com queijo frito.

E isso é bom. Perfeito, eu diria. É exatamente assim que quero passar o feriado. Minha mãe costumava preparar um banquete parecido para a gente, todo ano. Era caro demais comprar o peru e a batata-doce e a caçarola de vagem, então ela improvisava. Jantávamos em frente à televisão e arrumávamos a mesa com nossos utensílios de plástico mais chiques, rindo de nós mesmas e brindando com refrigerante.

É a minha pequena tradição.

— Eu sempre te vejo no dia seguinte — digo, tentando me esquivar. — Você sabe que não gosto de perder a Black Friday na livraria.

Ele para de andar e apoia as duas mãos nos meus ombros. Olho para ele e para o pompom do gorro de novo. É muito irritante. Franzo a testa.

— Por que você nunca vem passar o Dia de Ação de Graças comigo e com minha mãe?

Porque a mãe de Luka ainda aperta as bochechas dele quando ele entra pela porta. Porque a avó e todas as tias fazem o jantar gritando umas com as outras em italiano, batendo no seu pulso com colheres de pau quando você chega muito perto da panela. Porque é quente, barulhento, caótico e perfeito. Porque parece muito com todas as coisas que não tenho.

Dou de ombros. Ele murmura baixinho:

— Bom, se não posso impedir você de passar o dia com aquele idiota, não vou te deixar fazer isso sozinha. — Ele olha para mim, e posso ver que está falando sério. Fico com a sensação de que esse discurso deveria ser feito no topo de uma colina, diante de um campo amplo e verde. Uma espada ou coisa do tipo na mão. Talvez um kilt. — Vou com você.

Eu me esforço para apagar da mente a imagem de Luka em um kilt.

— O quê?

— Vou com você para o Dia de Ação de Graças forçado e falso.

— Hum, não vai não.

— Por quê?

— Bom, para começar, você não foi convidado.

— Tudo bem, então. O Charlie me adora. Vou mandar uma mensagem pra ele.

É verdade. Charlie de fato o adora. Iria convidá-lo em um nanossegundo.

— E para terminar?

— O quê? — Eu me assusto e olho ansiosamente para a placa neon de pizza a dois quarteirões de distância. Se a pizza de pepperoni tiver acabado enquanto temos essa discussão, acho que nunca vou perdoar Luka.

— Você disse para começar. O que vem a seguir, para terminar?

— Para terminar — falo, à procura de uma resposta adequada. — Para terminar...

— Viu — corta ele, convencido. Reviro os olhos e começo a andar depressa até a pizzaria. Vou comer minha pizza sozinha, e Luka vai ter que se contentar com a pizza sem glúten, de massa fina e com recheio de vegetais. — Você não tem mais argumentos.

— Para terminar... — protesto. Não quero que ele veja como meu pai fala comigo. Como, às vezes, finge que nem estou ali. Como se eu fosse uma sombra inconveniente à mesa. Não quero que Luka veja como é o meu Ação de Graças, porque o dele é sempre maravilhoso. — Não quero que você vá.

Luka para, e sinto os passos dele vacilarem ao meu lado. Brigo com meu instinto imediato de retirar o que disse.

— Isso não é verdade — contesta ele baixinho, e sinto um aperto no peito quando percebo a mágoa em sua voz. — Você não tá falando sério, Stella.

Merda. Paro na calçada com um último olhar ansioso para a Matty's Pizza e depois me viro para encarar Luka, com as mãos um pouco acima dos cotovelos dele, como ele costuma fazer comigo. Eu o sacudo uma vez

— Luka. — Sua expressão é quase comicamente triste. Não faço ideia de como a mãe dele conseguia discipliná-lo quando criança. — Luka, você já está fazendo bastante por mim. Não quero que você vá para... — Tento lembrar a descrição que ele deu. — Não quero que você vá para o Dia de Ação de Graças forçado e falso.

Ele se anima um pouco.

— É por isso? Porque você acha que já estou fazendo muita coisa?

Assinto, hesitante. Ele sopra uma lufada de ar e balança para trás em seus calcanhares.

— Ok, bom, isso é fácil de resolver.

— Fácil?

— É, eu vou com você. Somos amigos há quase dez anos, Stella. Pare de ficar contando quanto cada um faz. Para a sorte de Luka, ainda há pizza de pepperoni quando enfim chegamos à Matty's. Como sempre, ele espera na calçada enquanto eu corro e pego nossa comida. Matty me dá uma piscadela e um sorriso da cozinha nos fundos e me diz que hoje o pedido é de graça, um presente para os pombinhos apaixonados. Os pepperoni da pizza vêm até em forma de coração. Ajuda bastante a acalmar minhas frustrações relacionadas a Luka. Ele diz para não ficar contando quanto cada um faz, mas não consigo evitar. Sempre tive dificuldade em aceitar ajuda, e isso parece ser tudo o que tenho pedido ultimamente. Não sei como vou recompensá-lo por tudo isso.

VOLTAMOS CALADOS PARA a fazenda, o murmúrio do rádio preenchendo o silêncio entre nós. De vez em quando, a caixa de papelão faz barulho quando roubo um ou dois pepperoni. Tento ser discreta, mas na terceira vez Luka estende a mão e segura meu pulso, guiando um pepperoni perfeito e gorduroso à boca.

Os dentes dele raspam nos meus dedos, o lábio inferior encostando e passando na ponta do meu polegar. A língua encosta no meu dedo e meu estômago aperta.

Ele geme exageradamente enquanto mastiga, o que me obriga a baixar a janela um pouco.

Mantenho a caixa da pizza fechada depois disso.

Quando viramos na estrada estreita que leva até a fazenda, vejo Beckett acenando para nós, os cotovelos apoiados no mourão da cerca que circunda a terra que usamos para plantio. Luka desacelera o carro até parar, e eu abro a janela de vez. Tiro uma foto rápida com meu celular para postar no Instagram da fazenda, e Beckett faz uma careta. É culpa dele por ser bobo e ficar parado daquele jeito. Luka dá uma risadinha em algum lugar atrás de mim.

— Por que eu já recebi quatro ligações pra falar de vocês?

— Quatro ligações?

— É, das minhas irmãs. E da rede secreta.

Ergo as sobrancelhas.

— Você faz parte da rede secreta?

Beckett franze a testa.

— Todo mundo faz parte da rede secreta.

— Eu não — Luka argumenta por cima do meu ombro. — Nem a Stella.

— Ah, fazer o quê. — Beckett dá de ombros, sem se importar. Para falar a verdade, eu nem sabia que Beckett tinha um celular. Quando preciso dele, saio do escritório e grito seu nome na direção dos campos. — Agora todo mundo sabe, se era isso que estavam querendo.

Eu franzo a testa, alguma coisa naquilo se revirando no fundo da minha mente. Com toda a empolgação, sinto que esquecemos algo importante. Beckett acena para nós e volta a fazer o que quer que ele faça quando está sozinho com as batatas, e Luka nos guia pelas ruazinhas.

Penso de novo na minha hesitação durante o dia, quando senti que estávamos fazendo isso sem plano algum. Deu certo desta vez, mas o que vem a seguir? Ainda estou pensando nisso enquanto saio do carro de Luka e remexo a bolsa em busca das chaves, abrindo a porta com o ombro para entrarmos no corredor entulhado de coisas. Tiro as botas em um chute e ignoro o jeito como Luka as endireita quase imediatamente, jogando meu cachecol sobre a mesa. Vago até cozinha e pego os pratos em forma de gnomo que combinam com o pano de prato, deixados pelo proprietário anterior e que, sendo sincera, são divertidos demais para me livrar. Pego uma fatia de pepperoni e olho pela janelinha acima da pia.

Dou duas mordidas na pizza e então me dou conta do que é essa coisa se revirando na minha mente.

— Luka?

Ele ignorou meu humor introspectivo e se acomodou no sofá, um jogo de futebol americano universitário na TV e uma cerveja na mão. Ele se vira para olhar para mim, o braço longo esticado nas costas do sofá.

— Descobriu?

Assinto e dou um passo mais perto. Mordo mais um pedaço da pizza para ganhar força e coragem.

— Todo mundo acha que estamos namorando — começo. Ele me olha como se quisesse dizer *Não era esse o objetivo de hoje?* Retribuo o olhar e lembro que ele não consegue ler minha mente. — É só que... se eles acham que estamos namorando, o que vão pensar quando não estivermos namorando?

Todos que encontramos hoje ficaram muito felizes por nós. Interessados. Bailey McGivens chorou. Mabel quase derrubou Luka quando ele insinuou que estávamos morando juntos. Eu sei que deveria ter pensado nisso antes, mas tudo está começando a ficar confuso. E Evelyn ainda nem chegou.

Ele dá um longo gole na cerveja, uma linha de expressão se formando entre as sobrancelhas.

— Não acompanhei o raciocínio.

Dou a volta no sofá e me sento na beirada.

— Não temos uma rota de fuga.

— A gente precisa de uma rota de fuga?

Tipo, vamos fingir que namoramos para sempre? Andar pela cidade de braços dados aos sábados, só para voltar cada um para sua casa? Isso parece... uma escolha estranha. A confusão deve estar estampada em meu rosto, porque Luka ri, erguendo as mãos.

— Calma aí, me ouve. — Ele se ajeita até ficar de frente para mim, a garrafa de cerveja apoiada no meu joelho. Eu estreito os olhos para ele e pego a garrafa, dando um gole rápido. O sabor amargo e delicioso explode na minha boca e me acalmo um pouco. — Sei que hoje foi um espetáculo e tanto, mas quando tudo tiver acabado, depois que a gente encantar a Evelyn Stackhouse...

— St. James — corrijo.

— ... ou seja lá qual for o nome dela, e você ganhar esse concurso, o que de fato precisa mudar? Não fizemos nada de diferente do que costumamos fazer. Só joguei um verde pra Mabel.

Penso na mão dele em volta do meu pescoço, como pude sentir a batida de seu coração nas costas quando ele me puxou contra seu peito. Penso em como ele levou o nariz na altura da minha orelha quando passamos pela livraria, apontando a nova antologia de não ficção sobre assassinos em série. É verdade que às vezes agimos assim. Mas eu dificilmente chamaria isso de normal.

Luka continua, alheio ao meu olhar cheio de dúvidas.

— Bom, o que você estava pensando? Você queria enviar um memorando ou algo assim? Que tal se a gente só... continuar?

Eu pisco para ele. Ele dá uma mordida gigantesca na pizza, satisfeito com ele mesmo. Não faço ideia do que ele está falando. *Continuar o quê, Luka?* Quero agarrá-lo pelos ombros e sacudi-lo. *Continuar o quê?*

— Nós vamos... — Eu quase nem quero dizer isso. Pego a cerveja e tomo tudo em quatro goles, então estremeço. Cervejas não são feitas para serem tomadas rapidamente. Entrego a garrafa vazia para ele e, então, entrelaço meus dedos no colo. Escolho usar minha voz paciente, aquela que costumo usar quando os alunos do jardim de infância visitam a fazenda todo ano e mostro como devem plantar as sementes. — Luka, o que você quer dizer quando usa a palavra *continuar*?

Ele olha para mim como se soubesse exatamente que tipo de voz estou usando.

— Pensa comigo. Se a gente estivesse namorando de verdade... — O olhar dele se suaviza, nebuloso à luz da televisão, olhos castanhos calorosos e reconfortantes. Um meio sorriso surge no canto de sua boca, como se o pensamento o agradasse. Como se não pudesse imaginar nada melhor. — Não mudaria essa parte, certo?

— Pizza no sofá? Com certeza não. — Mas provavelmente as calças seriam opcionais. Parece que meu corpo se dá conta disso e sinto um arrepio.

— Não, quer dizer... — fala ele, procurando as palavras certas, o queixo inclinado para olhar para o teto como se a resposta estivesse em algum lugar lá em cima, em meio às vigas. Seu rosto é todo linhas suaves no sol que se põe. O ângulo agudo da mandíbula. As sobrancelhas escuras. O nariz reto e as sardas que dançam sobre ele. Luka tirou o gorro assim que entramos e seus cabelos parecem não saber como se comportar, selvagens e despenteados e espetados em todas as direções. — Se a gente namorasse de verdade, quero pensar que, independentemente do que acontecesse, a gente ainda agiria como agora. Que mesmo se a gente terminasse, como você mencionou preocupada, ainda seríamos amigos e ainda faríamos isso. A gente continuaria.

— Então você acha — digo, tentando seguir a lógica — que, porque somos amigos, não ia importar se a gente terminasse ou não.

Ele concorda.

— É, exato. Não precisamos dizer nada a ninguém. Vamos continuar fazendo o que sempre fizemos e, se alguém perguntar, podemos contar, eu acho. Mas não penso que isso vai acontecer.

— Isso não vai... não sei... não vai afetar suas atividades quando você estiver na cidade? Depois disso?

Ele parece confuso enquanto passa a mão para a frente e para trás nos cabelos, de alguma forma conseguindo bagunçar ainda mais.

— Atividades?

— Você sabe — continuo, fazendo um gesto vago com as mãos. — Assim, se você for sair e quiser paquerar alguma mulher ou coisa do tipo. — Pareço ter cento e sete anos.

Ele pisca.

— Quem eu vou paquerar? A sra. Beatrice?

— Luka.

— Nunca tenta nada por aqui.

Faço uma careta, me lembrando de uma noite no bar quando ele veio me visitar durante as férias da primavera da faculdade, a mão na coxa de uma turista embaixo do balcão do bar, o nariz roçando o ombro dela enquanto se inclinava para perto.

Eu limpo a garganta.

— Você já fez isso uma ou duas vezes aqui.

Ele franze a testa como se não tivesse ideia do que estou falando. Como se a ideia fosse absurda.

— Não fiz, não.

Não estou disposta a continuar essa conversa, nem explicar por que cada encontro dele está gravado no meu cérebro.

— Mas o ponto é este — digo, me esforçando para parecer relaxada. — Se a gente *continuar* e as pessoas acharem que estamos namorando, você pode ter alguns... hum... problemas. Por fazer isso.

— E esse ponto é irrelevante — rebate ele, parecendo confuso e um pouco magoado. — Por que não faço isso há tipo... cinco anos, Stella. E ainda mais aqui.

— Certo. — Ele está errado, mas tudo bem.

— Tá bom.

— Beleza.

Ele dá uma risada frustrada e balança as pernas, se esparramando no sofá. Ainda tenho minhas objeções, mas está um pouco tarde para falar sobre esse assunto. Na pior das hipóteses, podemos dizer a todos que decidimos que funcionamos melhor como amigos.

Ou eu poderia fingir minha morte e me mudar para o México. Aposto que uma fazenda de árvores para passar as férias seria ótima lá. Eu poderia vender pequenas palmeiras em cascas de coco em alguma praia.

Depois de alguns minutos assistindo, sem prestar atenção, a um atacante correr em disparada pelo campo, ele me cutuca com o pé com meia.

— Vai ficar tudo bem, Lalá. Não importa o que acontecer, não vou desaparecer. Tá?

Típico do Luka mencionar meu maior medo quando tenho gordura de pepperoni no queixo. Meu pai foi embora antes de eu nascer, e isso destruiu minha mãe. Ela morreu quando eu tinha vinte e poucos anos. Nós nos mudávamos demais para que eu pudesse fazer amigos para toda a vida. Eu nunca consegui manter ninguém.

— Você promete?

Não tenho vergonha de como minha voz soa trêmula, do aperto na minha garganta. Ele precisa saber quanto isso é importante. Não estou disposta a continuar se isso significar perdê-lo no processo.

Ele entrelaça nossos dedos e aperta. Seus olhos são sinceros, e é fácil acreditar nele.

— Prometo.

7.

O FIM DE semana antes do que meu pai chama de Dia de Ação de Graças passa rapidamente. Luka está em Nova York cuidando de algum projeto de trabalho misterioso que explica usando apenas adjetivos vagos, e eu ocupo meu tempo organizando as coisas para o feriado na fazenda.

Depois que ele volta para a cidade, encontro um aromatizante de pinho pendurado cuidadosamente na porta da minha casa, no meio, como se fosse visco. Eu o tiro com um sorriso e o coloco com os outros, me perguntando se ele para no postinho de gasolina na periferia da cidade todas as vezes.

Beckett, Layla e eu limpamos o canteiro de abóboras danificado e instalo algumas câmeras ao longo da propriedade. Tive que dirigir quase vinte minutos para encontrar uma loja de eletrônicos com algum estoque. Barry, da Barry's Electronics, me informou que, embora as câmeras não sejam de alta tecnologia como algumas das outras no mercado, elas me avisarão se alguém estiver entrando na fazenda sem meu conhecimento.

Ou se guaxinins tiverem uma vontade repentina de destruir abóboras.

Em uma tacada de gênio, Beckett transforma as árvores retorcidas no terreno sul em uma floresta assombrada na noite de Halloween. A melhor parte é que ele não precisa fazer absolutamente nada para que pareça um cenário de *O labirinto do fauno*. Susie Brighthouse dá uma olhada enquanto vem com a mãe pegar comida com Layla, diz que é *sensacional* e, quando percebo, toda a turma do segundo ano está correndo pelo terreno como uma horda de zumbis bêbados.

É o maior número de clientes desde o último feriado e, apesar de ser um grupo de pré-adolescentes empolgados, é o suficiente para me dar uma pontinha de esperança. Beckett, Layla e eu comemoramos à altura, sentados à beira dos campos com uma garrafa térmica de cidra quente de maçã, ouvindo enquanto eles gritam uns com os outros.

— O que você colocou lá pra assustar os adolescentes? — pergunto a Beckett.

— Nada.

— Nada?

Beckett toma outro gole de cidra.

— Talvez eles se assustem com a própria burrice.

No fim das contas, foi uma boa semana. Acordo na manhã do Dia de Ação de Graças forçado e falso esperando o pior, mas tenho uma surpresa agradável. Nada na fazenda foi destruído, todos os carregamentos chegaram no prazo e ninguém apareceu no meu escritório para me dizer que algo está pegando fogo. Metade de mim espera que um ralo se abra e me engula para as profundezas do inferno enquanto ando pelos campos até o grande celeiro vermelho. Mas não vejo nada além das jardineiras bem cuidadas à beira da estrada e das árvores ao longe, e algumas cestas vazias na trilha que devem ter esquecido ao colher as frutas.

Pego as cestas vazias e seguro no braço, empilhando-as perto da porta enquanto entro no celeiro e começo a retirar as caixas com enfeites natalinos. É a minha parte favorita do ano, a transição do outono para o inverno. Quando desempacoto todas as coisas que fazem deste um lugar mágico.

Hank fez o melhor que pôde para tornar este lugar festivo, porém estava mais focado nas árvores que na experiência. Ele deixou algumas renas de madeira de aparência triste, um trenó feito com antigas caixas de mercadorias, e uma roupa de Papai Noel comida pelas traças. Todas as luzes que eram penduradas queimaram anos atrás, e a placa que indicava o Polo Norte estava gasta e desbotada. Layla apelidou nossa primeira semana na fazenda de *desastre nuclear natalino.*

Grande parte do meu orçamento do ano passado foi dedicado à restauração. Queria que as pessoas que passassem pelo caminho estreito de terra batida fossem recepcionadas com um túnel com lâmpadas grandes, como os avós deles tinham sido. Queria que elas passassem pelos portões da frente, enfeitados com dois laços vermelho-cereja enormes, com postes de sinalização pintados com espirais de vermelho e branco. Queria que as famílias saíssem de seu carro e olhassem para as fileiras e mais fileiras de árvores no sopé das colinas, crianças correndo na frente para conseguir um lugar na fila para a pista de gelo.

Queria que, ao entrarem aqui, tivessem a sensação de adentrarem em um especial de Natal da Dolly Parton.

Pego a escada e começo a puxar as caixas para baixo, tirando as tampas e mexendo com cuidado nos papéis de embrulho tão bem dobrados. Deslizo as mãos na placa do Polo Norte que passei horas desenhando, a tinta vermelha resistindo durante semanas na ponta dos dedos. Parte da tensão em meus ombros some quando abro a quinta caixa. Parece que está tudo aqui, bem organizado. Até a minúscula rena que Beckett fez com latas de cerveja, o presente que me deu no amigo da onça do ano passado.

Ergo um dos enormes laços vermelhos e passo os dedos pela parte de baixo. É bobagem ficar tão emocionada por causa de uma fita, mas é o que acontece. Com tudo o que aconteceu, eu imaginei que as fitas estariam em frangalhos, manchadas ou tivessem sido roubadas ou qualquer outra coisa ridícula. Mas elas estão aqui, perfeitas e imaculadas e prontas para ficarem lindas em nossos portões de ferro forjado. Fico feliz. Faço um pedido para os fantasmas do Natal passado, presente e futuro. Eu só preciso desse pouco de magia para aguentar até o fim do mês.

— Por favor — sussurro, desejando ter um raminho de visco para balançar. Talvez um pouco de incenso de menta.

— É isso que você vai vestir hoje à noite? — Quando me viro, Luka está encostado na porta aberta do celeiro, com uma rosquinha na mão. Ele é todo ângulos largos e ombros relaxados, olhos viajando no mesmo padrão um-dois-três com que suas mãos costumam pressionar minha pele. Tenho uma desculpa na ponta da língua, ansiosa para voltar atrás, para explicar, mas ele não demonstra ter ouvido o pedido que fiz para as vigas do celeiro. Dá uma mordida na rosquinha e aponta para o enorme laço nas minhas mãos, que tampa metade do meu corpo. — Ousado, mas festivo. Deve causar uma impressão e tanto.

Me sentindo boba, eu o seguro perto do peito e ajeito no corpo, esticando a perna por baixo e arqueando o pescoço para trás. Eu sou Jessica Rabbit em um lindo laço vermelho. Há um som semelhante a alguém engasgando e me endireito para ver Luka arqueado para a frente, com dificuldade para engolir um pedaço da rosquinha.

Preocupada, jogo o laço em cima das caixas com decorações e vou depressa até Luka, batendo a mão entre as omoplatas dele. Tento me lembrar do que aprendi nas aulas de RCP no ensino médio. Bater de acordo com o ritmo de uma música? Cantarolo baixinho até que Luka me afasta, a risada um pouco rouca.

— Por que você está cantando Earth, Wind and Fire enquanto eu quase morro engasgado?

E essa... não era a música certa.

Luka tosse mais uma vez e se endireita, um sorriso devastador escancarando sua boca. É fácil pensar que ele é meu. Este Luka, com este sorriso, neste lugar. As botas marrons com cadarços e um suéter por cima da camisa xadrez. O surto de possessividade é tão violento que me deixa sem ar, e esfrego meu peito para me livrar da sensação. Sinto como se nosso pequeno desfile pela cidade tivesse escancarado a pequena caixa de aço em que mantenho todos meus sentimentos por Luka guardados.

Preciso me lembrar que Luka não é meu. Nem mesmo quando estamos fingindo que sim.

Ele inclina a cabeça e me analisa, alguma coisa endurecendo na linha entre seus olhos. Daria tudo para saber o que está se passando pela cabeça dele. O momento se perde, e me recupero com dificuldade.

— Pronta para ir?

Não, não estou. Quero ficar aqui neste celeiro com ele e meus lindos laços vermelhos para sempre. Quero esquecer que existe qualquer outra coisa no mundo. Quero que Layla traga rosquinhas de cidra de maçã na porta para nossa subsistência. E talvez uma pizza para dividir.

Em vez disso, suspiro e olho atrás dele, para o carro estacionado no chão de cascalho lá fora. Fantasio brevemente que furo todos os pneus, assim seríamos obrigados a ficar aqui.

— Acho que não tenho outra opção.

— É DIFÍCIL pra você? Esse Ação de Graças estranho?

Eu apoio a testa na janela e observo como as fazendas e os pastos lentamente se transformam em shoppings. Um subúrbio movimentado com a opção de drive-thru no Starbucks e enormes lojas de departamentos. Casas que parecem ter sido feitas com um molde, as cercas brancas imaculadas e um único e imponente carvalho no jardim da frente. Perfeito para um balanço de pneu. Sonhava com casas assim quando era criança.

É difícil ir para a casa do meu pai, mas não pelos motivos que Luka presume. Ele deve achar que é doloroso ver a casa e o quintal e a adega e a garagem para quatro carros quando, grande parte do tempo, minha mãe e eu morávamos em um apartamento com um quarto. Ele provavelmente acha que é difícil ver o lar que meu pai construiu com Elle e Charlie e que escolheu não construir comigo e com minha mãe. Em parte, isso é verdade, mas é ainda mais difícil me sentar à mesa em um dia que deveria ser passado com a família e perceber quanto eu e meu pai somos parecidos.

Temos o mesmo rosto redondo, os mesmos olhos grandes e azuis. Nós dois temos cabelos escuros e cacheados. Levei um choque quando vi Charlie pela primeira vez. Era como se estivesse me olhando no espelho. Minha mãe sempre brincava dizendo que a única coisa que herdei dela foram seus gostos excêntricos e o gancho de direita matador. Ela gostava de fingir que estava bem, que estava sozinha por opção. Mas, conforme fui crescendo, vi como ela era solitária. Ela nunca namorou, pelo que me lembro. Meu pai a destruiu quando foi embora.

E é isso que é difícil para mim. Durante todo o tempo em que estou sentada naquela mesa, fico me perguntando se toda vez que minha mãe olhava para mim, ela o via. Me perguntando se isso a deixava triste.

Com o dedinho, desenho uma carinha sorrindo no vidro embaçado.

— É — respondo apenas, sem me aprofundar. Vejo que Luka me olha preocupado de canto de olho, mas ignoro. Hoje vai ser... bom. Vai ser bom. Sempre é.

Se estava em dúvida por trazer Luka comigo, já não estou mais, pois, na pior das hipóteses, posso ficar muito bêbada com o vinho absurdamente caro do meu pai e Luka pode me levar para casa e me colocar na cama.

Limpo o sorrisinho do vidro com o dedão e me reclino no banco, encostando a cabeça no apoio para olhar para Luka. Tenho duas tortas bem mais ou menos no colo. Não pedi para Layla fazer nada. Meu pai não merece as tortas de Layla.

— Já passamos por pelo menos três drive-thrus do Wendy's. Quer deixar o jantar pra lá e eu compro um sorvete pra você?

— Não — suspiro. Apesar de a oferta ser tentadora. Talvez na volta. — Vai ser bom ver o Charlie.

Luka faz um "hum".

— Vai ser bom ver o Charlie. Eu não o vejo desde... — Ele para pra pensar, a boca se movendo sem emitir nenhum som. — Quatro de julho? É isso?

De todas as coisas estranhas e isoladas que aconteceram depois que minha mãe morreu, Charlie é o único ponto positivo. Procurei meu pai e estendi a mão em uma tentativa equivocada de encerrar a história deles. Achei que talvez ele quisesse saber — bem, pensei que talvez ele quisesse saber que a mulher com quem teve uma filha havia falecido. Ainda me lembro do vestido que estava usando quando estacionei em sua garagem naquele dia quente de primavera. Como eu estava com raiva de todas as flores desabrochando no jardim. Como as flores ainda podiam florescer quando minha mãe estava morta? Como o sol ainda podia brilhar tanto? Por que as pessoas estavam rindo em suas varandas, bebendo limonada, como se nada estivesse errado?

Um vestido azul-claro e sapatilhas vermelhas brilhantes. Eu queria estar bonita. Bati à porta e esperei, com o coração na garganta, uma pilha de cartas que minha mãe havia escrito para ele nas mãos. Charlie atendeu a porta, o cumprimento interrompido de repente assim que seu olhar pousou em mim. Seus grandes olhos azuis — meus olhos — piscando em choque.

Charlie nasceu exatos oito meses depois de mim. Muitas coisas ficaram claras depois disso.

E, apesar da óbvia estranheza ao ver o fruto de um romance do seu pai surgir na sua varanda em um dia aleatório de primavera, Charlie e eu logo viramos amigos. Acho que nós dois queríamos ter um irmão.

— Foi no Quatro de Julho que ele insistiu em beber de um barril de cerveja e vomitou na lateral toda da casa do Beckett?

Luka riu baixinho.

— Foi, sim. Eu falei pra ele não fazer aquilo.

— Não falou, não. Na verdade, acho que você até encorajou. Você estava até cantando pra incentivar.

— Ah, merda. É verdade. Aqueles shots de gelatina da Layla me pegaram de jeito. Ela sabe mascarar bem o sabor. Você só percebe que já bebeu meia garrafa de vodca quando está usando um chapéu do Tio Sam e obrigando um homem adulto a beber de cabeça pra baixo no barril.

— Estamos velhos demais para shots de gelatina e beber no barril.

— Com certeza. — Ele ri. — Acho que está na hora de mudar para vinho de caixinha e dormir cedo.

— Eu concordo.

Fico feliz pela distração. Nem percebo que chegamos até que Luka para na rua, perto da entrada da garagem. Ele me diz que é para podermos fugir rápido, com uma piscada atrevida que me faz rir até chegar à porta da frente. Uma bela mudança em relação ao caminhar lento e derrotado de quando chego aqui.

Bato à porta e a encaro, com uma pintura azul-escura perfeita. Nem mesmo uma lasca. Endireito os ombros centímetro por centímetro até ficar fortalecida, imóvel. Quase pulo quando sinto dedos se entrelaçando aos meus. Luka aperta minha mão.

— Sorvete — murmura, piscando para mim.

8.

É SEMPRE ESTRANHO estar nesta casa. Uma tradição por si só, suponho. Elle nos recebe em seu lar, efusiva e adorável como de costume, nem um único fio de cabelo loiro fora do lugar. A blusa branca está cuidadosamente enfiada em uma linda saia azul-royal, reta e sem um único amassado. Eu me pergunto como ela consegue sentar e fazer com que a saia continue assim. Imagino-a encostada à parede. Deitada no sofá, toda esticada.

Entramos no hall, o sol refletindo no piso de mármore e no lustre ornamentado pendurado no meio da... *sala de recepção,* como Elle chama. É impossível não tecer infinitas comparações entre a vida aqui e aquela que eu e minha mãe levávamos. Entre o tipo de mulher que minha mãe era e o tipo de mulher que Elle é. Minha mãe teria atendido a porta com cara de culpada, uma caneta enfiada nos cabelos, os pés descalços e o esmalte lascado. Nada de sala de recepção para nós.

— O caminho foi tranquilo? Não pegaram trânsito?

Deus a abençoe por fingir que hoje é mesmo o Dia de Ação de Graças e não um sábado aleatório de novembro. Eu a sigo até a cozinha e obedientemente coloco as tortas na bancada.

— Foi tudo tranquilo.

— Fico feliz em saber — diz Elle. Ela olha para Luka e junta as mãos sob o queixo. Parece que está posando para um catálogo da loja J. Crew, da edição especial de feriados. — E fico feliz que você tenha trazido um amigo.

— Estou feliz por ter vindo. Obrigado por me receber, avisamos muito em cima da hora. — Luka entrega um buquê de flores, escolhidas a dedo na fazenda. Ela enterra o nariz nas flores, as bochechas coradas. Cubro a boca com a mão para sorrir. É bom saber que não sou a única que se deixa levar pelo charme de Luka.

— O Charlie e a Stella me falaram tanto de você. Que bom que enfim te conheci pessoalmente.

Seus olhos dançam de um lado para o outro entre nós, presumo que tentando avaliar a situação. Às vezes esqueço que, por mais que Charlie e eu sejamos tão presentes um na vida do outro, minhas interações com Elle ainda são muito limitadas.

— Posso só imaginar as histórias terríveis que você deve ter ouvido.

— Bobagem. — Elle coloca as flores em um vaso que tira de cima da geladeira e vai verificar o forno, os sapatos fazendo barulho. Acho que nunca andei de salto dentro de casa. Meus sapatos nunca devem ter passado da soleira da minha porta. — Meus filhos só têm coisas boas a dizer sobre você.

Ela fala sem pensar. Apenas duas palavras, um pronome possessivo. E parece que todo o ar da cozinha foi sugado no mesmo instante. Talvez eu tenha emitido um som, ou talvez meu corpo esteja falando alto o suficiente para que isso não seja necessário, mas sinto como se tivesse sido eletrocutada. Dura e rangente, como um espantalho no milharal.

Elle se endireita rapidamente, o rosto contraído. Pela primeira vez desde que a conheci, ela parece confusa.

— Eu só quis dizer... — Ela coloca compulsivamente o cabelo atrás das orelhas. — Eu só quis dizer...

— Está tudo bem. — Dou um sorriso discreto e limpo a garganta. — Sei que não sou... sei o que você quis dizer.

— Stella. — Ela parece abatida. — Eu...

Para minha sorte, o que quer que ela fosse dizer é abafado por uma comoção na porta da frente. Este jantar já é muita coisa sem o lembrete extra de que sou a filha que o marido dela teve com outra mulher. Ouço várias sacolas caindo no chão, um xingamento abafado e então o som muito claro de vidro batendo contra o mármore. Elle joga a cabeça para trás e olha para o teto com um sorrisinho triste.

— Deve ser o Charlie. — diz ela.

Deixo escapar uma risada e a tensão sai da sala com Elle, que vai encontrar Charlie no hall de entrada. Ele é um homem adulto disfarçado de touro em uma loja de porcelana. Suspiro e me livro do constrangimento da conversa, uma mistura esquisita de surpresa e arrependimento. A surpresa faz sentido. Mas não sei o que fazer em relação ao arrependimento. Luka chega mais perto, aqueles olhos castanhos calorosos enquanto ele aperta gentilmente meu braço. Seus dedos roçam com suavidade o meu queixo.

— Você está bem? — pergunta baixinho.

— Estou bem — respondo e me surpreendo ao descobrir que de fato estou. Ao menos bem o bastante para não querer pegar uma garrafa de vinho e começar a beber. Uma mudança positiva em relação a como geralmente eu estaria a esta altura da noite. Sorrio para ele e inclino a cabeça para as elegantes taças de cristal dispostas no balcão. Estamos debatendo qual garrafa extremamente cara beber primeiro quando a porta da cozinha se abre, com força o suficiente para bater na parede e voltar.

— Você trouxe alguém? — Charlie grita em vez de nos cumprimentar, carregando os restos do que quer que tenha trazido para o jantar. Uma sacola de papel rasgada, um barbante que, suponho, era a alça de algo. A crosta de uma torta de noz-pecã e o que parece ser a borda do vaso de cerâmica ornamentado que estava na entrada. Os olhos de Charlie disparam dos ombros de Luka para mim e vice-versa, estreitados em confusão. Não sei o que é mais divertido — que Charlie não tenha reconhecido Luka no mesmo instante, ou que tenha conseguido transmitir uma vida inteira de agressividade de irmão protetor em uma única pergunta.

Luka olha por cima do ombro para Charlie, longe, de onde abria um cabernet sauvignon. Seus antebraços flexionam e relaxam, flexionam e relaxam enquanto ele gira o saca-rolhas. Estou paralisada.

— E aí, cara. Quanto tempo não nos vemos. — diz Luka.

Charlie balança a coleção de itens em suas mãos novamente, a maioria voltando para o chão.

— Ai, meu Deus, aconteceu.

Fico vermelha na mesma hora. Charlie devia estar na rede de comunicação secreta de Inglewild. Pego a garrafa de vinho de Luka e me sirvo de uma boa taça. E lá se vai a ideia de não beber até me sentir confortável.

— Não aconteceu nada, Charlie. O Luka só veio pra jantar.

— Com você — Luka acrescenta com um sorriso maroto e uma piscada.

Eu bufo. — Juntos.

Há uma troca silenciosa entre Luka e Charlie — uma sobrancelha erguida, duas em resposta — que faz Charlie praticamente se contorcer de alegria. *Fala sério.* Luka pega a taça de vinho da minha mão e dá um gole, um ponto de exclamação aguçado e silencioso para finalizar o que quer que seja aquela conversa.

— Quer dizer, claro, tecnicamente chegamos no mesmo carro — balbucio. Por pouco não o afasto com um tapa. Deixo que ele fique com minha taça e sirvo mais vinho em outra. — Então sim, estamos aqui juntos. Juntos, como amigos, em harmonia.

— Parece *muito* harmonioso — provoca Charlie com sarcasmo, mordendo os lábios. Reviro os olhos e ele me imita. É estranho ver minhas expressões refletidas em seu rosto. Os mesmos grandes olhos azuis, de um cobalto-escuro quando a luz os atinge bem. Poderíamos ser gêmeos, se não fosse pelos ombros largos e fortes dele. Charlie é bem mais alto que eu, e sinto cada centímetro da nossa diferença de altura quando ele dá três passos e me pega em seus braços. Meus pés balançam inutilmente no ar enquanto o envolvo pelos ombros, a ponta dos meus sapatos batendo nas canelas dele.

— Bom te ver, chaveirinho.

Eu o belisco nas costas, e ele ri com gosto em algum lugar acima da minha cabeça.

— Bom te ver também.

Ele me solta e caminha até Luka, com a mesma recepção calorosa, mas sem pegá-lo no colo. Sorrio na minha taça enquanto os dois se abraçam, um pedaço de massa da torta ainda grudado no braço de Charlie. Luka murmura algo e Charlie dá uma gargalhada, seus olhos brilhando quando encontram os meus de novo.

— Vamos comer ou não?

Os pratos são servidos para o jantar, mas meu pai ainda não chegou, sua ausência pairando ameaçadoramente sobre a nossa cabeça. É parecido com as espessas nuvens escuras que se aproximam antes da tempestade, relâmpagos surgindo ao longe. Você sabe que algo ruim está por vir, mas não tem como driblar a natureza. Elle nos conduz para a sala de jantar formal, que não deve ser confundida com a aconchegante sala de jantar da família ou com os bancos no canto da cozinha.

A mesa parece uma pintura de Norman Rockwell. Uma toalha de mesa branca imaculada e talheres de prata brilhantes. É um belo contraste com os copos descartáveis e os pratos de papel com os quais cresci. A única indicação de que essa refeição será feita por humanos de verdade são os minúsculos perus de papelão marcando os lugares onde as pessoas devem se sentar. Já estão desbotados, os nomes escritos por uma mão inexperiente. Sorrio ao pensar em um Charlie muito menor colocando meticulosamente pompons em rolos de papel higiênico para fazê-los parecer uns peruzinhos. Posso imaginá-lo criança juntando-os, os cachos tão selvagens quanto os meus, a língua para fora em concentração.

Meu nome está marcado com um cartão de visita muito mais novo e profissional. Apenas *Stella* impresso em um pedacinho de cartolina, preso por um peso de papel que parece uma folha. As bordas mal encostam na curva inferior do *a*. Este cartão não é usado todos os anos. É provável que tenha sido impresso esta manhã. Encomendado de um fornecedor chique, feito em cartolina grossa com bordas entalhadas.

Sento no meu lugar e vejo um novo cartão me fazendo companhia. *Luka*, impresso em uma folha laranja-escuro. Fico olhando por um bom tempo, até que todos estejam acomodados e sentados.

— O pai vai jantar com a gente? — Charlie olha fixamente para a cadeira vazia na ponta da mesa. Sei que eles têm as diferenças deles, meu pai e Charlie. Charlie muitas vezes carrega o peso de expectativas injustas. Trabalha na mesma empresa que meu pai, preparado para um dia ocupar o lugar dele. É um enorme peso em seus ombros, uma submissão resignada pairando sobre ele toda vez que estão no mesmo ambiente. Eu odeio isso. Odeio vê-lo desmoronar dessa forma, escondendo tudo aquilo que o torna tão maravilhoso.

— Se tivermos sorte, não. — Elle enche com calma a taça de vinho até a borda. Uma taça e tanto. Charlie e eu olhamos para ela. Luka faz um som como se estivesse tentando não rir. Nunca ouvi Elle dizer nada negativo sobre ninguém, muito menos sobre Brian. Nem mesmo quando apareci na porta da frente dela, o que, com certeza, é o pior tipo de surpresa que alguém pode ter. Ela deu uma olhada em mim, fez um som indistinto e me ofereceu uma limonada.

Charlie se recupera primeiro.

— Tudo bem com você, mãe?

— Estou ótima, querido. Quer um pouco de vinho?

— Ainda sobrou?

Ela mexe a garrafa para frente e para trás.

— Só um golinho.

Charlie pega a garrafa e bebe direto no gargalo. Sentada ao lado de Elle, vejo as sutis semelhanças entre eles. A mesma curva da boca. Uma covinha que se faz evidente à luz bruxuleante das velas. Uma travessura que se esconde no canto dos olhos de Elle, mas que se faz ver com mais ousadia nos de Charlie. Do tipo que aumenta após ele acabar com a garrafa.

— Acho que este vai ser meu Ação de Graças favorito.

Estou prestes a concordar quando ouço a porta da frente se abrir, passos desajeitados e pesados vindo na direção da sala de jantar. Charlie xinga baixinho.

— Falei cedo demais.

Todos nós ouvimos em silêncio enquanto meu pai caminha pelo primeiro andar da casa, sem saber para onde ir. Ele dá dois passos para a frente e depois volta. Tropeça, cambaleia e depois segue apressado em direção à cozinha. A certa altura, parece que escorrega e recupera o equilíbrio apoiando o ombro na parede.

Luka se aproxima de mim.

— Ele está...

— Bêbado? — Elle toma um longo gole de sua taça muito cheia. — É bem provável.

Isso é novidade. Acho que nunca vi meu pai bêbado. Ele costuma chegar atrasado, com alguma desculpa sobre o escritório, um cliente, um novo contrato, algo sobre quão importante e necessário ele é na empresa. Mas acho que nunca o vi com um fio de cabelo fora do lugar. Está sempre abotoado, imaculado. Frio e intocável.

Ele por fim encontra o caminho para a sala de jantar, os movimentos descoordenados, confusos. Enquanto caminha lentamente ao redor da mesa, seu braço atinge um dos castiçais de prata, derrubando-o e quase colocando fogo na toalha de mesa. Charlie o pega antes que o fogo se alastre, a manteigueira cuidadosamente movida para esconder o pequeno círculo queimado. Ele faz uma série de movimentos que não exigem esforço, com certa proatividade. Como se tivesse prática em consertar confusões como essas.

Sempre pensei que eu era a que mais havia sofrido nesta história. Brian Milford deixou minha mãe na mão assim que o teste de gravidez deu positivo. Mas aqui, diante desta cena, vendo Charlie observar cautelosamente seu pai enquanto ele afunda em seu assento na cabeceira da mesa, não posso deixar de sentir que tive sorte.

— Feliz Ação de Graças — murmura ele, olhando diretamente para o prato, sem se importar em olhar ninguém nos olhos. Ele pega um pouco de purê de batata da tigela... com a mão.

E não consigo evitar. Não sei se é a tensão de vir aqui, a contínua decepção com meu pai e com todos os seus defeitos, ou o estresse da visita de Evelyn que se aproxima, mas vendo o autodeclarado deus corporativo comer purê de batatas da palma da mão como uma criança eu... não consigo me segurar. Meus ombros tremem enquanto tento manter o controle. Engulo em seco repetidas vezes, mais e mais. Mas é uma batalha perdida, e assim que a mão de Luka aperta minha coxa debaixo da mesa, para verificar como estou, tenho certeza de que uma gargalhada alta sai da minha boca.

Ah, como eu gostaria que a pintura de Norman Rockwell fosse assim. Pode ser que eu encomende uma.

Meu pai franze a testa para mim. É a primeira vez que me olha diretamente em, eu acho, quase um ano, e ele tem um pouco de molho grudado no canto da boca.

— Estelle — meu nome sai arrastado —, se comporte.

Minhas risadas continuam, embora mais contidas.

— Tá bom. — Concordo com um curto aceno de cabeça, agradável como sempre, mas com uma boa dose de sarcasmo que nunca tive coragem de usar com meu pai. Não posso evitar. Não quando ele está me repreendendo com a mão cheia de purê. — Claro, farei o possível.

Charlie dá risada ao ouvir isso — uma risada estrondosa, que faz meu pai se sacudir na cadeira. Espio Luka e o vejo sorrindo para a caçarola de vagem. Com a mão dele ainda na minha coxa, os dedos mal roçando a parte interna do meu joelho, fico repentina e absurdamente feliz por ele estar aqui comigo. Por pensar que não terei que contar a ele sobre isso mais tarde por videochamada, encolhida sozinha no sofá. Tê-lo aqui é uma dose de conforto e confiança. Encontro sua mão debaixo da mesa e a aperto, seus olhos quentes se erguendo do prato e me olhando de volta.

Charlie estava certo.

Melhor Ação de Graças de todos os tempos.

Elle não concorda com esse sentimento. Isso fica claro assim que meu pai cai de cara na mesa, a testa por pouco não acertando o molho de cranberry. É bem chique, também. Não aquele molho de cranberry que fica com o formato da lata após ser servido. Esse tem pedaços da fruta e de laranjas fatiadas, e fico estranhamente desapontada por não ter a imagem do rosto do meu pai manchado de rosa para poder me lembrar na próxima vez que ele for um idiota.

Mas acho que a cena do purê de batata vai funcionar bem.

Decidimos tratá-lo como um acessório à mesa, uma coisa com menos vida que os perus de papelão. Eu me pergunto se Elle vai persuadi-lo gentilmente a ir para a cama, mas ela se levanta e desaparece na cozinha, voltando com minhas duas tortas e outra garrafa de vinho. Charlie tira várias fotos com o celular dando um suspiro melancólico.

— A gente estava preocupado com o tipo de merda que esse cara ia aprontar hoje à noite — diz ele. Elle faz uma careta ao ouvir as blasfêmias de Charlie. Ela tem regras bem claras quanto ao linguajar na mesa de jantar. — Desculpe, mãe. Mas no geral acho que correu tudo bem.

Meu pai bufa, o corpo todo se remexendo uma vez. Ele se acomoda e pousa uma das mãos na tigela de molho.

— Quer dizer, olhe para este enfeite de mesa. — Charlie tira outra foto. — É perfeito.

A mão de Luka ainda está na minha coxa embaixo da mesa, a palma ligeiramente curvada, os dedos quase encontram a dobra do meu joelho. Essa mão parece pesar cinco mil quilos, cada lugar que toca na minha pele acende como um circuito impresso. Ele aperta de vez em quando, e, quando seu mindinho acaricia levemente a parte interna da minha perna, dou um pulo tão forte que derrubo uma cesta de pãezinhos. Ele esconde o sorriso no guardanapo e deixa a mão onde está.

— Foi a Layla quem fez essas tortas? — As mãos de Charlie já estão alcançando a torta de abóbora mais próxima a ele, o garfo preso entre os dentes. Eu balanço a cabeça.

— Não, são uma receita sem açúcar que fiz em casa. — Diante da expressão horrorizada de Charlie, arrisco olhar para Elle. Embora esta noite tenha sido diferente de todas as outras, por causa de sua óbvia rejeição ao meu pai, ainda não tenho certeza do que posso dizer na frente dela. Não quero que pense que sou ingrata. Nem que deixe de me convidar no futuro. Sinto sede de família, conexão e raízes, sejam quais forem.

Mas, quando meu olhar encontra o dela, ela está sorrindo serenamente com sua taça, um olhar secreto em seus olhos que me informa que ela já sabe o que vou dizer. Dou de ombros, envergonhada.

— Eu queria que a torta fosse ruim.

Charlie se reclina na cadeira.

— Meu Deus, Stel. Você podia ter comprado a de nozes, como eu disse! Isso teria sido o suficiente para contrariar.

Eu poderia.

— Guarde a torta para o Brian comer de manhã.

Elle levanta a taça com um soluço.

— Saúde.

— Não era isso que eu esperava.

Estamos no meio do caminho de volta para a fazenda, com um sorvete de chocolate extragrande nas minhas mãos. Luka tem uma caixa de nuggets apimentados no meio das coxas, metade de um nugget preso entre os dentes enquanto nos conduz para a rodovia. Respiro um pouco melhor à medida que avançamos. As estrelas começam a aparecer enquanto nos afastamos dos subúrbios.

— Não costuma ser assim.

— Você quer dizer que seu pai não costuma comer com as próprias mãos antes de desmaiar? — Luka me oferece um nugget e eu balanço a cabeça.

— É, essa foi a primeira vez. — Apoio a cabeça no encosto do banco e observo as luzes da rua dançarem na pele dele. Amarelo, laranja, vermelho-escuro. Um padrão suave que cai pesado nas maçãs do rosto e na ponta do nariz dele. Ele mexe as mãos no volante. — Eu sei que te enchi o saco, mas estou feliz por você ter vindo.

Luka parece satisfeito, endireitando um pouco o corpo. Ele olha rápido para mim antes de se concentrar na estrada de novo.

— É mesmo?

— É, nem que seja para que você acredite que isso aconteceu.

Ele ri.

— Sim, não tenho certeza se acreditaria se não tivesse visto.

— E para apoio moral — acrescento um pouco mais séria, me sentindo corajosa. Lembro o que Layla disse no meu quarto outra manhã: só porque você diz a alguém como realmente se sente, isso não significa que a pessoa vai embora. Não acredito que era isso que ela tinha em mente, mas é um passo nessa direção. O maior passo que posso dar agora, de qualquer maneira.

— Não precisa me agradecer por isso.

— Eu sei. Não estou. Eu só... — Penso na mão dele no meu joelho, no jeito que ele abraçou Charlie na cozinha. Em como Elle deu um beijo em sua bochecha antes de sairmos pela porta. Suas mãos em meus ombros enquanto ele me ajudava a vestir meu casaco, seus dedos deslizando sob minha gola para soltar meu cabelo. — Estou feliz por isso.

A caixa de aço secreta de Luka chacoalha em meu peito, sentimentos de todos os tipos ameaçando escapar.

Verifico as redes sociais da fazenda, fazendo um pequeno movimento satisfeito no assento aquecido de Luka quando vejo que Evelyn comentou na foto de Beckett que postei outro dia. Não dá para ver o rosto dele na foto, apenas a silhueta de um homem alto na luz dourada do sol poente, quilômetros e quilômetros de campos atrás dele. Evelyn escreveu *Mal posso esperar para estar aí daqui a duas semanas*, com uma série complicada de emojis, o que me causa bastante emoção e faz o pavor se instalar ao mesmo tempo. Emoção porque o número de seguidores já está subindo só com esse comentário, e pavor porque, bom, agora tenho que aceitar o destino que eu mesma criei para mim.

Diminuo o brilho da tela e descanso o celular contra o peito, mordiscando o lábio inferior.

— A gente devia praticar. — É algo em que venho pensando desde nossa caminhada pela cidade. Dada a minha reação à mão dele no meu pescoço e na minha coxa, acho que preciso de um pouco mais de tempo de exposição antes de Evelyn chegar. Não posso confiar que não vou gritar a cada vez que Luka beijar minha bochecha.

— Praticar o quê? — Luka parece despreocupado, as mãos relaxadas no volante, o polegar curvado ao longo da curva inferior.

— Ser um casal.

Um casal que se toca. Que se beija.

— Verdade? — Ele dá seta, embora não haja mais ninguém por quilômetros, os faróis iluminando os campos de milho enquanto ele faz a curva na estrada longa e sinuosa que leva de volta à fazenda. — A tentativa de hoje não foi boa?

Levo alguns instantes para entender o que ele quis dizer, e quando isso acontece tento manter meu corpo o mais imóvel possível. Não quero revelar nada com a curvatura dos meus ombros, a forma como meu maxilar trava. Não que ele pudesse perceber. Estamos longe dos postes de luz agora — nas estradas do interior iluminadas apenas pela lua cheia.

Expiro lentamente pelo nariz. Achei que esta noite não fazia parte do nosso plano. Achei que estivéssemos apenas sendo nós. Quem somos de verdade.

— Foi por isso que você veio? Para fingir?

9.

Tento não soar irritada ao perguntar, mas a sensação é semelhante à de levar um soco inesperado. É claro. É óbvio que foi por isso. Os toques, os olhares, os sorrisos fáceis. Foi tudo uma oportunidade de praticar na frente de um público desconhecido. Assim como nosso passeio pela cidade. Balanço a cabeça. Preciso me lembrar disso. Não posso continuar confundindo as coisas com Luka.

Quanto maior é o silêncio entre nós, mais o constrangimento se acomoda na minha barriga como uma pedra de chumbo. É por isso que eu deveria ter escolhido o serviço de acompanhante. Aposto que não ficaria tão perturbada com um namorado de aluguel.

Tento mudar de assunto.

— Acho que vou começar a colocar a decoração de Natal amanhã — murmuro, encurvada no banco. Abraço os joelhos, ciente de que minha saia levanta em torno das coxas. Os laços. Vou colocar os laços amanhã e fingir que esta conversa nunca aconteceu. Foi uma sugestão ridícula, de todo modo. O que a gente poderia fazer? Praticar beijos? Não estamos no ensino médio. Podemos nos beijar sem praticar antes. — Quero cuidar de tudo antes da Evelyn chegar.

Como da minha sanidade.

— Certo. — Luka prolonga as palavras, o carro roncando à medida que a terra se transforma em cascalho. — Mas vamos voltar na conversa. Você acha que vim com você esta noite para, o quê, praticar mais um pouco? Descobrir como segurar a sua mão? — Vejo Lu se mexer no assento, o cotovelo apoiado perto da janela. Ele esfrega acima da sobrancelha, frustrado. — Não preciso praticar pra segurar sua mão — resmunga.

Eu afundo ainda mais, meus joelhos batendo no painel, e me abraço.

— Foi só uma coisa que pensei.

— Bom, é uma coisa bem boba pra se pensar.

Deixo escapar uma risada.

— Obrigada.

Meu riso deve ter acalmado o que quer que o estivesse agitando, porque seus ombros relaxam. Ele olha para mim uma vez, a luz das estrelas formando uma auréola ao redor de sua cabeça.

— Mas acho que você tem razão quanto ao resto.

— Que resto?

— A coisa de praticar.

Eu pisco para ele.

— Você acabou de dizer que não precisa praticar.

— Eu disse que não fui hoje para praticar. Tem uma diferença aí. — Ele traça com o polegar a curva inferior do volante. — Acho que seria bom.

Fico surpresa.

— Acha mesmo?

— É, acho... — É a vez dele de se mexer no banco. — Bom, já que somos um casal. A Addison...

— Evelyn — corrijo. Não entendo por que ele não consegue se lembrar do nome dela.

— Acho que ela vai ficar confusa se a gente for um casal que mal encosta um no outro.

Sei que a sugestão foi minha, mas no mesmo instante começo a pensar em coisas que não deveria. Penso na mão dele na parte interna do meu joelho. Como era quente, quanto espaço ele podia cobrir com a palma da mão, seus dedos envolvendo levemente a parte interna da minha coxa. Penso na mão dele deslizando mais para cima, sob a saia do meu vestido. Subindo ainda mais, seu nariz no meu pescoço, minhas pernas bem abertas ao redor do quadril dele.

Ele ainda está falando, explicando sobre uma coisa ou outra, mas não ouvi nada do que disse.

Eu limpo a garganta.

— O que você disse?

Ele engole em seco, um buraco fundo na estrada fazendo o carro balançar.

— Tô só dizendo. Não seria estranho a gente não se beijar?

— Seria estranho a gente não se beijar — concordo. Pareço sem fôlego, como se tivesse acabado de levar um tiro no pé.

— Não precisa ficar tão empolgada com isso, Lalá.

Quando não digo nada em resposta, ainda pensando nas mãos dele nas minhas pernas, ele suspira, o nó dos dedos saliente por causa da força com que segura o volante.

— Tenho certeza que podemos dar um jeito nisso.

— Calma aí. — Eu me viro no assento, o cinto de segurança preso no ombro. — Por que você ficou chateado?

— Porque parece que acabei de sentenciar você à morte — resmunga ele.

— Do que você está falando?

Na penumbra do carro, só consigo distinguir o canto de seu maxilar e a ponte de seu nariz. Mas é o suficiente para ver que ele está se segurando. A rigidez em seu corpo significa que está chateado. Alcanço seu antebraço e o aperto. Estamos quase de volta ao chalé agora, a escuridão nos envolvendo como um cobertor. Uma espessa camada de nuvens encobre as estrelas e tudo parece mais próximo, quieto e silencioso. Ele para o carro na garagem, mas não desliga o motor, um suspiro pesado saindo de algum lugar no fundo de seu peito.

— Não sei. Essa conversa saiu dos trilhos. — Ele passa a mão pelo rosto. — Acho que você tem razão nisso de praticar — diz, numa tentativa de recomeçar. A tensão que o dominava começa a transparecer em seu corpo rígido. — Para que você não estrague tudo quando a gente fizer isso pela primeira vez em frente a uma plateia.

— Estragar? — Estou ofendida. — Eu não vou estragar nada. Você que vai estragar.

— Posso garantir que não vou estragar nada.

— O que, você envia uma pesquisa? Avalie seu nível de satisfação de um a dez?

Ele dá risada.

— Até que essa ideia não é ruim. Vou adicionar na cesta de presentes pós-coito. Tipo um QR Code para elas escanearem.

Reviro os olhos e saio do carro. É bom saber que podemos voltar a ser nós mesmos com rapidez.

— Nunca mais quero ouvir a expressão *pós-coito* sair da sua boca.

Duas portas batem, botas ecoam na passarela de pedra.

— Por quê? — Luka está me seguindo, os passos vagarosos, as mãos nos bolsos.

Porque não quero pensar no Luka com ninguém. Porque a mão dele na minha coxa durante o jantar vai me assombrar por décadas. Eu limpo a garganta enquanto procuro as chaves na bolsa, Luka perto de mim.

— Acho *coito* uma palavra esquisita — digo para a parte interna da bolsa. Quem sabe um dia eu me torne uma pessoa mais organizada e não precise ficar procurando as chaves de casa toda vez. Mas esse dia não será hoje.

Sinto a risada dele na minha nuca. Estremeço e espero que ele não tenha percebido.

— Que palavra você prefere então?

— Hum? — Enfim consigo enfiar a chave na fechadura e praticamente me despejo para dentro quando a porta se abre. Minhas bochechas estão quentes apesar do ar frio, a respiração muito rápida. Tiro o cachecol e o jogo sobre a mesa.

— Se você não gosta de *coito* — Luka faz o possível para conter o sorriso, mas ele aparece do mesmo jeito —, o que prefere?

Prefiro não ter essa conversa.

— Não sei — consigo dizer.

Tiro os sapatos e ando até a cozinha, Luka me seguindo após sua necessária reorganização do espaço. Estou feliz por ter pensado em pegar o uísque bom esta manhã, sabendo que gostaria de um assim que chegasse. Uísque, limão, chá, mel — tudo está bem organizado na bancada. Também vejo as sobras de um pão de abóbora, cortesia de Layla.

Ergo a garrafa de uísque em uma pergunta silenciosa e Luka assente. Ele se senta na velha cadeira de balanço que fica na cabeceira da mesa, horrível e nada condizente com a decoração, mas surpreendentemente confortável. Pego o limão e a tábua de cortar.

— Bimbar? Afogar o ganso? — Por pouco não corto o dedo enquanto Luka lista as opções. — Rala e rola?

— Não posso dizer que alguém já me convidou pra bimbar.

— Algo mais direto, então. — Ele apoia o queixo na mão e me encara de um jeito que sinto na barriga, na parte de trás dos joelhos. — Que tal *transar*?

Engulo em seco, uma série de pensamentos caindo em minha mente como dominós obscenos. Posso dizer, com toda a sinceridade, que não faço ideia do que estamos discutindo. Perco o fio da meada ao ouvir a palavra *transar* sair da boca dele. Tudo o que sei é do calor entre nós, seus olhos castanhos mais escuros no silêncio da minha cozinha. Este é um território novo e... não é indesejável. Sinto a boca seca de repente e molho meu lábio inferior com a língua.

— Eu, hum... — Balanço a cabeça e pego o uísque. — O quê?

— Transar.

Luka e eu só falamos de sexo duas vezes, e em termos vagos e gestos sugestivos. Em uma das vezes, mencionei a total falta de compromisso da população masculina com as preliminares e, na outra, depois de assistir a uma peça de época com uma cena de amor muito confusa, discutimos sobre boquete por sete minutos.

Então estou... confusa. Confusa e corada da cabeça aos pés.

— Eu não... — Balanço a cabeça e corto os limões, depois acendo o fogo para colocar a chaleira. O fato de eu conseguir realizar essas tarefas básicas até mesmo quando parece que estou tendo uma experiência extracorpórea é surpreendente para mim. Vou ouvir Luka dizendo *transar* pelo resto da eternidade. — Por que estamos mesmo falando disso?

Luka equilibra o tornozelo no joelho e balança para trás uma vez.

— Não sei. Eu me empolguei, acho. — Um leve rubor surge em suas bochechas, o olhar se demorando em meus ombros, deslizando pela curva das minhas costas. Ele nunca me olhou assim antes, que eu tenha visto. É como uma carícia. — É fácil se deixar levar — acrescenta, a voz um sussurro no silêncio da cozinha.

Eu o estudo, sem saber se está brincando comigo ou falando sério. Não sei dizer. É quase como se estivesse... flertando comigo. Não sei o que fazer a respeito disso. Balanço a cabeça um pouco e me esforço para levar essa conversa para o rumo certo.

— Não era isso que eu tinha em mente.

— Não?

— Acho que ninguém vai perguntar como me refiro ao sexo.

— Faz sentido.

— Obrigada.

Olhamos um para o outro em silêncio, o ar pesado. Meus olhos não sabem para onde fugir. A ponta dos dedos dele desliza no braço da cadeira. Suas longas pernas se abrem ligeiramente. Seus lóbulos em tons de rosa. O assobio da chaleira no fogão interrompe minha análise. Viro as costas para ele e fico na ponta dos pés para pegar duas canecas no armário superior.

Sempre tenho canecas espalhadas pela cozinha. Não é que eu seja bagunceira, só prefiro a conveniência. Bebo muito café. E chá. E uísque. E chá com uísque. Às vezes vinho quente. E, de vez em quando, faço bolo de caneca. Na maioria das vezes, opto por usar canecas e, por isso, tenho o costume de deixá-las largadas pela casa.

Mas tenho tentado ser mais caprichosa, mais organizada, e a chegada de Luka deixa em evidência a tendência de limpar a casa a cada duas semanas, o que, infelizmente, significa colocar as canecas de volta no lugar mais inacessível da cozinha. Ouço o rangido da cadeira de balanço, passos pela cozinha e sinto Luka nas minhas costas, tão perto que seus joelhos roçam a parte de trás das minhas coxas. Perco o fôlego quando uma de suas mãos encontra meu quadril, a outra esticada acima de nossa cabeça para pegar as canecas.

— E lá vamos nós de novo — murmuro. Não cheguei a pegar o banquinho para verificar o que ele escondeu lá. Me sentindo um pouco indulgente, deito a cabeça um pouco para trás para sentir sua barba por fazer em meus cabelos. Sua risada ressoa em minhas costas. Ele põe uma caneca e depois duas, ordenadamente na minha frente.

— Do que o Charlie te chama? Chaveirinho? — Luka não se afasta quando pego a chaleira e ponho água nas canecas, me entregando o uísque por cima do ombro com uma mão, a outra ainda no meu quadril. Ele aperta uma vez.

— É, ele tem testado vários apelidos. Ver qual vai grudar.

— Acho que ele devia tentar Palitinho de Canela. Não é assim que o xerife Jones te chama?

Faço um som indistinto, toda a minha existência focada em seu polegar passando no osso da minha cintura. Ele se pressiona ainda mais em mim, apenas por um segundo, seu corpo deliciosa e pesadamente contra o meu. O nariz se arrasta pelos meus cabelos, se aconchegando um pouco abaixo da minha orelha.

— Você cheira a canela — diz ele, a voz baixa, séria, insuportavelmente doce. Viro a cabeça um pouco, minha têmpora em sua mandíbula.

— Efeito colateral do trabalho.

— Então todos os donos de fazendas de árvores cheiram a canela?

— E frutas açucaradas.

Luka ri, a estranha tensão entre nós indo embora. Ele dá um passo para trás, a mão ainda na minha cintura, os dedos relutantes em me soltar. Olho para ele na penumbra da cozinha e, por um instante, vejo uma fome selvagem e feroz. Mas ele pisca e ela desaparece. Ele volta a ser meu Luka, a mudança tão rápida que me faz pensar que foi fruto da minha imaginação. Olhos castanhos suaves, sorriso torto, cabelos desalinhados.

Ele coloca uma rodela de limão na minha bebida.

— *Saluti.*

— Obrigada. — Entrego a caneca para ele, velha e lascada, com um cachorro que diz *Estou cãofortável.* Ele dá um gole e eu inclino a cabeça na direção dele. — E obrigada por ter vindo comigo hoje mais cedo. Significa muito para mim.

— Não precisa ficar me agradecendo — resmunga, um leve tom de frustração na voz. Ele parece querer dizer mais, mas engole em seco, os olhos procurando meu rosto. Sinto seu olhar no meu maxilar, no oco do meu pescoço, no canto dos meus lábios. — Não faço isso pela sua gratidão, tá?

Ele passa o braço por cima do meu ombro e pega um pedaço de pão de abóbora do balcão, segurando-o entre os dentes enquanto me puxa em direção ao sofá.

— Nós vamos assistir *Duro de matar* e você vai fazer sua imitação do Hans Gruber.

Quando nos acomodamos no sofá, um cobertor de flanela jogado sobre o colo, nem penso em perguntar. Se ele não está fazendo isso por minha gratidão, então qual é o motivo?

Minha manhã começa no grande celeiro vermelho à beira da estrada, armada com uma bengala gigante de plástico e um soldado quebra-nozes recortado em madeira. Eu pareço um cavaleiro natalino que busca vingança. A única coisa que falta é um arco e flecha feito de pão de mel. Mas ouvi um barulho no canto perto da porta quando entrei, e não estou a fim de sentir raiva antes de Evelyn chegar. Uma boca cheia de espuma não se encaixa na estética que estou tentando passar.

Ouço o barulho de novo, um pouco mais alto desta vez, um dos gigantescos arcos de metal que usamos na estrada para as luzes, balançando para a frente e para trás.

— Merda — xingo, vasculhando o chão. Talvez eu devesse chamar um dos caras do corpo de bombeiros para dar uma olhada. Eles saberiam o que fazer com uma família de guaxinins, certo? O arco sacode mais uma vez e eu largo o bastão de doce para ir até a porta.

Não estou disposta a tentar a sorte hoje. Amanhã é um novo dia.

A porta do celeiro pesa sob minhas mãos quando tento abri-la. Puxo duas vezes e ela não se move, o que me provoca uma risada baixinha. É a minha cara ficar presa aqui com uma quantidade enorme de decorações e uma criatura qualquer que decidiu se mudar. Parece um sinal do universo para não mentir nas inscrições em concursos.

Eu puxo novamente e pressiono a ponta da bota na borda inferior para ajudar a madeira desgastada a permanecer nos trilhos, toda focada em abrir a porta sem quebrá-la. Ela enfim cede, um barulho agourento acompanhando seu movimento e abrindo espaço suficiente para que eu deslize para fora. Só que assim que começo a sair do celeiro, outra pessoa decide entrar.

Meus joelhos batem nos de Luka, minha mão perdendo o controle da porta. Ela começa a se fechar e Luka murmura uma série de obscenidades baixinho, me puxando para perto dele a fim de nos tirar do caminho. Ainda estou pressionada contra ele quando a porta se fecha.

— Ei — digo, com um olhar pensativo para a porta. Não faço ideia de como vou abrir aquela coisa de novo. Acho que Luka vai precisar me ajudar a alcançar as janelas estreitas viradas para o sul. Vou ter que me espremer para sair. Com sorte, Beckett e Layla estão em algum outro lugar da fazenda, sem uma câmera por perto. Já cometi essa burrice antes e tenho um cartão de Natal, cortesia da câmera do celular de Layla, para provar isso. Eu pisco para Luka.

— Não esperava você por aqui.

— É, eu também não me esperava por aqui — diz ele, passando a mão enluvada pelo rosto, os olhos castanhos me espiando por entre os dedos. Ele baixa a mão com um suspiro pesado, a frustração contorcendo suas feições.

— Tá tudo bem?

— Stella, tenho que voltar para a cidade — diz com a mesma seriedade de alguém que anunciaria *Eu tenho câncer* ou *Descobri que tem um fantasma da Guerra Civil no sótão.*

— Ok. — Tento passar, mas ele balança a cabeça e nos guia para o fundo do celeiro, segurando meus braços. É desorientador andar de costas, e olho para os arcos. Não há movimento algum agora. Espero que o bicho que estava lá tenha ido embora.

— Não achei que fosse precisar voltar antes da visita da Evelyn.

Eu dou um tapinha em seu peito através da jaqueta. Eu definitivamente não estava esperando que ele fosse passar novembro inteiro em Inglewild. Apesar de trabalhar remoto de vez em quando, presumi que ele iria para o escritório algumas vezes. Sei que contam com ele para fazer apresentações aos clientes, e não dá para fazer isso pela tela do computador.

— Tudo bem. Você não vai perder nada de mais. A gente vai começar a decorar para o Natal. E talvez comprar uma porta nova para o celeiro. — Eu aceno por cima do ombro dele e dou outra olhada na porta. Ainda parece estar no lugar, ao menos. — Quando você volta?

— Daqui a uma semana, eu acho. E então fico aqui até... — Ele engole em seco, sem terminar o pensamento. — Enfim.

— Ok. — Ainda não entendo por que ele está tão agitado. Está se segurando, apesar de estar com as mãos nos meus braços, um espaço perfeito de cinco centímetros entre nosso corpo. Ele flexiona os dedos uma, duas vezes, então me encara com um olhar determinado, a língua cutucando a bochecha por dentro.

— Acho que a gente devia praticar agora, antes de eu ir.

— Hum... ok? — Juro que sei outra palavra, mas minha mente é como um disco riscado, voltando sem parar para a lembrança dele na minha cozinha. Segurando aquela caneca ridícula, cheirando a limão e uísque. A voz áspera e as coisas que ele dizia. Seu corpo pressionado no meu no balcão da cozinha, o peitoral nas minhas costas, a bancada marcando minha cintura.

Depois que ele foi embora ontem à noite, eu me revirei na cama, os lençóis retorcidos em minhas pernas nuas, a mão na parte inferior da barriga, embaixo do algodão macio da camiseta. Eu me demorei ali, a ponta dos dedos pressionando para a frente e para trás logo abaixo do umbigo, um desejo que não sentia há anos.

— Porque é o seguinte, Stella — diz ele. Respiro fundo pelo nariz e torço para que meus pensamentos não estejam estampados em meu rosto. — Se a gente não praticar hoje, você vai pensar nisso a semana toda.

Ele tem razão. Com certeza vou pensar nisso a semana toda. Vou ficar fixada, enlouquecer e provavelmente descontar o estresse nos brownies de mocha e menta de Layla até não sobrar nenhum para os clientes. Ela colocou mais isso no cardápio.

— Ok. — Eu limpo a garganta e procuro outras palavras. — Ok. Ótimo.

Luka não se incomoda.

— Vou te beijar e vamos lidar com isso como dois adultos maduros. E, quando eu voltar e a Evelyn estiver aqui, você não vai se preocupar com isso. E vai ficar tudo bem.

Exceto que não sou uma adulta madura e decido que vou beijá-lo primeiro. É como arrancar um curativo. Agarro a gola do casaco dele com as duas mãos e aproveito o impulso para me jogar para cima e para dentro dele. A força do meu movimento faz o encontro de nossa boca ser desajeitado, meu lábio inferior ligeiramente em seu queixo, nosso nariz pressionado em um ângulo estranho. Não tento arrumar, e me afasto logo, as mãos ainda em torno dele.

— Pronto — digo, satisfeita comigo mesma. Sinto que enfim estou em vantagem. Eu o beijei primeiro. Eu o beijei, e tudo bem. — Feito.

Ele pisca para mim, a mão subindo para pressionar a boca.

— O que foi isso? — sussurra ele.

Eu dou de ombros.

— Você queria um beijo. Eu te dei um beijo.

— Você me deu uma concussão. É assim que você beija? — Ele parece genuinamente preocupado.

Reviro os olhos.

— Para.

— Acho que vou precisar de um tratamento dentário. — Ele afasta a mão como se estivesse procurando sangue.

— O que aconteceu com lidar com isso como dois adultos maduros?

Ele esconde o sorriso atrás da mão.

— Ok, você tá certa. Vamos tentar de novo.

— De novo? Acho que foi bom.

— Não foi bom — ele dispara de volta, o olhar demorando na minha boca. Ele tem uma dose equilibrada de teimosia, o âmbar que normalmente ilumina seus olhos esmaecido para um marrom-chocolate quente. — Se alguém vir um beijo desses, vai saber em meio segundo que estamos mentindo.

É verdade.

— Ok, então faz você.

— Tô tentando — murmura ele, irritado. Ele respira fundo pelo nariz e me estuda, os olhos turvos. Há um único feixe de luz que entra pelas janelas no topo do celeiro, o sol da manhã começando a vagar pelo chão. A luz mal atinge uma velha caixa de guirlanda e uma chuva de ouro explode como um caleidoscópio, o sol brilhando através dos fios.

Luka não diz nada. Observo enquanto ele analisa meu rosto na luz dançante, o dourado refletido em seu olhar. Está procurando algo em minha expressão e, quando encontra, o lado direito de sua boca se ergue em um sorriso, um leve retorcido de seus lábios. É o meu sorriso — bem ali. Guardo com os outros, amontoados e enfiados na mesma gaveta dos meus aromatizantes.

Em um movimento dolorosamente lento, ele se inclina para a frente e roça o nariz no meu. Permaneço de olhos abertos apesar de tudo ficar um pouco embaçado, brilhos dourados surgindo na minha visão periférica. Assim, de tão perto, com o lábio inferior de Luka roçando o meu, posso contar cada sarda em seu nariz. Uma explosão delas na ponte, menos à medida que se espalham abaixo de seus olhos. Uma vez, quando a gente era mais novo, ficamos bêbados com tequila e eu desenhei constelações em sua pele, pairando sobre ele com meus cabelos como uma cortina ao nosso redor. Lembro o peso de seus olhos em mim, esparramado no chão da minha sala, de seus dedos segurando meu tornozelo como se pudesse cair ao me soltar.

Sua boca encosta na minha enquanto suas mãos, ainda com as luvas, encontram as minhas, dedos deslizando suavemente até que nossas palmas se unam. Fico frustrada com o material grosso que cobre sua pele, me impedindo de sentir o calor dele, os calos na palma das mãos. Ele aperta uma vez enquanto me acomodo mais nele, uma recompensa por bom comportamento. Quando suspiro, seus lábios sorriem nos meus, e quero sentir a curva de sua boca em todo o meu corpo. Na minha bochecha, meu pescoço, na pele macia de minhas coxas. Parece o começo de todas as discussões que já tivemos. Eu, impaciente. Luka, brincando. É uma garantia de que, apesar de mudar o equilíbrio da nossa relação, ainda somos nós.

Luka me segura ali, nossas mãos entrelaçadas, seus lábios macios e penetrantes. *Assim*, ele diz com a boca na minha. *Devagar.* É a delícia de um beijo que não tem a intenção de ser nada além disso. Paciente. Casto.

Isso me deixa louca.

Ele faz um barulho indistinto quando solto a mão dele e seguro sua nuca, um discreto som de surpresa que me faz pegar seu lábio inferior entre os meus. Quero puxá-lo com os dentes, ver se o som se aprofunda, se aguça. Quero subir minha mão e enfiar meus dedos em seus cabelos, para ter sua boca ainda mais na minha. Quero desvendar toda a sua calma gentil até que ele fique tão impaciente quanto eu.

Em vez disso, ele se afasta. De olhos fechados, ele paira com o nariz na minha bochecha, a testa encostada na minha têmpora. Não sei dizer se são minhas mãos que estão tremendo ou as dele.

— Hum — digo, limpando a garganta. Molho o lábio inferior com a língua e sinto o gosto de café com avelã. É, sendo sincera, demais para suportar. Limpo a garganta pela segunda vez. — Acho que vai funcionar.

Ele se afasta e fixo os olhos na caixa de guirlanda no canto. O sol já passou por ali e metade da caixa está na sombra. Ele solta minha mão e eu cerro os punhos.

— É, isso foi bom. — Crio coragem de olhar para ele, observando-o passar as mãos pelos cabelos, para a frente e para trás e de novo. Parece que acabou de chegar do supermercado. Como se tivesse parado no caminho para encher o tanque. Calmo. Sem se deixar afetar.

Nada de mais.

Lembro a mim mesma que preciso me recompor.

— Te vejo em uma semana? — digo.

Luka assente e caminha até a porta, se curvando e mexendo em algo perto do chão.

— Ligo pra você quando estiver saindo da cidade.

— Ótimo.

Ele se levanta de onde está agachado e puxa a maçaneta. A porta desliza para trás suavemente. O sol inunda a sala e ponho os braços ao redor de mim mesma.

— Quer que eu te acompanhe de volta?

— Não. — Aponto para a pilha de enfeites, as cinquenta mil luzes emaranhadas. — Vou trabalhar um pouco aqui.

Não me importo que tenha uma família inteira de aves de rapina escondida neste celeiro. Preciso de um tempo para mim mesma, para destrinchar aquele beijo e voltar a deixá-lo inteiro de novo.

Ele hesita na porta.

— A gente se vê em breve.

Aceno para ele e começo a desempacotar as coisas. É o tipo de movimento irracional de que preciso, todo o foco nas luzes, bengalas e placas de sinalização, e não naquele beijo e seus detalhes. Foi um bom beijo, sim, mas só porque nós dois estávamos determinados a fazer dar certo. Porque nós dois estamos empenhados em fazer esse relacionamento de mentira parecer o mais real possível. Só porque até os dedos dos meus pés ficaram arrepiados, isso não precisa significar nada.

Assim que todas as caixas estão empilhadas e classificadas, me convenço, com sucesso, de que não me deixei afetar por Luka.

Decido encerrar o trabalho quando meu estômago começa a roncar. No caminho de volta para o escritório, enfio as mãos nos bolsos do casaco. Está começando a esfriar, o vento vindo do sopé das colinas e soprando pelos campos. Se tivermos sorte, pode nevar um pouco quando Evelyn estiver aqui. Imagino como os campos ficam quando a primeira camada de branco beija os galhos das árvores. A quietude fria, a pesada expectativa no céu. O ruflar suave dos flocos de neve quando eles pousam nas minhas bochechas, nos cílios, na ponta das orelhas. Se pudesse viver nos campos durante a nevada, eu viveria.

Aperto os dedos nos bolsos e sinto a ponta afiada de um papel duro, um pedaço de barbante preso no meu dedo mindinho. Eu o puxo para fora e sorrio.

Um aromatizador em forma de árvore com cheiro de pinho, do posto de gasolina aqui perto.

10.

— Vocês se beijaram?

Mantenho deliberadamente o foco na bandeja de casquinhas de chocolate com menta, e não em Layla. Não era minha intenção iniciar nossa conversa com aquela pequena bomba, mas estou guardando isso há dias e precisava contar para alguém. E lá se vai a ideia de não ficar obcecada.

Luka já me mandou várias mensagens desde que foi embora. Uma selfie com um cannoli de abóbora da delicatéssen italiana da rua dele, um olhar horrorizado surgindo nos cantos daqueles olhos dourados, o maxilar reto e bem definido. Uma crítica sobre como *ninguém respeita mais nada* e como cannolis merecem ser consumidos da forma que Deus queria, com massa frita, ricota e gotas de chocolate.

Outra selfie vinte minutos depois, os olhos fechados em êxtase absoluto, a embalagem de cannoli vazia, um pedacinho de abóbora no canto da boca. Mudei a foto de contato dele na mesma hora.

Uma mensagem perguntando se eu mudei a senha do HBO Max e, opa, não, ele só digitou a quantidade errada de pontos de exclamação. Você viu que acabaram de adicionar a saga completa do Harry Potter? Um lembrete de que ele deixou pipoca aos montes no armário perto do fogão quando trouxe o jantar na outra noite. Do tipo com manteiga, nada daquela porcaria sem graça.

Uma foto dele e de Charlie almoçando juntos, os dois com o rosto contorcido de modo exagerado e cômico. *Queria que você estivesse aqui com a gente*, dizia a legenda.

E uma mensagem de voz para ele mesmo, para lembrar de comprar tomates frescos e caldo de galinha, a voz ofegante, o som da batida de pesos ao fundo. Essa me fez imaginar Luka suado e corado, o cabelo atrás das orelhas, úmido. Braços flexionando e relaxando. Ouvi aquela mensagem duas vezes antes de deletá-la, preocupada comigo mesma.

Uma mensagem dezessete minutos depois com um pedido de desculpas, pois pretendia enviar para si mesmo e por acaso eu estava no topo de suas mensagens. Mas, já que tinha mandado para mim, eu precisava que ele levasse alguma coisa da mercearia no caminho de volta para a cidade?

Todas as mensagens completamente normais. Nem um único indício de que estivesse pensando em nosso beijo.

— Sim. — Pego um martelinho de madeira e bato uma vez no meio da casquinha de chocolate com menta. Ela racha e bato mais duas vezes. Agora sei por que Layla só faz esse doce em determinadas épocas. É muito catártico. — Mas foi um beijo de mentira.

— Ah, ok. Um beijo de mentira. — Layla se mexe pela cozinha enquanto continuo batendo na casquinha.

Convertemos um antigo galpão para tratores em uma cozinha e padaria para Layla, o teto baixo na parte de trás, onde ela cozinha, a frente substituída quase inteiramente por vidro. Sempre-vivas e coníferas se amontoam por todos os lados, roçando as janelas. Quando está muito frio, as janelas congelam na parte inferior e mal dá para ver Layla se movimentando atrás do balcão, bandejas de biscoitos e brownies e tortas em pequenas fileiras organizadas em cada vitrine. Canecas recheadas com bengalas doces e a promoção do dia escrita na lousa. O espaço para refeições é preenchido com pequenas mesas vermelhas com cadeiras de nogueira, aconchegantes cabines verdes ao longo das paredes. Há mesas de piquenique com aquecedores logo na frente, que se espalham pelos campos. Amo que este lugar fique escondido, como uma pequena casinha de gengibre que nossos visitantes acabam descobrindo.

Esta manhã, trouxe uma caixa de lâmpadas para repor as do cordão de luzes que Beckett pendurou no fim de semana, e fui logo levada na conversa para me ocupar da casquinha.

Ela segura a mão em que tenho o martelo.

— A gente precisa de casquinhas de chocolate com menta, querida. Não de pó de chocolate com menta.

Solto o martelo e franzo a testa para a bancada, recolhendo farelos de menta e chocolate com os dedos. Layla pega um dos pedaços maiores que esqueci e me oferece.

— Me explique o que quer dizer um beijo de mentira.

— Não sei. Exatamente o que parece, acho. — Dou de ombros e penso no som que Luka fez quando coloquei as mãos em seus cabelos. Aquele gemido baixo. Mordisco a casquinha. — A gente pensou que seria uma boa ideia praticar o beijo antes de ter plateia.

Layla olha para mim.

— Certo. Então, o quê? Vocês se beijaram e foi isso?

— É.

Layla suspira e se aproxima de mim. Dá outra pancada forte na casquinha.

— Desse jeito você não me ajuda.

— Não sei o que te dizer.

— Preciso de detalhes, né?

— Tipo o quê?

Layla me olha como se quisesse bater o martelo em meus dedos.

— Tipo o quê — murmura. Ela baixa o martelo e apoia a mão na cintura, remexendo os pedaços de casquinha até encontrar um que seja do seu agrado. — Vocês conversaram antes? Quanto tempo durou? Foi de língua? Para com isso. Não seja tímida.

Não é que eu seja tímida. Sou só um pouco… protetora, eu acho. No momento, parece ser uma coisa só minha — bom, minha e de Luka —, e me parece certo mantê-la em segredo.

— Foi… bom.

Ao ver o olhar ligeiramente mortal de Layla, sinto um pouco da tensão diminuir em meus ombros. Dou risada pelo nariz e pego as sacolas em que deveríamos colocar as casquinhas. Em vez de comê-las.

— Foi um beijo gostoso — digo baixinho, pensando no dourado que dançava na pele dele, na palma de sua mão pressionando a minha enquanto me puxava para mais perto, no seu corpo. Suspiro. — Foi um beijo muito gostoso.

— Um beijo gostoso.

— É.

Layla cantarola baixinho, o interrogatório finalizado e um brilho pensativo surgindo em seu olhar enquanto inclina a cabeça para o lado. Ela pega uma tesoura e a passa ao longo de um fio vermelho-cereja, a fita se enrolando em seus dedos.

— Sabe, não tem problema em aproveitar o tempo com o Luka.

— Eu sei. Sempre aproveito o tempo com ele.

— Eu quis dizer — ela faz um laço com a fita e repete a ação, as unhas verde-floresta se movendo com perfeição durante a manobra —, eu quis dizer que não tem problema em gostar de beijar o Luka. Gostar de fingir.

E é só isso, não? Eu gosto do faz de conta. Um pouco demais, na verdade. O problema vai ser o fim do faz de conta. A parte que vem depois. Não consigo parar de pensar nisso, apesar do plano de Luka de só *continuar*.

Ficamos em silêncio, o barulho das embalagens e o enrolar da fita os únicos sons entre nós. Mais uma vez, sou grata pelo trabalho que mantém minhas mãos e meu cérebro ocupados.

— Faz tempo que não dou um beijo gostoso — diz ela, um pouco melancólica. Penso nela e em Jacob, seu atual namorado. Nos olhos dele sempre grudados no celular em vez de em qualquer outra coisa quando estão juntos. Franzo a testa e pego a mão dela, apertando uma vez. Ela me dá um sorriso tenso e aperta de volta.

O cronômetro emite um bipe ao fundo. Mais uma bandeja de guloseimas pronta para sair do forno. Layla ainda está olhando para mim pensativa após a interrupção, passando o polegar para a frente e para trás no lábio inferior.

— O quê?

Ela pisca, um sorriso malicioso curvando seus lábios.

— Eu teria pagado uma fortuna pra assistir.

Dou risada, as bochechas ficando vermelhas. Às vezes, a tímida e doce Layla me surpreende. Belisco a pele logo acima do cotovelo dela.

— Para de ser esquisita.

— Tarde demais — cantarola ela, indo em direção aos fornos.

Estou na farmácia procurando esmaltes que com certeza não preciso quando Gus aparece na minha frente com um saco de potes de pasta de amendoim na mão e um sorriso bobo no rosto. Ele é um cara bonito, ainda mais quando sorri, duas covinhas iguais em cada bochecha. Há um boato na cidade de que está rolando alguma coisa entre ele e Mabel, e acho os dois uma graça juntos. Ele enfia a mão no bolso da frente de seu uniforme dos correios e tira um maço de notas mal dobradas, estendendo-o para mim com dois dedos.

Pego as notas gordurosas após um instante de hesitação. Ele deve ter ido almoçar no Matty.

— O que é isso?

Gus se apoia no mostruário de corretivos, o cotovelo em cima de vários tons de base. Ele desembrulha um único pote de pasta de amendoim com cuidado e depois o oferece para mim. Eu balanço a cabeça, ainda com o maço de notas entre o polegar e o indicador.

— Gus, por que você me deu um maço de dinheiro?

Ele sorri para mim com a boca cheia de chocolate.

— É a sua parte.

Resmungo.

— Por favor, não me diga que está plantando coisas na fazenda sem que eu saiba.

Ele ri, derrubando uma fileira inteira de frascos de vidro.

— Não é isso. Credo, Stella.

— Então, o que é?

— É da aposta que tava rolando.

— Ok. — Espero que Gus continue, mas ele se limita a sorrir, outro pote de pasta de amendoim em sua mão gigante.

— Sabe, eu tinha uma equação infalível. — Ele ergue uma mão entre nós, como se estivesse se apresentando na frente de uma sala de aula, os dedos bem abertos enquanto expõe seu caso. — Distância, tempo e a boa e velha tensão. Aquela foto que você postou no Instagram, no campo, também ajudou. Mas isso foi mais um golpe de sorte. Não posso levar os créditos.

Eu me esforço para acompanhar a conversa, minha mente agarrada à última parte. Eu de fato postei uma foto minha no campo na conta da fazenda, mas isso foi há mais de um mês. Não costumo aparecer nas fotos, mas aquele foi um dia perfeito trabalhando em silêncio entre as árvores, e eu tinha terra nas mãos e bochechas. Foi bobo, impulsivo. Dois olhos azuis brilhantes rindo atrás de uma máscara de terra. *Mais barato que a máscara de argila da Sephora,* escrevi.

— Gus. — De repente entendo por que Layla quis me matar com uma espátula ontem. — Do que você tá falando?

Ele abre a boca para responder, mas somos interrompidos por Dane andando pelo corredor em seu traje completo de xerife, chapéu debaixo do braço. Ele dá uma olhada para mim e franze a testa, as sobrancelhas caídas.

— Uma palavrinha, Stella. Se você não se importar.

Sua voz parece determinada, um claro sinal de que estou prestes a levar uma bronca.

— Hummm. Alguém se meteu em encrenca. — diz Gus.

Olho feio para ele. Gus dá de ombros e se vira, indo em direção aos caixas e deixando para trás a bagunça que fez nas maquiagens. Covarde. Espero que pague pelos potes de pasta de amendoim que está destruindo. Quase digo a Dane que Gus está prestes a furtar a loja para que possamos adiar o que quer que vá ser essa conversa.

Enfio o maço de dinheiro no bolso de trás e dou toda a minha atenção ao xerife, observando seus dedos tamborilarem na aba do chapéu.

— Não sei nada sobre essa aposta que tá rolando, se é com isso que você está preocupado. — Cruzo os braços e observo o bigode de Dane estremecer. — Então, se você está aqui para me perguntar de um...

— Por que só fiquei sabendo dos estragos na fazenda pelo Luka?

Eu pisco.

— Ele passou na delegacia faz uns dias, disse que você está com problemas. Uma cerca desabou e agora as abóboras estão sendo esmagadas?

Droga, ele deve ter passado lá no caminho de volta para Nova York. Coço a sobrancelha e me esforço para não me mexer sob o olhar fixo de Dane.

— Eu ia descer até a fazenda, mas te vi aqui. O que está acontecendo, Stella? Por que você não me contou?

— Eu não... não achei que fosse importante.

E não é. Ou não era. Quando vistas separadas, são coisas pequenas. A cerca, as abóboras, a placa roubada da estrada principal. As entregas que não chegaram e a porta do celeiro escancarada em agosto, metade de nossos suprimentos ficando encharcados por causa de uma tempestade de verão.

Franzo a testa ao pensar nisso e esfrego as mãos nas coxas.

— Você não tem aquela entrevista em breve? — Não explico que é uma aparição nas redes sociais, não numa revista. Não tenho energia para explicar o que é o TikTok agora. Uma vez, tentei mostrar o Instagram para ele, e Dane franziu a testa com tanta intensidade que pensei que seu rosto fosse ficar paralisado. Ele resmungou baixinho sobre filtros para gatos por quase um mês. — Mais uma razão para deixar tudo arrumado.

— Você acha que essas coisas estão ligadas?

Luka insinuou algo semelhante, e não posso dizer que não pensei nisso. Parece azar demais, mas qual poderia ser a explicação? Não consigo imaginar que um bando de alunos do ensino médio seja tão metódico. E não sei quem mais faria isso. Não tenho inimigos nesta cidade.

Ele esfrega a palma da mão no queixo e olha por cima da minha cabeça, os olhos cinzentos examinando a farmácia. Está vazia, tanto quanto posso dizer, Cindy em algum lugar na parte de trás, trabalhando no reabastecimento.

— Não sei — diz ele baixinho. — Mas acho que vale a pena dar uma olhada.

Ele ajeita o chapéu na cabeça, levantando a aba com o dedo indicador para que consiga ver seu rosto.

— Vou passar na fazenda à tarde. — Ele faz uma pausa e arrasta os pés. — Você acha que a Layla vai estar lá?

Estreito os olhos.

— Por quê? — Um leve rubor surge em suas bochechas.

— Não diria não pra um pão confeitado, se é isso que você tá perguntando.

Dou risada.

— Sim, ela vai estar lá. Vou avisar sobre sua visita, assim ela faz alguma coisa gostosa.

— Não quero dar trabalho — resmunga.

— Não é trabalho algum. — Sorrio e o seguro pelo cotovelo, puxando-o até a frente da loja para garantir que não fuja. Tenho algo que queria discutir com Dane e agora é o momento perfeito. — Mas, já que estamos falando de coisas que escondemos um do outro, notei que você tem passado muito tempo na pizzaria.

O rubor de Dane vai de um rosa-claro a um vermelho forte e ardente em questão de segundos. Eu rio e puxo seu braço, quase pulando de alegria. Eu *sabia*.

— Eu sabia! — Cutuco o peito dele, logo acima do distintivo. — Eu sabia, eu sabia, eu sabia!

— Você não sabe de nada, Palitinho de Canela. — Ele me afasta com um tapinha, mas posso ver que está segurando um sorriso. Sua mão encontra a aba do chapéu novamente e ele a puxa para baixo e depois a empurra para cima, sem saber o que fazer. Ele pigarreia e me olha com o canto do olho. — Eu gosto da pizza.

— Claro — murmuro. — E não tem nada a ver com um certo dono de pizzaria bonitão, hein?

Já peguei Dane vagando em frente à Matty's algumas vezes. Não pensei nada a respeito até que o vi parado do lado de fora da janela, olhando ansioso para o belo pizzaiolo atrás do balcão. Eu o segui e o ouvi gaguejar ao pedir uma pizza de pepperoni com alho, e foi aí que eu *soube*.

— O especial de terça deles é bom.

— Isso deve explicar por que você vai lá de sábado, segunda e quinta também.

— Pega leve. Ou sou eu quem vai esmagar suas abóboras.

Seguro a risada e nos guio rua abaixo, de volta à delegacia e, coincidentemente, à pizzaria. Ainda tenho algumas coisas para fazer na cidade, mas dar uma leve cutucada em Dane para guiá-lo na direção certa é uma interrupção que me deixa feliz. Ele resmunga baixinho quando percebe para onde estamos indo, mas mantém minha mão dobrada na curva de seu braço, acariciando-a distraído.

— Quando que a mulher do concurso chega? A que vai fazer a matéria sobre a fazenda. — Ele desligou oficialmente o modo xerife e está perguntando como amigo.

— Daqui a uma semana e meia, mais ou menos. Na segunda-feira depois do Dia de Ação de Graças. Ela fica até o fim de semana e vai embora no domingo.

— Você se sente pronta?

Para minha surpresa, sim. A maioria das decorações e das luzinhas estão no lugar. A única coisa que ainda preciso fazer é substituir as lâmpadas queimadas dos cordões que atravessam os campos e colocar os laços nos portões. No ano passado, colocamos luzes da estrada até o limite da nossa propriedade. À noite, cada centímetro da fazenda brilha. Beckett, Layla e eu fizemos um teste ontem à noite, assim que o sol estava baixo o bastante para lançar um leve brilho roxo em tudo. No segundo em que as luzes acenderam, fiquei sem fôlego. Layla sorriu de orelha a orelha, e até mesmo Beckett deu um aceno de aprovação. Tudo estava se encaixando.

— Eu me sinto pronta. A fazenda está linda. Isso me coloca mais no clima de festas de fim de ano.

Dane bufa ao ouvir isso.

— Acho que você vive nesse clima vinte e quatro horas por dia, sete dias por semana. Todos os trezentos e sessenta e cinco dias do ano.

É verdade. Sempre adorei o Natal e tudo o que vem com ele. É a única época do ano em que tudo parece mágico. Cheio de esperança. Fervoroso e amoroso. O mundo inteiro desacelera e... acredita ao menos um pouco.

Minha mãe e eu fazíamos a mesma coisa todo Natal, não importava onde estivéssemos. As lâmpadas grandes e coloridas na árvore perto da lareira. Meias grossas e vermelhas no corredor. Torta no café da manhã de Natal e patinação no gelo à tarde. Ainda mantenho essas tradições, mesmo que ela não esteja aqui. É como ter uma parte dela sempre por perto, a dor mais aguda no meio do peito.

— Acho que, quando se tem uma fazenda de árvores de Natal, é preciso ser assim.

Balanço a cabeça para limpar as teias de aranha do passado e respiro fundo. Já faz quase... meu Deus, já faz quase dez anos que minha mãe faleceu. Gosto de pensar que tudo acontece por um motivo, mas ainda assim... ainda assim, não entendo por que ela teve que ir tão cedo.

Estamos em frente à pizzaria agora, a luz de suas janelas embaçadas e úmidas brilhando quente e vibrante. Olho de canto de olho para Dane. Duvido que tenha percebido que foi ele quem nos fez parar aqui, tão focado que está no homem trabalhando nos fornos atrás do balcão. O ar ao nosso redor cheira a orégano e molho de tomate, o canto da sereia se espalhando pela calçada.

Cutuco Dane uma vez com o ombro.

— Vai entrar?

Ele dá de ombros, um pouco impotente, e aperto seu braço. Quero que tudo de melhor aconteça para Dane. Este homem que escolheu ser um pai para mim quando o meu não quis saber disso. Ele coça o queixo e depois mexe na gola da camisa.

— Como você... — Ele pigarreia. — Como, você. sabe, fez com o Luka?

Por um segundo, acho que Dane está perguntando sobre nosso beijo no celeiro.

— O quê?

Ele limpa a garganta de novo, desta vez um pouco mais alto.

— Como você disse a ele como se sente? Como você pediu que... que ele te desse uma chance?

Sinto uma coisa no peito, uma breve determinação que reverbera até a sola dos meus pés. Aperto seu braço com mais força até que ele olha para mim.

— Você não é uma chance, Dane. — Quero sacudir seus ombros, pegar o megafone que ele deixa no banco do carona de sua viatura e gritar na cara dele. Em vez disso, me contento com um sussurro que sai um pouco confuso e o melhor sorriso que consigo ao sentir a garganta tão apertada. — Você é uma certeza. Eu me escondo atrás de um poste de luz do outro lado da rua e observo Dane entrar na pizzaria, fingindo olhar para os cannolis na vitrine antes de ir devagar até os fornos. Ombros na altura das orelhas, ele se mexe, o chapéu enfiado debaixo do braço. Matty se vira, prestes, tenho certeza, a perguntar qual o pedido, e seus olhos se cruzam. O sorriso de Matty se abre largo e bonito, e os ombros de Dane relaxam, seus antebraços encontrando o balcão. Enfim descontraído.

Uma certeza.

Escondo meu sorriso com a ponta dos dedos e caminho de volta pela Main Street, enquanto envio uma mensagem para Layla avisando que Dane vai passar mais tarde para dar uma olhada no que tem de gostoso. O vento sopra em meus tornozelos e parece subir pelas panturrilhas até erguer as pontas da minha jaqueta, se infiltrando sob meu suéter e roçando minhas costas em cumprimento. É a minha época favorita do ano, entre o outono e o inverno. Parece que o mundo inteiro está prendendo a respiração. Quietude e doçura, tudo junto.

Não estou olhando para o caminho, muito ocupada em observar minhas botas na calçada, o preto elegante em contraste com o marrom e o creme das folhas caídas. Já não são muitas, os únicos galhos cheios de vida são os da fazenda. Toques consistentes de verde espalhados pelos campos e colinas. Uma mancha vermelha aqui e ali, das árvores de azevinho que Beckett plantou só porque são bonitas.

Meu celular vibra. Ao verificar, vejo que recebi uma série de mensagens de Charlie.

Charlie
Não vai achando que vou esquecer que você trouxe o Luka pro jantar.
Falamos muito de você no almoço do outro dia.

Interessante. Eu me pergunto do que falaram. Estou prestes a responder quando surge outra mensagem.

Charlie
Mas não sou fofoqueiro.

Reviro os olhos.

Charlie
E, olha, não é incrível?

Surge uma foto do meu pai deitado com a cara na mesa no dia de Ação de Graças, e Charlie colocou perus dançantes em cima dele. Salvo no meu celular no mesmo instante.

Estou escrevendo a resposta quando bato em alguém, o impulso quase me levando ao chão. Eu tropeço e me seguro em um poste. Infelizmente, a pessoa em quem esbarrei não teve a mesma sorte.

Estendo a mão para ajudar o sr. Hewett a se levantar, as bochechas queimando de vergonha. Não costumo ser tão descuidada, deve ser porque estou com a cabeça cheia.

— Sr. Hewett, me desculpe. — Ele está ocupado arrumando os óculos no rosto, tirando as folhas marrons do casaco. — Não vi o senhor. Não estava olhando para onde ia.

Ele franze a testa para mim por trás das lentes ligeiramente ampliadas de seus óculos com armação de tartaruga, os olhos cinzentos estreitados em desdém. A jaqueta está desbotada nos cotovelos e um pouco gasta, a gola ajustada errada de um dos lados. Seu cabelo grisalho irregular está um pouco bagunçado, despenteado pelo vento que sopra mais forte agora. É um homem pequeno, mas se faz mais alto, o queixo erguido em uma postura de desafio.

É a expressão em seu rosto que me faz dar meio passo para trás, a agressividade sem motivo. Parece uma irritação maior do que um esbarrão na calçada merece. De repente me lembro do passeio que Luka e eu demos pelo centro da cidade na semana passada, e do sr. Hewett nos observando dos degraus da biblioteca, aquele mesmo olhar furioso em seu rosto. Achei que tinha algo a ver com Luka e eu juntos, mas parece que sou o denominador comum.

— Sinto muito mesmo — digo mais uma vez. Não vou à biblioteca há anos e parece que deixei algo passar. Como o que quer que eu tenha feito para irritar Will Hewett. — Posso...

— É melhor ter a cabeça nas nuvens e saber onde você está — diz ele, a voz estranhamente formal, um tanto anasalada — do que respirar a atmosfera mais clara abaixo delas e pensar que você está no paraíso.

Pisco para ele, confusa.

— Hum.

É um insulto? Um aviso?

— É de Henry David Thoreau.

Ao que parece, é Henry David Thoreau.

Eu ia me oferecer para comprar um chocolate quente para o sr. Hewett para me desculpar pelo atropelo, mas agora só quero me afastar quanto antes dessa conversa estranha. Faço o possível para ser gentil com todos nesta cidade, grata pela ajuda para que eu pudesse me reerguer depois da morte da minha mãe. Mas não tenho certeza se consigo tolerar uma conversa forçada sobre o transcendentalismo da Nova Inglaterra. Nem mesmo com um chocolate quente de menta com chantilly extra.

— Isso é... legal, eu acho? — O sr. Hewett se limita a me olhar com desdém como resposta, então enfio as mãos nos bolsos da jaqueta e procuro uma rota de fuga. O aromatizador de pinho do outro dia ainda está lá, e eu o agarro como uma tábua de salvação, sentindo as bordas na palma da mão. — Tudo bem. Tenho algumas coisas pra fazer na cidade. Passo na... — Não vou mentir para este homem. — Vejo o senhor por aí.

Desço a rua correndo, desta vez prestando atenção em onde passo e se há mais alguém na calçada. Que homenzinho estranho. Procuro o celular em meus bolsos enormes, com a intenção de enfim responder ao Charlie, quando o aparelho ganha vida, tremendo na minha mão. Sorrio quando vejo a foto de Luka e o cannoli de abóbora na tela e deslizo para atender.

— Ei, ia te mandar uma mensagem agora mesmo.

— Ai, caramba, ela já chegou aí?

Franzo a testa ao perceber que ele parece sem fôlego. Como se estivesse correndo ou — ouço o tilintar de uma xícara de café ao fundo, os sons abafados de algum programa esportivo — andando de um lado para o outro em seu apartamento.

Olho ao redor na rua lateral quase abandonada. Só estamos eu e alguns pardais bicando as migalhas de uma rosquinha velha comida pela metade.

— O quê? Não, a Evelyn só chega daqui a uma semana mais ou menos. Na segunda-feira depois do Dia de Ação de Graças.

— Não a Evelyn — suspira ele, e eu o imagino coçando a nuca, bem onde o cabelo começa a cachear —, a minha mãe.

Reprimo a risada ao ouvir seu tom tão ameaçador. Sobretudo porque sei quanto Luka ama a mãe. Sua relação com ela é como um comercial de margarina. Ele não passa um dia sem ligar para ela às cinco e meia em ponto, para que a mãe não jante sozinha. Uma vez ele ficou preso em um compromisso do trabalho, mas ainda conseguiu ligar do corredor do lado de fora da sala de reuniões, me adicionando à chamada em grupo para que ela tivesse alguém com quem conversar. Ele leva flores quando vai visitá-la e veste a fantasia do mascote da escola quando não conseguem encontrar mais ninguém para fazer isso. Porque ela pediu que fizesse isso uma vez e ele não quer que ela tenha que pedir de novo. É o filho perfeito e morre de paixão por ela, demonstra sempre afeto genuíno.

— O que rolou com a sua mãe?

— Stella, não quero que você entre em pânico.

Um desconforto arranha minha garganta e engulo em seco até conseguir controlar minha voz. Se aconteceu alguma coisa com a *mãe* de Luka — as lembranças surgem como uma maré recente. Visitas ao hospital, remédios, como minha mãe parecia pequena e frágil no final, ainda se esforçando para sorrir para mim.

— Luka. — Não consigo recuperar o fôlego. Pressiono os dedos trêmulos no peito. — Sua mãe está bem?

— Ah, merda. Sim, Stella. Ela está. — Todo o ar sai de mim. Sinto que preciso me agachar e descansar as mãos nos joelhos. — Ela está bem. Desculpe. Esse não foi... um bom jeito de começar a conversa.

— Acho que você me conhece há tempo suficiente para entender que me dizer para não entrar em pânico só vai me deixar mais em pânico.

Juro que consigo ouvir o sorriso dele pelo celular. Fecho os olhos para imaginar. Um pouco triste, o lado esquerdo do lábio inferior repuxando.

— Você está certa. Desculpe.

— Tudo bem, então... — Sigo em direção à livraria, minha última parada antes de voltar para casa. Alex ligou ontem para me avisar que acabou de receber uma remessa de *Um conto de Natal* encadernado em tecido, com gravuras em folha de ouro. Quero comprar alguns para o escritório e outro para o quarto de Evelyn na pousada. Vou completar com alguns biscoitos de Layla e um saco de café fresco da sra. Beatrice. Talvez uma das miniárvores que Beckett cultiva na estufa atrás de sua casa. Mas Luka está me distraindo com... seja lá o que for. — O que está acontecendo?

— Minha mãe sabe — diz ele. Ouço a televisão ao fundo desligar, e a forte rajada de um suspiro quando ele cai no sofá. — Subestimei o poder da rede secreta. E da Betsy Johnson.

Minhas botas trituram as folhas ao longo do caminho, os pássaros voando para longe.

— Mas não tem problema nisso, tem? Ela sabe que... — Olho ao redor, para a calçada vazia. Abaixo a voz. — Ela sabe que não é de verdade.

Luka está em silêncio do outro lado da linha, e sinto aquele desconforto de novo.

— Luka.

Mentir para Evelyn é uma coisa. Mentir para a cidade é outra. Mas mentir para a mãe dele, entre todas as pessoas, me parece ir longe demais. Nunca esperei mentir para a família dele. Nunca pensei que precisaríamos. Um descuido meu, acho, mas não posso acreditar que ele esteja considerando isso. O homem que compra um moletom com um texugo zangado todo ano e o usa sem ser de zoeira nos fins de semana porque isso faz a mãe feliz. — Luka — digo de novo, desta vez com um tom de súplica. — Me diga que você não fez isso.

— Se você quer dizer que eu *não* disse nada quando ela me ligou para falar em um italiano rápido que ia levar manicotti e lasanha pra você, então sim, você está certa. — Ouço o tilintar de uma xícara de café de novo e faço de tudo para não mudar de direção e ir para o bar. — Ela ficou... muito animada, Stella. Eu não consegui dizer que é tudo fingimento.

— É exatamente por isso que você devia ter falado! Se descobrir que estamos mentindo pra ela, vai ficar furiosa. — Pior, ela vai se machucar. Não suporto a ideia de desapontar a mãe dele. Não posso permitir que ela me olhe de outro jeito depois de tudo isso. — Luka, que confusão.

— Veja por este lado. Se a gente contar pra ela que é mentira, ela vai contar para as irmãs, certo? — Isso é verdade. As tias de Luka estão sempre por perto e não escondem absolutamente nada umas das outras. Certa vez, ouvi sua tia Gianna contar à mãe sobre uma pomada para hemorroidas. — E minha tia Sofia com certeza vai contar para a Cindy Croswell. Elas jogam bridge juntas todo domingo.

Coço a sobrancelha e me controlo para não gritar. Nunca na minha vida tive tantos impulsos infantis no espaço de um único mês.

— Não sei, isso é...

— Vai ficar tudo bem, Lalá.

Tento acreditar na calma confiança em sua voz, mas é difícil. Na verdade, só me irrita mais. *Vai ficar tudo bem. É só continuar. Não é nada de mais.* Sua indiferença com cada detalhe é frustrante. Ele não é o único com tudo a perder aqui.

Eu tento explicar.

— Só não quero que ela me veja de outra forma, só isso. Quando tudo acabar.

— O que você quer dizer?

— Quando a gente... — Olho de novo para a rua para ter certeza de que estou sozinha. — Quando tudo acabar e a gente não estiver mais nesse namoro de mentira. Não quero que ela fique chateada.

Ele suspira, a frustração transparecendo, sua voz profunda retumbando um pouco. Imagino-o em seu apartamento com os pés na mesinha de centro, a xícara de café apoiada no joelho.

— Já conversamos sobre isso, Stella. Não temos que dizer nada pra ninguém.

Ele é inacreditável.

— Com certeza a gente vai ter que falar pra sua mãe quando ela convidar a namorada do filho pra um jantar em família.

— Ou talvez eu me aproveite do fato de você ser coagida a participar com frequência dos jantares em família. Finalmente.

Essa não é a conversa que quero ter. Já tenho coisas o bastante para me preocupar, e não preciso pensar na atitude neutra de Luka com o relacionamento mais importante da minha vida. É como se ele nem se importasse com o que vai acontecer, não se importasse com o que as pessoas pensam de nós — pensam de mim. Irritada e um pouco magoada, acelero os passos na calçada e pisco com as lágrimas de frustração queimando no canto dos olhos. Sempre fui do tipo que chora quando está com raiva, por mais que tente reprimir. E isso só me faz ficar ainda mais frustrada conforme caminho. Sei que tudo isso foi ideia minha e consequência das minhas ações, mas Luka não... ele não está levando a sério as possíveis repercussões.

— Tá bom, estou na livraria, então tenho que ir — minto. A livraria está a pelo menos mais três quarteirões da rua em que estou. — Você sabe que o Alex não gosta que as pessoas fiquem no celular aqui dentro.

— Stella, espera.

— Te ligo mais tarde.

Não espero que ele responda, encerro a ligação e jogo meu celular no bolso para não ficar tentada a ler quaisquer mensagens que ele decida enviar. Luka nunca foi do tipo que deixa as coisas acontecerem. Para o nosso azar, não tenho dúvidas de que sou assim.

Neste exato momento, meu celular vibra. Ignoro e continuo andando.

11.

Quando enfim chego em casa, com uma pilha de livros novos e uma pizza de pepperoni deliciosa e só para mim no banco do passageiro, tem um carro esperando na minha garagem. Matty estava todo eufórico quando passei lá antes de vir para casa, cantarolando baixinho enquanto tirava a pizza do forno. Foi o suficiente para afastar por alguns instantes a apreensão que me dominou depois da ligação de Luka.

Mas agora prevejo uma tempestade a caminho quando vejo a mãe de Luka sair de seu Kia vermelho brilhante, potes empilhados nos braços e um sorriso no rosto. É estranho sentir, ao mesmo tempo, uma culpa paralisante e um encanto comovente. Mas é o que sinto, e ergo a mão para acenar enquanto suspiro.

A mãe de Luka é linda demais, com cabelos castanho-escuros que caem pelas costas. Ela tem mechas grisalhas atrás das orelhas e olhos cinza-claro para combinar. Já ouvi as crianças da cidade falando sobre seus "olhos assustadores" e como ela não deixa absolutamente nada passar. O boato é que a bonequinha italiana que fica na beirada de sua mesa na sala de aula do oitavo ano é um objeto espiritual. Isso permite que ela vigie os alunos quando está de costas para o quadro. É insano e engraçado demais, e, quando descobriu isso, Luka comprou mais três bonecas para a mãe.

Ela é intimidadora do jeito que todos os bons professores são: quieta, inteligente e segura. Do tipo que avisa quando você não está explorando todo seu potencial e te abraça durante o processo. Tudo é uma lição, cada momento é uma oportunidade de aprender. Luka gosta de reclamar de quando ela o fez escrever reportagens sobre especiais de férias na televisão durante as férias de Natal. E praticar frações com aspargos no jantar em família.

Saio do carro com os braços carregados de livros e pizza. Ela dá uma olhada na caixa de papelão manchada de gordura na minha mão e estreita os olhos, a mudança em seu comportamento de uma rapidez tão cômica que tenho que segurar a risada.

— Olá, sra. Peters.

— Stella, eu me sinto velha quando você me chama assim. — Ela segura a pilha de potes em um braço para poder apontar para a pizza. — O que é isso?

Olho para a caixa. Só tem uma pizzaria na cidade, e as caixas de Matty têm um logotipo azul e branco bastante óbvio impresso na parte superior. Diz MATTY's em letras grandes e em bold nas laterais.

— É uma pizza.

— Do Matty.

Olho para a caixa só para ter certeza. Só consigo ver o contorno das letras azuis maciças. Ainda assim, hesito, porque Carina Peters parece estar a um passo de bater com seus potes no jantar em minhas mãos, e estou com muita vontade de comer pepperoni. Agarro a pizza com um pouco mais de força e aponto para a casa.

— Quer entrar? Está trazendo bastante coisa aí.

Ela aperta com mais força os potes cuidadosamente empilhados em seus braços. Brancos com tampas azuis, uma estampa de triângulos na parte de cima. Luka tem os mesmos potes em sua geladeira, sobras de risoto, manicotti e tiramisu que sempre como escondida quando fico na casa dele. Ela tem duas bandejas e outras três latas menores, todas com etiquetas coladas nas laterais. Parece comida suficiente para me alimentar por semanas.

— Entre — digo de novo. — Acho que sobraram alguns biscotti do Luka. Você pode até comer uma fatia de pizza, se quiser.

Ela me segue pelos degraus até a entrada, voltando a olhar para a caixa em minhas mãos.

— Eu não comeria essa pizza nem que fosse a última coisa deste planeta.

Tenho certeza de que ela não comeria a pizza de Matty nem que alguém apontasse uma arma para sua cabeça. Certa vez, a ouvi dizer que era um insulto ao povo italiano, uma banalização da cultura.

Comer na Matty's com Luka é sempre uma aula de como fugir. Ele nunca chegou a comer na pizzaria, na verdade, e me faz entrar sozinha quando pegamos pizza para viagem. A mãe dele quase o flagrou certa vez, esperando na calçada que eu voltasse com nosso jantar. Ele saiu tão depressa com o carro que o gari teve que limpar as marcas dos pneus. Saí com nossa comida para a rua vazia e tive que caminhar quatro quarteirões até o beco atrás do café para enfim conseguir uma carona para casa. Suas mãos tremiam quando deslizei para o banco do passageiro, os olhos arregalados de terror. Ele dormiu no meu sofá naquela noite, com muito medo de ir para casa e enfrentar a mãe caso ela o tivesse visto.

— Nenhum italiano em sã consciência colocaria queijo na borda da pizza. — Ela balança a cabeça como se nunca tivesse ouvido falar de uma coisa mais ridícula em sua vida. — E o stromboli. Você sabia que não existe stromboli na Itália? É um crime criar uma coisa dessas.

Eu sei disso. Ela já me disse. E Luka repete toda vez que pede um.

— Mas é muito gostoso.

Ela balança a mão no ar em um gesto brusco, me fazendo parar de falar.

— Já pedi pra escola parar de usar a comida dele na arrecadação de fundos, mas os alunos adoram. Dei uma aula de culinária italiana para meus alunos do oitavo ano — não faço ideia de como ela, professora de matemática, conseguiu fazer isso —, culinária italiana *de verdade,* quer dizer, e eles tiveram a audácia de me perguntar se palitinhos de muçarela eram considerados *antipasti.* — Ela leva a mão ao peito, os dedos cobertos por anéis de ouro rosê. Um para o falecido marido, outro para a irmã Cecilia e outro para Luka. Eles brilham à luz do sol quando pego a lata de biscoitos que Luka escondeu em meu armário. — O mal que esse homem está fazendo aos nossos jovens.

Ela balança a cabeça com tristeza e se vira, indo direto para a geladeira. Consegue abri-la sem derrubar um único pote e começa a remexer lá dentro. Observo enquanto ela pega um saco de verduras murchas e o joga no lixo, organizando para conseguir enfiar sua coleção de potes.

— Você sabe que ele é de Boston? — Ela joga uma mostarda vencida na mesma direção do saco de verduras. — Aposto que ele não tem nem uma gota de sangue italiano no corpo. Uma vez perguntei a ele de que parte da Itália era a família dele, e ele disse que era da Costa Norte. Da Costa Norte, Stella! Não acredito que isso seja verdade.

— Por que não seria verdade?

Ela se vira para olhar para mim por cima do ombro, uma mecha de cabelo escuro e grosso caindo em cascata sobre o olho direito. Uma única sobrancelha se arqueia, e agora sei como é ser uma de suas alunas pegando o celular no fim da aula.

— Porque a Costa Norte é conhecida por seu risotto al nero di seppia. — As palavras saem de sua língua no leve sotaque do qual ela ainda não conseguiu se livrar, apesar de morar há trinta anos nos Estados Unidos. — E eu nunca vi ele sequer olhar para tinta de lula.

Eu faço uma careta e seus lábios se curvam nos cantos, um pouco mais nítido no lado esquerdo, o olhar tão parecido com o de Luka que sinto o peito apertar em resposta.

— É mais gostoso do que você pensa.

— Vou acreditar na sua palavra — digo. Entrego a ela um prato cheio de biscotti. — Pronto, aqui está. Lamento não ter café Illy. O Luka também reclama.

— Meu filho está te dando trabalho?

Eu penso em Luka de pé no fogão a apenas meio metro de onde ela está agora, o pano de prato no bolso de trás. Como ele me preparou o jantar e guardou as sobras e escondeu mantimentos na minha cozinha. Penso em seu ombro encostado no meu no sofá, meu cabelo preso na nuca e roçando em seu maxilar enquanto eu dormia e acordava. Como despertei na cama com um cobertor grosso em mim, um copo de água na mesa de cabeceira.

Penso nele no celeiro, as mãos com luvas segurando as minhas com força. O sabor do café de menta e avelã.

— Não. — Sorrio, o calor deixando minhas bochechas vermelhas por mais que eu não queira. — Não está, não. Você criou um homem realmente maravilhoso.

Mesmo quando eu não quero que ele seja. Mesmo quando estou chateada com ele.

Ela se envaidece com isso, um olhar orgulhoso em seu rosto.

— Criei, não foi? — Ela dá uma mordida no biscoito e se acomoda em uma das cadeiras da cozinha, dando um tapinha no espaço diagonal a ela, me convidando para sentar também. — Mas suponho que parte disso também seja por causa do pai dele.

— Ele não... — Hesito, sem saber se devo dizer que Luka quase não fala sobre o pai. É errado compartilhar essas coisas com ela? É desonesto com Luka e com a relação que temos falar com a mãe dele sobre isso? Com esse namoro de mentira, não consigo me posicionar, e os limites das relações reais se confundem.

Ela me lança um olhar compreensivo enquanto deslizo para o assento em frente a ela.

— Ele não fala sobre o pai?

— Na verdade, não.

Ele solta algumas informações, de vez em quando. Deixar escapar sem querer algo que o pai fez ou disse uma vez. Mas assim que percebe, Luka se fecha de novo. Guarda as memórias pouco a pouco até que não doam tanto. Eu faço a mesma coisa com minha mãe, de certa forma. Às vezes, a sensação vem de surpresa, quando aquela dor sempre presente se torna tão aguda que você fica sem ar.

Ela assente.

— Ele também não fala sobre o pai comigo. — Ela desliza um dedo pela borda do prato, para a frente e para trás, o olhar vagando pela janela. — O que me deixa triste. É preciso que a gente se lembre com carinho daqueles que nos deixaram. Falar a respeito de cada um mantém a memória deles viva.

— Minha mãe me disse uma coisa parecida pouco antes de ela, hum... falecer. — Ainda me lembro do cheiro de antisséptico, tão forte e tão químico, ardendo no meu nariz. De como meus sapatos rangiam no chão enquanto eu me curvava e tentava encontrar uma tomada livre para os difusores de aroma que levava. Lavanda, o favorito dela. — Ela disse que só queria que eu tivesse lembranças felizes.

Faço o melhor que posso. Tento me lembrar dela quando estava saudável e feliz e girando em nossa cozinha ao som do velho rádio que ficava em cima da geladeira. Mas alguns dias são mais fáceis que outros e, ainda que agora a sensação maior seja de carinho, como diz a mãe de Luka, também há uma boa dose de saudade.

A mão de Carina alcança a minha.

— Às vezes esqueço que você perdeu a sua mãe. Ela faleceu pouco antes de eu me mudar pra cá, não foi?

Em uma terça-feira, 15h13. Tinha acabado de chover e um arco-íris se formara acima de uma árvore no estacionamento; eu estava sentada no meio-fio, as pernas esticadas, o cabelo grudado na testa. Fumava um cigarro que consegui com um dos seguranças, e eu nunca tinha fumado em toda a minha vida.

Eu assinto.

— Ela ficou doente por bastante tempo. Câncer.

— O câncer é uma coisa terrível — diz Carina. Ela emite um som baixinho, um *tsc* rápido. — Não sei se existe um jeito fácil de perder alguém, mas com o Leo foi tão rápido. Ele saiu para trabalhar, como sempre fazia. Ele me beijou duas vezes, o Luka duas, e a última vez que o vi, estava saindo pela porta da frente, gritando por cima do ombro que queria flores de abobrinha para o jantar. — Ela seca os olhos rapidamente com a ponta dos dedos. — Era um homem muito exigente.

Reconheço a tristeza em suas palavras, a solidão de se lembrar de alguém sem compartilhar.

— Você devia tentar conversar com o Luka sobre ele — falo com gentileza. — Acho que seria bom pra vocês dois.

Ela concorda e enxuga o rosto de novo antes de acenar com a mão entre nós, um dedo apontado para mim em falsa acusação.

— Não foi por isso que vim aqui, pra chorar à sua mesa. — Ela tira a mão da minha e pressiona as duas mãos no tampo da mesa, erguendo o corpo na cadeira até me imobilizar com o olhar. — Eu vim para um interrogatório.

— Ah, é? — Agora as perguntas que faz me parecem uma pausa bem-vinda do peso da nossa conversa. Era isso que eu imaginei quando vi o carro dela na garagem. Eu me recosto na cadeira e pego um biscoito da lata. — Espero que você coloque um pouco de tiramisu na geladeira então.

Ela ri, uma explosão brilhante que ilumina minha pequena cozinha.

— Ah, você continua igual. Por um segundo tive medo de que fosse dar uma de tímida comigo, agora que está namorando o meu filho. — Ela se acomoda na cadeira. — Então me diga. Como você e o Luka passaram de melhores amigos para algo mais?

Deixo meu relato o mais próximo possível da realidade. Digo a ela que depois de tantos anos de amizade, meio que começamos a namorar. Que, no fim, namorar não era tão diferente de... sermos melhores amigos. Ela arqueou uma sobrancelha ao ouvir isso, fazendo um barulho indistinto baixinho.

Falamos sobre os alunos dela, as aventuras de sua irmã Eva na dança de salão e a atitude ridícula da sra. Beatrice e seu sistema de pedidos baseado em mérito. Parece que a sra. Peters só consegue pedir café se contar com a ajuda de Luka também.

É bom tê-la na minha cozinha. É aconchegante e quente, e ela preenche o espaço com sua gargalhada alta, seus anéis tilintando na beirada da mesa. Devora o resto de seus biscoitos e diz que precisa incomodar Giana com os preparativos do Dia de Ação de Graças, se afastando abruptamente da mesa e me entregando uma folha de caderno dobrada que tira do bolso de trás, com instruções para esquentar a comida. Ela sai com um beijo nas minhas bochechas e um convite ligeiramente ameaçador por cima do ombro para o jantar em família no Dia de Ação de Graças.

O Kia dela sai roncando pela estrada, desaparecendo em uma nuvem de poeira rumo à cidade. Eu a observo se afastar apoiada no balaústre da varanda, as luzes nos campos começando a brilhar conforme o sol se põe no horizonte. Ouço meu celular na cozinha, mas escolho ignorá-lo por enquanto, observando a Mãe Natureza pintar o céu em tons de roxo. Os talos de milho balançam suavemente na brisa, o único resquício do outono. Vamos cortá-los em breve e preencher o espaço com árvores pré-cortadas, prontas para famílias que não querem caminhar até o sopé das colinas. Layla cuida dessa parte do nosso negócio, serrando árvores e carregando-as no pequeno trator que Beckett usa para fazer as viagens de ida e volta. Ela diz que é bom para sua raiva reprimida. Beckett diz que é bom para as costas.

Quando o céu por fim se desvanece para um índigo-escuro, volto para dentro e olho para o celular no balcão. Não gosto de discutir com Luka. Nunca gostei. Nossos desentendimentos nunca duram muito, mas sempre me deixam com a sensação de que vesti um suéter que pinica, me sinto mal comigo mesma. Digito o número dele.

— Stella, escute. — Ele parece um pouco ofegante, desequilibrado. — Sinto muito.

Eu me jogo no sofá e apoio os pés na mesa de centro. Coloco a manta de tricô que ele estava usando na outra noite no colo. Ainda está com o cheiro dele.

— Eu também sinto muito.

Ele exala lentamente e eu o imagino se jogando no sofá luxuoso, com o braço bem aberto no espaldar.

— Ela foi… minha mãe foi aí?

— Ela veio. — Olho por cima do ombro para a geladeira. Devia ter trazido o tiramisu comigo. — E me trouxe comida.

Luka emite um gemido alto e longo que faz meu estômago se apertar. Nunca foi fácil ouvi-lo fazer esse tipo de som, mas, agora que sei o gosto dele, é quase insuportável. Eu me mexo sob o cobertor.

— Isso significa que ela também fez muitas perguntas.

— Ela chamou de interrogatório.

— Stella, sinto muito. — Sua voz fica mais baixa, um pouco abafada, como se estivesse falando através de um travesseiro ou com o rosto pressionado contra a superfície plana mais próxima. — Eu devia ter ido aí.

— E o que você ia fazer? Não consegue mentir pra sua mãe.

— Consigo, sim. Faço isso o tempo todo. Como você acha que sobrevivi a ela e a todas as minhas tias? Você tem que ser agradável. Tem que dizer que o molho de macarrão que elas fazem é a melhor coisa que você já provou. Tem que dizer que gosta de eperlano.

Franzo a testa e me aconchego ainda mais no sofá, puxando o cobertor até o nariz.

— Quero saber o que é um eperlano?

— Não, não quer.

— Ela me convidou para o Dia de Ação de Graças — resmungo. — Então é bem capaz que eu descubra de todo jeito.

— Você vai? — Ele parece surpreso.

— Claro que eu vou. Sua mãe me convidou.

Ele faz um som de escárnio.

— Eu também. Por anos. E você sempre inventa desculpas.

— Não é desculpa se eu já tenho planos.

— E de repente este ano você não tem mais planos?

Ainda vou ao abrigo de manhã pra ajudar a servir as refeições, mas posso voltar a tempo de ir pra casa dos Peters no Dia de Ação de Graças. É fácil dizer a mim mesma que é por causa do nosso segredo, para que ninguém suspeite que estamos mentindo. Mas, para ser sincera, vai ser bom não ficar sozinha no feriado. Penso no que a sra. Peters e eu conversamos — sobre lembranças e memórias felizes. Acho que minha mãe não ia querer que eu me afundasse no sofá sozinha no Dia de Ação de Graças, comendo comida da loja de conveniência.

— Eu acho — começo devagar, escolhendo as palavras com cuidado. Layla me disse que posso aproveitar esse tempo e acho... acho que ela está certa. Não há mal nenhum em passar um feriado com meu melhor amigo e sua família. — Acho que estou a fim de tentar uma coisa diferente.

Luka emite um som alegre. Eu ouço o arrastar de tecido contra couro, o tilintar de um copo na mesa de centro.

— Fico muito feliz em ouvir isso.

— Eu também.

Mexo os dedos dos pés nas meias grossas e pego um fio solto no cobertor descansando sobre meu peito, hesitando em trazer à tona o que mais discuti com a mãe dele. Quero falar a respeito disso, mas não sei como ele vai reagir.

— O que foi?

Mordo o lábio inferior.

— O que foi o quê?

— Isso que você não está dizendo.

— Sua mãe e eu conversamos sobre algumas outras coisas também — digo. Quando ele não responde, eu continuo: — Conversamos um pouco sobre seu pai. Acho… que ela fica triste por você não falar dele com ela.

Luka tinha doze anos quando o pai faleceu. Não é que exista um momento mais apropriado para perder os pais, mas Luka teve que se tornar um homem sem o pai. No corredor da casa da mãe dele, um pouco antes das escadas para o segundo andar, há uma foto pendurada. Era uma noite de baladinha do ensino médio ou coisa do tipo, Luka desengonçado como a maioria dos adolescentes, seu cabelo desgrenhado. Na foto, todos os meninos adolescentes estão com os pais e Luka está parado, orgulhoso, abraçando a mãe. Toda vez que vou à casa deles e vejo essa foto, sinto uma onda avassaladora de tristeza. Porque é possível perceber pela tensão em seus braços, pelo sorriso tímido, que ele sentia saudades do pai.

Que sente saudades do pai.

Luka limpa a garganta.

— Ela disse o que queria falar?

— Não, só que ela quer falar dele. Disse que falar ajuda a manter a memória viva.

Ele fica em silêncio por bastante tempo. Tanto tempo que olho para o celular várias vezes para ter certeza de que não desligou na minha cara.

— Luka?

— Ele me fazia queijo grelhado — diz baixinho, em seguida faz uma pausa demorada.

Posso ouvi-lo engolindo em seco. Ele inspira fundo, trêmulo, prende a respiração e depois solta. Agarro o celular com mais força, as bordas deixando marcas na palma da minha mão. Queria estar com ele, o joelho pressionado em seu quadril no meu sofá.

— Ele… cozinhava bem mal, na verdade. Sempre culpava a minha mãe e dizia que ela era mandona demais na cozinha. — Dou risada quando lembro que Carina disse a mesma coisa havia apenas uma hora. — Mas ele fazia queijo grelhado pra mim. Sempre que eu estava triste.

Naquele dia na loja de ferramentas, quando Luka me segurou para que eu não caísse de cara no cimento, ele deu uma olhada em mim e perguntou se eu queria ir comer queijo grelhado. Será que sabia que eu estava triste? Conseguiu perceber?

Esfrego o nariz, a onda de carinho que sinto por esse homem bobo e tonto é esmagadora. Firmo minha voz, para que soe o mais segura possível.

— Você pode... sempre que quiser falar dele, Luka, você pode.

Ele ainda está quieto, uma imobilidade que sinto mesmo pelo celular.

— Queria que você estivesse aqui agora — confessa ele.

Algo aperta meu peito. Concordo e puxo o cobertor no meu colo.

— Eu também.

Outra longa pausa. Sua voz soa mais calma desta vez.

— Obrigado, Lalá.

12.

— CERTO, PESSOAL. Foi divertido e tudo o mais. — Apoio as mãos na cintura, encarando as profundezas do celeiro. Alguma coisa conseguiu soltar metade da guirlanda que enrolei nos postes de apoio e estão faltando duas fitas nas guirlandas da porta. — Mas é hora de ir embora.

Sei muito bem que os guaxinins são criaturas noturnas, mas minha coragem acaba rápido. Tentei vir aqui ontem à noite com uma lanterna e uma raquete de tênis, mas me pareceu uma má ideia assim que dei dois passos no campo e ouvi um barulho estranho no escuro. A lanterna voou pelos ares e eu voltei correndo para casa. Não sei dizer o que planejava fazer com uma raquete. Agora, à luz do dia, com certeza é menos assustador. E eu deveria ser capaz de pelo menos descobrir onde essas criaturas estão se escondendo.

Mais uma vez, não faço ideia do que farei com essa informação. Mas precisamos do celeiro para o Papai Noel e, a menos que convençamos os guaxinins a colocar chifres, eles precisam encontrar um novo lar.

Algo se remexe no canto mais distante e eu me preparo. Vou conseguir. Já fiz coisas mais assustadoras. Encontrei aquele ninho de baratas quando estávamos destruindo o galpão do trator. Durante semanas, tive pesadelos com perninhas rastejando nos meus cabelos. Isso não é nada comparado àquele dia.

Eu me aproximo mais um pouco. Ouço algo se remexer de novo e um... miau? Sentindo a coragem aumentar, atravesso o celeiro e espio por cima da caixa de correio de metal, daquelas à moda antiga. Aninhada logo atrás, com um pouco da guirlanda que desapareceu e uma fita de veludo vermelho transformada em um pequeno ninho, está uma mamãe gata e seus três gatinhos. Todos brancos com manchas pretas ao redor dos olhos.

— Bom. — A mamãe gata olha para mim com muita desconfiança, se aproximando das três bolas de pelo encolhidas perto dela. — Não era isso que eu estava esperando.

Meia hora e alguns telefonemas depois, Beckett, Layla e eu estamos olhando para a pequena família em meu escritório, aninhada em um cesto de roupa suja com o pedacinho da guirlanda que a mamãe se recusou a largar. Ela reclamou um pouco ao ser tirada da casa dela, mas, assim que me viu colocar seus bebês delicadamente na cesta e persuadi-la a entrar junto, decidiu concordar. Agora todos os quatro estão cochilando, roncando com doçura, o nariz rosado.

— Porra, que gracinha — murmura Beckett, quase com raiva. Ele vira o boné de beisebol para trás e cruza os braços. — E o que a gente vai fazer com eles?

— Levar para o abrigo?

Beckett descruza os braços e coloca as mãos na cintura, olhando furioso para mim. Eu ergo as mãos.

— Tá, talvez não. Eu só... não sei o que fazer com quatro gatos.

— Acho que seria bom levar para o dr. Colson e decidir o que fazer a partir daí. — Layla se agacha, pressionando o rosto nas ripas do cesto de roupa suja. Uma patinha bate em seu nariz e ela praticamente derrete no chão. Suspira, sonhadora. — Eles meio que parecem guaxinins.

Com a coloração e a mancha ao redor dos olhos, não é de admirar que eu os tenha confundido com guaxinins todo esse tempo. Na verdade, eu abri a porta do celeiro uma vez, vi um vislumbre branco e preto e dei o assunto por encerrado. Sempre achei que um guaxinim muito emotivo estivesse deixando aquelas marcas de arranhão nos postes.

— Talvez a gente possa chamar a mãe de Guaxinim — digo sem querer em voz alta, e tanto Beckett quanto Layla me olham. — O quê?

— Se a gente vai dar nome para os gatos, é porque vamos ficar com eles. — Layla se levanta, esfregando as mãos na parte de trás da calça jeans. Eu olho de volta para as pequenas bolas de pelo e sinto uma pontada aguda de anseio. Sempre quis ter um animal de estimação na infância, mas nunca havia tempo ou espaço. E, com a alta temporada se aproximando e a chegada de Evelyn daqui a uma semana, com certeza não temos tempo para isso agora. Mas quem sabe, nós três, pudéssemos...

— Não vamos chamar a gata de Guaxinim — resmunga Beckett. — É ofensivo. Acho que é bem óbvio qual devia ser o nome deles.

Layla e eu nos olhamos, o sorriso dela escondido atrás dos dedos. Beckett não desviou o olhar dos gatos nenhuma vez.

— Ah, é?

Ele aponta para a menor das peludinhas, bem enrolada e com o rosto escondido no peito da mãe.

— Cometa. — Ele aponta para os outros dois, enrolados juntos. — Cupido, Raposa. — Ele aponta para a mamãe, que ergueu o rosto para olhá-lo com o que juro por Deus ser a versão felina dos olhos de coração. Beckett segura seu rosto minúsculo com a mão grande e ela ronrona, se aninhando em sua palma. — Ela é a Empinadora.

— Bom — fala Layla em um suspiro —, acho que agora temos gatos.

Após um belo banho e serem examinados pelo veterinário da cidade, dr. Colson declara que Empinadora e seus bebês estão prontos para ir para casa. Ele prescreve um xampu por precaução e alguns alimentos cheios de suplementos para ajudar Empinadora a engordar um pouco. Quando pergunta se tenho o necessário para cuidar de uma família de gatos, eu o encaro sem entender. Mal tenho o necessário para cuidar de mim. Eu nem sei onde fica o pet shop mais próximo.

Mas Beckett se aproxima de cara feia e puxa o cesto de roupa suja contra o peito, murmurando algo sobre listas de compras da Amazon e uma velha cama de cachorro em sua casa. Algumas sobras de quando sua irmã tentou cuidar de dois buldogues franceses. Sentindo que está de volta nos braços de seu único amor verdadeiro, Empinadora se levanta graciosamente da cesta, pula no ombro de Beckett e se enrola em seu pescoço com um ronronar. Dr. Colson e eu observamos divertidos enquanto Beckett abre a porta da sala de exames e vai até a sala de espera, um gato no ombro e uma cesta de gatinhos nos braços. É bem provável que ele acabe com toda a população feminina de Inglewild se continuar fazendo coisas assim.

Ao que tudo indica, eu não era a única criança que queria animais de estimação.

Quando voltamos para a fazenda, o sol está baixo no céu e ainda há muito o que fazer. Mas, pela primeira vez, não sinto o peso da incrível pressão que coloco em mim mesma. Na verdade, não sinto nada além de uma enorme alegria ao virarmos na estrada. Arcos gigantes forrados com luzes. Postes listrados de vermelho e branco. Uma placa enorme com tinta branca nítida, dando as boas-vindas ao Polo Norte. Realmente parece perfeito.

— Não consegui falar com você direito durante a semana porque estávamos ocupados, mas ficou incrível. Ainda melhor que no ano passado — comenta Beckett do banco do passageiro, Empinadora ainda em seu ombro e o pequeno Cometa cochilando no bolso da frente de sua jaqueta. — Este lugar é o que é por sua causa.

Viro à esquerda e sigo em direção à sua cabana na base das colinas. Hank disse que os donos anteriores tentaram usar este lugar como pavilhão de caça ou algo semelhante. Mas a caça nunca foi muito boa na Costa Leste, e eles logo fecharam a loja. Eu tenho um chalé, Beckett tem outro, e o terceiro foi transformado em nosso escritório e chalé de boas-vindas. Ofereci o lugar para ele como parte de seu trabalho aqui. É mais fácil cuidar da propriedade de manhã cedo se estiver morando aqui, e, antes disso, ele dividia a casa com os pais e duas irmãs mais novas — as outras duas irmãs apareciam com frequência. Ele sempre foi o primeiro a cuidar dos outros, quase ao extremo.

— É por sua causa e da Layla também.

Eu me sinto péssima toda vez que recebo um elogio de qualquer um deles. Ainda não abri o jogo a respeito de nossas finanças. Tenho muito medo da reação de ambos, de ver que ficaram desapontados. Juro que prefiro cortar o braço fora antes de decepcioná-los.

— Ouça, Beck. Essa coisa com a Evelyn. Não é só uma boa oportunidade.

— O que você quer dizer?

Ele está ocupado tentando tirar Empinadora, bastante confortável, de seu poleiro e colocá-la de volta no cesto de roupas. Ela mia baixinho e ele sussurra para ela, os nós dos dedos roçando sob seu queixo. É insuportável.

— A exposição é ótima e espero que possa trazer mais clientes. Mas estou mais interessada no prêmio em dinheiro. Seria de grande ajuda pra gente.

Ele pisca para mim, o rosto inexpressível sob o sol poente.

— Estamos com problemas?

Encolho os ombros, o coração na boca e a tensão na barriga.

— Um milagre de fim de ano cairia bem.

Ele me estuda, pesando minhas palavras. É o mais próximo que já cheguei de lhe dizer a verdade. Ainda é menos do que ele merece, mas o resto fica entalado na minha garganta. Depois de um momento, ele pega o cesto de roupa suja e sai do carro. Baixa a cabeça com um braço apoiado na porta, o rosto sério.

— Então vamos fazer uma mágica do caralho.

Acordo de manhã enterrada sob uma pilha de cobertores, o cheiro de café fazendo cócegas em meu nariz, o som de copos tilintando na cozinha me tirando das garras do sono. Pisco algumas vezes, a vista embaçada sob a fraca luz do sol que entra pela janela acima da cômoda, e me espreguiço, os dedos dos pés aparecendo por baixo do cobertor enquanto tento me lembrar se deveria haver alguém na minha cozinha. Se for um ladrão, é uma cortesia e tanto deixar o café pronto.

Ouço um movimento no corredor, pés com meias contra a madeira. Não sei explicar por que sei que é ele, só sei, feliz ao ouvir seus barulhos pela casa. Na infância, eu odiava o silêncio do apartamento quando minha mãe trabalhava até tarde. Sempre me sentia melhor quando a ouvia chegar em casa e ligar a chaleira, reaquecer as sobras no micro-ondas.

Luka aparece na minha porta em meio a um enorme bocejo, olhos fechados, moletom do avesso. Seu cabelo está liso de um lado, como se estivesse usando um chapéu quando entrou e só tivesse se lembrado de tirá-lo um pouco antes. Dou uma olhada rápida em seus pés. Ele está usando suas meias *Abraços e beijos e um pedaço de queijo* — com queijinhos dançando de mãos dadas.

— Que horas são? — murmuro, passando a mão pelo emaranhado de cobertores para pegar a caneca de café que ele segura. É a única parte do corpo que estou disposta a mover. Ele se senta na beira da cama e dá um tapinha no meu pé, me entregando a caneca e se certificando de que eu a segurei bem antes de se afastar.

— Sete. Desculpa, ainda é cedo.

Eu olho para ele.

— Você saiu às três da manhã?

Ele dá de ombros, evitando meus olhos e se atentando a alguma coisa na minha cabeceira. Acho que a costura do estofamento que paguei com desconto não é tão interessante assim. Há algo que ele não quer me contar, mas é muito cedo para tentar descobrir. Vou deixá-lo guardar segredo por mais um tempinho.

Dou um gole no café. Seja o que for, com certeza não é o café que guardo no armário. É forte e delicioso e dou outro longo gole, gemendo quando sinto uma pitada de mocha. O olhar de Luka fica um levemente mais sério e eu deslizo um pouco mais na cama. É diferente agora, sabendo que seus olhos ficam da mesma cor quando sua boca está na minha.

Eu limpo a garganta.

— Achei que você fosse me ligar quando estivesse a caminho.

— E ia — diz ele, apenas. A sonolência deixa sua voz rascante, parecendo tão adoravelmente doce em sua exaustão.

— Fico feliz que não tenha ligado, se saiu às três da manhã. — Eu olho para suas olheiras, o corpo ligeiramente inclinado para o lado, como se mal quisesse se dar ao trabalho de manter a postura ereta. Eu me enrolo em um lado da cama.

— Luka.

Ele faz um som indistinto, os olhos fechados, a caneca encostada na boca sem de fato beber. É como se tivesse esquecido o que deveria fazer no meio da ação. Mordo o lábio para disfarçar um sorriso e afasto os cobertores.

— Luka, vem deitar. Você tem que dormir mais um pouco.

Ele olha para mim, as pálpebras pesadas a cada vez que pisca devagar.

— Posso dormir no sofá.

Pego a caneca de suas mãos e a coloco na mesinha de cabeceira.

— Para de ser bobo. A gente já dormiu na mesma cama.

— Eu ia dormir no sofá — murmura ele de novo, permitindo que eu o puxe para baixo dos cobertores e desabando na minha cama com um gemido quase pornográfico. — Essa é aquela espuma da NASA?

Tudo o que posso ver através do monte de travesseiros e cobertores é um tufo de cabelo castanho e a curva de sua orelha. O colchão balança de leve enquanto ele desliza sob os cobertores, seus pés escorregando sob minha panturrilha, a mão em meu quadril um segundo depois. Ele aperta uma vez enquanto eu me enterro de volta no travesseiro.

— Descanse um pouco, Luka.

Tudo o que recebo em resposta é um leve ronco, seu pé contraindo na minha perna.

ACORDO DEVAGAR, A luz do sol aquecendo minha bochecha e com o pé para fora dos lençóis. Ainda sinto o cheiro de café, mas menos intenso agora, os pássaros bem despertos nas árvores próximas ao meu quintal. Posso ouvi-los chamando uns aos outros, pulando de galho em galho. Abro um olho e a luz do sol, dourada e cintilante, preenche a sala, dançando no globo de neve sobre a cômoda e no espelho de chão vintage que encontrei em um mercado de pulgas na cidade e fiz Luka amarrar no carro.

Quase esqueci que há alguém na cama comigo, mas sinto dedos se mexerem na minha barriga sob a blusa do pijama, uma mão pesada deslizando para baixo em minha pele nua. Ainda presa na névoa do sono, parece o começo de um sonho delicioso. Me aproximo do homem enrolado atrás de mim, seus joelhos cutucando a parte de trás dos meus. Duas conchinhas no mar.

— Que pele macia — murmura ele em algum lugar no meu cabelo, a voz áspera, farejando até encontrar meu ombro. Sua mão se mexe de novo, o polegar arrastando para cima uma vez e depois para baixo, memorizando. Sinto arrepios nos braços, um puxão pesado na barriga. O calor se instala e se espalha e eu me pressiono mais nele, agitada, tentando me aproximar. Ele resmunga e sua mão muda da minha barriga para a minha cintura, me segurando ali. Por um segundo, penso que ele vai me afastar, se deitar de bruços e dormir com o braço cobrindo os olhos, mas não é o que ele faz.

A mão em minha cintura aperta mais e seu joelho esquerdo vem mais para a frente, cutucando o meu até que eu me desequilibre, cercada por seu calor. Nosso corpo se toca em todos os lugares — seu peito na altura dos meus ombros, a barriga na parte inferior das minhas costas. Sinto cada inspiração que ele dá, o algodão macio de sua calça de moletom em minhas coxas nuas. Arqueio as costas e me mexo de novo, inquieta, e sinto algo duro na curva da minha bunda. Luka se afasta de mim com o movimento, virando os quadris um pouco até que não estejamos mais nos tocando. E talvez seja a lentidão quente de uma manhã preguiçosa ou eu que estou apenas cansada de fingir o tempo todo, mas persigo seu toque e me encosto nele de novo, sua inspiração afiada respondendo em minha orelha.

Ainda é algo só nosso, nada além do canto dos pássaros e as batidas do meu coração. Ele não se move, exceto pelos dedos segurando e soltando minha cintura, seu mindinho deslizando meio centímetro para baixo sob a bainha do meu short de dormir. É um toque inocente, considerando todas as coisas, apenas seu dedo roçando a pele nua no osso do meu quadril, mas parece mais um passo à frente nessa dança estranha que estamos coreografando juntos. Sinto aquele toque no fundo da minha garganta, na ponta dos meus seios. Uma conversa silenciosa, seu corpo perguntando *Posso fazer isso?* Eu inclino a cabeça para trás em seu ombro. Ele segura mais forte, usando o impulso para puxar meus quadris para perto dos dele, mais insistente dessa vez. *E isso?*

O ritmo é lento, seu corpo balançando para a frente, o meu curvando para trás. É um pouco como estar na baía em um daqueles barquinhos que às vezes alugamos no verão, uma subida e descida a cada expiração sussurrada. É suave, penetrante, e o calor em minha barriga cresce e se espalha até que minha respiração fique superficial, uma única gota de suor rolando entre meus seios. Ele cutuca com mais força, os quadris um no outro, e eu o seguro pelo pulso, incentivando-o a levar a mão para cima até que sua palma esteja pressionada logo abaixo da curva do meu peito. Quero que ele decida por conta própria aproximá-la mais, me segurar em suas mãos até que não seja nada além de pele nua. É uma provocação deliciosa, só movimento, sem fricção, e está criando uma umidade dolorida entre minhas coxas. Seu polegar alisa, traçando uma vez ao longo da curva inferior do meu seio. Nós dois gememos.

— Luka — gaguejo. Quero perguntar o que estamos fazendo. Quero pedir mais. Um barulho grave surge em sua garganta ao me ouvir dizer seu nome, um misto de gemido e rosnado. Ele chega mais perto, com mais força, por um momento perfeito, o corpo pesado contra o meu. — Luka, você pode...

Minhas palavras quebram o feitiço entre nós, um arrepio de consciência vindo de seu corpo para o meu enquanto nosso ritmo oscila e diminui. Juro que posso sentir o sangue correndo sob minha pele, pulsando quente nos lugares em que mais o desejo.

— Faço o que você quiser, Stella — diz ele, a voz presa na respiração ofegante, a testa encostada na minha nuca. Sua pele está quente e levemente pegajosa de suor. De repente, meu quarto é um inferno. Eu o ouço engolir em seco. — A gente não... a gente não precisa falar disso se você não quiser.

Alguma coisa no tom de sua voz, no modo que ela falha, no tremor na mão que ele tenta esconder — alguma coisa não parece certo. Eu me contorço em seus braços e me distraio ao vê-lo. Bochechas rosadas, olhos turvos, uma única mecha de cabelo grudada na testa, lábio inferior vermelho onde os dentes o mordiam. Parece que ele foi jogado na máquina de lavar e configuraram para a lavagem de roupas pesadas.

Eu roço os dedos na parte de cima de seu pé, debaixo dos cobertores.

— O que você quer dizer?

Ele acha que eu quero parar?

Ai, meu Deus.

Ele quer parar?

Suas mãos lutam para me segurar enquanto tento me afastar para o lado oposto da cama, uma das mãos em minha cintura, a outra ainda enfiada embaixo da minha blusa.

— Para, não. — Ele puxa meu pulso até sua boca e dá um beijo rápido. Isso me faz sentir outra onda de calor e eu estremeço. Se ele percebe, tem a decência de não dizer nada a respeito. — Não, eu só quis dizer... se você quiser parar. A gente podia parar e... — Ele engole em seco. — Não precisamos falar disso.

Eu com certeza não quero parar. Ele está me observando com tanto cuidado que é como se eu tivesse dito essas palavras em voz alta. Todo o seu corpo se suaviza, os dedos ao redor do meu pulso se soltando, o polegar acariciando o centro da palma da minha mão. Uma sobrancelha escura arqueia no alto de sua testa. Ele parece açúcar, tempero e tudo que não há de bom, amarrotado de sono e corado na minha cama.

Já tive sonhos que começaram e terminaram exatamente assim.

— Ou — diz ele, e deixa por isso mesmo.

Eu me aproximo.

— Ou o quê?

A mão que está traçando padrões na pele nua da minha cintura desliza por baixo da minha camisa e encontra meu queixo. Seu polegar arrasta levemente sobre meu lábio inferior, para a frente e para trás.

— Ou podemos tentar uma coisa.

— Que coisa?

Queria que minha voz não soasse tão ofegante, que não fosse tão óbvi que quero seu toque em todos os lugares.

Ele lambe o lábio inferior, os olhos mapeando a curva do meu maxilar, o emaranhado do meu cabelo formando uma auréola torta no travesseiro. Qualquer sombra de dúvida que tinha já se foi, uma intenção pensativa na forma como ele enrola uma mecha do meu cabelo no dedo.

— Posso ver quanto tempo demora. Os sons que você faz — insinua, a voz baixa e íntima, uma coragem que nunca ouvi. É a voz dele entre quatro paredes, penso sem forças. Metade de sua boca se curva em um sorriso perverso. Seus olhos castanhos são polidos com ouro, fundido e quente. — Se você é quietinha ou faz barulho.

Engulo em seco e aperto minhas pernas uma contra a outra. Eu quero isso. Quero muito isso.

— Por quê? — pergunto. Sua resposta é importante.

— Porque eu quero pra caralho saber. — Ele suspira.

Suas palavras assentam como flocos de neve na pele quente. Um único choque de frio e depois quente, derretendo o calor. Uma confissão. Pisco duas vezes, mas não me dou um segundo para pensar a respeito, para agonizar com as consequências. Eu me mantenho no momento.

— Tá.

Luka torce a mão até que nossas palmas fiquem juntas, como naquele dia no celeiro. Fecho os olhos e ouço seu corpo se mover sob meus lençóis. Ele sussurra um *tá* silencioso em resposta e arrasta o nariz ao longo da minha bochecha, batendo-o levemente contra o meu. Inclino o queixo para ele, o mais leve roçar de lábios, quando uma buzina soa na minha garagem.

Luka desaba em mim com um gemido, testa na minha clavícula. Passo meus dedos por seus cabelos uma vez, puxando de leve até que ele faça aquele som de novo, um pouco mais estrangulado. Qualquer constrangimento que eu deveria sentir por dar uns amassos com meu melhor amigo estranhamente não existe. Não sinto nada além de uma leveza feliz borbulhando em meu peito, estourando como champanhe toda vez que sinto seus cílios na minha pele.

Talvez eu tenha uma crise de ansiedade mais tarde, mas agora estou me divertindo. Flutuando em uma nuvem formada pelas endorfinas que liberei. Acho que até poderia correr vinte e sete quilômetros em dois minutos.

A buzina soa de novo no jardim da frente, desta vez no ritmo de "Jingle Bells". Luka se ergue em um braço acima de mim, levantando a borda da cortina para olhar para fora. Um dos cordões de seu moletom se arrasta ao longo da minha clavícula e se acumula na cavidade da minha garganta. Eu posso senti-lo duro em minha coxa. Engulo em seco.

— Por que o Beckett está no trator com gatos em cima dele?

Aperto a palma das mãos nos olhos e tento ignorar os quadris de Luka me prendendo na cama. Minha confusa bolha de felicidade da manhã foi oficialmente estourada.

— É meu dia de cuidar deles. — Tinha esquecido que combinamos isso quando saímos do veterinário ontem à noite.

Luka olha para mim da posição em que está, seus braços ao redor da minha cabeça. Se eu a virar um pouco para a esquerda, posso pegar a pele delicada de seu pulso com os dentes. Seus olhos vão de âmbar-dourado para chocolate derretido, como se soubesse o que estou pensando. Nós olhamos um para o outro, refletindo.

A buzina soa mais uma vez, desta vez algo da Orquestra Transiberiana. Eu não sabia que alguém poderia ser tão musical com uma máquina utilitária compacta.

Luka balança a cabeça com um sorriso triste e olha pela janela de novo. Posso ver em seus olhos. Ele quer arrancar aquela buzina do trator de Beckett e fazer algo criativo com ela.

— Desde quando você tem gatos?

Eu não. O Beckett. Ou talvez seja uma questão de guarda compartilhada, não sei. Os detalhes não são muito claros.

— Eles são guaxinins — resmungo enquanto Luka sai de cima de mim, escorregando da minha cama e caminhando pelo corredor. Ele se arruma indo em direção à porta e eu fico quente, olhando para a parte de trás de seu cabelo despenteado pelo sono. Aguardo o inevitável surgimento do arrependimento. Eu me mantenho imóvel e fecho os olhos e respiro fundo pelo nariz, como aprendi naqueles vídeos de ioga cujos links Layla está sempre me enviando.

Mas o arrependimento não vem. Há uma excitação latente, um calor líquido que domina minha pele. Um desejo ritmado. E uma consciência vertiginosa, uma pequena chama de esperança.

Isso não parece fingimento.

13.

Eu me arrasto para fora da cama com um gemido e pego o suéter enorme pendurado na porta. É um milagre que Luka tenha conseguido ignorá-lo e não dobrá-lo como sempre faz, enfiando-o na gaveta apropriada assim que entrou no quarto. Ele teria um ataque cardíaco se abrisse meu armário e visse a quantidade de coisas enfiadas lá dentro.

Deslizo a roupa sobre os ombros no caminho até a varanda da frente, saindo pela porta a cotoveladas, as tábuas do assoalho congelando meus pés descalços. Pulo no lugar até Luka me cutucar com um velho par de galochas, o interior forrado com flanela grossa. Coloco os sapatos com gratidão. As botas de Luka estão desamarradas, a boca se abrindo em um bocejo feroz enquanto nós dois olhamos para o sol do fim de manhã. Olho brevemente para a frente de sua calça de moletom. Ele percebe e me olha com pesar.

— Até parece que vou sair na varanda com uma ereção — resmunga.

— Bom dia.

Dou um pulo ao ouvir a voz excessivamente alegre de Beckett nos degraus da varanda. Não sei como consegue dizer tanto com apenas duas palavras, mas foi isso que ele fez, parado na frente do trator com os gatos empoleirados como se fosse o rei deles. Empinadora reivindicou seu lugar de sempre na curva entre o pescoço e o ombro, os três gatinhos brigando pelo bolso da frente de sua camisa de flanela.

Estreito os olhos e aperto mais meu suéter no corpo, os braços cruzados. Queria ter pegado um par de calças também. Sinto o vento frio roçando na parte de trás dos joelhos.

— Por que você está me fazendo uma serenata com a buzina do trator em plena manhã?

Beckett sorri para mim, sobe pelos degraus e entrega um gatinho a Luka.

— Não quis interromper nada.

Cometa olha com curiosidade para Luka, a cabecinha inclinada para o lado, provavelmente tentando descobrir se ele é confiável ou não. Eles se encaram, olhos castanhos nos dourados, piscando, se estudando. O cabelo de Luka está bagunçado por causa do sono, espetado em todas as direções. Queria ter a oportunidade de enfiar os dedos nele e puxar e puxar. Cometa parece pensar a mesma coisa, porque, após ponderar por alguns instantes, ela mia em lamento e sobe pelo braço dele para se enrolar no topo de sua cabeça, aninhando o rosto em seus cachos.

Entendo o impulso.

— Não queria interromper nada, mas tocou uma lista de hits de Natal dos anos 90 com a buzina.

Beckett dá de ombros e olha incisivamente para minhas pernas nuas.

— Não queria ver nada.

Resmungo.

— Não tem nada pra ver.

Talvez tivesse, se chegasse vinte minutos depois.

Tremo quando tiro Cupido, adormecido, da camisa de Beckett e o coloco na palma da mão.

Luka só mexe os olhos, tentando chamar minha atenção, o corpo estranhamente imóvel para não perturbar a gatinha que usa seus cabelos como uma cama.

— Ainda não entendi de onde vieram esses gatos.

Estendo os braços para Beckett, apontando para o restante da pequena família. Empinadora me dá o mesmo olhar desconfiado de ontem, a boca retorcida em um silvo. Resisto à vontade de fazer o mesmo. Faço xiu até ela se acalmar e tento tirá-la dos braços de Beckett, suas garras segurando a camisa dele como se sua vida dependesse disso.

— Tá tudo bem.

Ao menos um dos filhotes decidiu que eu era digna de confiança. Raposa sai do bolso de Beckett e sobe pelo meu braço, se sentando no meu ombro, o rabo fazendo cócegas na minha orelha. Cupido ronrona na minha mão, ainda dormindo e sem se incomodar com toda a comoção. Empinadora, enquanto isso, está rasgando a frente da camisa de Beckett, ansiosa. Ponho a mão em torno dela e tento puxá-la.

— Calma, já, já você volta para o seu verdadeiro amor.

— Eles são os guaxinins do celeiro — Beckett explica a Luka, acariciando suavemente Empinadora e envolvendo-a com suas grandes mãos. Ele a puxa para cima e acaricia o focinho dela uma vez com o próprio nariz, o puxão em sua camisa se suavizando com um miadinho de despedida. Chega a doer de tão fofo, e estou muito desapontada por ter deixado o celular na mesa de cabeceira.

Acabei de ver Beckett dar um beijo de despedida em uma gata. Acho que deveríamos colocar uma placa na varanda da frente. Ele me observa enquanto coloco Empinadora na dobra do meu cotovelo, a saudade estampada em seu rosto. É cômico e cativante. Ele arrasta os pés, se balançando nos calcanhares uma vez com as mãos nos bolsos.

— Posso vir buscar todos eles de noite, se você quiser.

Digo a mim mesma para parecer solene, para não zombar do homem por causa da ansiedade que o domina ao se ver separado dos gatos.

— Você quer?

— É bom ter companhia.

Amoleço ao ouvir isso. É difícil não ver em Beckett uma pessoa que não demonstra seus sentimentos, mas reconheço os mesmos tons de solidão nele que vejo em mim e em Luka. Mais um motivo pelo qual sou grata por esta fazenda e pela pequena e estranha família que construímos. Somos todos um pouco menos sozinhos.

— Pode vir buscar quando quiser. Eu vou estar no escritório.

Ele assente e volta para o trator, ainda ligado na garagem atrás do carro de Luka. Nós o assistimos ir, Empinadora declarando seu descontentamento com as garras no meu cabelo.

— Ok, mas eles não são guaxinins, certo? São gatos.

— Isso mesmo.

— Ainda estou confuso.

Luka estende a mão acima da cabeça para pegar a gatinha que cochila e a embala nos braços, me seguindo para dentro de casa. Eu divago enquanto coloco os gatinhos em uma pilha de cobertores velhos no canto e Luka requenta o café, pegando duas canecas com o Papai Noel piscando. Cometa pula dos braços de Luka e vai se acomodar na nova casa de mantas com a família. Eles se aconchegam em uma pilha feliz de miados contentes, cochilando sob a luz do sol que pinta padrões em minha madeira de lei.

Suponho que deveria estar mais confusa sobre o que aconteceu esta manhã, mas a verdade é bastante simples. Eu quero Luka. Eu sempre quis Luka. E hoje senti exatamente o tipo de permissividade que todos sempre me dizem que preciso.

Layla não disse que eu deveria aproveitar meu tempo com ele? Eu não fiz exatamente isso?

Olho para ele parado diante da pia, com a mão em torno de uma caneca de café. Está mexendo a mesma colher há quase um minuto, o metal tilintando contra a cerâmica da caneca. Observo como seus lábios se curvam nos cantos e ele balança a cabeça de leve, só uma vez, como se estivesse em uma discussão que apenas ele pode ouvir.

— Você acha que... — Engulo minha hesitação e observo enquanto Luka pisca para voltar à realidade. Os ombros sacudindo quando se endireita. — Você quer falar sobre hoje de manhã?

Ele congela por alguns instantes e depois coloca a colher na pia, a fração de segundo de indecisão fazendo meu coração ir parar na garganta. Não quero que Luka fique hesitante perto de mim. Não quero perder nunca a tranquilidade que existe entre nós.

Ele vem me encontrar na sala, estendendo a mão para me ajudar a levantar de onde estou agachada no chão. Não há uma descarga de eletricidade quando nossas mãos se tocam, só o doce calor que sempre sinto. É como a primeira mordida numa torta após esperar que ela esfrie ao lado do forno, azedinha e deliciosa. Ou roupas recém-saídas da secadora no meio do inverno. Firmeza e segurança. Um conforto familiar.

Ele tira a mão e a enfia no bolso da frente do moletom, que colocou do jeito certo em algum momento esta manhã. Seu joelho oscila para cima e para baixo, e ele passa a mão nos cabelos. Olha para mim por baixo dos cílios, relutante, e coloca a mão na nuca.

— Hum, você quer?

— Acho que seria bom — digo baixinho, me jogando na almofada ao lado dele. Outra hesitação, então coloco meus pés sob sua coxa. Seu corpo inteiro relaxa com esse movimento, os ombros curvados em alívio, um suspiro escapando de algum lugar no fundo de seu peito. Sua mão encontra meu tornozelo e o envolve devagar, polegar sobre o dedo anelar. É da mesma forma que sempre caímos juntos neste sofá, e há uma segurança nisso. Ele me dá um sorriso tímido.

— Eu não... — Ele aperta minha perna uma vez. — Não te deixei desconfortável, né? — Quando não respondo de imediato, a mão dele aperta com mais força a nuca, os nós dos dedos ficando brancos. — Não era minha intenção que...

— Não, eu não fiquei desconfortável. — O oposto, na verdade. — Eu só... — Penso em como ele se moveu contra mim, no jeito como seu lábio inferior se arrastou na pele da minha nuca. Eu limpo a garganta e aperto mais meu suéter em volta do corpo. — Nunca fizemos isso.

Já nos abraçamos. Já ficamos aconchegados. Já ficamos enroladinhos um no outro no sofá assistindo a filmes. Mas nunca ofegamos na pele um do outro. Nunca nos movemos juntos em direção ao atrito, ao calor e ao desejo.

— Não, não fizemos — concorda ele, um pouco tímido. Ele enfim solta o pescoço e sorri para o café. Gosto dessa versão dele, quase tanto quanto gosto da versão dele sentada com as pernas abertas na minha cadeira de balanço, dizendo a palavra *transar*. — Foi estranho?

Esperei a manhã toda para sentir o constrangimento, o pânico. Para me sentir estranha com meu melhor amigo sussurrando em meu ouvido sobre os barulhos que faço. Mas senti apenas a mesma sensação borbulhante de contentamento que senti desde que ele me beijou no celeiro. Não sei, talvez eu tenha um colapso por causa disso mais tarde, mas agora, eu me sinto... bem. Tranquila.

— É estranho que não tenha sido estranho, eu acho. Isso faz sentido?

Ele se endireita um pouco ao ouvir isso.

— Faz sentido — pondera. — Somos amigos desde sempre, e o que aconteceu foi... — Um sorriso sagaz paira em seus lábios e eu praticamente sinto os olhos dele se arrastarem até meu pescoço. — Eu estava sonhando com você, e quando acordei você estava quente e macia e... acho que não consegui resistir. — Um dedo acaricia meu osso do tornozelo. — A verdade é que já faz um tempo que isso tem sido uma tentação.

Eu pisco para ele.

— O quê?

— Bom, quer dizer, não especificamente dar uns amassos em você na cama — diz ele rápido, e depois faz uma pausa, inclinando a cabeça para a frente e para trás, refletindo. — Na verdade, acho que sim. Especificamente dar uns amassos em você na cama. — Ele me dá um sorriso atrevido, suas bochechas ficando vermelhas. Belisco suas costelas.

— Fala sério, por favor.

— Estou falando sério. — Ele ri, se afastando. Mas volta para mim quando me acomodo no sofá e estendo a mão para os gatinhos, acariciando a cabecinha deles com o nó dos dedos.

— Eu acho... — Ele se mexe no lugar, coloca o café na mesinha e agarra meus tornozelos, ajeitando minhas pernas para que fiquem dobradas ao seu lado. — Essa mulher das redes sociais chega na segunda, né? E ela vai ficar aqui uma semana? — Ele apoia o queixo nos meus joelhos.

Eu concordo.

— Vamos recapitular, então. A gente não achou o que aconteceu de manhã estranho. E é estranho que não tenha sido estranho. Mas é um estranho bom?

Eu concordo de novo e ele sorri, um feixe de luz do sol refletindo em seus cabelos. Olho para ele, esperando que pássaros azuis voem pela fresta da janela e pousem em seus ombros.

— Ok, então tenho uma ideia. A gente precisa fingir de todo modo. E se a gente fizer desta semana um período de teste? Pra mim e pra você. Pra gente descobrir o que acontece.

— Um período de teste?

— É.

— Ver o que acontece?

— Você vai ficar repetindo tudo o que eu disser?

Esfrego o polegar na têmpora.

— Acho que preciso que você explique.

— Ok, então. — Ele estreita os olhos e inclina a cabeça. — Eu gosto de como estamos agindo em público. E se a gente tentar isso quando estivermos sozinhos também? Hoje de manhã, por exemplo. Sentimos vontade de tentar e tentamos. E ainda estamos bem com isso. Acho que... pareceu certo, e a gente devia explorar isso.

— O que isso quer dizer?

— Quer dizer que, se a gente estiver aqui e eu quiser te pressionar contra a bancada para sentir o seu gosto, então posso fazer isso. — Meu estômago revira. Ele acaricia meu joelho. — Se você quiser.

— É isso que você quer?

— Óbvio.

Não é óbvio para mim.

— Seria tipo uma amizade colorida? — Não gosto dessa ideia.

Ele balança a cabeça, fazendo uma careta. Isso me tranquiliza.

— Não. Acho... que nós dois sentimos a tensão entre nós, não é? — Eu concordo. Não posso acreditar que estou admitindo que penso nele dessa forma, que penso em nós dois dessa forma. — Então vai ser, tipo, sei lá. Uma semana de namoro de verdade e tudo o que isso implica. Não precisamos desligar a chavinha quando estamos sozinhos.

Penso a respeito. Não sei como me sinto com uma abordagem estilo "sete dias ou seu dinheiro de volta" no relacionamento mais importante da minha vida.

— E ainda vamos ser amigos? Independentemente do que acontecer?

Ele assente com firmeza.

— Não importa o que acontecer.

— Você promete? — Preciso de uma promessa. Na verdade, preferiria um documento com obrigação legal, nossos nomes assinados em sangue. Sei que Alex da livraria autentica documentos de vez em quando. Eu me pergunto se ele estaria disposto a selar algo escrito no verso de um cardápio de comida para viagem. Isso parece simplificar demais uma cláusula um tanto complicada acrescentada a um relacionamento insubstituível. Já assisti a comédias românticas demais e sei que isso provavelmente vai acabar mal para um de nós, e seria capaz de apostar todo o meu dinheiro que serei eu.

Luka puxa meu lábio inferior com o polegar até eu soltá-lo, traçando as marcas deixadas pelos meus dentes. Ele é sincero, aberto, e fico grata por parecer levar isso tão a sério quanto eu.

— Eu prometo, Stella. Juro, de coração. — Ele leva a mão ao peito. — Sem pressão nenhuma. Sem expectativas. A gente não precisa fazer nada que não quiser.

Esse é o problema. Não consigo pensar em muitas coisas que não queira fazer com Luka, e não tenho certeza se ceder por uma semana e depois parar para sempre é uma boa ideia. Certa vez, tentei parar de beber café assim, de repente. Layla me encontrou tremendo no escritório em meados do verão, mascando chiclete freneticamente. Não sei se eles fazem chicletes fortes o bastante para uma abstinência de Luka.

— Mas agora, sabe o que seria delicioso? — Ele se inclina para a frente até a ponta do nariz encostar na minha bochecha e meu coração pular na garganta, aquela mesma tensão deliciosa de hoje de manhã pressionando minha barriga quando suas mãos sobem pelas minhas canelas, passando pela parte externa das minhas coxas. Ele permanece ali, as mãos em concha na minha pele nua, a ponta dos dedos mal roçando a bainha do meu short. Posso pensar em muitas coisas que seriam deliciosas agora, começando comigo pressionada nesse sofá.

Luka sorri para mim, um lado de sua boca levantando, depois o outro. Olho para o padrão de sardas logo abaixo de seu olho esquerdo.

— Omelete com bacon.

Comemos a omelete à mesa como seres humanos civilizados, um móvel respeitável de quase oitenta centímetros de madeira entre nós. Apesar da decisão que tomamos sobre o novo aspecto do nosso relacionamento, não ficamos mais de chamego perto um do outro. Sem beijos, toques ou mesmo olhares acalorados. Somos apenas eu e Luka, uma caixa meio vazia de suco de laranja quase vencido, bacons crocantes e o garfo dele no meu prato a cada mordida, tentando roubar meu queijo.

— Não entendo por que você não põe queijo na omelete.

Puxo o prato para fora de seu alcance de novo e pego uma fatia do bacon dele para garantir. Ele está me deixando louca.

— Não gosto de queijo na omelete.

O garfo dele diz outra coisa. Ele pega o suco de laranja e dá uma boa sacudida antes de encher meu copo e o dele. Parece mais descansado agora, as olheiras sumiram. As propriedades restauradoras de uns amassos, acho eu. Ele me pega olhando para ele.

— O quê?

— Por que você veio tão cedo pra cá?

Enfio outro pedaço de omelete na boca. Não sei como ele consegue deixar o bacon tão crocante dentro da omelete. Bruxaria, provavelmente.

Ele dá de ombros, mas desvia o olhar, franzindo a testa para suas claras de ovo e seu espinafre. Olhos cheios de saudade deslizam para o meu prato. Omelete com cheddar e bacon e temperos. Eu o puxo para mais perto do meu lado da mesa. Se ele queria uma omelete deliciosa, deveria ter feito uma igual a minha, em vez da dele, que parece saída de um folheto de nutrição saudável.

— Deu vontade — murmura. A ponta das orelhas ficam rosadas. — Senti... saudade de casa e não conseguia dormir, então voltei.

Não gosto da ideia de Luka não conseguir dormir. Franzo a testa.

— Sua mãe sabe que você voltou?

Ele aponta para a máquina de café.

— De onde você acha que tirei isso?

— Você roubou o café da sua mãe?

— Não, ela deixou do lado de fora, com um post-it azul brilhante que dizia "Para Stella" e algumas ameaças criativas em italiano se eu me aproveitasse demais do seu café. — Ele se recosta na cadeira e apoia o braço no espaldar, com as pernas bem abertas. Não deveria parecer tão indecente. Tudo o que ele está fazendo é ficar sentado na cadeira da cozinha. Mas o espaço que ocupa com seu corpo e a lembrança de quanto espaço ele ocupava na minha cama me faz remexer na cadeira. — Eu vi e pensei em vir aqui. Dormir no sofá.

— Fico feliz que não tenha feito isso.

Uma sobrancelha escura se ergue em sua testa.

— Dormir no seu sofá?

Assinto e ele sorri. Luka olha para o tampo da mesa e depois de volta para mim, tímido, com um toque de calor.

— É, eu também.

Ficamos em silêncio enquanto penso no que preciso fazer hoje. Um dos gatinhos está investigando o suco de laranja, outro ziguezagueando pelos saleiros e pimenteiros. Empinadora e Raposa não se moveram de seu lugar aconchegante perto da janela, banhadas pelo sol. Vou devolvê-los a Beck esta noite, e é provável que ele não se ofereça para trazê-los de volta. Acho que nosso acordo de guarda compartilhada está oficialmente acabado.

Amanhã é o Dia de Ação de Graças e no dia seguinte é nossa temporada oficial das festas de fim de ano. Vamos receber alguns clientes aqui e ali, sobretudo pessoas da cidade em busca das guloseimas açucaradas de Layla. Mas algumas também vão vir buscar árvores. Uma família em particular, com um pai de aparência atormentada e dois pré-adolescentes superempolgados, dando pulinhos com o casaco de inverno combinando. Declararam que o Natal começou no início de novembro, ao que tudo indica, cansados de esperar pela árvore.

— Acho que não vou ficar muito mais tempo em Nova York — confessa Luka. Ele combina essa declaração bombástica com um gole de suco de laranja e uma mordida no bacon crocante. Cometa foge dos condimentos e corre de volta para sua plataforma de cobertores e luz do sol. Ele dá de ombros. — Não estou muito feliz lá.

Pisco para ele e penso em algumas de nossas conversas recentes. Outro dia ele não passou quarenta e cinco minutos explicando a superioridade de um bom transporte público? Tenho certeza de que ele compôs um poema sobre aquele carrinho de frango halal na frente de seu apartamento.

É nessa informação que me fixo, sem explicação alguma.

— Achei que você gostasse do frango dos carrinhos de rua.

Ele me ignora.

— Tem uma startup em Delaware querendo que eu trabalhe para eles. São pequenos, e é muito diferente do que estou fazendo agora. Coisas menos voltadas para o cliente, mas eu estaria mais perto. E poderia... trabalhar remoto mais vezes.

Luka em Delaware. Isso é... posso ir até a fronteira de Delaware de carro em vinte minutos. Há até uma barraca de tacos de peixe no caminho se eu for em direção à costa e seguir a rota panorâmica. Podíamos nos encontrar na praia nas manhãs de verão e tomar café com os pés na areia. Absorvo a onda de excitação e tento trazer à tona a parte de mim que deveria ser uma melhor amiga imparcial, uma caixa de ressonância para grandes decisões como essa.

— É isso que você quer fazer?

Pelo que sei, Nova York sempre fez parte dos planos dele. Trabalhar em uma grande agência de marketing, liderando a equipe de dados — sempre pareceu algo que ele gosta de fazer. Ele coça a nuca e retira meticulosamente um pedaço de espinafre de sua omelete com a ponta do garfo. Ele dá uma olhada como se a comida tivesse insultado a mãe dele.

— Ficaria feliz por estar mais perto. Não sei, acho que isso de cidade grande não é mais pra mim. É tudo grande demais. E minha mãe diz que está cansada de pegar ônibus para ir me visitar.

Ela nunca pegou o ônibus. Luka sempre reserva uma passagem para ela no elegante trem Acela, que sobe e desce a costa e ela chega a Nova York em menos de duas horas, embriagada com minigarrafas baratas de vinho. Ela diz que o trem a faz se lembrar da Itália, mas, em vez das colinas douradas dos vinhedos da Toscana do lado de fora de sua janela, ela é forçada a olhar para as terras improdutivas do capitalismo.

— Mas você ficaria feliz? Em Delaware?

A tensão foge de seus ombros e o aperto em seus cabelos se afrouxa. Ele me olha, um meio sorriso em sua boca. Há um segredo ali, escondido nas linhas de seu rosto.

— Acho que sim.

Não posso deixar de sorrir. O sorriso escapa de mim como o sol que faz minha cozinha brilhar. Por alguns instantes, me permito viver essa fantasia, a possibilidade de ter Luka sempre por perto.

— Você sabe que tem um...

— Carrinho de tacos de peixe, sim. — O garfo dele encontra minha omelete de novo, mas desta vez eu permito. Estou me sentindo generosa. — Não é frango de carrinho de rua, mas acho que dá para o gasto.

Empurro meu prato na frente dele e o deixo comer. Tudo o que eu queria era o bacon, na verdade. Pego as fatias que sobraram do prato dele.

— Já que estamos falando de morar em lugares, seria bom pensar em como vamos fazer esta semana.

Ele não ergue os olhos do prato do qual come avidamente.

— Você tem que ir para o Dia de Ação de Graças amanhã, custe o que custar — comenta ele com a boca cheia de batata. — Minha mãe deixou bem claro que não se importa se você estiver inconsciente à mesa, desde que acorde a tempo de comer torta.

— Um tanto... violento, mas não era disso que eu estava falando.

— Ah. — Ele se endireita e passa o polegar pelo lábio inferior, pegando um pouco de ketchup e lambendo-o. Estou suficientemente distraída. — Do que estamos falando então?

— A Evelyn acha que nós dois somos donos da fazenda. Se você ficar na casa da sua mãe enquanto estiver aqui, é bem capaz de ela achar isso estranho.

Luka assente e espeta uma batata que sobrou.

— Então estou feliz por ter trazido o café bom, colega de quarto.

14.

O Dia de Ação de Graças na casa de Luka é um tipo perfeito de caos. Entramos pela porta da frente para um coro de gritos e risadas vindos da cozinha, armados com garrafas de vinho tinto suficientes para derrubar uma pequena milícia. Tenho uma garrafa em cada mão e outra embaixo do braço, e uma quarta enfiada na bolsa ao lado do cantil de uísque que Luka colocou pouco antes de sairmos. Luka está carregado de buquês para a mãe, a avó e cada uma de suas tias, uma verdadeira estufa ambulante. Ele para no corredor, italiano e inglês e David Bowie vindo da cozinha. Ouço sua tia Gianna gritar algo sobre recheio sem ostras e Luka estremece.

— Estou reconsiderando essa ideia — murmura ele no momento em que todas as mulheres começam a gargalhar, a mãe gritando algo em italiano. As orelhas de Luka ficam vermelhas. — Rápido, acho que a gente consegue ir embora antes que alguém perceba que chegamos.

Quero passar a mão em seu ombro, mas ainda estou segurando a garrafa de vinho. Dou um tapinha que espero ser um gesto reconfortante. Ele franze a testa para mim.

— Vai ficar tudo bem. Não é a primeira vez que venho visitar sua família.

Mas é a primeira vez que visito quando pensam que estou namorando Luka. Toda credibilidade que construí ao longo dos anos desaparece assim que ponho os pés na cozinha, cinco pares de olhos cinzentos surpreendentes se estreitando na minha direção. Essa deve ser a sensação de estar preso atrás das linhas inimigas. Aceno com uma garrafa de vinho e tia Eva se aproxima.

— Vocês se atrasaram porque estavam fazendo sexo? — Ela pega a garrafa de vinho da minha mão e assente para o rótulo. Ouço Luka murmurar uma sequência criativa de palavrões atrás de mim. — Só porque vocês dois estão transando que nem coelhos agora, não significa que podem chegar atrasados para os eventos.

Um buquê de crisântemos surge entre nós, as sobrancelhas de Luka caídas.

— Estamos vinte minutos adiantados, tia Eva.

Ela estende a mão e aperta ambas as bochechas dele, dando beijos a seguir.

— Eu que decido isso, *cucciolo*. Você — ela aponta para mim e depois para um lugar vazio no balcão onde parece haver cerca de trinta quilos de batatas. — Descasque.

— Ela é convidada, tia Eva.

— Não, não é. Ela é da família e descasca batatas.

Vou descascar as batatas. Depois que ele faz sua rodada de cumprimentos, com as bochechas vermelhas por causa dos apertos incessantes, também começa a trabalhar, organizando e arrumando a mesa sob a cuidadosa direção da mãe. A avó de Luka vem até mim na pia, descascador na mão. Ela pega uma batata e a descasca rapidamente, acenando com a cabeça na direção da sala de jantar enquanto Luka move a molheira meio centímetro para a esquerda, com o maxilar cerrado.

— É tradição nossa perturbar o Luka. — Ela pisca para mim. Pobre Luka, o único filho para todas essas mulheres atormentarem. Suas tias são intencionalmente e um tanto notoriamente solteiras. Ele diz que, conforme crescia, a pequena cidade italiana em que viviam as chamava de *lupi che ululano*. As lobas que uivam. — Gostamos de adivinhar quanto tempo vai demorar para ele começar a implorar por misericórdia a San Pietro.

Levam mais vinte minutos e uma discussão metade em inglês e metade em italiano sobre o que deve ser colocado em cima da batata-doce. Ele joga o saco de marshmallows que segurava firme na despensa, irritado, e desce pisando duro para o porão, sibilando algo sobre cadeiras dobráveis. Percebo que ele vai primeiro até minha bolsa, um brilho de prata na mão. Assim que sai, todas as mulheres começam a rir. Há uma troca de dinheiro e, em seguida, Carina vem na minha direção com os olhos travessos, dando um beijo em cada bochecha.

— Estamos tão felizes em ter você aqui, Stella.

— Estou feliz por estar aqui — digo, sorrindo.

Na verdade, à medida que a noite avança e Luka emerge das profundezas do porão com duas cadeiras dobráveis debaixo do braço e hálito de uísque, fico chateada comigo mesma por ter me negado a vir durante tantos anos. Tia Sofia pega um álbum de fotos de Luka bebê durante os aperitivos, com o rosto iluminado de alegria. Pego o álbum com mãos gananciosas e vislumbro um traje de marinheiro antes de Luka fechá-lo de novo, jogando-o em cima da geladeira. É engraçado que ele pense que não vou subir ali para pegar.

Ele não perde tempo tentando esconder o cantil depois disso.

É aconchegante, bobo, doce e um feriado perfeito com a família. Luka agarra minha mão no meio do jantar e entrelaça nossas mãos, passando o polegar pelo nó dos meus dedos. Não sei se isso é só para que as tias vejam, ou se é algo que parece certo fazer, mas me inclino em sua direção, descansando meu ombro contra o dele e pegando um pedaço de torta de seu prato. Quando estamos prestes a ir embora, me sinto satisfeita após comer tanto e desfrutar de uma companhia ainda melhor, meu peito leve pela primeira vez em meses. Aparentemente, um jantar com toda a família Peters-Russo é uma distração adequada para o eterno medo de fracassar e de ser abandonada.

Estou na porta, mais uma vez observando as sobras do jantar guardadas em potes formarem uma torre que parece ir do chão ao teto. Esses potes são diferentes, mais modernos, e me pergunto se a mãe de Luka os comprou após ver o estado da minha geladeira na semana passada. Ainda nem terminei de comer tudo que ela me levou. Mas o tiramisu já acabou. Isso aconteceu logo após Luka o encontrar escondido atrás do espinafre.

Ela coloca mais um pote pequeno no topo enquanto Luka veste o casaco perto da porta. Não faço ideia do que vou fazer com toda essa comida.

— Ele gosta de comer cranberry com croissants de manhã — comenta ela com uma piscadela.

Luka fica rosa, provavelmente pela centésima vez esta noite. Estou encantada.

— *Grazie, mama.*

Ele beija ambas as bochechas dela e a puxa com força contra o peito. Sussurra algo que não consigo ouvir em seu ouvido, e ela fecha os olhos com força, se balançando com ele. Quando seus olhos se abrem de novo, estão brilhando por causa das lágrimas, mas ele sorri, e desvio meu olhar para os rodapés.

— Quando você vem me visitar de novo? — ela exige saber enquanto ele abre a porta, uma lufada de ar frio soprando no corredor.

— Posso sair antes que você pergunte?

Ela fecha a boca e observa incisivamente ele dar um passo para a varanda. Luka estende a mão para mim, tirando metade dos potes dos meus braços. Assim que ultrapassamos a soleira, ela pergunta de novo.

— E quando vai ser, Luka?

Eu rio.

— Que tal você ir até a fazenda semana que vem? Vamos receber uma convidada e tenho certeza de que ela vai adorar te conhecer.

Luka me encara com uma expressão tão perturbada que chega a ser cômico. *Que erro,* seus olhos dizem, mesmo quando sua mãe bate palmas e dá pulinhos. Ele apenas revira os olhos e reprime um sorriso.

Tudo bem. Estou sorrindo o suficiente para nós dois.

— Ah, é verdade! Você tem aquele concurso. As crianças falaram disso a semana toda. Até fizeram uma lista de inscrição e se dividiram em turnos. O sr. Holloway confiscou a lista, pensando que tinha a ver com drogas... — Luka murmura *as drogas* atrás dela —, mas entregou ao conselho de pais e mestres quando percebeu do que se tratava. Os pais também decidiram se inscrever.

Estou confusa.

— Inscrição para o quê?

— Para visitas — diz ela. Ela se apoia na porta aberta, os braços cruzados. — A fazenda não pode estar vazia quando a mocinha chique do TokTok estiver na cidade. Acho que você vai ter um fluxo constante de visitantes durante as festas, pelo que vi. A Mabel vai até pendurar as decorações de Natal, para todos estarem impecáveis pra você.

Eu pisco rapidamente para afastar a pressão quente das lágrimas, a mão gentil de Luka na parte inferior das minhas costas.

— Todo mundo... — Eu limpo a garganta. — Estão fazendo tudo isso por mim?

— Tenho minhas suspeitas de que a Cindy Croswell se inscreveu para visitar todos os dias, mas sim. — Ela apoia a mão no batente da porta, luz, calor e risadas se espalhando pela varanda. — Ainda não percebeu, Stella? Esta é a sua casa. O que é... eu sei em italiano, mas... *chi si volta, e chi si gira, sempre a casa va finire.*

A mão de Luka sobe pela minha coluna e passa por cima do meu ombro.

— Não importa aonde você vá, sempre vai chegar ao seu lar.

— Isso. — Ela estala os dedos para o filho. — E com o lar vem a família.

— Como você pode comer agora?

Luka está esticado no sofá, o suéter grosso ligeiramente enrolado na cintura, a parte de baixo da camisa exposta. Mais cedo consegui espiar o colarinho, mas agora consigo ver a estampa melhor. Tem pequenas coxas de peru dançando por toda a camisa, enfiadas sob uma malha verde confortável. Ele pega outro pedaço de torta do pote.

— Não sei — geme ele. — Eu não tenho autocontrole.

Sinto que sou a única sem autocontrole enquanto observo a luz do fogo dançar em sua pele. Sua boca se curva ao redor do garfo, um pouco de chantilly grudado no lábio superior. Quero montar nele, as coxas ao redor de seus quadris, e lambê-lo.

Ele aponta para mim com o garfo.

— Seus pensamentos estão estampados na sua cara.

Eu me afundo ainda mais na poltrona aconchegante perto da janela.

— Não estão, não.

— Você está com tesão por causa da torta.

Dou risada. Eu me sinto pesada de vinho e desejo.

— Não tô, não.

Luka retribui meu olhar e, então, coloca com cuidado a forma de torta na mesa de centro, relaxando no sofá, descontraído.

— Stella — ele engole uma vez, meu nome tão doce em sua língua quanto aquela torta de abóbora —, você não pode falar esse tipo de coisa.

— Por que não?

— Porque não. — Seu olhar está turvo na luz bruxuleante da lareira. — Porque me dá vontade de te beijar, e você está longe.

Ele deita a cabeça na almofada do sofá e me olha, a mão descansando na barriga. Adoraria descansar bem ali. A consciência estala entre nós, um fio fino de desejo se esticando.

— Sei que a gente disse que ia fazer o que desse vontade — diz ele em voz baixa. Seus olhos estão cravados em meus lábios. Os meus percorrem a linha reta de sua mandíbula, seu pescoço, a saliência de suas clavículas através do colarinho torto de sua camisa ridícula. Acho que nunca senti tanta ansiedade antes, em ondas pesadas no meu peito. — Mas você tem que dar o primeiro passo. Não quero sentir que estou te pressionando.

— Não é justo. — Estico as pernas, que estão dobradas sob mim, e coloco a caneca de chá na mesa de canto. Luka me observa, as mãos se movendo para abrir os braços no encosto do sofá. Eu me levanto e dou um passo mais perto, seus joelhos se abrindo em um convite. — Também não quero pressionar você.

— Que tal fazermos assim... — ele cerra os dentes, impaciente, estendendo as mãos para mim assim que meus pés pisam entre suas pernas abertas, os dedos envolvendo meus quadris. Ele puxa uma vez, meu joelho esquerdo caindo no couro gasto ao seu lado. Não satisfeito, ele puxa de novo, até que eu esteja acima dele. Murmura baixinho, satisfeito com a postura preguiçosa de seu corpo, minhas coxas bem encaixadas em seus quadris. Exatamente como eu queria. — Que tal um pressionar o outro?

Sorrio e descanso as mãos em seus ombros.

— Isso parece uma cantada.

Ele torce o nariz, uma ruga adorável surgindo em sua testa.

— Se for, é ruim.

— Não sei, parece que funcionou pra você.

Ignoro o breve flash de aviso no fundo da minha mente, o sinal de néon brilhante que pisca, *Espere, vá devagar.* É difícil pensar nas consequências quando a palma quente da mão dele está nas minhas costas, subindo pela minha coluna. Ele emaranha a mão nos meus cabelos e puxa com gentileza, só uma vez, um lampejo de algo decadente em seus olhos âmbar quando um pequeno ruído sai do fundo da garganta. Ele gosta desse barulho, consigo ver. Quer ouvir de novo.

Ajeito a gola da camisa dele até ficar reta, meu polegar roçando a pele nua na cavidade de sua garganta. Ele também tem sardas aqui, mais claras que as do rosto. Deslizo os dedos pelas sardas que descem até sua clavícula, traçando uma linha até o centro de seu peito. Ele estremece embaixo de mim.

— Ainda é estranho que não seja estranho — digo e ele faz um barulho indistinto, seu corpo relaxando ainda mais no sofá enquanto me acomodo cada vez mais em cima dele. É uma delícia tocá-lo assim. Eu o observo me observando, a mão soltando meus cabelos para acariciá-los com delicadeza, as mechas escorregando por entre seus dedos. Ele segura a parte de trás da minha cabeça e a levanta de novo, meus cachos caindo em cascata em meus ombros e nos envolvendo em uma espessa cortina preta. Um sorriso ilumina seu rosto.

— Seu cabelo é macio também — sussurra.

Eu me sinto macia. Suave, relaxada e lânguida em seu abraço, nosso peito se roçando a cada inspiração. Vesti um suéter enorme e uma calça de moletom velha assim que chegamos em casa e quero que ele aproveite. Que mergulhe a mão sob a bainha e descubra se sou macia em todos os lugares.

Mas ele não faz isso. Uma mão fica nos meus cabelos e a outra no quadril enquanto ele ergue o queixo, cutucando meu nariz com o dele até que eu deslizo a mão para a parte de trás do seu pescoço e roço o lábio no dele.

— Passei a semana toda pensando em te beijar — sinto Luka dizer em meus lábios.

Muito legal. Tenho pensado em beijá-lo desde meus vinte e três anos.

Nosso primeiro beijo foi gentil. Cheio de cuidado. Ele segurou minha mão e se aconchegou em mim, me beijando como se eu fosse feita de vidro.

Não sou tão civilizada assim.

Eu me inclino para a frente e nossa boca se encontra, meus dentes roçando seu lábio inferior. Movo minha mão de sua nuca até o maxilar, guiando sua boca aberta para a minha. Ele grunhe como se tivesse levado um golpe, o ar arrancado de seus pulmões. Posso sentir a pergunta na linha tensa de seu corpo, o *Será?* que lambo na ponta de sua língua. Ele geme de novo e se derrete, as mãos agarram, e Luka me mostra quanto se segurou ao me beijar no celeiro.

Ele é insistente, impaciente — um pouco ganancioso. É como se quisesse tudo o que tenho para dar, de uma só vez. Ele quer meu beijo, o polegar no meu queixo, abrindo minha boca até que tudo desacelera em um calor úmido. Ele tem gosto de canela e do uísque que ficou bebericando a noite toda, e me permito afundar em sua lânguida atração. Porque agora parece que fui eu quem levou um soco no peito, meu coração batendo alto nos ouvidos. Sinto minha pulsação em cada parte do corpo. Na parte inferior dos pulsos, na base da coluna, no lugar entre minhas coxas encostando nele. A mão que estava em meu quadril traça uma curva na minha bunda, me pressionando para a frente, me puxando mais para perto. É como naquela manhã no meu quarto, só que melhor, porque posso senti-lo agora, duro e pronto. O botão de sua calça jeans crava em minha barriga enquanto chego mais perto e me esfrego nele, fazendo-o gemer em minha língua — meu gosto favorito até agora.

Ele se afasta da minha boca e dá beijos mordazes no meu queixo, indo parar atrás da minha orelha. Estremeço e passo os dedos em seus cabelos, me mexendo em seu colo. Ele dá uma risada abafada e eu o puxo até ver seu rosto, as chamas dançantes da lareira lançando-o metade na sombra, metade na luz. Ele sorri para mim e dá um beijo no meu ombro, meu suéter caído de um dos lados. Parece considerar o trecho de pele nua e, em seguida, puxa o suéter um pouco mais para baixo, beijando a pele macia logo acima do meu sutiã. Ele suspira e inclina a testa ali, murmurando maldições como bênçãos.

— Acho melhor dormir no sofá hoje.

Eu faço um barulho indistinto e arranho seu couro cabeludo. Todo o seu corpo parece vibrar e ele mordisca meu peito, onde sua boca descansa. Espero que deixe uma marca.

— Vai ser um tanto apertado, mas acho que dá.

Ele geme e balança a cabeça, os quadris empurrando um pouco abaixo de mim. Quero sentir esse atrito até que a pressão sinuosa dentro de mim cresça, cresça e se quebre. Quero respirações ofegantes e tensão esticada como caramelo até se partir. Quero tudo isso neste sofá. No corredor. Em cima da mesa de jantar.

— Quero ir devagar — diz ele, com o rosto em algum lugar no meu suéter. — Quero fazer isso direito.

Ele inclina a cabeça para trás para descansar o queixo em mim, os olhos castanhos e escuros, quentes nos meus.

— Quando você ficou tão gostosa?

Seus braços me envolvem totalmente, me segurando perto, mas também me impedindo de me mover contra ele. Reconheço que o momento passou. Talvez seja melhor ir devagar quando se trata de nós, mas agora parece que meu coração está pronto para explodir no peito.

— Antes eu sabia me controlar — murmura ele, fechando os braços em volta de mim.

Sei bem qual é a sensação.

15.

Acordo no meio da noite com um corpo me prendendo na cama, a respiração firme e uniforme de Luka em meu pescoço. Ele sempre gostou de dormir abraçadinho, mudando de posição e se mexendo durante o sono até que esteja grudado em mim. A primeira vez que dormimos juntos, tínhamos ido acampar na praia, a barraca balançando com o vento forte vindo do mar, nossos sacos de dormir em posição paralela, uma lanterna pendurada no canto. Ele tentou timidamente fazer uma pequena barreira entre nós com os moletons e um saco de tortilhas, resmungando algo sobre abraços crônicos. Pensei que ele estava brincando até que acordei com a coxa de Luka em meus quadris, seus braços em volta de mim e o saco de tortilhas enfiado nas minhas costas.

Arranho seu antebraço de leve e sorrio quando ele se aconchega mais. É bom tê-lo aqui. É bom acordar com ele ao meu lado.

Ou em cima de mim.

Eu me mexo e bocejo, olhando para o relógio no canto da cômoda, o braço esquerdo de Luka apertando mais minha cintura com o movimento. Levo um segundo para entender por que estou acordada e então ouço de novo, o toque metálico do meu celular. Estendo a mão para pegá-lo e Luka resmunga, virando de lado e se enterrando sob um dos sete mil travesseiros na cabeceira da cama.

Todo homem com quem namorei reclamava da quantidade de travesseiros que tenho na cama. Mas Luka não. Ontem à noite, antes de desmaiar exausto, ele murmurou um "porra, isso sim" antes de agarrar uma almofada macia. Em menos de trinta segundos, já estava dormindo.

Estremeço com a tela brilhante do meu celular no quarto escuro, indo para o aplicativo da câmera. O sistema de alarme disparou algumas vezes no meio da noite desde que o instalei. Em uma delas, foi uma família de veados pastando nas espigas de milho secas empilhadas nos tratores. Outra vez foi Beckett, fazendo o que quer que ele faça nos campos antes do sol nascer. A última vez foi um tordo curioso, nada além de um vislumbre de suas penas enquanto ele bicava o topo da câmera, a coisa toda tremendo.

Portanto, não sei o que estou esperando quando deslizo para abrir a notificação de movimento na câmera três, mas com certeza não era uma figura encapuzada jogando pedras.

Pulo na cama, observando enquanto a pessoa abandona as pedras e olha para o chão a seus pés em busca de outra coisa. Observo com o coração martelando quando encontra algo comprido e fino — um ancinho, ao que parece, deixado fora do celeiro — e estende a mão. A imagem sacode, fica instável e depois escurece.

— Luka. — Jogo o celular e praticamente caio da cama, procurando minha calça de moletom. Está dobrada com cuidado na cadeira da minha escrivaninha. Tento puxá-la, as mãos tremendo demais para conseguir segurar o cós. — Luka, acorde.

Ele geme e desliza ainda mais para baixo em minha montanha de travesseiros.

— Não posso levar você para comprar tacos agora, La. Tô dormindo.

Encontro minha bota esquerda, meio escondida debaixo da cama, e pulo em um pé só tentando calçá-la.

— Tem alguém lá fora.

Isso faz Luka se sentar, piscando com os olhos sonolentos para mim, o cabelo espetado em uma bagunça selvagem.

— O quê?

— As câmeras — explico. — Alguém acabou de derrubar uma delas com um ancinho.

Ele joga meu edredom para trás, pés ao encontro da madeira.

— Agorinha?

— É. — Pego meu celular em cima da colcha. Não sei porque, não adianta mostrar pra ele uma câmera desconectada. — A notificação da câmera me acordou e eu vi alguém.

Ele puxa o moletom pela cabeça e olha incisivamente para mim, ainda tentando enfiar o pé na bota.

— E você ia o quê… sair para conversar como quem não quer nada?

Franzo a testa.

— Obviamente, tenho que ir até lá ver o que está acontecendo.

Ele coça a parte de trás da cabeça com força, fazendo seu cabelo ficar ainda pior. Seria fofo se eu pudesse me concentrar por meio segundo.

— Não. É *óbvio* que não. Fique aqui e ligue para o Beckett — ordena Luka. Ele dá um passo em direção ao corredor e então se vira para mim. — Ligue para o Beckett e depois para o Dane.

Eu o sigo para fora do quarto.

— Eu vou com você.

— Não vai, não.

Eu o sigo até a entrada e pego meu casaco antes que ele o enfie no armário, fora do meu alcance. Ponho os braços nas mangas, desafiadora, e pego um chapéu, puxando-o para baixo sobre meus cachos emaranhados. Parece que estou me armando para a batalha. Luka franze a testa para mim com um suspiro pesado, vestindo rapidamente sua jaqueta.

— Você ainda tem aquele bastão de softball?

Faço que sim com a cabeça.

— O que você vai fazer com ele?

— Espero que nada.

Ligo para Beckett quando Luka está semienterrado no armário do corredor, saindo com o bastão de softball que usei por talvez três anos, quando decidi que queria entrar para a Seleção Mundial de Softball da Liga Júnior. É rosa-brilhante com o cabo tie-dye, e me recuso a me livrar dele porque minha mãe fez horas extras durante um mês para comprá-lo para mim. Eu o amo. Acertei um total de zero home runs com esse danado.

Nem preciso dizer que não cheguei à Seleção Mundial de Softball da Liga Júnior.

Luka o põe em cima do ombro e espreita pela porta da frente como se o próprio bicho-papão estivesse prestes a pular de trás de uma cerca. Ele tenta me fechar, mas corro atrás dele, cuidando para não fazer barulho na escada da frente. Beckett atende no terceiro toque.

— Por que você está me ligando no...

— Tem alguém na fazenda. — Saio correndo, falando baixo só para garantir. Não sei bem o que quero garantir. Luka gesticula para mim, uma pergunta sem palavras. *Onde*? Aponto para o celeiro do Papai Noel, grande e sinistro do outro lado da pista de gelo que instalamos três dias atrás. A fazenda parece diferente no meio da noite, a lua bloqueada por uma pesada cobertura de nuvens, uma brisa sussurrando por entre as árvores. Tudo soa como passos, e sinto que nosso intruso encapuzado pode nos atacar a qualquer segundo. Agarro o braço de Luka. — Alguém derrubou a câmera do celeiro.

— Você está sozinha? — Beckett pergunta. Há um remexer de coisas no fundo, uma série de palavrões criativos e um estrondo.

— O Luka está comigo. Estamos indo naquela direção.

— Vou pra lá.

Luka fica perto de mim enquanto contornamos a pista, os punhos cerrados em volta do cabo colorido do bastão. Ele aponta para o celular quando desligo.

— O Dane.

— Acha mesmo que preciso chamar a polícia?

Ele me olha meio incrédulo, meio exasperado.

— O Dane — diz ele, com os dentes cerrados.

Duvido que quem derrubou a câmera seja uma ameaça real. Deve ser uma das crianças da escola, brincando. Pelo amor de Deus, a pessoa vestia um moletom com um texugo.

Ligo para Dane e ele atende no primeiro toque.

— O que aconteceu?

— Tem alguém na fazenda — repito pelo que parece ser a centésima vez. — Meu alarme tocou e vi alguém derrubando a câmera. Está desconectada agora.

Olho fixamente para o escuro, procurando por qualquer mínimo movimento. Meus olhos estão pregando peças em mim. Cada galho de árvore que se contorce é a perna de alguém. Os grandes cartazes que circundam a pista parecem um moletom.

— Por que você tá sussurrando? Stella, eu juro por Deus... — Mais uma rodada de palavrões criativos; essas ligações estão começando a ficar repetitivas. — Você está do lado de fora?

Mordo o lábio inferior.

— Talvez.

— Volte pra dentro.

— O Luka está aqui.

— Então voltem pra dentro os dois. Não vá perseguir a pessoa que invadiu sua propriedade, Stella Bloom, ou eu mesmo vou mandar prender você. O mesmo vale para o Luka. — Dane exala como se tivesse acabado de correr vinte quilômetros com um barril amarrado às costas. — Agora volte para sua casa, tranque todas as portas e espere eu chegar lá. Entendeu?

Olho para Luka. Estamos quase no celeiro agora, o alto tapume vermelho ao alcance do braço. Nós ficamos de lado, nas sombras. Luka aponta com a cabeça para a câmera desativada.

— Vamos dar uma olhada nas fechaduras do celeiro rapidinho — sussurra ele. — E aí voltamos.

— Entendeu, Stella? — Ouço a porta de um carro bater e depois o ronco de um motor.

— Entendi — respondo rápido, ansiosa para desligar. Entendo por que ele quer que eu faça isso, mas não necessariamente concordo. — Até logo.

Ele começa a dizer mais alguma coisa, mas desligo, enfiando o celular no bolso de trás. Juntos, Luka e eu rastejamos em direção às grandes portas de correr, minhas mãos firmes em seu braço. Ele vai ter hematomas em seu bíceps por causa dos meus dedos. Meu coração bate forte, a adrenalina me fazendo tremer. Luka para abruptamente ao meu lado e eu quase tropeço para a frente, preocupada em olhar para os pedaços da câmera espalhados pelo chão. Luka me estabiliza e então aponta para a porta do celeiro.

Está aberta.

Nós olhamos um para o outro. De repente, as instruções de Dane fazem muito mais sentido. Balanço a cabeça e faço um gesto para voltarmos para casa. Luka franze a testa e aponta para o chão e então acena com a cabeça para a frente, instruções claras, *Fique aqui enquanto eu vou ver.* Na-na-ni-na--não. Ele não vai para o celeiro escuro sozinho com nada além de um taco. Balanço a cabeça, furiosa. Ele revira os olhos.

Felizmente, nosso impasse é interrompido por uma figura saindo do celeiro.

Mordo a língua com tanta força que quase a divido no meio, um guincho de surpresa quando Luka me arrasta com força atrás dele. Queria que não tivéssemos vindo aqui, que tivéssemos esperado Dane, como qualquer outro ser humano faria. Luka estava certo. Qual é o meu plano? Pedir com educação para que o invasor pare de destruir minhas coisas?

A figura sombreada para, claramente tendo nos avistado. Luka levanta o bastão na nossa frente. Queria estar com uma daquelas bengalinhas de Natal de plástico. Se Luka estiver certo e essa for a mesma pessoa que vem causando todos os meus problemas desde que abrimos, adoraria dar umas tacadas nela.

— O que vocês tão fazendo?

Luka deixa o bastão cair com um suspiro e se curva para a frente, se apoiando nos joelhos. A tensão sai de meu corpo de uma vez, me deixando tonta e puta da vida. Pego um pedaço da câmera do chão e arremesso em Beckett. Ele o afasta com um tapa.

— O que diabos você está fazendo aqui?

— Verificando se o celeiro está trancado. O que vocês dois estão fazendo?

Ele estreita os olhos para Luka, ainda se recuperando de um ataque cardíaco, curvado para a frente.

— Isso é um taco rosa?

— É rosê — retruco. — As portas estavam trancadas?

Beckett acena com a cabeça.

— Nada quebrado lá dentro. Só a câmera mesmo.

— Alguém tirou a porta do lugar faz uma semana — comenta Luka. — Não estava fechando direito.

— Era por isso? — Eu sabia que algo estava errado com a maldita porta e não parei para pensar no que isso queria dizer. — Você acha que a pessoa ainda tá aqui? — Olho ao redor enquanto Luka pega o bastão e se endireita. Vejo que um dos gatinhos está no bolso da frente de Beckett. Raposa, pelo que parece. Ou Cometa.

— Você ainda tem tudo ligado no interruptor? — No ano passado, conectamos todas as decorações a um único interruptor digital. É mais fácil do que Beckett e eu andarmos pela fazenda, desligando mais de cem cabos de extensão. Acho muito engraçado que Beckett ainda o chame de *o interruptor*, como se fosse igual a acender a luz quando você entra na garagem.

— Boa ideia — sussurra Luka.

Entrego meu celular a Beckett.

— Que ideia?

A fazenda de repente ganha vida ao nosso redor, todas as luzes piscando ao mesmo tempo. É como aquela cena em *Férias frustradas de Natal*, quando Chevy Chase puxa os cabos de extensão sobre sua cabeça. Tenho certeza de que seria possível nos ver do espaço agora. Pisco com a claridade repentina e então vejo algo branco e um ancinho no chão, as árvores sussurrando na entrada do terreno oeste.

— Pronto. — Aponto na direção do ancinho e Beckett me entrega o gatinho antes de correr naquela direção, Luka logo atrás dele, segurando desajeitado aquele bastão ridículo na mão esquerda. Penso alguns instantes se devo ir atrás deles, mas não seria possível. Luka e Beckett corriam na época da escola, e ninguém conhece esses campos melhor que Beckett. Boa sorte para quem pensa que pode vencê-los.

Eu seguro Cometa/Raposa perto do rosto e dou um beijinho em seu focinho. Ela mia para mim.

— Eu sei, querida. Vamos voltar para casa e esperar o Dane.

É menos assustador voltar para casa com todas as luzes acesas. Ainda assim, tenho o cuidado de prestar atenção ao meu redor. Não faço ideia de se essa pessoa estava sozinha, e Luka levou meu bastão com ele. Se Beckett estiver certo e forem os gêmeos causando estragos, é provável que um deles ainda esteja escondido perto do celeiro.

Mas minha volta para o chalé é monótona. Eu me sento nos degraus da frente e apuro os ouvidos, tentando ouvir qualquer som de Luka, Beckett ou nossos invasores. Mordo o lábio e observo as luzes balançando para a frente e para trás, o pontinho de dois faróis aparecendo na entrada da fazenda. Dane dirige como louco pela estrada de terra, os pneus fazendo um barulho alto no cascalho. Ele sai porta afora antes mesmo de estacionar o veículo, uniforme completo e uma carranca feroz no rosto. Eu me pergunto se ele dorme com o distintivo.

— Eu disse pra você ficar em casa.

Seguro o gatinho em um esforço para distraí-lo e, por respeito, não digo que estou sentada nos degraus da minha casa. Dane franze a testa e olha ao redor do quintal.

— Cadê o Luka?

Estremeço.

— Você não vai gostar da resposta.

Ele suspira e joga os ombros para trás. Acabei de envelhecê-lo cinco anos com uma ligação tarde da noite.

— Onde ele tá?

— Com o Beckett.

— Você está sendo vaga de propósito, logo agora? — Ele levanta a aba do chapéu e me lança o mesmo olhar que me lançou quando eu tinha dezenove anos e disse que não fazia ideia de como aquela lata de cerveja tinha ido parar na minha mão. — Cadê o Beckett?

Avalio minhas opções. Dane aperta a ponta do nariz, e decido ser honesta.

— Eles correram para o campo quando vimos alguém.

Dane suspira, algumas palavras bem escolhidas na ponta da língua antes de engoli-las com óbvio esforço.

— Foi quando você acendeu as luzes?

Concordo.

— Ideia do Beckett.

— Foi uma boa ideia. Teria sido ainda melhor se vocês tivessem esperado pelo reforço adequado. — Ele se vira e olha por cima do ombro quando outro conjunto de faróis aparece na estrada. Aponta com o polegar por cima do ombro. — Chamei o Caleb. Porque entendo a importância do protocolo e do suporte. — Nossa, segura essas diretas. Tenho certeza de que, se Dane não fosse arranjar problemas ao me algemar e me deixar presa no banco de trás do carro por um período indeterminado, ele o faria. Ele leva as mãos à cintura quando a viatura de Caleb para ao lado de seu carro. — Em que direção eles correram?

— Para o terreno oeste — digo. Dane gira nos calcanhares. — Calma aí.

Desço os degraus e caminho até ele, envolvendo seu peito com os braços. Aperto com força, Raposa/Cometa miando alegremente de seu lugar entre nós.

— Obrigada por ter vindo — murmuro em seu distintivo. — Me desculpe por não ter escutado.

Uma mão pressiona minhas costas por alguns instantes, o queixo apoiado na minha cabeça. Ele suspira e eu aperto mais forte.

— Que bom que você está bem — resmunga ele. Dane se afasta de mim e contorna a frente de seu carro. Caleb está saindo da viatura, um pouco amarrotado pelo sono, a camisa do uniforme para fora da calça e o distintivo de delegado preso de cabeça para baixo. — Fique aqui com o Caleb. Eu vou buscar os meninos.

Caleb e Dane conversam em seu para-choque. Dane aponta para mim e depois para a casa, três vezes em rápida sucessão. Parece que ele está dizendo *faça ela ficar em casa, faça ela ficar em casa, faça ela ficar em casa* sem parar, mas Caleb assente como se fosse seu primeiro dia na academia de polícia, ansioso para receber instruções.

Caleb é um cara legal. Fizemos o ensino médio juntos aqui em Inglewild. Lembro que ele era tímido e um pouco desajeitado, alto e esguio com óculos grandes demais para o rosto. Ele certamente perdeu essa imagem com a idade. É muito bonito agora, com olhos castanho-escuros e um sorriso largo. Uma covinha que ganha vida em sua bochecha esquerda toda vez que ri. A pele bronzeada. Seu corpo magro se encheu de músculos, e ele mantém os cabelos escuros cortados mais rentes nas laterais e um pouco mais compridos no topo. Está um pouco bagunçado na parte de trás agora e me pergunto se está irritado por ter que vir até aqui no meio da noite.

Certa vez, ouvi Becky Gardener falando no supermercado sobre como é uma pena que ele não tenha tido um namoro sério em todo esse tempo que se tornou delegado.

Dane entra em sua viatura e dá ré na entrada da garagem e Caleb acena discretamente para mim.

— Oi, srta. Bloom. — Ele acena para o gatinho enrodilhado na dobra do meu cotovelo enquanto faz o possível para esconder um bocejo. Se sacode e enfia as mãos nos bolsos. — Boa noite, srta. Gatinha.

A gatinha se espreguiça em meus braços e bate as patas no meu ombro duas vezes antes de se acomodar. Deve ser Cometa, então.

— A gente se conhece há anos, Caleb. Pode me chamar de *Stella*. — Sorrio para ele, tremendo um pouco em meu casaco de lã. Ele deve estar congelando só de camisa. Aponto para minha casa. — Vamos entrar. Faço um pouco de café enquanto esperamos.

É difícil não ficar preocupada. Ainda que esteja convencida de que não passa de um bando de adolescentes que decidiram perturbar a fazenda, fico nervosa ao pensar em Luka e Beckett sozinhos lá fora. Tento dizer para mim mesma que eles estão juntos, que Dane está a caminho, mas meu coração está com problemas para se acomodar no peito. Acho que a cafeína não vai ser de grande ajuda, mas preciso fazer algo com as mãos. Caleb me segue até a casa e aponto para a mesa. Meu olhar se desvia para o sofá e eu coro furiosamente, lembrando como, algumas horas atrás, estava montada em Luka, seu corpo quente e sólido embaixo de mim. Como suas mãos traçaram a bainha do meu suéter até a pele nua das minhas costas, a ponta dos dedos se arrastando até eu tremer e mexer meus quadris em sua ereção.

Limpo a garganta e coloco Cometa no pequeno travesseiro de cobertores que ainda está no canto.

— Obrigada por vir, Caleb. Agradeço a ajuda.

Ele assente e fica na porta da cozinha, estudando os artesanatos, cartões comemorativos e fotos que prendi na parede. Sorri para uma foto minha e de Layla, nós duas em um churrasco com os braços em volta uma da outra, quase caindo na gargalhada. Ele endireita a foto com o mindinho.

— Não tem problema. Faz parte do trabalho.

— Mesmo assim. — Pego as canecas na lava-louças enquanto a cafeteira começa a passar o café. — Imagino que vocês não recebam muitas ligações tarde da noite.

Ele se senta em uma cadeira da mesa de jantar e estica as pernas compridas, as mãos espalmadas no tampo. Seu olhar continua disparando para o prato cheio de gostosuras no meio da ilha da cozinha, as muitas delícias que Layla está inventando para as festas de fim de ano.

— Não recebemos muitas — concorda ele —, mas sinto que os alunos do ensino médio têm bagunçado bastante este ano. O Dane diz que Mercúrio deve estar permanentemente retrógrado a esta altura.

— Ah, é? Alguma coisa interessante?

Ele está olhando para a pata de urso de menta com tanto desejo que tenho que esconder meu sorriso na gola do suéter.

— Só, sei lá... — Ele se livra de suas fantasias relacionadas ao açúcar. — Sem citar nomes, encontramos um casal de adolescentes nadando pelados na fonte no meio da cidade. Outro casal de adolescentes estacionou atrás do café e estava sem camisa. A sra. Beatrice tinha algumas coisas a dizer a respeito disso quando os viu pela câmera de segurança.

Dou risada.

— Tenho certeza que tinha.

Ele me dá um sorriso tímido, juntando as mãos e se endireitando na cadeira.

— Ela estava tentando colocar cartazes de procurados na loja, logo atrás do balcão. Acho que mandou fazer uma impressão especial, sabe aqueles pôsteres de papelão? Levei quase duas horas para convencê-la a não fazer isso.

Agora que ele mencionou, vejo Eliza Bowers e aquele garoto Stillman trabalhando lá nos fins de semana. Estendo a mão para o bule de café.

— É assim que a sra. Beatrice está cuidando do café agora?

— Com chantagens e ameaças? — Caleb sorri. — Sim, senhora.

Eu bufo e ficamos em silêncio. Espio pela janela que dá para os campos. Nada além do habitual: cordões de luzes sobre a extensão de árvores escuras, serpenteando até a casa de Beckett e no sopé das colinas. Queria poder colocar câmeras por toda a propriedade. Seria capaz de ver o que está acontecendo lá fora.

— Você tem tido problemas?

Dou de ombros.

— Não muitos, na verdade. Nada sério, pelo menos. É a primeira vez que sinto...

Medo? Talvez. Acredito que a palavra mais apropriada seja preocupação. Preocupada que alguém esteja tentando prejudicar meus negócios de propósito.

— Bom, acho que é a primeira vez que penso que é intencional.

— O Dane disse algo sobre abóboras esmagadas. Alguns mourões quebrados?

Sirvo duas canecas de café e pego o prato de guloseimas, indo me sentar à mesa com ele. Seus lindos olhos se iluminam como se eu tivesse acabado de presenteá-lo com um bilhete premiado da loteria. Ele se serve da pata de urso e eu pego um muffin para mim, segurando-o pelo topo.

— Isso e algumas entregas que não chegaram, algumas outras coisas estranhas que não fazem sentido. Parecia uma sequência de azar muito grande, mas agora não sei. — Penso nas árvores do terreno sul que apodreceram sem motivo aparente. Os pneus de todos os tratores que foram furados faz três meses. A porta quebrada do celeiro. — O Luka e o Beckett acham que está tudo conectado.

— Você não?

— Não sei — digo, brincando com a ponta do plástico que envolve os muffins. Tem árvores de Natal estampadas, encomendado especialmente de uma empresa de serviços de alimentação da Califórnia. Comprei cerca de cem rolos para Layla na estação passada. — Quem iria querer destruir uma fazenda de árvores de Natal?

— Suponho que seja verdade. — Ele reflete. — Mas se tem uma coisa que aprendi neste trabalho é que as pessoas sempre têm um motivo. Por mais estranho que ele possa ser.

— Você acha que há algum motivo para alguém ter destruído minha câmera?

— Acho que é provável que essa pessoa não quisesse que você visse o que planejava fazer esta noite. Você não viu nada estranho ou fora do lugar?

Balanço a cabeça. Apenas a câmera quebrada.

— O Luka disse que a porta do celeiro estava aberta na semana passada.

— O Dane vai descobrir o que está acontecendo. Ele não deixa nada passar — declara Caleb, dando uma mordida enorme no doce, seu rosto a imagem da felicidade. Quando ele abre os olhos, está um pouco vermelho, a cor subindo alto em suas bochechas.

— A Layla faz as os doces mais gostosos do mundo — diz, tímido, a boca cheia de migalhas. Ele engole e bebe um gole de café. — Fiquei com muita inveja quando o Dane voltou para o escritório com uma cesta de guloseimas outro dia.

— Ele não dividiu com vocês?

Caleb olha para mim como se eu tivesse quatro cabeças e uma delas tivesse acabado de pedir um lenço de papel.

— Os pães confeitados da Layla não são para serem compartilhados.

Olho incisivamente para a metade de um pão confeitado que ele ainda está segurando. Ele o segura mais perto do peito.

— Vou avisar pra ela que você mandou seus cumprimentos.

Com isso, o rubor em suas bochechas se intensifica para um vermelho ardente e brilhante. Interessante. Ele se mexe na cadeira, cruzando e descruzando as pernas embaixo da mesa.

— Ela... hã... sem problemas na padaria?

Sorrio para a minha xícara de café, achando graça.

— Ela encontrou uma janela aberta quando entrou, faz um mês, mas nada foi roubado ou danificado. Acho que um pássaro entrou voando, mas conseguiu sair de novo quando ela destrancou as portas.

— Assim como a Branca de Neve. — Ele suspira e, caramba, acho que Caleb está caidinho. Isso fica ainda mais óbvio quando vejo seu joelho quicar embaixo da mesa, uma pergunta na ponta da língua. Espero até que fale.

Ele consegue se segurar por cerca de trinta segundos.

— Hum, ela ainda... — Ele para à força de mexer a perna sob a mesa. — Ela ainda está saindo com aquele tal de Jacob?

Ergo uma sobrancelha.

— Isso faz parte da investigação, delegado?

Ao ver seu olhar confuso e um pouco envergonhado, dou uma gargalhada. Ele tira um pouco de menta de seu pão confeitado e joga em mim, o rubor ainda forte em suas bochechas, descendo até o pescoço. É uma delícia ver alguém tão fechado ficar meio desconsertado. Ouço o barulho de botas na escada da varanda e empurro minha cadeira para trás, um sorriso ainda puxando os cantos da minha boca.

— Ela está, sim. Mas, cá entre nós, acho que ela merece coisa melhor.

16.

Luka não para de olhar para mim.

Bom, na verdade, Luka não para de olhar para Caleb. Está reservando sua expressão irritada mais especial para mim, um olhar estreito a cada minuto ou mais. Acha que está sendo discreto, mas Beckett revirou os olhos pelo menos catorze vezes desde que voltaram para casa, inexplicavelmente coberto de lama, meu taco rosa tão imaculado quanto antes. Ninguém ainda se deu ao trabalho de me explicar o que aconteceu, distraídos pelos pães e bolos e pelo café quente.

Coloco as mãos na cintura.

— Então? Alguém quer parar de mastigar por um segundo e me dizer o que está acontecendo?

Caleb sorri para mim de onde está comendo um brioche recheado com creme de nozes.

— Eu te disse. — Ele mastiga, alheio ao homem que o encara do lado da geladeira. — São os melhores.

Ok, claramente Caleb precisa de um momento a sós com seus doces. E Luka não está particularmente extrovertido no momento. Eu me viro para Dane e ergo ambas as sobrancelhas. Ele mastiga com calma, a boca cheia de pão de Viena de maçã e canela.

— Não encontrei o invasor — diz ele, sucinto como sempre. — Mas encontrei esses dois brigando na lama.

Beckett suspira, cansado. As travessuras matinais foram demais para ele. Ele pega Cometa, que cochila, e a coloca de volta no bolso da frente.

— Vou pra casa — anuncia ele, tirando um pão de canela da pilha de pãezinhos, que diminui rapidamente. — Falo com você mais tarde, Stella.

Ele desaparece na entrada, o barulho silencioso da porta atrás dele. Olho para Luka.

— Brigando na lama?

Luka bufa, um pouco de sua frustração diminuindo com o sorriso que ganha vida em seus olhos. É um alívio. Não estou acostumada com Luka mal-humorado.

— O Beckett caiu enquanto a gente corria. E aí eu caí em cima dele.

Consigo imaginar a cena, os dois emaranhados em um monte de lama. Aperto os lábios para conter meu sorriso.

— Foi quando o Dane nos encontrou.

— Conseguiu ver quem vocês estavam perseguindo?

Luka balança a cabeça, a decepção se fazendo ver nas sobrancelhas caídas. Ele se encosta no balcão da cozinha, as pernas cruzadas na altura dos tornozelos. Deixa uma mancha de lama na parte de baixo dos meus armários que provavelmente vai limpar depois.

— Só de relance. A pessoa tinha bastante vantagem e a gente estava de botas.

— Mas tiveram que sair daqui de alguma forma, certo? — Eu me viro para Caleb e Dane. — Tinha algum carro estacionado na estrada quando vocês entraram?

Ambos balançam a cabeça.

— Vamos dar uma olhada no caminho de volta para a cidade. Mas, Stella, gostaria que você preenchesse um relatório formal. Liste todas as coisas que conversamos outro dia.

Retorço as mãos no colo com uma careta.

— Você acha mesmo necessário?

Dane assente.

— Acho. É óbvio que essa pessoa estava planejando fazer algo, foi por isso que quebrou a câmera. É bem provável que vocês a tenham interrompido antes que pudesse começar.

— Ter cuidado nunca é demais. — Caleb concorda e Luka volta a fazer cara feia enquanto segura o café. Olho para ele em questionamento, mas ele me ignora. — Também vamos anotar tudo isso, mas é melhor que a reclamação venha diretamente de você.

— Sem problemas — digo. É um tanto quanto devastador. Evelyn chega em alguns dias e parece que todos os meus planos, traçados com tanto cuidado, estão saindo do controle. Já é difícil manter um relacionamento de mentira, e agora tenho um invasor misterioso causando estragos. Sentindo minha inquietação, Luka pega minha mão e dá um beijo em meus dedos. Aperto sua mão com gratidão. Olho para Dane. — Passo lá hoje mais tarde.

Acompanho Dane e Caleb até a garagem, acenando da varanda da frente enquanto voltam pela estrada. O sol está começando a subir no horizonte, um brilho opaco por trás das nuvens. Suspiro e coço entre as sobrancelhas, tiro o celular do bolso e desligo. Todas as luzes apagam ao mesmo tempo.

É essa a sensação de um karma instantâneo? É isso que ganho por mentir sobre Luka?

Luka está vasculhando os armários quando volto para a cozinha, os ombros tensos. Eu perguntaria o que o está incomodando, mas, para ser sincera, estou muito cansada. Eu me sento e espero, pegando os restos do meu muffin de mirtilo, o silêncio tenso e estranho entre nós. Quero voltar para nós aninhados no sofá, os braços de Luka em volta de mim.

— Por que você não pediu para o Caleb ser seu namorado de mentira?

— Oi?

— O Caleb. — Luka bate a porta de um armário e abre outro. — Vocês dois pareciam bem próximos. Por que você não pediu pra ele?

Se por *próximos* ele quer dizer sentados à mesa tendo uma conversa cordial como adultos normais, então sim. Nós estávamos próximos, eu acho. Eu o encaro do outro lado da cozinha. Os olhares mal-humorados, a linha tensa de seu corpo, a maneira como está praticamente arrancando as portas dos meus armários das dobradiças. Luka está com ciúme. Ele entrou, nos viu na mesa rindo e sentiu ciúme.

É incrível. Apoio o queixo na mão, achando graça.

— Não tinha pensado nisso — respondo devagar. Não é a resposta que Luka esperava, a careta se aprofundando até pequenas linhas aparecerem nos cantos de sua boca. Eu quero pressionar meu polegar nelas, alisá-las. — Não existe uma regra sobre policiais mentirem ou algo assim?

Ele não ri da piada. Suspiro e escolho ser honesta.

— Luka — falo. Ele murmura algo sobre a falta de biscotti e me ignora. — Não pedi pro Caleb porque só tinha uma pessoa pra quem eu queria pedir.

Luka olha para mim por cima do ombro e sinto de novo a mesma sensação, o baque pesado do meu coração batendo no peito. É maravilhoso e terrível me sentir assim toda vez que ele olha para mim. Não sei como consegui sobreviver tanto tempo.

— Era o Clint, não?

Dou risada e me levanto da cadeira.

— Você sabe que adoro um homem que sabe valorizar um sanduíche italiano.

— O Jesse?

— Era bem capaz de eu conseguir desconto no bar.

Luka suspira e inclina a cabeça para o teto, os olhos fechados em agonia.

— Era o Billy, eu sabia.

Billy trabalha meio período na funerária, duas cidades depois. É um trabalho honroso, claro, mas acho que ele é um pouco entusiasmado demais com ele. Começou a dormir durante o dia. Se autodenomina um cavaleiro da noite. Eu o vi usando um sobretudo de couro preto em agosto.

Eu me enfio entre as pernas de Luka e envolvo a cintura dele com meus braços. Ele inclina a cabeça até ficarmos nariz com nariz. Seu sorriso é devastador, honesto à sua maneira.

— Não era o Billy — completo. — Era você, seu grande imbecil.

Ele se acalma, seu sorriso se transformando em algo gentil e caloroso. Ele traça a curva da minha bochecha, o ângulo agudo do meu queixo, meu lábio inferior rachado. Passa a mão uma, duas vezes, e então a apoia em minha nuca. Seu polegar esfrega o topo da minha coluna e eu estremeço, a testa em seu queixo. Aperto os braços ao redor dele.

— Fico feliz por você ter pensado em mim pra ser seu namorado de mentira.

— Eu também — concordo. — Ficou com ciúme, namorado de mentira?

Ele faz um som de zombaria, abrindo a mão para passá-la entre minhas omoplatas. Desfaz um nó bem teimoso no meu lado esquerdo e eu me derreto nele. Espero que negue, mude de assunto, mas ele me surpreende de novo.

— Claro que fiquei. Você estava segurando um prato de rosquinhas. E está vestindo seus shorts de dormir com os quebra-nozes dançantes. — Nós dois rimos e olhamos para o meu short. — E você parecia feliz, Stella. Estava rindo quando entramos. — Ele levanta meu queixo com a mão, os olhos inquisitivos. — Aquele era... — Ele engole em seco. — Aquele sorriso é meu.

É uma sensação inebriante saber que não sou a única que deseja possuir cada momento de felicidade. Coletar cada risada e guardá-las, colecioná-las como pequenos tesouros. Sorrio para ele. Sua ganância quase me faz explodir.

— Ok — digo. Dou meio passo para trás e me estico atrás dele, tocando no pote de farinha e movendo-o para a esquerda para entregar a caixa de biscotti escondida ali.

Ele pisca para a caixa e depois de volta para mim.

— Ok?

— Ok, pode ficar com eles. — Aponto para os biscoitos em suas mãos. — Meus biscoitos e meus sorrisos.

Ele engole em seco, um movimento pesado de sua garganta que me faz querer me pressionar contra ele, arrastar meus dentes em seu pescoço. Em vez disso, dou outro passo para trás. E depois outro.

— Cuidado — diz, olhando para mim como se eu fosse um pão confeitado de mocha com menta e cobertura extra de cream cheese de nozes. — Você não pode voltar atrás.

— Não tenho por que voltar atrás — prometo, sem dizer todo o resto. Que meus sorrisos sempre pertenceram a ele. Um grande pedaço do meu coração também. Todas as minhas melhores lembranças.

E a torradeira que roubei do apartamento dele seis anos atrás e escondi na despensa, debaixo de duas jaquetas de couro e uma raquete de tênis.

Passo os dedos sobre meus lábios. Agora meu melhor beijo também. Luka tem praticamente tudo nas mãos e não faz nem ideia. Pensar nisso me deixa triste.

— Acho que não consigo voltar a dormir — confesso. Perdi toda a esperança de que isso acontecesse assim que acordei e vi alguém atirando pedras na minha câmera. Olho pela janela, para o sopé das colinas. — Então vou sair e pegar uma árvore para a sala. Quero deixar aqui dentro bonitinho também.

Um pouco de ar fresco e distância de grandes emoções me fariam bem. Com o canto do olho, vejo Luka assentir, a lata de biscoitos debaixo do braço.

— Vou com você.

— Você precisa se acalmar. — diz Luka.

Até onde sei, dizer a uma mulher para se acalmar não faz com que ela se acalme. Inspiro fundo e expiro de novo, com os dentes cerrados. Como um dragão. Luka ri de sua posição relaxada no canto do sofá. Puxo o enfeite ao redor da árvore e começo de novo. Não consigo fazer essa coisa maldita ficar parada no lugar.

— Eu tô calma — murmuro. — Se acalme você.

— Como você pode ver, estou muito calmo.

Olho para Luka. Está com as mãos atrás da cabeça e os olhos estreitados, um sorriso no canto da boca. Está com suas meias de patinho esta noite, um pé apoiado no braço do sofá, o outro no chão, com o joelho dobrado. Há um livro aberto em seu peito, alguma ficção científica antiga que encontrou no suporte da minha televisão.

Está quase obsceno.

Reviro os olhos e volto a atenção para a árvore, tentando enfiar a tira cintilante dourada nos galhos de baixo, exatamente no ângulo certo. Como Evelyn vai me levar a sério como especialista em Natal se meus ouropéis estiverem bagunçados? Não vai. Uma olhada para o enfeite torto e ela vai saber que sou uma fraude, e vamos perder o concurso. Vou ter que fechar a fazenda e trabalhar até tarde da noite na funerária do Billy.

Luka suspira do sofá.

— Você está pirando.

— Não estou pirando — respondo, definitivamente pirando.

— Vem aqui, por favor.

Jogo a tira cintilante em uma pilha e vou até lá. Ele olha para mim e dá um tapinha na perna uma vez. Eu arqueio a sobrancelha.

— O quê?

— Como assim, o quê? Senta aqui.

Olho para ele em dúvida. Está ocupando todo o espaço no sofá. O único lugar disponível é seu colo. Ele dá um tapinha na perna de novo.

— Não sou cachorro — resmungo. Coloco um joelho no sofá e balanço o outro sobre seus quadris. Minhas mãos encontram seus ombros. Fico sentada ali, desajeitada, pairando sobre ele. Franzo a testa. — Você tinha razão, é ótimo assim. Estou muito calma — ironizo, monótona.

— Senta — diz Luka com uma risada. Suas mãos encontram meus quadris e ele puxa uma vez, a força me fazendo perder o equilíbrio e cair em cima dele. — Fica. — Meu peito se choca no dele, minhas pernas se abrem até nossos quadris ficarem nivelados e meu nariz enfiado em sua clavícula. Ele suspira, feliz, e se contorce ainda mais no sofá, os braços me envolvendo como uma jiboia.

— Melhor assim.

Bufo e arrumo as pernas para evitar a dormência. Coloco os cotovelos debaixo de mim e descanso as mãos em seu peito. Digo a mim mesma para relaxar, mas meu cérebro não consegue deixar de lado as mil coisas que ainda tenho que fazer antes de Evelyn chegar.

Normalmente, durante a época de Natal, estou no meu escritório ou na fazenda desde cedo até o anoitecer. Mas Luka apareceu na porta do meu escritório duas horas atrás com um pirulito pendurado na boca e promessa de bolonhesa caseira, e eu o segui sem olhar para trás. Passamos muito tempo nos campos debatendo sobre a árvore adequada e depois levando-a para casa.

Agora sinto todas as minhas responsabilidades se acumulando. Meus ombros estão tensos, a respiração superficial. Agora não é hora de me distrair com o que Luka e eu estamos fazendo. Preciso de foco. Eu tenho que ser impecável.

Depois que fui à delegacia registrar meu relato sobre a agitação do fim de semana, parei na pousada para me certificar de que estava tudo em ordem para a chegada de Evelyn. Lençóis de flanela aconchegantes, uma coroa de flores de Mabel na porta, café entregue diariamente — até uma caixa de biscoitos açucarados de Layla para acompanhar a chave no check-in. Senti parte da minha ansiedade se esvair. Ela ficaria, no mínimo, confortável.

E totalmente no espírito natalino, a julgar pela decoração que cobre cada centímetro quadrado do pequeno centro da cidade. Fileiras grossas de guirlandas envoltas em luzes cintilantes circundando os postes. Guirlandas pesadas com laços vermelho-cereja em todas as portas. Uma placa manuscrita logo acima da fonte, desejando boas festas a todos, um floco de neve brilhante pendurado como mágica no centro. Uma árvore de Natal gigante decorada com enfeites feitos à mão na escola, uma pequena placa de madeira declarando que ela foi cultivada na Fazenda Lovelight de Inglewild.

Uma palma pesada sobe pelas minhas costas até aquele ponto mágico no meu pescoço, a ponta dos dedos de Luka roçando em vez de pressionar. Ainda estremeço com isso, me enterrando ainda mais em seu peito.

— Do que você precisa?

Suspiro na pele quente de seu pescoço. Ele tem um cheiro delicioso. Menta e manjericão e o esfoliante corporal de toranja que vive roubando do meu banheiro.

— Que tudo saia perfeito — sussurro. Seguro sua camiseta com os punhos fechados e depois relaxo o aperto. — Que meu cérebro desacelere.

— O primeiro já é uma certeza — diz, e agora seu polegar pressiona fundo. Minhas pernas amolecem de cada lado seu e ele faz um som satisfeito no fundo do peito. Sinto-o ressoar embaixo de mim. — Acho que posso ajudar com o segundo.

Faço um som vagamente inquisitivo, ainda focada naquela pressão perfeita na minha nuca. Ele desliza a mão para baixo entre minhas omoplatas e depois para cima.

— O que você sabe sobre análise causal?

É seguro dizer que não sei absolutamente nada sobre análise causal. Resmungo algo em sua clavícula e me concentro em sua mão no meu pescoço, segurando com suavidade os meus cabelos. Ele os coloca de lado, envolvendo-os em seu punho. E a seguir solta, deixando-os escapar por entre os dedos.

— Serve para determinar causa e efeito. — Ele dá um beijo embaixo da minha orelha e meu corpo inteiro estremece. — Existem quatro elementos que você precisa estabelecer, mas os mais importantes são a correlação e a sequência no tempo. Faz sentido?

— Claro. — Não faz sentido. Estou mais interessada em seu toque gentil guiando minha cabeça ainda mais para o lado, seus dentes roçando no meu pescoço. Enfio os dedos em seus cabelos e aperto com força.

Ele ri na minha pele.

— Espera, escuta o que estou te dizendo. Estou te ensinando algo. Senta direitinho só um segundo.

Eu gemo, mas faço o que ele pede, me endireitando em seu colo. Ele ri quando vê meu beicinho, se apoia nos cotovelos e abre as mãos espalmadas nas minhas coxas, tamborilando os dedos nela.

— Para determinar o efeito de uma causa específica — suas mãos deslizam para cima e depois para baixo de novo, os polegares contra a costura da minha calça —, você precisa correlacionar duas ações em sequência. A causa tem que vir antes do efeito.

— Ok. — Estou focada demais em suas mãos em minhas coxas para dar qualquer contribuição a esta conversa.

Não é à toa que é sempre Luka a fazer as apresentações para os clientes. Não faço ideia do que está falando, mas fica um tesão quando fala de dados. Quero pedir a ele para abrir uma planilha do Excel, talvez classificar por valor crescente. Ele se inclina ainda mais na minha direção até que suas mãos estejam segurando meus quadris, nosso peito colado. Com um movimento rápido, ele me vira e me deita no sofá.

— Boa distração até agora — digo com os olhos arregalados. Seu aperto em minha cintura se afrouxa e suas mãos deslizam em minhas costelas, as palmas provocando os lados dos meus seios. Ele solta meu quadril e ergue os braços e junta meus pulsos em suas mãos, segurando-os de leve contra o braço do sofá.

— Por exemplo — seus olhos estão turvos, a língua no canto da boca —, se eu te beijar aqui — ele baixa a cabeça e pressiona os lábios suavemente na linha da minha clavícula. Minhas pernas se movem embaixo dele, meu tornozelo curvado na parte de trás de seu joelho. Ele se afasta e segura meu braço, puxando minha manga até o cotovelo —, você fica arrepiada aqui.

Ficamos os dois em silêncio, um observando para ver o que o outro vai fazer. Ele me estuda com os braços acima da cabeça, meu suéter preso embaixo de um lado. Ele passa os dedos pelos meus braços em uma doce carícia, o polegar enganchando na gola da minha camisa. Puxa o tecido para baixo até que ele possa ver os limites do meu sutiã de algodão branco liso, seus olhos turvando ainda mais, os dentes mordendo o lábio inferior. Prendo a respiração e depois relaxo, o polegar de Luka roçando minhas costelas.

— Se eu fizer isso — sua voz é esfumaçada e picante enquanto se inclina para a frente, os dentes agarrando a borda do meu sutiã, puxando-o para trás e estalando-o contra a minha pele. Ele abafa uma risada quando meus dedos se curvam no sofá —, acontece isso.

Ele empurra nossas mãos para cima e sorri para mim, um sorriso brilhante e infantil. Estou ofegante, uma dor na barriga, entre as coxas. Ele dá um tapinha no topo das minhas pernas e eu quase rosno.

— Esses são bons dados de análise, Stella.

Frustrada, eu me arqueio embaixo dele e coloco a mão atrás das costas. Com um movimento dos dedos, meu sutiã se abre, o estalo dele apagando o olhar presunçoso do rosto de Luka. O sutiã escorrega um pouco sob seu polegar até que eu mal esteja coberta por um algodão macio e uma malha aconchegante. A julgar pelo maxilar um pouco distendida dele, acho que Luka gosta mais disso que da pele nua. A sugestão de algo mais. A provocação do que está por baixo.

— Acho que seria bom pesquisar mais dados — digo —, sabe como é. Pela ciência.

Ele me beija, a mão passando pelos meus cabelos e inclinando minha boca na dele até que nossos lábios se encontrem. Nosso joguinho deixou oficialmente de ser uma provocação para se tornar um ultimato. É a posse em um beijo, Luka apoiado nos cotovelos acima de mim, sua boca agressiva, faminta. Parece que todos os nossos quases estão equilibrados na ponta da minha língua e ele os liberta, mordiscando de leve. Quando quase peguei a mão dele no bar, porque gostei da sensação de seus dedos entre os meus. Quando quase o beijei no festival de música, porque queria ver se ele tinha gosto de morango. Quando quase disse a ele que o amava, todas as vezes que ele abriu a porta de seu apartamento e os olhos âmbar se iluminaram ao me ver.

Um milhão de pequenos quases se derramando livremente.

— Quando faço isso… — Ele tira sua boca da minha com um suspiro e começa a pressionar profundamente, beijando meu pescoço. Mudo a posição das pernas ao redor dele e envolvo seus ombros em um abraço. — Quando faço isso aqui, você fica molhada ali?

Ele pressiona a mão entre minhas pernas, acima da calça legging, e manchas pretas aparecem na minha visão periférica. Agarro seu antebraço e mantenho sua mão ali, mexendo os quadris em busca de fricção. É uma frustração deliciosa, voltarmos sempre a esse instante. Continuamos nos provocando e sinto isso em todas as partes do meu corpo. Minha pele está muito tensa, o lugar entre minhas pernas doendo. Eu me aperto ao redor de Luka e ele apoia a testa no meu ombro, a mão se movendo comigo entre as minhas pernas.

— Posso… — Ele engole a pergunta, a voz áspera, distraído com a minha clavícula e seus dentes contra ela. — Posso te tocar? — Já estou concordando antes que a última palavra saia de seus lábios. Não me importo que isso me faça parecer ansiosa. É o Luka. Ele já viu todas as partes confusas de mim.

Exceto esta. Esta parte minha que está corada e ofegante quando suas mãos grandes encontram o cós da minha calça. Ele enfia o nariz entre meus seios enquanto desliza as mãos dentro do tecido macio e elástico, segurando a curva da minha bunda. Ele aperta uma vez com um gemido de dor, como se isso o machucasse, como se isso fosse uma tortura. Rio em seus cabelos e inclino a cabeça, roçando um beijo em sua têmpora, a concha de sua orelha. Eu a puxo entre meus dentes e mordo, e ele me empurra mais fundo no sofá, seus quadris nas minhas coxas. Eu o sinto lá, duro sob seu jeans.

— Puta merda — sussurra. Uma mão se move, deslizando ao redor do meu quadril e mergulhando para baixo, o movimento desajeitado com o pulso preso pelo tecido da minha calça. Mas, se eu esperava hesitação, não há nenhuma. Seus dedos se espalham sobre a minha pele como uma marca, o polegar roçando a pele macia abaixo do meu umbigo. Eu expiro em seu pescoço. É apenas um toque, um relance da ponta dos dedos, e estou tremendo embaixo dele, o corpo tenso.

— Quando eu te toco aqui… — Ele desce a mão e engancha o polegar da maneira certa, um único toque firme onde eu mais preciso dele. Emito um som ofegante, um gemido preso no fundo da garganta. Ele acena com a cabeça para mim e traça um círculo áspero que me faz segurá-lo como se minha vida dependesse disso. — É, você faz esse som.

Não sei que sons estou fazendo. Não sei onde estou. Tudo o que sei é que a mão de Luka se esfrega em mim, meus quadris em busca do seu toque, seu lábio inferior preso entre os dentes enquanto ele me observa com olhos pesados. Acho que nunca fui tocada com tanto cuidado. Acho que nunca estive tão perto do limite com todas as roupas ainda no corpo.

Pensar nisso me faz rir incrédula na pele quente dele, minha testa encostada em seu ombro para que eu possa olhar entre nós. Ele começa um ritmo suave, um movimento de vai e vem com a palma da mão e os dedos que aumenta a tensão na minha barriga. Eu o acompanho com meus quadris e observo enquanto nos movemos juntos, sua mão sob minha calça, seus quadris pressionando minha coxa. Toda vez que eu empurro para cima, ele empurra para dentro de mim, sua testa em meu peito. Quero o toque dele ali também. Sua boca quente e seus dentes que mordem.

Luka cutuca meu queixo com o nariz, seus dedos me tocando mais alto. Ele desliza dois deles dentro de mim e minhas mãos se fecham em punhos contra sua camisa, tentando rasgar o tecido macio. É um milagre que eu não o tenha estrangulado.

— Qual é a graça? — Ele respira, e parece que está no meio de uma maratona. Já perto dos trinta quilômetros. Ele move os quadris contra os meus, pequenos movimentos forçados e quase inconscientes, seu corpo desejando a fricção. É um conforto saber que ele também sente isso. Essa atração. Essa necessidade.

— Nada, só… — Eu flexiono os quadris para baixo em seu toque e ele responde com uma estocada forte que faz minha cabeça tombar no sofá, olhos fechados. Tudo dentro de mim se aguça até eu me equilibrar no precipício. — Meu Deus.

Ele para de mover a mão e faço um barulho desesperado, embaraçoso para qualquer outra pessoa que não ele. Tenho vontade de deslizar minha mão para perto da dele e terminar o trabalho sozinha, mas quero ver aonde ele me leva. Espreito abrindo um olho para encará-lo. Ele está sorrindo para mim, as bochechas coradas, o cabelo bagunçado pelas minhas mãos.

— Qual é a graça? — ele repete.

Eu empurro os quadris, forçando seu toque, e seus lindos olhos cor de âmbar ficam vidrados.

— Nunca senti isso — sussurro, percebendo as faíscas recomeçarem. — Eu... nunca senti uma coisa tão gostosa.

Isso é demais para ele. Minha confissão o deixa frenético, a mão que está apertando minha bunda e me guiando saindo de repente da minha calça. Ele puxa a gola do meu suéter, tirando-o por cima até que o algodão do meu sutiã seja a única coisa que o mantém longe da minha pele. Ele geme ao vê-lo, murmurando algo baixinho, a mão entre minhas pernas pressionando, se mexendo comigo. É avassaladora a mudança repentina de ritmo e pressão, sobretudo quando ele lambe a pele macia logo acima do meu sutiã, pega com os dentes e a puxa.

Sua boca encontra a ponta do meu seio no mesmo momento em que seus dedos aceleram no meio das minhas pernas, o polegar se mexendo com força, em círculos perfeitos, e acontece. Uma fenda na parte inferior da minha barriga que sobe, quente, pelo restante do corpo, se espalhando devagar e tão doce quanto mel. Ele me segura com força e me guia enquanto me agito e espalho debaixo dele, uma mão apertando sua camisa, a outra puxando-a freneticamente até encontrar a pele nua. Ele está pegajoso de suor, mas eu também estou. Um calor delicioso se espalha entre minhas pernas e faz meu sangue cantar até me deixar mole embaixo dele, ofegante em seu pescoço.

Se ele está no quilômetro trinta e poucos, estou desmaiada na linha de chegada, implorando por um Gatorade. Ele se move contra mim e sorri, deslizando a mão entre nós.

— Isso foi bom. — Sua voz falha no fim das palavras, a rouquidão combinando com o calor em seus olhos. Sinto seus quadris em mim. — Você fica bonita quando goza.

Sinto um frio na barriga, como se eu tivesse acabado de descer pela lateral de um prédio. Pisco duas vezes. Ele afirma isso como se dissesse *Este suéter é bonito* ou *Seu café é muito gostoso.* Não sei o que dizer.

Em vez disso, eu me aproximo dele, meu polegar traçando o botão de sua calça jeans. Ele solta um grunhido e segura meu pulso. Seus dedos ainda estão molhados e eu coro. Sua boca se contrai em um sorriso, secreto e safado, que faz o rubor se espalhar mais abaixo. Ele observa seu progresso com fascínio, passando o nariz sobre o seio que ainda está exposto pelo meu sutiã torcido.

— Estou bem — diz, a voz rouca em algum lugar da minha pele. Ele cutuca meu peito com o nariz e solta um suspiro trêmulo quando eu me curvo para ele.

A barraca armada nas calças dele diz o contrário. Acaricio seu comprimento com a palma da mão, por cima da calça, fazendo-o apoiar a cabeça no braço do sofá com um gemido.

— Não parece — respondo.

— Eu não quero... — Paro o movimento no meio. Não quero obrigá-lo a fazer algo que ele não queira. Nosso acordo é de uma semana em que fazemos tudo aquilo que achamos que devemos fazer. E, se ele não acha que devemos fazer isso, então eu também não quero. Tiro a mão e espero, paciente. Ele levanta a cabeça, o sorriso retorcido, acanhado. — Não vai demorar muito — explica ele, duas manchas rosas iguais nas bochechas.

Como se a ideia de ter chegado perto de gozar ao fazer aquilo comigo, ao me observar, o deixasse envergonhado. Como se pensar nele sentindo prazer ao me dar prazer não fosse... não fosse o suficiente para ter um calor puxando minha barriga de novo.

— Espera, quero ver se entendi a lição. — Mordo o lábio inferior e abro o botão da calça jeans dele. — Se eu fizer isso... — Abro a braguilha e o seguro em minha mão. É pesado e quente, um movimento em seus quadris quando tento puxar seu jeans para baixo. Impaciente, eu o acaricio uma vez e ele sustenta as mãos no apoio de braço acima de mim. Acaricio de novo e ele geme meu nome, um "Stella" falho que quero gravar e colocar como toque do celular. Nunca o vi tão desgrenhado, tão perfeitamente bagunçado. — Aí você diz meu nome assim. — Sorrio com a mão em volta dele. — Estou entendendo direito?

Ele não responde. Inclina a cabeça para trás, a longa linha de sua garganta e a linha afiada de seu maxilar dispostas como um bufê. Começo em sua clavícula, dando um beijo, o movimento do meu pulso suave e fácil sobre ele.

— Você vai me matar — sussurra ele com uma risadinha ofegante, e acho que é a minha parte favorita, mais ainda do que o jeito que ele se move em cima de mim, ávido pelo meu toque. Gosto de como é fácil rir com ele, mesmo quando fazemos isso. Acho que nunca sorri durante o sexo; nunca fiz nada além de fechar os olhos e tentar chegar lá. Mas com Luka é fácil. A maneira como nos tocamos, como respiramos e nos movemos juntos. É tão fácil.

Lambo e mordo seu pescoço até meus dentes pegarem o lóbulo de sua orelha. Ele geme então, longamente e alto, e eu sorrio em sua pele.

— Você também fica bonito — sussurro. Sorrio e torço meu pulso, o que o faz ofegar. Faço um som de aprovação no lugar onde seu ombro encontra o pescoço, sua pele quente.

Ele diz uma série de palavrões, a mão segurando meu pulso apertado enquanto balança os quadris, rápido e desordenado. Seu orgasmo é silencioso — corpo tremendo, testa franzida, um calor na minha barriga. Espero até que seus quadris parem de se mover antes de puxar a mão e colocá-la em sua barriga, arranhando uma vez com as unhas o rastro de pelos escuros abaixo de seu umbigo. Ele mexe os quadris e eu sorrio.

Luka pisca, o olhar pesado, a camisa retorcida em seu corpo pelas minhas mãos frenéticas, a calça jeans abaixo dos quadris. Ele tem uma linha de pelos escuros no meio da barriga, é surpreendentemente musculoso, e traço seus músculos com os dedos, subindo a mão até apertar seu peito. Também há sardas aqui, espalhadas pela pele em pequenas aglomerações. Nunca mais vou conseguir sentar neste sofá sem me lembrar deste instante. Pela forma como sorri, Luka deve saber disso.

— E isso — ele assobia entredentes e cai ao meu lado, espremido entre mim e o encosto do sofá — é tudo o que você precisa saber sobre análise causal.

17.

Passo o resto do fim de semana calma e prazerosamente distraída. Luka está mais afetuoso e um pouco presunçoso após nosso momento no sofá, enfiando o nariz em meus cabelos sempre que estou lavando louça na pia, entrelaçando os dedos no cós da minha calça enquanto penduro os enfeites na árvore.

Pensei que fosse como cutucar uma ferida, que talvez a tensão entre nós estourasse como um balão. Em vez disso, parece que coloquei em potência máxima o que antes cozinhava em banho-maria. Não consigo parar de olhar para ele. Os cabelos sempre desgrenhados, a mão aberta em meu joelho, as linhas no canto dos olhos quando ri. E, até onde vejo, ele não consegue parar de me tocar. O dedão na minha nuca, a boca em minha testa.

É como se, em vez de abrandar a sensação, a tornássemos mais intensa. Amplificada. E quero ainda mais.

Tenho a sensação de que, quando se trata de Luka, sempre vou querer mais.

A tarde da chegada de Evelyn me pega de surpresa, o céu em um azul cristalino enquanto espero no escritório. Luka está nos campos com Layla, ajudando a podar as árvores que já foram selecionadas para venda nos terrenos mais distantes. Beckett está no celeiro com o grupo de empregados temporários, conduzindo o treinamento. E eu estou aqui, pronta para receber Evelyn

com uma caneca de chocolate quente com chantilly e uma bengala doce. Mas o que estou de fato fazendo é encarar os cantos do escritório enquanto me lembro da sensação das mãos de Luka em minha pele nua, a barba por fazer raspando entre meus seios, os cabelos fazendo cócegas no meu pescoço enquanto ele ofegava em cima de mim.

Balanço o corpo para afastar o pensamento, tomando cuidado para não derrubar o chocolate quente na minha mão. Todo o nosso trabalho depende disso. Evelyn precisa nos amar o bastante para nos conceder o prêmio de cem mil dólares, e seus milhões de seguidores precisam nos amar o bastante para vir nos visitar.

Vejo um carro pequeno e barulhento surgir no caminho de entrada, a nuvem de poeira atrás dele. Sei que é ela assim que a vejo virar na direção do campo, o sorriso enorme se fazendo ver entre as janelas escuras. Respiro fundo e sacudo os cabelos atrás dos ombros. Eu vou conseguir.

Evelyn é tão bonita presencialmente quanto online.

Pernas tão longas que parecem de mentira, pele impecável cor de mel, cabelos escuros e brilhantes que vão até o meio das costas. Ela desce do carro em frente ao escritório e reclina a cabeça, sorrindo enquanto olha os alcaçuzes de madeira que pintei à meia-noite dois dias atrás, para fazer este lugar parecer uma casa de pão de mel. Luka me ajudou, a contragosto, a martelar as jujubas de madeira a cerca de dezessete centímetros longe uma da outra no alpendre, e subiu no telhado para cobrir a chaminé com glacê branco falso.

Eu a encontro na entrada e seu sorriso fica ainda mais largo enquanto ela dá pulinhos alegres. É mesmo linda, muito mais alta do que eu imaginava.

— Olá — digo, sorrindo apesar do nervosismo. — Bem-vinda à Fazenda Lovelight.

— Puta merda — responde ela, e neste instante minha ansiedade se esvai. Meu frágil sorriso se transforma em uma gargalhada e vou até ela, que contempla os campos, a mão protegendo os olhos do sol que se põe. Foi por isso que pedi que me encontrasse a esta hora. Não há nada como ver a fazenda quando o sol começa a mergulhar no céu, o azul brilhante se transformando em um cobalto-escuro, tons rosados que surgem por trás das nuvens. Fico parada ao lado dela e tento analisar a paisagem da mesma forma, como se fosse minha primeira visita; as fileiras sem fim de árvores verdes e cheias. Há luzinhas por toda parte, que se acendem conforme a noite começa a cair. O grande celeiro vermelho perto da estrada, com arcos pintados à mão. As torres que as crianças podem escalar e o paiol a céu aberto, perfilado com luzes e decorado com velhos tratores quebrados, pintados para parecerem renas. A pista de gelo fica no meio, o canto sussurrado de Bing Crosby vindo dos alto-falantes.

Entrego o chocolate quente para ela, que o pega com um suspiro feliz.

— Este lugar é incrível.

Eu sorrio.

— Espere só até você ver o resto.

Após quatro brownies, Evelyn parece pronta para afundar no sofá e dormir pelo restante do passeio. Estamos sentadas no meu lugar favorito na padaria, uma copa pequena e aconchegante no canto, próximo à lareira de pedra. É um sofá de espaldar alto com bancos de veludo verde e uma pilha de almofadas xadrez, a mesa de madeira escura no meio. Evelyn agarra uma almofada e se aninha no canto, soltando um som satisfeito enquanto olha pelas janelas, para as árvores sem fim.

É fácil gostar dela, conversar com ela, e deve ser isso que a faz ser uma influenciadora tão cativante. Estou surpresa por ainda não tê-la visto com o celular em mãos, e expresso isso em uma brecha durante a conversa.

Ela balança a mão entre nós, os olhos no prato na ponta da mesa, ainda com metade dos brownies.

— Eu gosto de conhecer os lugares que visito primeiro — diz, esfregando o lábio inferior. — Parece um tanto pretensioso, eu sei, mas… sei que ganho a vida com as redes sociais, mas odeio como às vezes elas parecem roubar nossos momentos, sabe? As pessoas se deixam levar mais pelas aparências do que pelas sensações. — Ela dá de ombros. — Vou começar a criar conteúdo amanhã. Vamos fazer algumas lives, é claro, e depois um destaque completo que será postado daqui a algumas semanas. Você vai ser mencionada no blog e todas aquelas coisas que minha equipe te disse.

Uma menção no blog, uma posição oficial como participante do concurso no site dela e um destaque em cada uma de suas redes sociais. Mesmo sem o prêmio em dinheiro, cujo vencedor será anunciado após todas as viagens que ela vai fazer, isso é o bastante para causar um belo impacto no nosso futuro.

Ela puxa o prato de brownies para mais perto e o empurra de novo para longe, resmungando.

— Mas pode ser que até lá eu já tenha entrado em coma, com tanto chocolate.

— A Layla tem um dom.

Os olhos escuros de Evelyn se iluminam.

— É verdade. Seus sócios no negócio, Layla e Beckett.

Assinto.

— A Layla cuida da comida aqui mesmo, com a equipe dela. Vendemos enquanto a fazenda está aberta, e ela também presta serviços de alimentação para o pessoal da cidade.

— Que é uma gracinha, por sinal.

Fico feliz que ela pense isso. Nossa cidadezinha não faz o tipo de todo mundo. O correio tem dificuldades de fazer entregas aqui, e não temos as grandes lojas de departamentos em que é possível comprar de tudo, de itens de decoração a máscaras faciais e caixas de vinho em uma única viagem. Para comprar essas coisas, é preciso visitar ao menos três lugares diferentes em Inglewild. Todo mundo cuida da vida uns dos outros e é impossível sair de casa sem encontrar ao menos quatro conhecidos. Mas há sempre alguém para perguntar como estou. E uma mãozinha para ajudar quando preciso.

Somos uma família. Daquele tipo um pouco estranho que, de vez em quando, dá vontade de tirar férias prolongadas só para ficar longe, mas ainda assim uma família. Olho para a mesa no canto e vejo Gus, Clint e Monty devorando uma caixa de rosquinhas francesas. Ao que parece, este é o horário deles na programação de visitas da fazenda. Bailey e Sandra vieram aqui ontem e correram em meio ao feno como duas adolescentes.

— O Beckett cuida dos processos diários da fazenda e tem uma equipe para supervisionar. Toma conta das plantações e da manutenção, mas também de outras coisas. — Como, pelo jeito, de gatos.

Ela concorda, o olhar oscilando de mim para os brownies. Movo o prato para mais perto dela, que aceita um com uma risada.

— Obrigada. E o Luka, seu namorado. — Meu estômago se revira e meu sorriso vacila ao ouvir essa mentira dita em voz alta. Digo a mim mesma que é para o bem da fazenda, que, no fim das contas, é algo inofensivo, mas ainda sinto aquela pontinha de dúvida surgir em minha mente. — Como é trabalhar com seu parceiro? Não sei se muitas pessoas conseguiriam fazer isso.

Penso em Luka deitado de barriga para baixo no telhado do escritório, um prego entre os dentes enquanto prendia a decoração de alcaçuz no lugar. Como, mais à noite, ele apoiou o queixo no meu ombro enquanto eu analisava os relatórios de despesas, o pote de sorvete em mãos enquanto ele ajustava minhas fórmulas do Excel para facilitar na hora de acrescentar dados.

— É perfeito — digo, porque é verdade. Perfeito demais. Quero viver isso para sempre, não só esta semana. A ressaca do relacionamento falso vai acabar comigo. Como voltar a estabelecer limites quando seu melhor amigo já enfiou a mão nas suas calças? Não faço ideia. Eu limpo a garganta. — Somos uma boa equipe.

Olho para o relógio no balcão e afasto todos os pensamentos de Luka e do sofá da mente.

— Na verdade, eles devem chegar daqui a pouco. Falei que podiam nos encontrar por volta dessa hora.

A empolgação faz os olhos escuros dela brilharem.

— Que bom. Quero dar um beijo no rosto da Layla por causa desses brownies.

— Quem vai beijar quem? — Beckett surge na ponta do sofá com uma caneca do Papai Noel, a testa franzida e um filhotinho no ombro. Vejo que é Cupido, pela pequena marca preta na forma de um coração na pata da frente. Estico as mãos para pegá-la e a puxo mais para perto quando ela pula nos meus braços, toda felizinha.

— A Layla, por causa dos brownies — explico. Ele resmunga algo que presumo ser concordância. — Beckett, deixa eu te apresentar a...

Eu me viro no sofá para olhar para Evelyn e fico surpresa ao ver sua fisionomia chocada, a boca escancarada. Ela a fecha depressa quando ergo as sobrancelhas e imediatamente olha para a mesa. Volto para Beckett e ele está parado, a caneca a meio caminho da boca, os olhos grudados na linda mulher sentada do lado oposto ao meu.

— Hã... — digo, sempre eloquente. Sinto o rosto se contorcer em confusão. Beckett não desvia o olhar de Evelyn que, por sua vez, olha fixamente para a mesa. Cupido mia nos meus braços. — Hã... Beckett, essa é a Evelyn. Evelyn, esse é o Beckett.

Silêncio.

— Hã... — começo de novo, tentando desesperadamente chamar a atenção de Beckett. Chuto a canela dele e ele se encolhe. Ergo as sobrancelhas para ele.

— Prazer em... — Ele limpa a garganta e apoia a caneca na mesa, coçando o queixo. — Prazer em conhecer.

Evelyn concorda rapidamente olhando para cima, e volta o olhar para a mesa. Os nós dos dedos dela estão brancos pela força com que segura a mesa. Franzo a testa e empurro o prato de brownies mais para perto.

Beckett desliza pelo banco para se sentar ao meu lado, após outra prolongada hesitação, e nós três ficamos em silêncio. Olho para Cupido.

— Hã... nós resgatamos esses gatos — comento, na esperança de dissipar o climão entre nós. Não faço ideia do que está acontecendo, do que houve quando Beckett chegou. Será que ela se sentiu atraída por ele? Quer dizer, é claro que Beckett é bem bonito. Falando de modo objetivo. Já vi mais de uma mulher ficar desconcentrada ao vê-lo enquanto visitava a fazenda. Mas não consigo imaginar como ele faria alguém como Evelyn ficar sem palavras. Acaricio a cabeça macia de Cupido. — Eles estavam escondidos no celeiro do Papai Noel. Achei que fossem guaxinins.

— Ela é uma gracinha — murmura Evelyn, sem um pingo de entusiasmo. Franzo a testa. Ela olha para mim, uma pequena ruga de ansiedade entre suas sobrancelhas perfeitas. — Olha, Stella, eu preciso voltar rapidinho lá no hotel, tá?

Franzo a testa.

— É que eu ia...

Mas ela já está saindo do sofá com tanta pressa que as almofadas caem em todas as direções.

— Volto amanhã de manhã e podemos começar de novo.

Ela sai da padaria sem dizer mais nada. Fico olhando para a porta, a guirlanda pendurada na frente balançando de um lado para o outro com a força de sua retirada. Beckett pega um brownie do prato com um suspiro longo e sofrido.

— Stella.

Estreito os olhos. Beckett só usa esse tom quando estamos com problemas. Cupido foge do meu abraço e vai se esfregar no braço dele. Preciso ter uma conversa com Beckett sobre gatos na padaria. Ele me olha e dá uma enorme mordida no brownie.

— Por favor, me explique o que acabou de acontecer.

Ele engole em seco e olha para o teto, depois para as mãos.

— Bom. — Ele muda de posição no sofá, o cotovelo apoiado na mesa, depois volta a se mexer. Acho que nunca vi Beckett tão sem palavras. — Ah, enfim. Eu dormi com aquela mulher.

— Beckett — faço os cálculos —, faz seis horas que ela chegou na cidade.

Ele revira os olhos.

— Não hoje. — Ele brinca com a bainha da manga. — Lembra quando fui naquele congresso em Maine? Aquele sobre agricultura orgânica?

— Você falou durante um mês sobre os fertilizantes sintéticos e como eles são a pior coisa do mundo. Vai me dizer que dormiu com a Evelyn durante a viagem, e mesmo assim só se lembrou dos fertilizantes sintéticos?

A violência com que Cupido coça a nuca faz ela escorregar pela mesa. Ele a pega de volta e a aconchega em seu colo.

— Eu não... a gente não costuma falar dessas coisas. E só rolou uma vez. — Seu olhar fica obscuro, um sorriso discreto surgindo no canto direito da boca. Quero dar um soco na cara dele. — Tá mais pra três vezes, na verdade. Ela estava hospedada na mesma pousada que eu. A gente se conheceu em um bar.

Eu me lembro de ver fotos que ela postou em uma pequena pousada em Maine. As fotos das flores silvestres espalhadas na roupa de cama e ervas recém-colhidas no parapeito da janela. Fico de queixo caído ao pensar que Beckett estava ali. Embaixo daqueles lençóis.

— Acabou mal? Por que ela reagiu daquele jeito?

Ele dá de ombros e dá mais uma mordida no brownie.

— Beckett. — Ele mastiga, os olhos fixos no tampo da mesa. Esse cantinho nunca passou por uma inspeção tão severa. — Me explique o que aconteceu.

Ele dá de ombros de novo.

— Não sei, Stella, eu não consigo explicar nem pra mim mesmo. — Ele termina de comer o brownie e se recosta de novo no sofá. Não faço ideia do que isso pode significar para o concurso, para a vinda dela. Será que vai embora mais cedo? Será que fomos desqualificados? — Acho que ela só ficou surpresa. A gente... não chegou a conversar muito. — A nuca dele fica vermelha e, apesar de tudo, sinto a vontade de gargalhar surgir no meu peito. A coisa toda é inacreditável.

Eu inventei um namorado falso para que Evelyn achasse este lugar mais romântico. Beckett, sem saber disso, dormiu com ela em um fim de semana em Maine. E ainda temos um invasor misterioso e determinado a prejudicar a fazenda.

Seria cômico se não fosse tão trágico.

— Foi ela quem saiu primeiro. A gente, hum... passou a noite juntos e, quando acordei de manhã, ela não estava mais lá. E as coisas dela também não.

— Você nunca tentou encontrá-la? Nunca procurou as redes sociais dela?

Ele olha feio para mim.

— Você sabe que não uso redes sociais. Pensei que ela tivesse um motivo para ir embora daquele jeito. Não costumo ir atrás de pessoas que não querem que eu vá atrás.

— Nada mais justo — digo. Ficamos em silêncio. Inspeciono Beckett e noto a tensão em seus ombros, como não para de se mexer desde que Evelyn foi embora. Os dedos tamborilando na mesa. Os joelhos quicando embaixo dela. Os quadris remexendo a cada segundo no sofá. Em minha surpresa, esqueci de perguntar a coisa mais importante.

— Ei — seguro o cotovelo dele e puxo uma vez —, você tá bem?

Ele balança a cabeça afirmativamente, em um aceno curto.

— Tô bem. Envergonhado, na verdade. Não quero estragar tudo pra gente. Sei quanto isso é importante.

Eu me encolho. Ele não faz ideia de quanto isso é importante porque não tenho sido sincera. Um vislumbre vermelho na janela chama minha atenção, o casaco brilhante de Layla, que caminha com Luka em direção à entrada da padaria. Ela ri de algo que ele diz, as bochechas dos dois rosadas por causa do frio. Tomo uma decisão.

— É, tem isso. Preciso falar com você e com a Layla. E com o Luka também.

Espero até que todos estejam acomodados no sofá, bebidas quentes para Layla e Luka após a manhã que passaram nos campos. Layla está falando das técnicas apropriadas para serrar desde que chegou, um Luka atônito se arrastando atrás dela, da porta até a área de preparo da cozinha e ao sofá acolhedor no canto. Mas ela para de falar assim que nota a tensão de Beckett na ponta do banco de madeira, minha fisionomia tensa.

— Tá um clima estranho aqui — diz, e sinto a bota de Luka cutucar a minha embaixo da mesa, um *Tá tudo bem?* silencioso com a sobrancelha arqueada. Ele está com as botas de caçar na floresta, as de flanela.

— Temos algumas... — Olho para Beckett, que parece querer sumir. Dou um tapinha em suas costas em solidariedade. — Temos algumas novidades.

— Eu dormi com a Evelyn — conta Beckett, sem introdução ou contexto algum. Layla derruba metade do chocolate quente na mesa. Luka se limita a olhar para ele, as sobrancelhas franzidas. Jogo alguns guardanapos para Layla.

— Estou confuso. — Luka olha para mim, então para Beckett, depois para mim de novo. — Ela acabou de chegar aqui, não foi?

Beckett compartilha os mesmos poucos detalhes que compartilhou comigo. Pousada. Maine. Congresso de fazendeiros. Parece que está narrando uma visita ao dentista, não uma aventura selvagem e sensual de fim de semana. Layla arregala os olhos a cada frase até que praticamente se debruça sobre a mesa, extasiada. Beckett conclui a história e afunda no sofá. Cupido bate devagar no queixo dele com a patinha.

— Beckett — Layla exala —, não sabia que você transava.

Ele se remexe e cruza os braços, mal-humorado.

— É claro que eu transo.

— É evidente.

— Eu só sou discreto.

— É óbvio.

— Tá bom. — Coço a testa. — Então já chega... disso. — Beckett parece querer que o chão se abra embaixo dele. — Tem uma coisa que preciso contar pra vocês. — Três pares de olhos se viram para mim, os de Luka estreitos em preocupação. Crio coragem e endireito a postura. Devo uma explicação a eles. Na verdade, já faz um bom tempo que devo isso. — Tenho sido bastante vaga em relação à parte financeira da fazenda. A verdade é que não estamos indo bem.

Beckett estreita os olhos.

— Essa é outra afirmação bem vaga.

— Apesar de o ano passado ter sido ótimo, ainda não estamos gerando muito lucro. — Talvez, se eu falar rápido, seja mais fácil. A bota de Luka ainda está entre as minhas e ele bate no meu pé uma vez. — O que era esperado. Eu já tinha me programado para isso. O que não estava nas minhas contas eram todos os consertos extras que tivemos que fazer este ano, os danos no terreno sul, as encomendas que não chegaram e todas as dívidas que temos com diferentes fornecedores...

— Desculpa, como é que é? — diz Beckett.

Ignoro a pergunta e continuo.

— Tudo isso para dizer que estamos perdendo muito dinheiro agora. Espero que esta temporada ajude nosso financeiro, ainda mais com toda a atenção extra que vamos ter com a Evelyn aqui. Estou contando muito com o prêmio.

— Eu não entendo — Layla começa devagar. — Como assim, temos problemas financeiros? Eu ainda recebo meu pagamento toda semana. Minha equipe também. Nunca atrasou nenhuma vez.

Beckett expira agressivamente pelo nariz.

— Eu também.

Sua expressão ameaçadora me diz que ele sabe exatamente o porquê.

— Stella. — A voz de Luka sai baixinha, angustiada. Ele deve ter entendido também. Olho firme para os guardanapos molhados amontoados no centro da mesa.

— Eu nunca vou deixar de pagar o salário de quem trabalha aqui. Fiz uma promessa quando vocês decidiram vir para a fazenda e vou manter.

Eu estava com medo, tenho vontade de dizer. *Não queria que vocês achassem que sou um fracasso. Não queria decepcionar vocês. Não queria que vocês se fossem.*

— E o seu salário?

Minha despensa está cheia de macarrão instantâneo. Luka enfia barras de proteína no meu porta-luvas toda vez que chega em casa. A casa veio com a fazenda e meu carro está totalmente quitado há anos. Não preciso de um salário consistente, não como Beckett e Layla.

Quando fico em silêncio, Beckett se levanta da mesa bufando.

— Vou embora — anuncia, sucinto como sempre. Eu já esperava por isso, mas ainda assim faço uma careta ao ouvir suas botas batendo no azulejo da padaria. Ele sai porta afora, muda de ideia no meio do caminho e volta para dentro. Os bombeiros no canto fazem o melhor que podem para parecer ocupados, analisando a última rosquinha francesa no prato como se ela tivesse inventado a eletricidade.

Beckett volta a se sentar na ponta do sofá e me encara. O que mais dói é ver a decepção dele, a tristeza e dor aparentes na linha fina formada pela boca. Ele engole em seco uma vez.

— Sócios não fazem isso — diz baixinho. Já vi Beckett discutir com duas de suas irmãs uma vez. Ele ficou quieto enquanto elas gritavam, de braços cruzados, deixando que falassem enquanto ele ficava ali, parado. Na época, achei aquilo divertido. As duas desperdiçando toda a energia que tinham para enfrentar uma parede de tijolos. Mas agora consigo sentir empatia. Um Beckett quieto e desapontado é mil vezes pior que qualquer demonstração de irritação.

Faço um aceno com a cabeça.

Este dia não foi nada parecido com o que planejei.

Ele vai embora, os sinos acima da porta tilintando com alegria. Preferia que ele tivesse batido a porta com força.

Layla estica o braço em cima da mesa e segura minha mão.

— Apesar de estar tão brava quanto o Beckett por você ter escondido isso da gente, quero dizer que amo você. — Ela se levanta e coloca o casaco de novo, cobrindo a cabeça com o capuz. Parece uma exploradora dos árticos mal-humorada. — Falamos disso depois. Tenho que fazer uma entrega na cidade.

— Você vai voltar?

Ela dá um sorriso triste.

— Sim, querida, eu vou voltar.

Eu a vejo se afastar, mil pedidos de desculpas se formando em minha língua, mas sem de fato serem ditos. Gritar que sinto muito não vai mudar nada. Desabo no sofá e evito olhar nos olhos de Luka enquanto limpo o chocolate quente da mesa. Sei que em algum lugar de tudo isso há uma lição sobre falar a verdade, mas não tenho coragem de aplicar isso à nossa situação. Talvez quando encontrar com Evelyn amanhã — se eu encontrar Evelyn amanhã, meu cérebro me lembra, sempre solícito —, eu consiga ser honesta com ela. Contar que Luka não é meu namorado, que foi tudo um mal-entendido.

— Quer andar até em casa? — pergunta Luka.

Faço que sim olhando para a mesa e respiro fundo, trêmula. Luka ouve e suspira, segurando meu cotovelo e me puxando para ele assim que saio do banco. Seguro um maço de guardanapos molhados do chocolate quente sobre seus ombros e tento não molhar seu casaco.

— Vai ficar tudo bem — diz em algum lugar acima da minha cabeça. Ele me aperta em seus braços, mas não faz o costumeiro um-dois-três. Tento não dar muita importância a isso. — Vamos dar um jeito.

Dar um jeito, aparentemente, significa analisar todas as minhas faturas e planilhas de orçamento em detalhes excruciantes enquanto Luka resmunga baixinho e emite vários outros sons que em nada ajudam a acalmar meus nervos. Ele encobre uma tosse com a mão quando mostro a planilha com as entregas não feitas. Resmunga em voz baixa quando mostro as faturas com pagamentos a serem feitos em vermelho. Suspira quando vemos a estimativa de faturamento das árvores no terreno sul e o impacto que isso vai ter no nosso resultado líquido.

Ele passa os dedos pelo queixo e mexe no computador enquanto resisto à vontade de arrancar o notebook de suas mãos. Fui de não compartilhar isso com ninguém a compartilhar com todos e me sinto perturbada e desequilibrada.

Luka mal olha para mim quando saio pisando forte até a cozinha.

— Você podia cobrar entrada — opina enquanto luto com a rolha da garrafa de vinho. Estou a três segundos de quebrar o gargalo na borda do balcão. — Isso pode ajudar.

— Se você analisar a planilha três, embaixo — a rolha enfim cede com um barulho satisfatório —, vai ver que já fiz a projeção desses números. Se puder evitar, prefiro não cobrar entrada. Isso dificulta para as famílias em relação a custo. Somos a única fazenda do estado que não cobra entrada, e queria que continuasse assim o máximo que conseguir.

Luka abre a planilha que mencionei, resmungando baixinho. Bebo direto da garrafa.

— Você podia cobrar de pessoas acima de vinte anos. Assim, ainda vai chamar a atenção de famílias com crianças e adolescentes. Você pode até fazer pacotes de ingressos. Incluir chocolate quente, a pista de gelo, e vinte por cento de desconto em uma árvore recém-cortada.

Essa é… uma boa ideia. Fico irritada por não ter pensado nisso. Dou outro gole direto da garrafa enquanto Luka se levanta do sofá, colocando o computador na mesa da cozinha para vir até mim. Ofereço a garrafa para ele, que balança a cabeça, pegando-a da minha mão e colocando-a ao lado do computador.

Ele estica os braços.

— Vem cá.

As bochechas dele ainda estão rosadas por ter ficado tanto tempo ao ar livre hoje, manchinhas coloridas parecidas em sua pele dourada. Olho para ele, os braços abertos, o tecido macio e desbotado de sua camisa térmica. Ela é mais apertada em torno de seus bíceps, e por um segundo me distraio, mordendo o lábio inferior.

— Por quê? — pergunto, desconfiada

Luka ri pelo nariz e se aproxima, as mãos nos meus ombros. Ele me puxa e desce as mãos para os meus pulsos, ajeitando meus braços até que estejam em volta de seu pescoço. Então, nos gira até a geladeira em dois passos suaves, meus joelhos batendo nos dele enquanto viramos.

— O que está acontecendo aqui? — pergunto, me esforçando para seguir seu movimento

Ele me ignora, estendendo a mão acima da geladeira para pegar o velho rádio que deixo ali. Há uma explosão de estática quando ele liga, girando o botão para encontrar uma estação. Era da minha mãe. Ela sempre o deixava em cima da geladeira em todas as casas em que moramos. Gostava de dançar Bruce Springsteen durante o jantar. AC/DC durante a faxina. Nós lavávamos a louça e ela balançava os quadris e os cabelos. Sempre dizia que poderia ser uma daquelas garotas subindo nos carros nos videoclipes. Meu eu adolescente ficava horrorizada.

— Quero falar com você — responde. Olho incisivamente para meus braços em seu pescoço, meu peito no dele.

— E isso é falar?

Ele encontra o que procura, o som suave de Louis Armstrong cantando sobre uma noite silenciosa pelos alto-falantes antigos. Está um pouco fora do tom e estalando por causa da estática, já que o som desse rádio antigo não é o melhor no quesito qualidade. Mas eu o amo.

Luka me puxa para perto e me gira até o meio da cozinha, uma mão na minha cintura, a outra no meio das minhas costas.

— Por que você não me disse que estava com problemas financeiros?

— Hum… — É difícil me concentrar quando ele está me segurando assim. Flutuando lentamente pela cozinha com o nariz na minha têmpora. — Por que estamos dançando?

Luka apoia o queixo no topo da minha cabeça.

— Era assim que meus pais discutiam — confessa baixinho, com um sorriso na voz. — Ou imagino que era assim que tinham conversas importantes. Meu pai dizia que gostava de manter minha mãe por perto, mas acho que era só uma maneira educada de fazer ela se conter.

Dou risada e relaxo em seus braços, permitindo que ele me gire devagar. É bom ouvi-lo falar do pai, de suas boas lembranças. Tento imaginar um Luka mais jovem, revirando os olhos para os pais dançando na cozinha. Isso me faz sorrir. Seu aperto aumenta quando ele me sente amolecer, a palma da mão deslizando entre meus ombros até o centro das minhas costas

— Então, por que você não me contou?

Há um leve tom de mágoa naquela pergunta, uma tristeza persistente que me faz encolher mais perto dele, descansando minha testa em sua clavícula. Ele cheira a pinho, outro resquício do dia que passou nos campos. O motivo pelo qual não contei a Luka é o mesmo pelo qual não contei a ninguém.

— Porque achei que conseguia cuidar disso — confesso, a frustração se deixando perceber. — Eu consigo cuidar disso.

Meu plano é bom. Fazer a visita de Evelyn correr bem. Deixá-la encantada. Ganhar o concurso e liquidar nossas dívidas com os fornecedores. A partir daí, acho que conseguimos uma boa base para chegar até a primavera. A esta altura, acho que vamos ficar bem mesmo se não ganharmos o prêmio. O aumento de clientes que virá com nossa aparição nos canais de Evelyn deve ser o bastante para nos manter abertos. Eu só vou... ter que comer macarrão instantâneo por mais algum tempo.

— Você podia ter me contado mesmo assim — reclama, afastando a cabeça até olhar para mim. Parece mais novo, cansado após um dia nos campos, um bocejo fazendo o maxilar se mexer.

— Eu não queria... — Penso naqueles primeiros dias, quando percebi o tamanho do nosso problema, os números na tela do meu computador não faziam sentido, não importava quantas vezes eu reclassificasse e reorganizasse as colunas. Eu queria tanto ligar para Luka, pedir para ele dar uma olhada, me tranquilizar. Mas eu também queria fazer isso sozinha. Esta fazenda, este negócio, é a primeira coisa que já foi minha, e só minha. — Não queria que você me resgatasse.

Ele ergue as sobrancelhas, surpreso.

— E não se pode mais ajudar amigos agora?

— Não é isso. É só que... lembra aquele ano que decidi que queria aprender a andar de skate? E você se ofereceu pra ajudar?

Ele sorri ao lembrar.

— Lembro, você comprou aquele capacete vermelho com as chamas do lado. Joelheiras que combinavam. Estava tão fofa.

Reviro os olhos. Não estava tentando ser fofa. Estava tentando me manter protegida e botar um pouco de medo. Mas gostava daquele capacete.

— Bom, como você pode lembrar, aquelas joelheiras valeram a pena. Eu era horrível naquilo.

O sorriso discreto dele se alarga até virar uma risada, com certeza por ter se lembrado de quando caí na fonte no meio da cidade.

— Você era horrível demais — concorda.

— Certo, e o que você fez? Como você me ajudou a realizar o sonho de descer a rua de skate?

Sua risada se transforma em uma gargalhada calorosa.

— Eu te dei uma carona. — Ele sorri. — Subi no skate com você nas costas e voamos pela Main Street.

É uma boa lembrança. Ainda me lembro de como eu segurava seus ombros com força, de cada solavanco na calçada enquanto passávamos pela livraria, a estufa, o parquinho com narcisos na entrada. Eu faço um aceno com a cabeça.

— Sim, você me ajudou a fazer o que eu queria, literalmente me colocando nas suas costas. — Sorrio e passo os dedos pelos cabelos dele, sem conseguir deixar de tocá-lo. Não agora que parece tão feliz e tão triste ao mesmo tempo. — Você fez isso muitas vezes, e sou muito grata. Mas desta vez eu queria... eu queria salvar a mim mesma. Queria fazer isso sozinha.

Ele empurra a cabeça na minha mão, fechando os olhos.

— Contar com o apoio de outras pessoas não torna suas conquistas menos suas. — Ele abre os olhos, escuros como chocolate derretido. — Lembra de quando eu me convenci de que queria correr uma meia maratona? O que você fez?

Eu odiava essa ideia. Acordava todas as manhãs antes de o sol nascer e resmungava o tempo todo enquanto colocava meus tênis e vestia um top, Luka resmungando do outro lado da linha. Tínhamos conversas inteiras apenas por meio de resmungos naquelas manhãs.

— Você acordou todos os dias de manhã comigo e correu a mesma distância que eu aqui, ao mesmo tempo. Para que eu não me sentisse tão sozinho.

— É, quanto a isso — digo —, pode ser que eu tenha corrido até a srta. B para comer rosquinhas de canela.

Ele pisca.

— O quê? Mas o seu GPS...

— Eu paguei um aluno do ensino médio pra correr pra mim. Ele me encontrava na frente da padaria e a gente fazia a troca. Estava treinando para entrar na equipe de cross-country, então deu muito certo.

Luka ri, os olhos enrugados no canto. Ele acaricia minha têmpora uma vez e nos leva de volta pela cozinha, até a geladeira.

— Seja como for — murmura. — Você acordou comigo. Você me mandou lanches saudáveis. Acreditou em mim e me incentivou. Até fez uma placa para a corrida.

Uma placa rosa brilhante com glitter dourado que dizia VOCÊ ACHA QUE ESTÁ CANSADO? ESTOU SEGURANDO ESSA PLACA DESDE AS 9H.

E do outro: TÔ MORRENDO DE ORGULHO DE VOCÊ, LUKA.

— O que quero dizer é que você pode confiar em mim. Você pode confiar em mim pra ajudar a dividir o peso com você. Não precisa fazer tudo sozinha. — Ele pega um cacho solto, esfregando-o suavemente entre o polegar e o indicador. Ele o torce de leve e puxa uma vez. — Eu sei que você sabe se cuidar. Faz isso desde que te conheci. Mas me deixa segurar sua mão enquanto você faz isso, tá?

Assinto, uma pressão quente atrás dos meus olhos. Começa a tocar Nat King Cole e eu quase derreto nos braços de Luka, que me gira de novo pela cozinha.

— Tá bom — digo.

Ele dá um beijo na minha testa e sussurra em resposta:

— Ótimo.

18.

Evelyn me encontra em meu escritório na manhã seguinte, vestida em uma linda jaqueta branca com uma faixa grossa no meio, os cabelos escuros trançados sobre um ombro. Sinto cheiro de avelã e olho ansiosa para o copo em sua mão, meu café morno equilibrado na ponta da mesa. É bom saber que a sra. Beatrice pode ser gentil quando quer.

Tento arrumar disfarçadamente o caos de papéis em minha mesa, espano as migalhas de um muffin que sobrou. Para ser sincera, não achei que teria companhia. Passei a manhã inteira esperando uma ligação da pousada. Da proprietária, Jenny, me avisando que Evelyn decidiu ir embora mais cedo.

Evelyn sorri e se senta na poltrona em frente à minha mesa, bem na beirada. Fico feliz por pelo menos ter decidido costurar o estofamento em uma crise de procrastinação. Sua postura é imaculada, as pernas cruzadas elegantemente. E acho que nunca pareci tão composta em toda a minha vida.

— Você parece surpresa — comenta ela, dando um longo gole em seu latte. — Eu disse que a gente ia recomeçar hoje.

— Achei que você tivesse ido embora. — Brinco com um dos aromatizadores na minha mesa, enrolando a corda no dedão. — Fiquei preocupada com o fato de você estar desconfortável aqui.

— Eu precisava pedir desculpas — diz, e bato o cotovelo em uma pilha de papéis, derrubando-a no chão. E lá se vai a ideia de parecer organizada.

"Hum" é tudo que consigo dizer em resposta.

— O Beckett veio falar comigo ontem à noite — complementa. Devo estar fazendo uma expressão estranha, porque ela fica vermelha e baixa a cabeça. — Ah, não, não é isso. Ele só... explicou quanto a fazenda é importante pra você, pra ele, pra cidade de vocês. Perguntou se eu poderia pensar em ficar um pouco. Disse que ia tomar um chá de sumiço se eu... se eu quisesse.

Sinto uma onda de afeição por Beckett dominar meu peito.

— E você quer? — Não é a pergunta que eu deveria fazer, mas estou curiosa. — Que ele suma?

Evelyn dá de ombros.

— Acho que não vai ser necessário. Somos adultos e o que aconteceu entre a gente é... — O vermelho em suas bochechas fica mais intenso e ela balança a mão entre nós, afastando os pensamentos. Escondo meu sorriso na caneca de café. — Bom, não importa. Isso foi antes, vamos falar do agora. Estou decidida a ser profissional e seguir com esta visita. Você merece.

Acho que não mereço. A verdade está presa na minha língua, a confissão de que meu relacionamento com Luka não é o conto de fadas que vendi para ela. Acaricio as fibras da madeira da mesa com o dedão.

— Olha, eu preciso te contar...

Minha frase é interrompida pela porta do escritório se abrindo de repente, Luka do outro lado com aquele maldito gorro com o pompom em cima e dois copos para viagem. Ele está usando um cachecol também, grosso e verde, que tenho certeza de que a avó fez de presente pra ele.

— Acho que este ainda é descafeinado, mas a srta. Beatrice colocou avelã, então... ai, caramba. — Ele apoia um dos copos na dobra do cotovelo e estende a mão com luva para Evelyn, um sorriso já iluminando seus olhos, dourados à luz da manhã. É injusto que ele seja tão bonito assim. — Oi. Você deve ser a Evelyn.

Evelyn sorri e se levanta da poltrona, pegando a mão dele em um aperto e, em seguida, inclinando o copo para o dele em um brinde discreto. Sinto minha determinação murchar.

— Luka, que prazer conhecer você.

— Passei aqui pra deixar o café dela antes de ir para a pista de gelo. — Seus olhos âmbar encontram os meus, um sorriso erguendo os cantos de sua boca. Quando saí hoje de manhã o sol ainda não tinha nascido, e ele estava enterrado sob os travesseiros da minha cama. Ele segurou meu cotovelo com um resmungo sonolento, um pedido abafado: "Volte pra cama, vamos ficar abraçadinhos". Foi uma oferta tentadora.

— O Beck mandou uma mensagem falando que um dos painéis lá do fundo está solto. — Percebo um martelo pendurado no bolso da calça jeans, um pedaço de lona dobrado debaixo do braço. Ele vê meu olhar questionador e sorri.

— Minha mãe me deu — explica. — Algumas das crianças fizeram um cartaz. Acho que vai ficar legal nos painéis. Mais ou menos como aqueles anúncios nos jogos de hóquei.

— Desde que ninguém esteja mandando indiretas uns aos outros nos quadros, tudo bem. O que está escrito na placa?

— Você adoraria saber, né? — brinca ele, dando uma risada. Luka coloca meu café na beirada da mesa e a mão no tampo de madeira, se inclinando para me dar um beijo na boca. No que diz respeito às distrações, é uma boa. Eu suspiro e ele sorri, outro beijo rápido antes de se endireitar. Vejo Evelyn sorrindo para nós pelo canto do olho.

— Posso ir com você? — pergunta. — Não consegui ver muito ontem. Quero ver a pista.

— Claro, sem problemas. Posso fazer o tour não oficial e a Stella faz a versão mais profissional depois.

Ela bate uma palma, voltando a ser a mulher enérgica e animada que era quando chegou.

— Perfeito.

Digo a mim mesma que está tudo bem, que não estamos de fato mentindo para ela. Estamos fazendo mais que isso — distorcendo a verdade, eu acho. Não tenho certeza do que Luka e eu somos um para o outro agora. Claro, somos amigos, mas depois daquela noite no meu sofá, também somos algo mais. Eu me convenci de que é menos uma mentira e mais um... floreio.

Engulo em seco para afastar o desconforto.

— Vejo vocês lá fora daqui a pouco.

MAL CONSIGO RESPONDER a um e-mail antes de receber mais visitas.

Beckett entra em meu escritório com um olhar determinado, uma pilha de papéis embaixo do braço. Ele joga o livreto na minha mesa e depois desaba na mesma poltrona em que Evelyn estava sentada uma hora atrás, os braços cruzados.

Layla se apressa atrás dele, sem fôlego, com um pedaço gigante de cartolina nas mãos.

— Você não tem noção de como o vento bate nisso aqui — reclama ela, colocando a enorme cartolina na cadeira desocupada, virada para baixo. Ela arranca a jaqueta e aponta para a pilha na minha mesa. — O Beckett trouxe as projeções pra você. Que bom.

— Não tive tempo de plastificar — diz ele, ainda olhando para mim.

— Você não tem uma máquina?

— Está quebrada — resmunga.

Tentei ligar para os dois ontem à noite, depois que Luka e eu dançamos lentamente pela cozinha, o suficiente para acalmar meu coração. Todas as minhas ligações foram direto para a caixa postal. Viro a pilha de papéis em minha mesa para ler a primeira página: PLANO DE NEGÓCIOS DA FAZENDA LOVELIGHT, em bold.

Agora entendi por que ninguém atendia minhas ligações.

— Devo sentar para isso?

Beckett e Layla assentem ao mesmo tempo e, em seguida, passam a me guiar por uma apresentação de quarenta e cinco minutos. Há seções codificadas por cores no livreto sobre novos fornecedores, referências a regulamentos locais acerca de isenções fiscais e créditos e até mesmo uma planilha de orçamento que se parece muito com a que mostrei a Luka ontem à noite, uma coluna destacada em amarelo com nossos números de base, se começarmos a cobrar entrada.

Viro a página e olho para as projeções de salário, minhas sobrancelhas se erguendo em confusão quando vejo os números.

— Está errado aqui — digo, interrompendo Layla no meio da frase e fazendo uma expressão de desculpas. — Desculpa, é só que... estou olhando a seção de pagamentos e o salário de vocês está errado.

Beckett esfrega o queixo com a palma da mão, as pernas estendidas. Layla liderou a maior parte dessa apresentação, mas ele falou com bastante paixão sobre os fertilizantes. Como de costume. Ele vira para a página correspondente em seu livreto e arqueia uma sobrancelha.

— Não tem nada de errado.

— Tem cerca de trinta por cento a menos. — Aperto os olhos. — Hum, na verdade...

— É um corte de salário de quarenta por cento para o Beckett e para mim — responde Layla, sem um pingo de hesitação. — Com retropagamento embutido para o que você cortou do seu salário.

— Meu corte é de cinquenta por cento — resmunga Beckett. — Eu não pago aluguel naquela casa. Isso devia estar incluso no pacote de benefícios.

Engulo em seco e olho fixo para os números.

— E os outros? — Eu limpo a garganta até que minha voz não vacile. — Os funcionários temporários e as equipes de vocês? Os números deles não mudaram?

— Todo mundo continua com o mesmo pagamento. O corte do nosso salário deve nos ajudar a continuar por mais alguns meses, mesmo sem o prêmio.

Eu pressiono sob meus olhos e mantenho meu olhar firme na planilha. Tenho medo de começar a chorar se olhar para cima.

— Não posso deixar vocês fazerem isso.

— Bom, nós já estamos fazendo. — Layla apoia as mãos na cintura. Ela aponta para a cartolina onde desenhou um gráfico com listras vermelhas e brancas, contornadas com purpurina. Uma projeção financeira para os próximos três anos. — E tem outra coisa. O Beckett e eu já falamos disso. A gente quer a sociedade igualitária. Dividir a propriedade e todas as obrigações financeiras entre nós três.

Beckett intervém.

— A gente precisa ver os gastos iniciais que você teve, uma análise completa do custo do terreno e de todas as reformas. Vamos avaliar e dividir. Temos que cuidar da papelada também. Por causa da titularidade. Mas, se você estiver disposta a nos deixar fazer parte disso, a gente topa.

Layla assente.

— A gente topa, de verdade. Estamos nessa também. Deveria ter sido assim desde o começo, Stella. É o certo.

Respiro fundo e olho para Layla. Seu rosto é um livro aberto, sem nenhum resquício da mágoa de ontem. Agora, só parece determinada. Ela me dá um discreto aceno de cabeça, apenas uma inclinação do queixo.

Beckett é diferente. Ele é todo linhas duras e sobrancelhas franzidas, braços ainda cruzados sobre o peito, as mangas da camisa de flanela arregaçadas até os cotovelos. A tatuagem colorida em sua pele é uma boa distração de meu coração que bate forte. Fico olhando para a hera que envolve seu pulso. A lua crescente na parte interna do cotovelo.

— Beck? Você tem certeza?

Eu pisco de volta para seu rosto e algo acontece. Um reconhecimento. Uma mudança de postura.

— Isso — diz ele baixinho — é o que sócios fazem.

Quando chego à pista de gelo para conversar com Luka e Evelyn, estou agitada com o excesso de cafeína e com o alívio da esperança renovada. Fiz Beckett e Layla repassarem os números comigo mais três vezes, linha por linha. Acabei por convencê-los a fazer um corte salarial de trinta por cento, com apenas metade do salário atrasado que eles projetaram. Com esses ajustes, talvez consigamos funcionar sem problemas por mais um tempo.

Ainda não sei se quero começar a cobrar ingresso. Não ter que pagar para entrar na fazenda era um grande motivo pelo qual minha mãe e eu vínhamos tanto aqui quando eu era criança. Podíamos vagar livremente entre as árvores, bebendo chocolate quente que trazíamos escondido nas mochilas. Se houvesse uma taxa de entrada, não tenho certeza se minha mãe teria me trazido aqui. Pensar nisso me deixa triste. Comprei este lugar para que todos pudessem experimentar a mesma magia. Ninguém deve se sentir excluído.

Viro a esquina da passarela de pedra que leva do escritório à entrada principal, Mariah Carey tocando nos alto-falantes. Há um frio no ar hoje, um vento forte que passa por entre as árvores. Eu as observo balançar e dançar no sopé das colinas, os galhos ao sol. No fim da temporada, essas colinas estarão douradas, e não com este verde-intenso, todas as árvores felizes em seu novo lar. Às vezes gosto de pensar nisso, em onde minhas árvores vão parar. Enfeitadas com luzinhas e adornos. Presentes empilhados com cuidado embaixo delas, implorando para serem abertos. Um pedaço da Fazenda Lovelight na casa de alguém, ajudando a tornar as festas de fim de ano especiais.

A pista de gelo está movimentada quando chego, um grupo de alunos do ensino médio tentando acrobacias, rindo, de mãos dadas e correndo uns atrás dos outros. Vejo Cindy Croswell ao lado, usando um dos apoios para patinadores em forma de pinguim que compramos especificamente para crianças. Bailey e Sandra McGivens patinam devagar, de mãos dadas, sussurrando uma para a outra, parando para um beijo sob o visco toda vez que passam sob o arco de entrada. Eu sorrio e deixo meu olhar percorrer o revestimento, os pedaços reforçados de madeira e a faixa amarrada com cuidado no topo.

Tinta vermelha e verde, um pouco borrada, como se quem tivesse pintado estivesse com pressa. FELIZ NATAL, FAZENDA LOVELIGHT. DO ~~COLÉGIO INGLEWILD~~ GRUPO DE BABACAS MAIS FELIZ DESSE HOSPÍCIO. Eles desenharam uma pequena paisagem urbana abaixo, luzes penduradas sobre os telhados de Inglewild. Apoio os cotovelos no balaústre com uma risada e tiro uma foto com o celular.

— Você gostou, srta. Bloom? — Um dos estudantes, Jeremy, acho eu, surge de repente, parando com vigor perto das tábuas de madeira ao meu lado, os patins batendo primeiro enquanto a chuva de gelo anuncia sua chegada. Ele tira o cabelo do rosto e se inclina para perto de mim.

— É muito criativa — digo, diplomática. Muito provavelmente vamos ter que cobrir a última parte se deixarmos o cartaz ali, mas ele me faz rir. — *Férias frustradas de Natal* é um dos meus filmes de Natal favoritos.

— Meu também — concorda ele e faz aquela coisa de jogar o cabelo de novo. Não sei como consegue ficar em pé jogando a cabeça para trás com tanta agressividade a cada trinta segundos. — A gente tem muito em comum.

— Hum, claro.

— Sabe, você é muito gostosa pra uma mulher mais velha — complementa Jeremy, jogando o cabelo duas vezes no espaço de quinze segundos. Isso funciona com as garotas do Colégio Inglewild? Espero que não. Deixo o comentário no ar por um instante. Ele está olhando para mim com um sorriso arrogante. Ah, a autoestima do homem hétero branco.

— Quer uma dica?

— De você, baby? Eu quero mais do que a dica.

Caramba. Quando foi que os adolescentes ficaram tão terríveis? Faço uma nota mental para avisar à sra. Peters que Jeremy é péssimo, embora eu tenha certeza de que, por sua abordagem nada sutil da vida, ela saiba bem disso.

— Não chame as mulheres de velhas — digo. — Na verdade, não chame as mulheres de nada. Acho que seria bom pra você não falar com mulheres em geral nos próximos cinco a sete anos.

Ele olha para os patins, os ombros encolhendo.

— Desculpa — murmura.

— Tudo bem, é só que... você não pode dizer coisas tão vulgares. Pense nisso como um momento de aprendizado.

Ele pisca e olha para mim.

— Que tipo de coisas devo dizer?

Eu penso a respeito.

— Talvez, se você gosta de alguém, seja bom dizer do que você gosta nela. — Ele abre a boca e olho para ele. — Mas não sobre a aparência.

Ele parece confuso.

— Sobre a personalidade — explico. — Tipo se ela é engraçada, inteligente ou bastante gentil. Você pode dizer algo que não... — Eu penso nas minhas palavras. — Que não seja desagradável sobre a aparência delas. Talvez elogiar os olhos, os cabelos, o jeito de rir.

Ele balança a cabeça, ainda confuso. Parece duvidar.

— E isso vai funcionar?

— Só vai funcionar se você falar com sinceridade e for respeitoso com o que elas responderem. Entendeu?

— Acho que sim. — Ele se move em seus patins. Sinto um braço deslizar em volta da minha cintura, um peito largo nas minhas costas. Luka apoia o queixo no topo da minha cabeça.

— Jeremy, acho bom que você não esteja dando em cima da minha mulher.

Jeremy sorri e vai para o outro lado da pista sem dizer uma palavra, outro jato de gelo atrás dele. Vou ter que comprar um nivelador de gelo se os estudantes continuarem vindo.

Eu me viro nos braços de Luka, as mãos entrelaçadas em suas costas. Gostei do som daquelas palavras. *A mulher dele*. Gostei até demais. Ele olha para mim com um sorriso, os olhos castanhos analisando meu rosto.

— Tudo bem?

Faço que sim.

— O Beckett e a Layla vieram falar comigo.

Ele faz um barulho indistinto, seu sorriso se contorcendo no canto da boca.

— Ah, é?

— É. — Eu o aperto com mais força, os dedos enfiados no tecido grosso de sua jaqueta. Descanso a testa em seu peito e ele acaricia desde a parte inferior das minhas costas até o meio. Ele nos embala para a frente e para trás. — Obrigada — sussurro.

— Não precisa agradecer. Foi obra sua — diz. Ele faz um som indistinto de novo, um ronco baixo no meu ouvido. — Eu só quero segurar a sua mão, Stella.

Descanso o queixo em seu peito e olho para cima.

— Acho que vou permitir isso.

— Fico feliz em saber. — Seu sorriso se transforma em algo mais suave, o polegar traçando a maçã do meu rosto. — Olha, nós não tivemos a chance de conversar. Sobre... a outra noite.

— Ah, ok.

— Foi... — Eu sinto as mãos dele se contorcerem ao meu lado. — Foi estranho?

— Foi estranho que não foi estranho — digo, com uma risada na ponta da minha língua. Nenhuma parte de mim se arrepende do que aconteceu entre nós na outra noite, mesmo que pareça que eu deveria. Os limites do nosso relacionamento estão muito mais que obscuros. — E pra você?

Seus ombros relaxam.

— Não consigo parar de pensar em você — sussurra, o polegar traçando minha bochecha até o lábio inferior. Seus olhos ficam nebulosos, sem foco. Um arrepio percorre meus ombros e desce pela minha espinha. — Os sons que você fez, Lalá, eu...

O grupo de estudantes passa por nós de novo, gritando e rindo. Luka pisca e limpa a garganta, apertando minha cintura com força.

— Foi estranho que não foi estranho — concorda ele, a voz fraca, o olhar encontrando o meu. Seus olhos estão turvos, cheios de intenção, e eu olho por cima do ombro para o celeiro. Acho que podemos chegar lá sem que ninguém perceba. Encontrar um canto aconchegante e escuro para nos esconder.

— Deixei a Evelyn na padaria com o Peter. — Luka me lembra qual deve ser meu foco. — Parecia decidida a comer mais brownies.

— Ela está se divertindo?

— Parece que sim. Eu a levei para ver os campos e mostrei um pouco da fazenda. Ela gostou muito do trenó. Tirou um monte de fotos com o celular.

O trenó é um caminhão Chevy 3100 1954 velho e surrado, deixado nos campos por Hank — ou quem sabe pelo proprietário anterior a Hank. Quando Beckett o encontrou, estava enferrujado e abrigava uma colônia inteira de pássaros. Ainda é o lar deles quando migram de volta na primavera, mas agora foi pintado de vermelho-cereja, luzinhas de Natal multicoloridas penduradas na cabine. Guardamos um grande saco de lona na carroceria do caminhão cheio de caixas, o saco do Papai Noel deixado para trás. As crianças acham isso o máximo.

— Foi uma boa ideia levá-la até lá.

— Para ser sincero, eu tinha me esquecido. — Ele esfrega a nuca. — Acho que me perdi nas árvores. Vi o trenó e meio que fiz parecer que esse era o objetivo.

Dou risada. Típico do Luka.

— De qualquer forma, obrigada.

Meu celular começa a tocar no bolso da frente e eu saio do aconchego de seus braços para procurá-lo entre as embalagens de doce amassadas e recibos antigos. Encontro uma barra de chocolate de menta coberta com papel alumínio e a entrego a Luka. Sua atenção é rapidamente desviada para o grupo de estudantes enquanto eles fazem outra volta barulhenta na pista, os olhos se estreitando em Jeremy.

Atendo a ligação com um sorriso, sem me preocupar em verificar quem é primeiro.

— Alô?

— Oi, Stella.

— Dane. — Luka se vira para mim e arqueia uma sobrancelha em uma pergunta silenciosa. Eu dou de ombros. Não tenho notícias dele desde a perseguição pelos campos no fim de semana. — Como posso ajudar?

Ele suspira.

— Tenho novidades. Você pode vir até a delegacia?

19.

Quando Dane diz que tem *novidades*, quer dizer que conseguiu capturar a pessoa que estava jogando pedras na minha câmera de segurança. Em vez de começar com uma conversa-fiada educada, ele anuncia isso logo de cara e eu me levanto num pulo da cadeira em frente à sua mesa, derrubando um copo cheio de canetas e um aeromodelo em miniatura.

— Você o quê? — Olho ao redor, como se o suspeito estivesse prestes a sair de trás das cortinas. — Quem é? Por que fez isso? — Olho através da parede de vidro de seu escritório para a pequena cozinha, a cela e a recepção. Aponto para uma porta no canto de trás. — Ela está sendo interrogada?

Dane esfrega a ponta dos dedos entre as sobrancelhas e gesticula para a cadeira, um comando silencioso para que eu me sente.

— Isso é uma despensa, Palitinho de Canela.

Eu me sento de novo, me equilibrando na beirada.

— Ela confessou?

Dane assente. Quero socar o ar em vitória.

— Você precisa de uma parceira para o interrogatório? — Todos aqueles dias assistindo *Law & Order* sem parar vão finalmente valer a pena. Sinto que deveria ir para casa e colocar um terninho, pegar uma maleta. — Quer ser o policial bom ou o policial mau?

— Esse tipo de coisa não acontece.

— Isso é o que você diz.

— Isso é o que diz literalmente qualquer profissional responsável por aplicar as leis no país. Ouça — Dane se abaixa para me olhar nos olhos, os lábios franzidos —, não tem por que fazer um interrogatório. Ele já contou tudo o que fez. Estou tendo problemas com isso porque estou um pouco irritado por ter acontecido com você e não estou — ele esfrega o queixo enquanto procura a palavra certa — tão imparcial, suponho que se possa dizer.

— Você deu um soco na cara dele?

Dane balança a cabeça com um sorriso fraco.

— Eu não dei um soco na cara dele. — Parece que queria dar um soco na cara dele.

— Então não entendo qual o problema. Não precisa ser imparcial se ele já confessou. — Fico cogitando quem poderia ser, seus motivos. Luka queria vir comigo, mas eu o forcei a ficar na fazenda caso Evelyn precisasse de alguma coisa. Eu a vi de relance pouco antes de sair, com um chocolate quente na mão. Curiosamente, Beckett não estava muito longe.

— Ele está aqui agora — abro a boca para perguntar —, não na sala de interrogatório, que não existe?

— Ele está aqui agora. E não, não está em interrogatório. Nós somos uma cidade pequena. Não temos uma sala de interrogatório.

— Dane está exausto por lidar comigo. Pega uma bolinha antiestresse da gaveta de cima da mesa e começa a apertá-la. — Como você quer fazer isso?

— Acho que gostaria de saber minhas opções. — Antes de mais nada, queria jogar uma pedra nessa pessoa. Olho por olho e tudo o mais. Mas acho que Dane não vai aceitar essa ideia.

— Há diversos fatos que levam a acusações de crimes de danos a propriedade privada. Isso é uma contravenção no estado de Maryland. Como foi feito intencionalmente e resultou em perdas na casa de milhares de dólares, ele pode ser preso.

— Preso? — Estou chateada por ter a câmera quebrada, pelas encomendas que não chegaram e pelos mourões quebrados, mas não sei se quero que alguém vá para a cadeia por causa disso. Franzo a testa e me recosto na cadeira. — Essa é a única opção?

— Cabe a você decidir se quer prestar queixa ou não. — Ele começa a apertar a bolinha de novo, desta vez com mais força. — Ele perguntou se podia... falar com você. Pedir desculpa.

Eu pisco.

— Acho que esse deve ser um bom começo, certo? — Seria bom se pudéssemos lidar com isso de modo civilizado.

O bigode de Dane estremece.

— Claro.

— Tudo bem, então me mostre o caminho para o interrogatório.

— Não é... — Dane suspira e desiste. — Por aqui.

Eu não sei quem eu esperava que fosse. Algum ser humano grotesco e monstruoso talvez. Acho que parte de mim esperava que essa pessoa estivesse fazendo isso para pedir ajuda. Quem sabe estivesse jogando pedras na minha câmera porque precisava alimentar a família... ou algo assim. Quem sabe tenha fugido porque estava com medo, e tudo isso foi um grande mal-entendido.

Certamente não esperava ver Will Hewett sentado à mesa de conferência com sua jaqueta de tweed e seus óculos de tartaruga, tomando uma xícara de chá em um copo de papel.

— Onde você conseguiu esse chá? — resmunga Dane em saudação enquanto permaneço imóvel e confusa na porta.

— O delegado Alvarez que me deu — responde o sr. Hewett, olhando para mim por alguns instantes e depois de volta para seu copo. Sinto que faço parte de uma pegadinha elaborada. Caleb entra silenciosamente na sala atrás de nós, o caderno sob o braço. Dane olha para ele.

— Estamos servindo chá para criminosos agora?

Caleb pisca e olha para o pequeno copo de papel com chá.

— Quer que eu tire dele?

— É óbvio.

Caleb pega o copo e eu aceno para ele, sentando na cadeira vazia em frente ao sr. Hewett. Ele não olha para mim, e luto contra a vontade de sussurrar *Que porra é essa*?

— Estou confusa — consigo dizer. Olho para Dane, de pé com uma expressão ameaçadora, os braços cruzados. Eu me viro e franzo a testa para

Caleb, reclinado contra a porta. Eu me acomodo e olho para o sr. Hewett. Ninguém na sala está sendo particularmente comunicativo. — Isso é uma piada?

Todos os três homens balançam a cabeça, com graus diversos de entusiasmo.

— Ok, então. — Eu também gostaria de um chá. Com uma boa dose de uísque. — Alguém pode me explicar o que está acontecendo? Estou com dificuldades de entender. Sr. Hewett, você destruiu minha câmera?

— Por que você não começa do começo, William?

E começa com a venda da fazenda, muito antes de eu passar de carro e ver a placa de VENDE-SE. Hewett explica que tinha um acordo de cavalheiros com Hank para comprar o terreno, mas precisava de mais tempo para juntar o dinheiro. Enquanto ele tentava liquidar alguns de seus ativos e liberar o dinheiro, eu surgi e comprei a fazenda bem debaixo do nariz dele.

Eu me lembro vagamente de Hank mencionar que havia outro comprador interessado, mas nada aconteceu. Eu estava guardando dinheiro havia anos, na esperança de abrir meu próprio negócio, o pagamento da apólice de seguro da minha mãe intocado em minha conta bancária. Estava guardando para algo especial, algo significativo. Vi a placa, fiz a oferta e na semana seguinte Hank estava na Costa Rica e eu com as chaves da fazenda.

— Você queria... o quê?

O sr. Hewett pega um pedaço de papel da borda de seu copo, com desdém em seus lábios. Seja qual for o altruísmo que o levou a confessar, não afetou sua opinião a meu respeito.

— Uma fazenda de alpacas — murmura.

— Uma fazenda de alpacas.

— É o meu sonho — responde ele com uma impaciência velada. Dane bufa atrás de mim. É óbvio que eles falaram sobre o conceito de uma fazenda de alpacas.

Eu ergo as mãos.

— E você ficou chateado comigo porque pensou que tirei a fazenda das suas mãos. — baixo a cabeça e tento olhar nos olhos dele. — Mas saiba que eu não fazia ideia de que você estava interessado. O Hank nunca me disse nada sobre o seu acordo.

Ele concorda.

— Agora eu sei disso.

— Ok, então. — Dou de ombros. — Ainda tenho algumas perguntas. — O sr. Hewett me dá um aceno de cabeça e se mexe na cadeira, claramente desconfortável. Olha por cima do meu ombro, para a sala além da que estamos, com um suspiro discreto e pensativo. — Por que você contou a verdade para o Dane?

— Naquela noite, quando quebrei sua câmera e o Beckett me perseguiu pelos campos, ele quase me pegou. Acabei tendo que ficar deitado em uma vala por três horas, coberto de agulhas de pinheiro. Percebi que era hora de pensar melhor nas minhas escolhas.

Ok, nada mais justo. Imagino que alguém possa reconsiderar as própias ações depois de se deitar em uma vala de terra gelada na tentativa de escapar de um fazendeiro irritado.

— E o que você estava fazendo?

Ele suspira.

— Comecei com coisas pequenas e inconvenientes. Eu só queria que você sentisse que a fazenda era um fardo e talvez pensasse em vender. Pra mim. Mas nada te impedia. Quebrei alguns mourões da cerca, liguei para seus fornecedores e cancelei algumas encomendas. Peguei algumas de suas decorações do ano passado, estão no porão da biblioteca, se você quiser de volta.

Eu quase bufo.

— Quero sim, obrigada.

— E nada parecia frustrar você. Era enlouquecedor. Sua falta de frustração era... frustrante. Eu sabia que tinha que fazer algo maior, então eu... — Ele engole em seco e olha para Dane antes de olhar de volta para a mesa. — Mexi no sistema de drenagem no terreno sul. Eu, bem, há bastante livros sobre abetos na biblioteca, sabe como é.

Dane pigarreia, nada interessado nos tais recursos educacionais que a biblioteca disponibiliza sobre abetos. Até o doce Caleb parece desapontado. O terreno sul. As árvores retorcidas e de aparência morta. Meu estômago revira.

— O que você fez com as minhas árvores?

— Se o solo está saturado demais, as raízes ficam sobrecarregadas e não conseguem extrair oxigênio. Desativei seu sensor de umidade do solo para que as raízes apodrecessem.

O pobre Beckett passou horas de joelhos naqueles campos verificando cada árvore em busca de pistas. Ele fez inúmeros testes e auditorias no equipamento, ficou praticamente louco tentando descobrir.

— Mas essas árvores não parecem estar com as raízes podres, elas parecem...

— Algo de um reino alternativo, sim. Eu não... não sei dizer muito bem como isso aconteceu. Consertei o sistema de drenagem depois de algumas semanas, logo depois que a podridão se instalou, para que você não notasse a origem. E as coisas meio que se deterioraram a partir daí. Aposto que o departamento de horticultura da universidade local tem interesse em dar uma olhada... — Dane tosse de novo, soando mais como um urso resmungando que qualquer outra coisa, e o sr. Hewett se encolhe na cadeira. — Mas acho que isso é com você.

Desabo de volta na cadeira, sem fôlego. O sr. Hewett causou milhares de dólares em danos à minha fazenda ao longo de um ano, em um esforço para me obrigar a vendê-la para que ele pudesse abrir sua própria fazenda de alpacas. A verdade sem dúvidas pode ser absurda.

Esfrego os lábios.

— Não sei o que pensar — digo baixinho. É um alívio saber que todos os nossos problemas podem ser explicados. Que os desafios que tivemos provavelmente desaparecerão agora que ele confessou. Mas o mais triste para mim, o que me faz ficar de coração partido é que...

— Sr. Hewett, eu teria ficado muito feliz em ceder espaço para que o senhor criasse suas alpacas — confesso. — Se ao menos você tivesse me perguntado.

Poderíamos ter colocado tiaras de rena nelas no inverno. Vendido suéteres de Natal feitos de lã de alpaca na loja de presentes. Teria sido incrível.

Algo em sua fisionomia se fecha e se quebra, as sobrancelhas caídas enquanto ele olha para a mesa à sua frente. Coloca o copo mutilado de lado e tira os óculos, esfregando furiosamente os olhos com o nó dos dedos.

— Faço o que você quiser pra compensar tudo isso. — Ele olha para mim, retribuindo meu olhar com firmeza pela primeira vez desde que entrei nessa sala apertada de não interrogatório. — Posso cumprir a pena.

Ainda não sei o que quero fazer, mas sei que esse homem ir para a cadeia por querer ter uma fazenda de alpacas parece um pouco ridículo. Eu me afasto da mesa e me levanto.

— Posso ter um tempo pra pensar? — Eu olho para Dane. — As acusações?

Ele concorda.

— Acho que sim, mas não muito, tudo bem? — Ele desvia o olhar para o sr. Hewett. — E, se você pisar na estrada que leva à Fazenda Lovelight, vou me encarregar pessoalmente de que seja trancado na cela cheia de bêbados por um bom tempo. Entendeu?

O sr. Hewett assente freneticamente. Pelo menos posso ficar tranquila, pois ninguém vai quebrar minhas câmeras enquanto Evelyn estiver aqui.

Queria estar tão confiante em relação ao resto.

Consigo encurralar Luka, Layla e Beckett em meu escritório assim que volto para a fazenda, Beckett andando furiosamente de um lado para o outro em frente à minha mesa. Ele não parou de se mexer desde que eu disse a ele que o sistema de drenagem e os sensores de umidade foram desativados. O sr. Hewett teve sorte de Beckett não estar comigo na delegacia. Do jeito que está, eu meio que temo pelo meu piso.

Ele vai para um lado, gira e volta para o outro lado. Preciso expandir esta sala em cerca de três campos de futebol. Layla o observa com uma careta pensativa no rosto.

— Foi ele quem desligou minha geladeira durante a noite? — diz Layla. — Perdi o equivalente a duas semanas de ingredientes com isso.

Assinto. Dane me deu uma lista com tudo que Will Hewett fez contra a fazenda antes de eu deixar a delegacia. Tem duas páginas, com espaçamento simples. Eu nem tinha percebido que um dos tratores estava sem pneu.

— A caixa de correio torta na beira da estrada?

Reviro os olhos para Luka e sua expressão inocente demais.

— Espertinho. Eu sei que foi você. Você sempre faz aquela curva rápido demais.

— Imundo, filho da puta — vocifera Beckett. Ele se vira para minha mesa com os olhos em chamas, resmunga e continua seu ritual de ódio, marchando em meu escritório. Minha cabeça está começando a martelar no mesmo ritmo.

— Precisamos descobrir o que vamos fazer a respeito. Pensei que, já que somos sócios agora — olho para Layla e Beckett —, seria bom tomar essa decisão juntos.

— Exílio ainda existe? A gente pode mandar o sr. Hewett para o Peru? O amante de alpacas enfim ficaria satisfeito.

— Beckett, fala sério, por favor.

— Você tem razão. Ele ficaria muito feliz lá. Tem que ir para algum lugar miserável. Tipo a Flórida.

— Tudo bem, então podemos voltar a conversar quando quiser contribuir com algo útil. — Olho para Layla. — O que você acha?

— Bom, estou chateada, obviamente. — Seus olhos se voltam para Beckett tentando estrangular uma das minhas poltronas com as próprias mãos. Eles se alargam em uma expressão que diz claramente *Não estou tão chateada assim.* — Mas também aliviada. É bom saber que toda essa insanidade vai parar agora. Estava ficando cansada de esperar o tempo todo pelo pior. Tipo, não sei, que uma geladeira desligasse do nada.

Assinto. Tenho a mesma sensação.

— O Dane diz que se a gente quiser pode apresentar queixa, talvez até entrar com um processo pelos danos que sofremos. Mas ele disse que as acusações provavelmente incluiriam pena de prisão, ainda mais porque as perdas no terreno sul valem milhares de dólares.

— Manda ele para a cadeia — murmura Beckett do canto. Ele se enfiou no espaço ao lado da árvore do meu escritório, meio escondido na sombra. Está parecendo o Grinch e também fala como ele. — E jogue a chave fora.

— Você não acha ridículo prender um homem por causa de uma fazenda de alpacas?

— Não sei, Stella. — Fico surpresa ao ouvir isso vindo de Luka, que estava calado até agora. Ele dá de ombros para mim quando minha atenção se volta para ele, suas longas pernas esticadas na frente do corpo. — É o seu sonho, e ele tentou tirar isso de você. Ele não deveria pagar por isso?

Não sei. Queria muito que ele pagasse. Por tudo, até o último centavo. Luka arqueia uma sobrancelha para mim e pega a calculadora antiga na ponta da minha mesa, todos os papéis que Dane me deu detalhando os danos. Ele começa a calcular enquanto olho para Layla e Beckett.

— Vamos fazer uma votação.

Impactando um total de zero pessoas, Beckett vota pela prisão. Layla e eu concordamos em responsabilizar financeiramente o sr. Hewett por todas as nossas perdas sem acusações adicionais contra ele. Nós três concordamos com uma ordem de restrição, para mantê-lo longe da fazenda por tempo indefinido.

Olho para o relógio acima da porta e estremeço. Levanto e passo as mãos pela calça jeans.

— Tenho que encontrar a Evelyn para um passeio. — Olho para Luka, uma das minhas canetas entre os dentes enquanto ele continua a apertar os botões da calculadora. Não deve estar tão calor quanto estou sentindo. Algo na maneira como ele colocou o chapéu para trás na cabeça, deixando apenas um tufo de cabelo castanho aparecer na frente, bagunçado como sempre, o nariz franzido ao pensar enquanto arrasta o polegar pela página, verificando os números. Eu limpo a garganta. — Vou convidá-la para jantar com a gente, se estiver tudo bem pra você.

— Sim, claro. — Ele pisca para mim, tentando focar a visão depois de olhar para os números por tanto tempo. Eu já disse a ele um milhão de vezes que deveria usar óculos de leitura, algo para ajudá-lo a não ter que forçar a visão ao olhar para letras pequenas. Estou quase feliz por ele não ter concordado. Não sei o que faria com Luka de óculos. — Vou fazer ravióli.

A simples familiaridade desse momento me atinge bem no peito. Acho que é disso que mais vou sentir falta quando nossa semana terminar. Não os toques e os beijos e o jeito que ele me faz esquecer do meu nome com as mãos no meu cabelo e a boca no meu pescoço, mas isto. Descer o curto caminho para minha casa, contornar a curva do grande carvalho e ver Luka pela janela, parado no fogão da cozinha, um dos meus panos de prato bobos sobre o ombro. Entrar pela porta da frente para que ele venha roçar os lábios nos meus, o rádio baixo na cozinha. O cheiro de manjericão e tomate e alho. Algo chiando no fogão.

Não sei como vou desistir disso.

— Que tipo de ravióli? — pergunta Layla de seu canto da sala. Beckett deve ter escapado em algum momento após nossa votação, para descontar sua frustração em um motor de trator ou verificar os sistemas de drenagem no terreno sul. Não ficaria surpresa se o encontrasse na pista de gelo. Ele é muito bom. Às vezes saio bem cedo de manhã para checar as coisas, antes que o sol esteja a pico, e Beckett está patinando em silêncio, com os velhos patins de hóquei surrados que usava quando adolescente.

— Acho que de abóbora. Minha vó deve ter colocado um pouco no congelador da Stella — diz Luka.

Isso é outra coisa que vou sentir falta. A quantidade de comida italiana caseira estocada na minha geladeira. A família dele ainda vai me alimentar quando terminarmos de mentira?

Os olhos de Layla brilham.

— Pode trazer as sobras pra mim amanhã?

— Você está mais que convidada a se juntar a nós, sabe disso — digo.

— Tenho uma coisinha com o Jacob — explica ela. Luka faz uma careta com a menção do namorado apático e cronicamente chato dela. — Além do mais, esse é um bom momento pra vocês interagirem com a Evelyn. Vocês dois — ela aponta para mim e Luka — são encantadores juntos.

O calor sobe pelas minhas bochechas. Layla não tem nada de discreta. Quando eu conseguir controlar minhas emoções a cada vez que mencionarem eu e Luka juntos, semana já vai ter acabado.

— Quase uma década de treino — brinca Luka. Ele se levanta e coloca a calculadora e a pilha de papéis organizados na ponta da mesa, se certificando de que esteja tudo alinhado. Agradeço o esforço para tentar fazer com que minha mesa pareça mais arrumada. Quero empurrar tudo com o dedinho só para ver o que ele vai fazer.

Ele agarra os braços da minha cadeira e se abaixa, dando um beijo rápido na minha boca.

— Vejo você em casa — murmura, o mais casual possível. — Vou começar a preparar o jantar.

Ele acena para Layla enquanto sai, mas ela está muito ocupada olhando para mim com um sorrisinho presunçoso para perceber. Eu me remexo inquieta na cadeira, colocando papéis aleatórios em pastas aleatórias em um esforço para parecer ocupada. Espero ela sair, mas ela apenas se acomoda ainda mais em seu assento.

— O quê? — pergunto, sem me dar ao trabalho de erguer os olhos. Há um recibo na gaveta de cima da minha mesa de seis batatas fritas do drive-thru. Deve ter sido um dia ruim.

Layla dá uma risadinha.

— Você sabe o quê.

— Não sei, não.

Sua risadinha se transforma em uma gargalhada, espontânea e alta. Ela se levanta para seguir Luka porta afora.

— Ah, Stella querida. Você está caidinha.

Como se eu não soubesse.

Encontro Evelyn no celeiro do Papai Noel, apoiada em um dos postes e observando o pequeno Evan Barnes dizer para Clint o que quer ganhar de presente este ano. O celeiro está bem simples por dentro. Um espaço amplo e aberto para acomodar a fila nos dias mais cheios, que as cordas de veludo vermelho-escuro organizam. Poltronas confortáveis e sofás de dois lugares em uma abundância de verde e azul-escuro para as pessoas que querem esperar sentadas. Uma lareira na parede e uma cadeira de balanço tamanho grande ao lado dela. Uma pilha de jogos de tabuleiro por perto. Tapetes desbotados e que não combinam em linhas cruzadas no chão para as crianças correrem e pularem e darem cambalhotas. É um dos meus lugares favoritos na fazenda. Às vezes venho aqui de noite, quando está tudo fechado, e fico parada ali no meio, olhando para as luzes brancas e a madeira do celeiro, um pedacinho do céu noturno visível entre as ripas do telhado. Do jeito que fazia quando era criança embaixo da árvore de Natal.

Clint, é preciso destacar, está levando seu trabalho bem a sério. Está sentado na enorme cadeira de balanço com um caderno nas mãos, a língua entre os dentes, concentrado.

— É o LEGO City ônibus espacial de pesquisa em Marte? — pergunta Clint. Está com o traje completo de bombeiro e um enorme distintivo vermelho do lado esquerdo do peito que diz REPRESENTANTE OFICIAL DO POLO NORTE. Layla fez os distintivos para todos os voluntários ano passado e se empolgou um pouco demais com a cola glitter.

Evan concorda e ajeita os óculos no nariz.

— Isso, o ônibus espacial de pesquisa com carro lunar. Tem que ser esse.

— Ônibus espacial de pesquisa com carro lunar — Clint repete, anotando devagar e com cuidado. Ele ergue a cabeça quando termina e dá um tapinha no ombro de Evan. — Anotado, garoto. Isso vai direto para o grandão de vermelho. — Ele olha para a mãe de Evan, que faz um joinha discreto. — Tenho a sensação de que você vai ganhar tudo o que pediu, rapazinho.

O rosto de Evan se ilumina.

— Até o pônei?

A mãe de Evan faz uma careta e balança a cabeça. Clint ri.

— Você não falou de pônei nenhum, grandão. Quem sabe ano que vem, que tal?

— Achei uma ideia muito fofa — sussurra Evelyn, me cutucando com o ombro. — É uma forma de repaginar uma tradição antiga. E as crianças não precisam sentar no colo de um estranho.

Dou risada.

— Tentamos contratar um Papai Noel o ano passado, mas você ficaria surpresa em saber como é difícil ter espaço na agenda deles. Inglewild entrou em ação e nasceu o SINO: Sistema Inglewildiano de Natal para Ofertas. Eles queriam muito que a sigla fosse uma palavra de verdade, então colocaram *ofertas*. — Foi ideia do Dane e não tive coragem de dizer que Sistema Inglewildiano de Natal teria sido melhor... ou centenas de outras opções. — Temos um grupo rotativo de voluntários que se sentam com as crianças para ouvir as listas. Eles anotam e colocam na caixa de correio oficial do Polo Norte logo ali. — Aponto com a cabeça para a enorme caixa de correio de metal no canto, pintada em vermelho e com *Polo Norte* estampado em dourado. — Entregamos as listas para os pais ou responsáveis, caso não tenham feito as compras de Natal ainda.

— Isso é genial — sussurra Evelyn. Sinto uma onda de orgulho de mim mesma e do que consegui criar aqui, e da cidade por fazer algo tão especial para as crianças. Evan corre para colocar a lista dele na caixa de correio, se certificando de bater nela três vezes com o carimbo especial de rena que deixamos do lado.

— Além disso, o Beckett se recusa a usar a fantasia.

— Tenho certeza que as crianças iam perguntar daquelas tatuagens todas.

— E é bem provável que tivessem muitas mulheres na fila com as crianças. — Faço uma careta, me lembrando tarde demais do histórico de Evelyn e Beckett. — Droga, desculpa.

Ela faz um aceno com a mão e observamos uma garotinha de maria-chiquinha pular até Clint.

— Não se preocupe. Ele chama a atenção, por mais que não goste de admitir.

Acho que ela viu Cindy Croswell com o celular na mão enquanto Beckett estava deitado de costas embaixo de um trator mais cedo. E o grupo de mães dos alunos do ensino médio fingindo estar interessado nas especificidades da palha grossa que cobre o jardim de ervas no inverno, apenas para ter algo para conversar com ele.

— Eu não… — Evelyn me olha com cautela. — Falando sobre o elefante na sala, só quero deixar claro que não sou… não estou… — Ela suspira frustrada, a boca em uma linha firme. — Não costumo fazer coisas… assim. E com certeza não esperava encontrar com ele de novo.

Isso ficou bastante óbvio pela forma como ela saiu correndo da padaria.

— Ah, você não precisa…

— É só que… — Ela dá de ombros, olhando para longe como se estivesse se lembrando de algo. — Simplesmente aconteceu. Ele não sabia quem eu era e… isso era bom. Uma boa mudança.

Às vezes esqueço a extensão da influência de Evelyn. Ela tem mais de 1,7 milhão de seguidores só no Instagram. Eu me pergunto como deve ser a sensação de ser reconhecida onde quer que vá. De ver que as pessoas acham que conhecem você.

Imagino que deva ser exaustivo.

— Ele é um cara ótimo — começo a falar devagar, porque, acima de tudo, quero que Beckett fique bem. Não quero que ninguém venha aqui tornar as coisas mais difíceis para ele. Machucá-lo. — O melhor.

Evelyn assente e dá um sorriso menor, mais tímido. Enfia uma mecha de cabelo escuro atrás da orelha, as unhas vermelhas brilhando nas luzes cintilantes que revestem as vigas do teto.

— Não é do meu feitio machucar ninguém, Stella. Posso te garantir.

Relaxo, sem perceber como fiquei tensa durante aquela conversa. Observamos a menininha se inclinar sobre o braço da cadeira de balanço, apontando para algo na lista de Clint. Ele ri e rabisca com o lápis, depois escreve de novo.

— Aposto que ela também quer um pônei — diz Evelyn.

Olho para a menina de trancinhas.

— Não é o estilo da Roma. — Eu a vi nos jogos de verão ao ar livre no meio da cidade. Ela arrasou na competição na corrida de saco e quase deixou um menino inconsciente no cabo de guerra. — É bem provável que ela queira um lançador de foguetes.

20.

Não falamos de Beckett de novo. Mas parece que caminhamos por todos os centímetros quadrados da fazenda. Passeamos pelos campos segurando o chocolate quente da padaria, passamos pelo trenó e pela Floresta de Jujubas secreta. Evelyn ri quando vê o conjunto de árvores decoradas com luzes brilhantes e coloridas. É outra surpresa para as famílias encontrarem, com um túnel no meio feito de barris velhos para as crianças escalarem. Layla o chama de nosso pequeno Lincoln Tunnel. Evelyn gira em torno das árvores, a ponta dos dedos encostando nas luzes vermelhas, azuis e amarelas.

— Eu me sinto uma criança neste lugar — declara.

— Todo mundo deveria se sentir uma criança nesta época do ano.

É bom passar tanto tempo nos campos. Quando chega o inverno, costumo ficar grudada na minha mesa, respondendo a e-mails e cuidando da papelada. Gosto do silêncio, da quietude, do ar frio do inverno em meu rosto. Prometo a mim mesma fazer isso mais vezes. Me perder em meio às árvores.

Conversamos enquanto caminhamos. Uma entrevista informal, acredito. Evelyn me pergunta sobre a fazenda, por que a comprei. Todas as mudanças que fiz no ano passado e como trouxe Beckett e Layla. Luka é mencionado com frequência, não para convencê-la de nossa história romântica, mas porque ele esteve comigo esse tempo todo. Conto como ele me trouxe uma garrafa de champanhe na primeira noite em que me tornei dona deste lugar e fomos juntos até os terrenos mais distantes, nos deitamos sob as estrelas e bebemos como bobos. Ele me disse naquela noite que estava orgulhoso de mim, que não poderia imaginar nada melhor do que eu aqui, fazendo isso.

— Ele estava certo — comenta ela. — Você pensou em tudo. Sei que já disse isso, mas este lugar é incrível. Não acredito que está aberto há apenas um ano. Não sei como era antes, é claro, mas você tem algo especial aqui.

O orgulho me aquece profundamente. Tudo o que eu sempre quis foi fazer um pouco de magia.

Falar com Evelyn é como falar com uma velha amiga. É gostoso e fácil, e as gargalhadas vêm com naturalidade. Perambulamos pelo terreno até nossos pés ficarem dormentes de frio, a barriga roncando com a promessa de um jantar quentinho. Posso ver a fumaça saindo da chaminé quando Evelyn põe o braço no meu e descemos a última colina antes do chalé.

— Não queria ir embora nunca mais — diz ela com um suspiro, enterrando o rosto na gola da jaqueta.

— Pode ficar o tempo que quiser — respondo, queixo erguido para o céu. O sol já se pôs há muito tempo, os dias estão ficando mais curtos. O céu desta noite parece carregado de nuvens, um tipo diferente de quietude pairando sobre as árvores. — O convite está feito.

— Acho que os finalistas que devo visitar semana que vem podem ter problemas com isso. — Ela ri.

— Você gosta do que faz? Das viagens?

— Sabe, acho que você é a primeira pessoa que me pergunta isso em muito tempo. — Ela sorri para mim, seus olhos se enrugando no canto, de onde espreitam por cima do cachecol. Pensar nisso me deixa triste e me pergunto quantas pessoas ao seu redor se aproximam apenas para usufruir de sua influência. — Eu gosto. Gosto de contar histórias. É por isso que comecei a fazer o que faço.

Acompanho Evelyn há algum tempo. Ela começou no Instagram, postando fotos de pessoas comuns sem filtros, sem edição. Compartilhando suas histórias, seus pensamentos e sonhos, mesmo quando eram desconfortáveis. Aos poucos, começou a falar de pequenas empresas e, então, se tornou o que é hoje. Ela mostra a beleza escondida de norte a sul, revelando lugares que as pessoas podem não saber que existem. Cafés de cidades pequenas, livrarias independentes, organizações sem fins lucrativos que ajudam as famílias a colocar comida na mesa. Essas são as histórias que mais amo, aquelas em que uma comunidade se une como forma de se apoiar.

— Mas ultimamente não sei. Parece que algumas das minhas histórias já estão escritas antes mesmo de eu dar uma olhada. — Eu sei o que ela quer dizer. A maioria de suas coisas hoje em dia é patrocinada por empresas que tentam explorar o mercado de influenciadores. — Eu tento escolher bem com quem trabalho, mas as redes sociais... meio que me deixam loucas na maioria dos dias.

— Quer dizer que você não sonhava em ser influenciadora?

Ela ri e balança a cabeça.

— Eu queria ser jornalista. Por um tempo, pensei que as redes sociais eram a forma mais fácil de fazer isso. Mas agora não sei dizer. Parece que não conto uma história real há muito tempo. Eu só quero ajudar as pessoas. — Ela bate com o ombro no meu. — Pessoas como você, que estão tentando realizar seus sonhos.

— Você está me ajudando — confesso. Nosso número de seguidores triplicou, mais pessoas do que nunca perguntam sobre reservas. E Evelyn ainda nem postou grande parte do conteúdo que criou. — Não consigo expressar quanto sou grata.

— Todo mundo merece vivenciar este lugar — diz ela. Uma rajada de vento levanta seus cabelos e ela sorri, animada e sem acreditar. — Ah, só pode ser brincadeira.

Olho para onde ela está olhando, a cabeça inclinada para cima. Começou a nevar, flocos grandes de neve caindo vagarosa e silenciosamente das nuvens pesadas acima. A primeira neve do ano.

— Um Polo Norte da vida real — murmura ela baixinho, com uma leve admiração na voz.

Eu sorrio e olho para o céu. Um momento perfeito da magia de fim de ano.

ENTRAMOS PELA PORTA do chalé para uma explosão de jazz natalino vindo da cozinha, cheiro de manteiga quente e de alho e algo doce. Luka aparece no corredor com um avental, uma colher de pau enfiada no bolso da frente.

Não faço ideia de onde ele encontrou a tela azul-escuro escrito AJUDANTE DE PAPAI NOEL que veste na altura do peito. Ele está ridículo.

— Ah, na hora certa.

Ele não sai da entrada da cozinha quando vou até lá, esfregando as mãos para afastar um pouco do frio. Quando arqueio uma sobrancelha para que ele saia da frente, ele aponta silenciosamente acima de nossa cabeça, um raminho de visco que com certeza não estava lá de manhã. Dou risada e fico na ponta dos pés, dando um beijo em sua bochecha.

— Trapaceira. — Ele ri e me segura pela cintura antes que eu possa escapar, se abaixando e pressionando sua boca na minha em um beijo curto, doce e ardente. Ele suga brevemente meu lábio inferior e depois me solta, os olhos castanhos divertidos quando cambaleio com as pernas bambas.

A linha que separa a ficção da realidade não existe mais. Não faço ideia de se ele fez isso porque Evelyn está atrás de mim ou porque queria fazer.

Ele pisca e percebo que não me importo com a verdade.

Aproveite, uma voz que soa suspeitamente como Layla sussurra no fundo da minha mente. *Não pense demais.*

— Isso é abóbora? — exclama Evelyn, parada perto do fogão. Ela tirou os sapatos e a jaqueta, um suéter enorme com gola larga ajeitado com habilidade sobre um ombro. — Ai, meu Deus, isso é torta de abóbora?

Ela parece prestes a chorar.

— O pão de alho está no forno — acrescenta Luka. — Deve ficar pronto daqui a pouco. Podem ir. Vão se sentar. Bebam vinho.

Ele aponta para a mesa onde duas garrafas de vinho tinto nos esperam. Toda a decoração do chalé está acesa, o pequeno e aconchegante espaço cheio de pinhas frescas e luzinhas, guirlandas feitas à mão com lã xadrez antiga. Velas em todas as janelas e um pinheiro na sala, repleto de luzes, enfeites e tiras cintilantes penduradas do jeito certo. Observo enquanto Evelyn absorve o ambiente, os olhos arregalados se demorando na série de casinhas em miniatura acima dos armários, organizadas em uma réplica quase perfeita de Inglewild.

Ela pega a garrafa de vinho e enche a taça até a borda.

— Puta merda, este lugar é perfeito.

O jantar é um sonho, minha casinha repleta de risadas pela primeira vez em muito tempo. Luka é charmoso e gentil, contando histórias bobas sobre as crianças da turma da mãe, da vez que ele e Beckett ficaram agachados no campo por quase quatro horas tentando pegar os adolescentes cometendo delitos. Como por meses eu não parava de encontrar tinta verde-escuro nas minhas toalhas.

Nada disso parece mentira ou fingimento. Não preciso atuar quando Luka pisca para mim por cima de sua taça de vinho, o pé cutucando o meu embaixo da mesa. Não me sinto nem um pouco desonesta quando tiro os pratos da mesa e dou um beijo na cabeça dele quando passo, seus dedos apertando suavemente os meus.

— Como vocês começaram a namorar?

É a primeira pergunta que ela faz sobre nosso relacionamento e eu me atrapalho com uma das travessas, a colher caindo no chão. Luka começa a contar a história enquanto eu me recomponho.

— Minha mãe se mudou para cá faz mais ou menos dez anos. Teve uma campanha de turismo de Inglewild em algum momento, que dizia algo como "a Pequena Florença", não sei. Acho que ela viu um anúncio no jornal e decidiu se mudar para cá. Ela sente falta da Itália.

Eu rio da pia. Deve ter sido um choque quando chegaram e viram que o lugar não se parecia nem um pouco com a pitoresca cidade italiana.

— A Stella morou aqui por um tempo. Nos encontramos quando ela estava saindo da loja de ferramentas.

Conheço bem essa história. Mas Luka me surpreende ao contar algo inesperado.

— Achei ela tão linda. Ela estava... usando um vestido amarelo brilhante com pequenas margaridas na barra. Eu não conseguia parar de olhar para as margaridas. Pensei naquele vestido amarelo por dias depois que fui embora. Toda vez que via uma mulher de vestido amarelo em Nova York... — Ele para e limpa a garganta. — E, quando voltei para visitar minha mãe de novo, eu fui... — Seus olhos se voltam para mim na pia, de costas para a torneira, pratos sujos já esquecidos. — Caminhei tantas vezes pela cidade, por tanto tempo, para tentar encontrar com ela de novo — ele ri. — Minha mãe achou que eu estava praticando marcha atlética. Mas acabei encontrando Stella, saindo da livraria. Não lembro o que ela vestia, mas lembro que ela sorriu para mim. O sorriso grande e cheio da Stella.

Aquele sorriso é meu, foi o que ele disse sobre quando Caleb esteve na minha cozinha. Evelyn e Luka riem juntos, mas estou ocupada tendo uma síncope na pia. Fecho a torneira e seco as mãos no pano de prato.

Evelyn se vira na cadeira, passando o braço em volta dela e me olhando com um sorriso.

— E o que você achou do Luka? Quando vocês se conheceram?

Ainda me lembro com uma clareza surpreendente do momento em que topei com ele, embora estivesse enterrada em um luto tão intenso que mal conseguia colocar um pé na frente do outro.

— O Luka não está usando uma figura de linguagem quando diz que o conheci do lado de fora da loja de ferramentas. Eu praticamente derrubei ele no chão. — Dobro o pano de prato e olho para Luka, suas longas pernas esticadas embaixo da mesa, uma taça de vinho tinto na mão. — Minha mãe tinha acabado de morrer e eu estava... meio que em suspenso. Tropecei naquele degrau e ele me segurou, se certificando de que eu não ia cair. Ele meio que tem me mantido em pé desde então.

Eu me pergunto se eles podem ouvir todas as coisas que não estou dizendo. Que não me lembro do que ele estava vestindo, mas lembro que ele cheirava a laranja fresca e manjericão. Que eu mal conseguia respirar direito durante todo o tempo em que ficamos sentados na pequena padaria, comendo queijo grelhado. Que eu gosto dele desde sempre, e que o amo todo esse tempo.

— Eu nunca te contei isso — digo diretamente a Luka agora. — Mas eu não tinha por que estar naquela loja de ferramentas. Eu estava só... vagando por aí. Tentando me convencer a ser produtiva. E quando esbarrei em você... — Respiro fundo e pisco para o teto. Não é de surpreender que a dona de uma fazenda de árvores de Natal seja sentimental. Luka pousa a taça de vinho na mesa e se endireita, preocupado. — Não sei, meio que sempre pensei que minha mãe tinha mandado você pra mim. Acho que nunca tinha entrado em uma loja de ferramentas na minha vida e... não sei. Acho que gosto de pensar assim. — Dou de ombros. — É besteira.

Não acredito em destino, ou sina, ou qualquer regra ou razão para o universo e todos os seus acontecimentos aleatórios, maravilhosos e terríveis. Mas acredito que encontrei Luka quando mais precisava dele, e gosto de pensar que minha mãe teve influência nisso. É um conforto. Como se ela ainda estivesse cuidando de mim. Ainda estivesse segurando minha mão. Luka se levanta da cadeira e dá três passos largos pela cozinha. Ele me envolve em seus braços, agarrando minhas mãos com força ao lado de sua cintura.

— Lalá — diz ele, me embalando para a frente e para trás. Ele dá um beijo na lateral da minha cabeça e eu cerro os punhos na parte de trás de sua camisa. Isso pode não durar além desta semana e posso nunca dizer a ele como realmente me sinto, mas ele merece saber disso.

Tudo o que ele me devolveu.

Estamos mais conscientes um do outro depois disso. Os olhos de Luka permanecem em mim enquanto termino de lavar a louça, descobrindo novos centímetros do meu corpo. A pele logo acima do meu pulso, a cavidade entre minhas clavículas, a parte inferior das minhas costas quando estendo a mão para guardar um prato em uma das prateleiras de cima. Ele sorri quando reviro os olhos para ele por cima do ombro, a língua para fora, as mãos abrindo e fechando nos braços da cadeira.

Evelyn vai embora logo após outra rodada de vinho e torta de abóbora, ligando para o único Uber da nossa cidade. Luka espia por cima do ombro dela para o celular e ri quando vê de onde Gus está vindo.

— Acho que Gus e a Mabel ainda estão juntos.

Eu me junto a ele e assistimos à animação do carrinho sair da direção da estufa. Luka coloca a mão na parte inferior das minhas costas, seu polegar deslizando para baixo, sob a bainha do meu suéter. Eu tremo.

— Então ele dirige a ambulância e é Uber? — Evelyn guarda o celular no bolso com um sorriso divertido. — Cidades pequenas são tão engraçadas. — Ela inclina a cabeça para o lado e o sorriso desaparece de seu rosto. — Espera, ele não vem me buscar na ambulância, né?

Gus não vem buscá-la na ambulância. Ele aparece em seu muito razoável Toyota Camry, buzinando duas vezes para Luka e para mim enquanto desaparecem na estrada. Ficamos juntos na varanda quando eles descem a entrada da garagem, observando a neve que continua a cair em grandes e grossos flocos. Derrete assim que toca o chão, tudo quente demais para grudar direito. Mas há uma fina camada de branco nas árvores. Como se alguém sacudisse um globo de neve e deixasse ela se assentar.

Eu me viro para voltar para casa, mas Luka me imobiliza com a mão. Ele me puxa até que eu fique de frente para encará-lo, então para me fazer descer no último degrau da varanda. Eu rio e ponho os braços em torno dele, a cabeça erguida para o céu. Assim, com o brilho da luz de dentro vindo quente pelas janelas, a neve quase parece pedacinhos de purpurina. Sorrio quando um floco cai no meu nariz.

— O que você está fazendo? — Rio, outro floco de neve se enroscando em meus cílios. Eu limpo com as costas da mão e o riso fica preso na minha garganta quando olho para Luka.

Seus olhos brilham âmbar na luz que vem da casa, um sorriso surgindo em sua boca. Esse é um sorriso secreto. Um que nunca vi. Quero traçar com meus dedos e sentir o peso dele contra minha pele. Quero me inclinar e pegá-lo com a língua como um floco de neve, ver qual é o gosto. Seu sorriso se torna algo maior, flocos de neve caindo em seus cabelos. Ele fica divino assim. Totalmente meu.

— Quero te beijar — diz ele, gentil e tranquilo, como se a expressão em seu rosto não estivesse a um passo da fome absoluta. Ele baixa a cabeça até que seu nariz roça o meu. — Não é mágico beijar alguém na primeira neve do ano?

Se não for, deveria ser. Porque parece mágico quando me inclino e pego o lábio inferior de Luka entre os meus. Ele deixa escapar um suspiro, uma respiração, e me envolve pelas costas, me puxando para mais perto, para cima e na direção dele até que nossos quadris se encostam. Seus dedos roçam minha clavícula enquanto ele me beija lentamente, a mão deslizando para cima, o polegar pressionando um floco de neve derretido em minha pele. Sinto a ponta de seus dedos quando ele toca meu pescoço até a pele macia atrás da orelha. Nunca pensei que fosse uma parte particularmente sensível do corpo, mas Luka faz com que seja. Claro que faz. Ele continua ali, traçando círculos suaves, até que eu suspiro em sua boca, sua língua emaranhada na minha, os dedos nos meus cabelos, segurando a parte de trás da minha cabeça e me inclinando para trás para que nosso beijo vá mais fundo, seja mais quente.

Eu nunca fui beijada assim, com aquele céu noturno acima de nós. Flocos de neve caindo em minha pele como pequenas agulhadas de frio.

— Você estava falando sério? — sussurra ele no mesmo espaço atrás da orelha que explorou com o dedão, minha cabeça encostada em meu ombro para que ele tenha mais espaço. Suas mãos percorrem minhas costas embaixo do suéter, o tecido amontoado em seu pulso. — Quando disse aquilo?

Eu nem sei qual é meu nome neste instante. Luka tem gosto de vinho tinto e canela e não quero que ele pare de me beijar nunca mais.

— O que eu disse?

Ele se afasta e apoia a testa na minha, a respiração ofegante e pesada. A cada vez que expira, uma pequena nuvem branca se forma entre nós, se elevando no céu noturno com a neve e as estrelas.

— Que eu tenho te mantido em pé — diz. Ele baixa a cabeça e morde meu lábio inferior como se mal conseguisse se conter.

— Claro que sim — digo, enfiando os dedos no cós da calça dele. — Não acredito que você precisou perguntar isso.

Ele exala, longa e lentamente, e tira a mão da parte de trás da minha camisa. Estremeço com a falta de sua pele quente contra a minha e olho para ele, meu queixo em seu peito. Quero me lembrar desse momento para sempre, meu momento globo de neve. Luka com o desejo estampado em seu rosto, uma mecha rebelde de cabelo começando a se enrolar atrás da orelha, as bochechas coradas de frio e desejo.

Mágico.

— Vamos entrar.

Ele diz isso como uma promessa, as mãos me puxando pela entrada, impaciente demais para que eu faça isso sozinha. Deixo que ele me guie para dentro do chalé, a porta se fechando com firmeza atrás de nós, o ferrolho travando no lugar. Metade de mim espera ser pressionada contra ela, erguida até que nossos quadris possam se encaixar com perfeição, mas Luka só tira as botas que nem se preocupa em amarrar, sorri e faz um som doce quando eu chuto as minhas na direção de sempre. Ele se curva e as organiza em uma linha perfeita, as costas de sua mão roçando minha panturrilha, meu joelho, minha coxa, enquanto ele se endireita. Ainda há música de Natal tocando na cozinha, mais suave agora, uma canção calma de Ella Fitzgerald sobre um feliz Natal. Observo sua silhueta na escuridão do corredor, a linha forte de seu maxilar, a curva de seu ombro.

— Ouça, Stella. Preciso ser honesto com você. — Ele passa os dedos pelos cabelos, os fios caramelo bagunçados. — Estou com dificuldade para me segurar. — Engulo em seco e me aproximo, querendo ver toda aquela compostura cuidadosa escapar dele. Eu quero Luka bagunçado, respirações ofegantes e exclamações entredentes.

— Você está sentindo o que estou sentindo? — pergunta em um sussurro e eu assinto, me aproximando dele, a mão em sua nuca enquanto o puxo para mim. Apesar de toda a energia que percorre meu corpo e me acende como, bom, uma árvore de Natal, o beijo é delicado. Uma carícia dos lábios deles nos meus. Então, emaranho a mão em seus cabelos e puxo, não tão delicadamente.

Luka dá um gemido áspero e dobra os joelhos, a palma das mãos alisando da minha cintura para baixo, passando pela minha bunda até a parte de trás das minhas coxas. Ele agarra e levanta, e eu emito um chiado que o faz sorrir, a curva de seus lábios deliciosos nos meus.

— Que som interessante — diz ele, vagando pela minha sala e esbarrando em cada móvel. Ele grunhe quando bate a canela na mesa de centro.

— Cala a boca — digo, rindo na pele de seu pescoço, dando beijos delicados ao longo de sua garganta. Abro o primeiro botão de sua camisa de flanela enquanto ele tenta navegar em minha casa como se nunca tivesse estado aqui antes e dou um beijo profundo e voraz na borda de sua clavícula, na cavidade de sua garganta. Desta vez é ele a emitir uma série de sons interessantes e a me jogar abruptamente no braço do sofá, com as mãos debaixo do meu suéter e no fecho do meu sutiã, antes mesmo de eu perceber que paramos de nos mover.

— Puta merda, Stella — sussurra, as mãos segurando meus seios. Seus polegares roçam meus mamilos e eu oscilo na beirada do sofá, enrolando minhas pernas em seus quadris para me manter firme. Se beijá-lo na neve foi mágico, então isto é... isto são confeitos coloridos e crocante de caramelo em cima de cupcakes de chocolate amargo. Eu me atrapalho com os botões de sua camisa, desistindo da parte de cima para começar de baixo, quando ele vira minha cabeça para o lado e começa a chupar meu pescoço. Seus polegares acariciam, giram e puxam, e eu paro de pensar.

Perco toda a paciência e puxo sua camisa, tentando rasgá-la em duas.

— Tira isso — digo, querendo sua pele na minha mais que qualquer coisa.

— Mas estou ocupado — brinca ele, tentando esticar a gola do meu suéter o suficiente para colocar a boca onde estão as mãos. Ele morde meu ombro em frustração.

— Luka. — Eu rio e abro outro pequeno botão em sua camisa. Quando camisas de flanela se tornaram tão complicadas? — Anda.

— Peça com jeitinho — retruca ele em minha pele com um sorriso e eu rio de novo, balançando minha bunda no braço do sofá e empurrando Luka para trás com as mãos espalmadas em seu peito. Ele faz beicinho quando suas mãos escorregam por baixo do meu suéter, os dedos se demorando em cima dos meus joelhos, os polegares deslizando para a frente e para trás na minha coxa. Tiro meu suéter e o beicinho desaparece, uma fome surgindo em seu lugar, a língua no canto da boca.

Estendo a mão para a alça do meu sutiã, pronta para arrancá-lo e jogá-lo na direção do quarto, mas ele balança a cabeça, se acomoda no meio das minhas pernas e desliza o dedo indicador por baixo da alça delicada. É de algodão liso e macio, igual ao que eu estava usando naquela noite no sofá, mas ele me olha como se eu estivesse usando renda italiana. Ele arrasta o dedo para cima e para baixo na alça, brincando com ela, os nós dos dedos roçando na minha pele.

— Lembra aquele festival de música que a gente foi na Filadélfia? Aquele que tinha The Roots?

— Hm, acho que sim — digo, distraída. É difícil pensar quando Luka está com as mãos em mim. Ele muda sua atenção para a outra alça. Ele a puxa por cima do meu ombro e das minhas costas, meu peito subindo e descendo com cada toque cuidadoso.

— Você estava usando um vestido rosa-claro com as alças mais finas que já vi — comenta ele. Eu me lembro daquele vestido. Estava tão quente e eu gostava de como ele balançava nas minhas pernas quando eu me virava.

Ele engole em seco, o pomo de adão balançando em sua garganta. Estou presa ali, observando como seu corpo se move quando ele está dominado pelo desejo. Seu polegar desliza até o bojo do meu sutiã e ele traça a pele logo acima, hipnotizado.

— Você estava dançando na minha frente e elas caíam o tempo todo. — Ele olha para mim de novo e pressiona as mãos nas minhas clavículas, as mãos abertas, os mindinhos dobrados sob cada alça. Ele desce as mãos devagar, levando o tecido com ele até que as alças estejam presas nos meus cotovelos, o bojo do meu sutiã mal me cobrindo. Expira, a respiração trêmula, um meio sorriso surgindo em seus lábios. — Eu queria tanto te beijar.

Eu tremo.

— Era só isso que você queria fazer?

O sorriso dele aumenta, um brilho perverso naqueles olhos castanhos.

— Não.

Ele enfia dois dedos no meio do meu sutiã e o puxa, me deixando nua da cintura pra cima no sofá. Resisto à vontade de me cobrir, as luzes da árvore pintando minha pele em pequenas meias-luas.

— Queria fazer isto — diz ele, se aproximando, segurando meus seios nus. Sua boca encontra minha clavícula e chupa, longos e úmidos puxões em minha pele. — Pensei em enfiar minhas mãos na parte de cima do seu vestido. — Sua boca roça meu mamilo. — Eu pensei em colocar minha boca em você.

— Por favor — imploro. Queria soar provocativa, bobinha, mas ouço o desejo em minha voz. Luka também, se o jeito como mexe em sua camisa serve de indicação. Há certa urgência depois disso, nós dois descartando freneticamente o restante de nossas roupas, tentando nos aproximar o máximo possível. Observo sua pele dourada se revelar centímetro por centímetro, meus olhos seguindo com ansiedade o punhado de pelos escuros em seu peito enquanto eles se estreitam em uma linha fina que desaparece sob a fivela de seu cinto. Eu ocupo minhas mãos enquanto ele tenta puxar meu jeans para baixo, praticamente me puxando para fora do sofá.

Rio e pulo num pé só, segurando seus ombros enquanto ele baixa meu jeans com um resmungo, seu rosto procurando o meu para dar um beijo. Ele geme quando o envolvo em meus braços, pele quente contra pele quente. Até que enfim.

Pequenos soluços de lembretes me dominam enquanto tropeçamos em nosso caminho pelo corredor até o quarto, parando a cada poucos passos para nos tocar e nos provocar. Deslizo a mão em sua cueca, acariciando forte, e tenho que me lembrar que este Luka ofegante em meu ombro é meu melhor amigo. O mesmo Luka fechando as mãos em punhos nas minhas costas, desejando meu toque com um movimento de seus quadris, um grunhido baixo em sua garganta. Luka agarra meu pulso e puxa minha mão, nos guiando para o quarto e me jogando na cama.

Travesseiros tombam e eu os afasto enquanto Luka monta em mim, as mãos apoiadas nos meus ombros. Estou ansiosa para vê-lo assim, a pele nua e os braços flexionados, as sardas em sua pele apagadas ao luar.

— Espera aí — diz ele e enfia o braço embaixo de mim, me guiando até que minha cabeça esteja sobre os travesseiros e meus joelhos estejam abertos, meu peito subindo e descendo a cada respiração trêmula. Não consigo recuperar o fôlego, uma necessidade frenética queimando através de mim. Meus lábios estão inchados por causa de seus beijos, a pele formigando com o roçar áspero de sua barba por fazer. — Pronto — diz quando seu corpo se aninha no meu, a pele escaldante, a rigidez dele pressionada em minha maciez molhada. Ele empurra os quadris e tudo em mim se aperta. Suspiro em um travesseiro rosa-pálido em forma de lua crescente e me pergunto como é possível que eu esteja tendo a experiência sexual mais intensa da minha vida ainda de calcinha.

Luka diminui o movimento de seus quadris ficar imóvel em cima de mim, suas mãos agarrando meus cabelos e se enfiando nas mechas escuras. Ele arruma os fios com cuidado para não ficarem presos nos meus ombros, uma auréola artística de cachos escuros emaranhados. Seu olhar percorre meu rosto, se demorando, acho, na curva dos meus lábios. Ele suspira, um pouco melancólico, e eu sorrio com a doçura disso.

— Que foi? — pergunto. Ele me olha com um cuidado que é lindo em sua honestidade. Aquele olhar diz um milhão de coisas, mas não consigo distinguir o quê.

— Nada — responde, e seus olhos descem para o volume pesado dos meus seios, a pele macia. A forma dos meus quadris e o umbigo profundo. Eu o sinto como a ponta de um dedo no meu esterno. Ele fica de joelhos entre minhas coxas abertas e, com os polegares, baixa minha calcinha um centímetro, tirando-a por completo quando mexo as pernas para ajudar. Ele suspira fundo ao me ver nua diante dele, suas mãos deslizando nos meus joelhos.

— Pensei nisso também — confessa. — Quando aquela linda saia rosa roçou suas coxas.

Ele encontra o lugar onde estou quase embaraçosamente molhada e eu cedo ao prazer de seu toque, minha cabeça inclinada para trás nos travesseiros enquanto tudo dentro de mim chocalha e geme. *Eu também*, quero dizer, um pouco histérica. *Já imaginei isso de mil maneiras, em um milhão de possibilidades diferentes.*

— Puta merda — exclama ele, e eu abro os olhos para vê-lo me tocar, uma mão se movendo entre minhas pernas, a outra deslizando em minha barriga para traçar a curva inferior do meu peito. Ele puxa meu mamilo e eu gemo, um gemido rouco e gutural. Nunca fui tocada assim. — Puta merda — ele repete, desta vez mais sombrio. Seus olhos piscam do meio das minhas pernas para o meu rosto. Ele muda o ângulo da mão entre minhas pernas, a palma para baixo. Eu faço outro som de choramingo. — Eu poderia gozar assim, Stella. Só de ver você. De ouvir você.

Todo o meu corpo se contrai. Mas não é o que eu quero, terminar assim. Talvez mais tarde possamos explorar essa ideia em particular, mas agora quero senti-lo me prendendo no colchão, meus braços em volta de seu pescoço e sua boca na minha. Eu o quero desesperado e ofegante em minha pele, nós dois nos movendo juntos.

Digo isso em uma respiração confusa, sua risada um pouco ofegante quando ele se afasta de mim.

— Não precisa se preocupar com isso — resmunga ele, puxando a cueca para baixo. — Estou desesperado.

Abro a gaveta da mesa de cabeceira, onde joguei a caixa de preservativos que Layla me deu na semana passada. Ela os deixou na minha porta com uma reverência pomposa e uma garrafa de vinho. Fico feliz por nenhum dos fazendeiros ter passado pela minha casa e visto a caixa de Jontex tamanho família em meu capacho. Pego uma fileira inteira e jogo para Luka, distraída ao vê-lo sob a luz da lua filtrada pela minha janela.

As pernas compridas, e o peito sólido, os quadris trincados e profundos nítidos na luz suave. Seus bíceps flexionam quando ele tira uma das camisinhas e a coloca, o resto da fileira guardado com segurança sobre o cobertor ao pé da minha cama.

— Para mais tarde — diz ele com uma piscadela e eu rio, puxando-o para cima de mim.

Passo os dedos por seus cabelos.

— Um tanto presunçoso — provoco, como se pensar em mais não me emocionasse. Estou ávida por ele e seus toques, seus suspiros sussurrados em minha pele.

Ele bufa uma risada e se acomoda em cima de mim, um beijo entre meus seios, sua boca distraída pelo inchaço da pele macia. Ele trilha um caminho sinuoso em meu peito até me deixar ofegante, arqueada sob seu corpo, minhas mãos em seus cabelos guiando-o com mais força na direção certa. Ele se mexe devagar bem entre minhas pernas, fazendo pressão em todos os lugares que preciso. Eu poderia gozar assim e digo isso a ele, sua resposta um gemido áspero e enfraquecido.

— Foram nove anos de preliminares. — Luka se ergue na palma das mãos acima de mim, flexionando os braços. — Acho que uma vez não vai ser o bastante.

Agora quem está impaciente sou eu, meus quadris se mexendo sob os dele, minha boca provando qualquer pedaço de pele que posso alcançar. Mordo sua orelha, a curva de seu maxilar. Beijo com avidez o lábio inferior e a ponta do nariz dele. O agarro pelos ombros, pelos antebraços. É como se cada momento de desejo acumulado emanasse de mim em uma pressa colossal. Não me canso dele, não consigo me mover rápido o suficiente para tudo o que quero. Cada pensamento reprimido, cada toque cheio de hesitação, cada meia verdade e cada fantasia vibra sob minha pele, me deixando impaciente e frenética.

— Está tudo bem — ele me acalma e segura a parte de trás da minha cabeça com a mão, inclinando meu queixo para cima até que possa me beijar devagar e com doçura, aliviando o ritmo do meu coração com beijos demorados e lânguidos. — Vai mais devagar.

— Eu quero...

— Eu sei. Eu também quero.

Ele me acalma com as mãos gentis, abrindo minhas pernas e passando a palma das mãos para cima e para baixo até me fazer relaxar e me acomodar no colchão. Sorri para mim, olhos enrugados no canto, então me faz parar de respirar com uma pressão lenta e cheia de calor entre minhas pernas. Não sei se é porque já faz um tempo ou só porque é… o Luka, mas todo o meu corpo ganha vida com a pressão, a plenitude deliciosa. Ele se acomoda dentro de mim e eu solto um gemido alto e apertado no fundo da garganta. Sinto que não consigo recuperar o fôlego, o ar que Luka roubou de meus pulmões. Meu sangue vibra quente, um arrepio delicioso abrindo caminho desde onde Luka está agarrando minhas coxas com força até minhas costas arqueadas no colchão. Seguro os bíceps dele e aperto, expirando em um sussurro quando os quadris dele se movem contra os meus.

Ele apoia a testa na minha clavícula e balança a cabeça para a frente e para trás uma vez.

— Stella — diz, um pensamento sem começo e sem fim, apenas o prazer de dizer meu nome na minha pele.

Aliso as costas dele e ergo os quadris, um movimento superficial que só serve para me frustrar.

— Luka.

Ele dá um beijo inocente na minha têmpora, gemendo no fundo da garganta, e começa a se mexer.

Ele começa devagar, me desfazendo pouco a pouco. Está atento, aprendendo, cada mudança na minha respiração catalogada, colocada em prática. Aperta minhas coxas e eu suspiro. Morde meu pescoço e eu arqueio as costas. Muda o ângulo de seus quadris até que minha perna esquerda estremeça em seu aperto, meu pé batendo na canela dele. O riso em seus olhos se transforma em uma chama de determinação, as sobrancelhas franzidas, a língua entre os dentes. Balança a cabeça uma vez e de novo, uma estocada lenta, fazendo com os quadris um movimento circular que me faz fechar os olhos.

— Não faz assim — murmura ele, a mão em concha no meu pescoço, gentil, o polegar acariciando meu pulso, meus batimentos acelerados, antes de se estabelecer na cavidade da minha garganta. — Não se esconda de mim.

— É tão gostoso — murmuro, desejando ser mais eloquente. Desejando ter palavras para dizer a ele que me sinto como se estivesse me desfazendo em pedacinhos de poeira estelar. Eu me sinto incandescente, iridescente, cada luzinha da árvore de Natal apagada. Mas seus quadris estão se movendo mais rápido agora e ele está ligeiramente inclinado para cima, apoiado nos joelhos, a mão que não está no meu pescoço descendo entre nós para tocar logo acima de onde nosso corpo se une. São necessários apenas alguns toques ásperos de seu polegar, os quadris deixando a gentileza de lado em busca de um estocar desesperado que faz todo o meu corpo se mover na cama, minhas mãos acima da cabeça, segurando a cabeceira enquanto mais travesseiros tombam ao nosso redor.

— Luka — arfo quando a frustração intensa de não ser o suficiente se transforma no toque perfeito no lugar certo, me empurrando em direção ao prazer. Começa na minha barriga e se espalha pelas coxas, se acomoda na parte de trás dos meus joelhos e na pressão dos meus braços acima da cabeça. Rouba o ar dos meus pulmões enquanto continuo buscando a sensação, mexendo os quadris, me alongando como caramelo. A mão de Luka em meu pescoço estremece e então desliza para se entrelaçar na minha, uma única mão pressionando meus dois pulsos no colchão. Consigo abrir os olhos assim que ele também alcança o prazer, os dentes mordendo o lábio carnudo. Ele fica lindo assim. Mais um segredo revelado.

Luka tomba em cima de mim, o cabelo úmido de suor, o nariz encostado na minha bochecha. Acolho seu peso e me enrolo em torno dele, nossos tornozelos enganchados. Ele aperta minhas mãos e suspira, contente. Como um gato selvagem. Ou um menino sonolento e excitado.

— A gente devia ter começado a fazer isso anos atrás — murmura, a voz sonolenta. Ele ajeita a posição do corpo e geme. — Ou não. Não sei se teria sobrevivido. Acho que você me matou. Eu morri.

— Então você vai ser meu fantasma do Natal passado favorito.

Eu tento me esticar embaixo dele, um cobertor quente e pesado de Luka me cobrindo por inteiro. Mexo os dedos dos pés e sinto um toque de algodão, então ouço um murmúrio sonolento e divertido em sua clavícula.

— Você ainda está de meias — digo. Tudo o que recebo em resposta é um ronco, Luka enrolado possessivamente ao meu redor. Cedo à leve atração do sono, segurando-o com a mesma força, e deixo meus sonhos me levarem.

Pela primeira vez, acho que a realidade pode ser melhor.

21.

Acordo com o cheiro de bacon, um Luka amarrotado bocejando ao pé da cama com uma caneca de café fumegante em cada mão. Está sem camisa, a calça de moletom do avesso e chupões que desviam a atenção, começando logo abaixo da clavícula e descendo até o meio do peito. Eu me deito de costas e estico os braços acima da cabeça com um sorrisinho satisfeito.

— Sim, sim — murmura Luka, deslizando uma caneca de café na minha mesa de cabeceira e segurando meu tornozelo. Aperta minha perna em uma nova versão de seu familiar um-dois-três, o polegar logo abaixo da dobra da minha coxa. Ele me acaricia e todo o meu corpo estremece, os olhos castanho-dourados sorrindo para mim. — Muito orgulhosa de você mesma.

— Não te vi reclamar ontem à noite — brinco, lembrando como ele pressionou a cabeça nos travesseiros com minha boca em sua pele, minhas mãos em seus quadris segurando-o firme. Como ele disse meu nome em três sílabas separadas quando chupei a pele quente logo abaixo de seu umbigo. *Stel-la-la.*

— Esse jeitinho convencido não combina com você — diz ele, cheio de malícia, com a caneca nos lábios.

Rio em silêncio e estendo a mão para a mesa de cabeceira para pegar meu café. Transei com meu melhor amigo ontem à noite. Transei com ele duas... três vezes ontem à noite. Depois que caímos no sono da primeira vez, dois corpos amontoados, acordei por volta das duas da manhã com o estômago roncando. Escapei para a cozinha para comer um pedaço de torta direto do pote, só para ouvir Luka vir atrás de mim, roubar um pedaço da torta no meu garfo e então me apoiar no balcão da cozinha.

— Quero isso — murmurou enquanto se abaixava, dentes roçando minha coxa, sua boca quente e úmida na parte interna do meu joelho. Ele ficou com a cabeça entre as minhas coxas até me fazer bater a cabeça nos armários, então me puxou para baixo com gentileza, me virou para que eu apoiasse os quadris no balcão e me fodeu até me fazer desmoronar. Fiquei surpresa por ele não ter que me raspar do chão da cozinha depois disso.

Do jeito que está, meu corpo está dolorido da melhor maneira possível e eu me espreguiço outra vez com um gemido. Luka observa a pele nua do meu peito com ávido interesse enquanto o lençol desliza mais um centímetro.

— Me dá uma blusinha? — Não gosto da ideia de queimar meus seios com café.

Ele resmunga, mas faz o que eu peço e deslizo o tecido quente desbotado pela cabeça. É a mesma camisa de banda que ele usava por baixo do paletó outro dia e ainda tem o cheiro dele. Nunca mais vou devolver.

Eu o observo sentar na ponta da cama enquanto tomamos nosso café e me pergunto quando isso deveria parecer estranho. Achei que depois que Luka e eu transássemos eu sentiria uma combinação de pânico e arrependimento, mas, em vez disso, me sinto só... resolvida. É um alívio, e me dá esperança de que, no fim desta semana, quando a ambiguidade do nosso relacionamento desaparecer, quando a mentalidade de não ter consequências que ambos adotamos sumir, poderei me encaixar perfeitamente.

— Eu estava pensando... — Luka se acomoda na cama, apoiando um cotovelo na minha cintura. Estou distraída com a pele de seu torso, as sardas que se espalham até a bainha de sua calça de moletom. — Tenho que fazer a mudança de Nova York na semana que vem. Talvez você possa vir comigo se eu voltar na terça. O movimento vai ser menor aqui, né?

Não deve ter problema nisso. Beckett e Layla podem lidar com um dia menos movimentado. Vou ter que verificar nossas reservas só para ter certeza, mas não vejo por que não.

— Calma aí. Fazer a mudança?

Ele segura meu joelho, o lençol fino encobrindo a sensação de sua pele na minha. Meus setecentos travesseiros estão espalhados pelo quarto, como se tivessem sobrevivido à explosão de uma bomba. Um deles está equilibrado precariamente na lâmpada no canto.

— Eu te contei sobre o trabalho em Delaware, não contei?

— Você disse que estava pensando, não que tinha tomado uma decisão. — Uma tontura me domina. — Você vai fazer isso? Se mudar para Delaware?

Ele assente, o rosto se iluminando quando vê minha empolgação.

— Vou, desculpa. Pensei que já tinha contado, mas acho que não quis distrair você com a Evelyn aqui. Já até encontrei uma casa. É pequenininha e fica perto da praia. Dá para ouvir o barulho das ondas quando as janelas estão todas abertas.

— Isso é... — Estou sorrindo tanto que parece que meu rosto vai se dividir ao meio. Luka, a vinte minutos de carro. Posso ir até a casa dele pegar uma xícara de farinha, se quiser. Posso visitar de manhã, voltar para minha casa e depois ir até lá de novo à noite. As possibilidades são infinitas.

— Luka, estou tão feliz.

— É? — Ele parece aliviado. — Que bom. Eu também.

— Me diga que tem um fast food de taco por perto.

Ele dá um longo gole no café, me mantendo em suspense.

— Tem um fast food de taco por perto.

Luka a uma curta distância e tacos no caminho. A vida não tem como melhorar mais.

— A gente pode ir pra Nova York na terça, arrumar tudo e voltar no mesmo dia. Não tenho muita coisa e estava pensando em doar a maior parte dos móveis.

Ele pousa a caneca na mesa de cabeceira e pega a minha também, colocando-a ao lado da caixa aberta de camisinhas. Fico vermelha. É melhor guardá-las logo.

Luka rasteja por cima do meu corpo e me prende com os braços, um beijo delicado no meu nariz. Delicado é o exato oposto do que seus olhos castanho-chocolate sombrios estão me dizendo. Ele beija meu queixo.

— Você poderia ficar comigo na casa de Delaware. — Ele raspa os dentes no meu pescoço. — A gente pode encontrar uma maneira criativa de quebrar o balanço da varanda dos fundos.

Meu cérebro leva um segundo para entender. Só dei dois goles no café antes de Luka pegar minha caneca, e sua língua está fazendo algo interessante sob minha orelha. Mas quando a ficha cai, quando percebo o que acabou de dizer, fico rígida embaixo dele.

Olá, pânico. Você chegou.

— Espere. O quê?

Luka pressiona a palma das mãos, estremecendo. A ponta das orelhas está rosada.

— Desculpe, era brincadeira isso do balanço. Meio que era. Exagerei?

Balanço a cabeça, mudo de ideia e assinto. Mordo o lábio inferior e então balanço a cabeça de novo. Luka se afasta até que esteja sentado ao pé da cama, com a palma da mão ao lado do meu joelho. Ele coça a nuca, confuso.

— Mas terça-feira — tento organizar os pensamentos que ziguezagueiam pelo meu cérebro —, terça-feira é semana que vem.

Ele concorda, as sobrancelhas caídas.

— É, é semana que vem.

— Nosso acordo era só até esta semana.

— Nosso acordo?

— Nosso teste. Você disse que a gente ia usar esta semana como um teste.

— Ah. — Seus ombros relaxam, a confusão desaparecendo de suas feições. Fico feliz que ele entenda. Não podemos continuar... fazendo isso, além desta semana. Nós tentamos, foi incrível, mas chega, acabou. Já matamos a vontade. Podemos voltar a ser como a gente era sem toda essa tensão borbulhante entre nós, e eu não preciso correr o risco de perdê-lo. — Acho que podemos dizer com segurança que o período de teste foi bem-sucedido.

— Foi. Mas se chama teste porque testes terminam. Não somos... Luka, não somos... — As palavras somem na minha língua. Não posso dizer isso. O que ele está achando? Que estou disposta a ter uma amizade colorida com ele? Olho para os lençóis retorcidos, a caixa de preservativos zombando de mim no canto do olho. Acho que minhas ações não indicavam o contrário.

Minhas bochechas queimam.

— Não quero esse tipo de relacionamento com você — digo baixinho. — A noite passada foi muito divertida, mas eu me preocupo demais com você para... para isso.

Luka é basicamente uma estátua no pé da cama.

— O que você quer dizer?

Eu me recuso a erguer os olhos dos lençóis.

— Não quero ter uma amizade colorida.

— Ótimo. Nem eu.

Olho para cima tão rápido que meu pescoço estala.

— Mas você acabou de dizer...

— Eu me expressei errado. Me desculpe, eu só... seu cabelo tá todo despenteado por minha causa e sua boca tá inchada e acho que estou com dificuldades para organizar minha mente. — Ele sorri para mim, juntando minhas mãos nas dele e entrelaçando nossos dedos. — Quero que você veja a casa em Delaware, ok? Nós vamos comprar tacos no caminho. Sorvete de creme também. Se você quiser.

— Ceeerto — arrasto a palavra até que ela tenha quinze sílabas. — Mas isso quer dizer sem sexo, né? — Sinto que preciso ser clara em relação a esse assunto.

Luka volta a ficar confuso. Sua boca abre e fecha várias vezes, as mãos apertando as minhas.

— Bem... Em algum momento, eu quero, sim, transar com você de novo. Mas não precisa ser terça-feira, se você não quiser.

— Mas você acabou de dizer que não quer uma amizade colorida.

— E não quero. Stella — ele ri, provavelmente achando divertido que estamos voltando para o começo da conversa. Fico feliz que um de nós esteja se divertindo. — Quero ser seu namorado.

— Ah. Hum. — Nem um único pensamento coerente surge em meu cérebro. — Você quer?

Ele franze a testa.

— Quero, sim.

— Quer dizer... — Solto a mão da dele e me sento na cama. Ele não sabe o que está dizendo. Está confuso. — Quer dizer que quer terminar esta semana como meu namorado de mentira, certo? É isso que você está dizendo.

— Não — responde ele, devagar, paciente. — Estou falando de nós dois juntos, de você e eu, pra valer. — Sua fisionomia carrancuda se estende até aquela ruga entre os olhos, que aparece quando ele está lendo letras muito pequenas ou começando a se chatear. — Achei que a gente estava falando a mesma língua.

Quando balanço a cabeça dizendo que não, não estamos falando a mesma língua, Luka esfrega aquela pequena linha com o polegar. Claramente, não falamos línguas nem parecidas.

— Então, o que... — Seus olhos disparam acima da minha cabeça para a janela, a mesa de cabeceira, o chão. Está procurando por respostas em minhas cortinas brancas e esvoaçantes e não encontra nada. — O que foi ontem à noite, então?

— Pensei que a gente tivesse concordado em fazer o que parecia certo esta semana. Pra ver onde isso ia dar.

— E você achava que sexo fazia parte do acordo? Você pensou... o quê... que eu ia transar com você e na semana que vem a gente ia voltar a assistir filmes no sofá como se nada tivesse mudado?

— Eu tinha... hum, eu meio que esperava que sim.

Na verdade, era exatamente o que eu esperava. Ter esta semana com ele e depois tudo voltaria a ser como era. Isso deixa tudo seguro. É assim que consigo manter o Luka comigo.

Ele bufa, um pouco irritado.

— Stella, eu não... — Ele coça a ponta do nariz. — Você é minha melhor amiga. Você não é um lance casual.

Arrasto o polegar na colcha da cama, enrolando mais lençóis em volta de mim. Parece errado que eu não esteja usando calcinha para essa conversa.

— Você já teve lances casuais.

— Mas não com você — diz ele, com certeza muito zangado agora, os ombros tensos. — Por que você repete isso toda hora? Faz muito tempo que não faço sexo casual com alguém. Você continua agindo como se eu estivesse... como se eu saísse cidade afora transando com qualquer uma que vejo.

— Não sei, Luka. Isso não é…

— Acho que preciso ser mais claro — declara, me interrompendo, e fico feliz. Esta manhã foi um desastre total. Vai saber que absurdo teria saído da minha boca a seguir? Luka ergue meu queixo com os nós dos dedos e inclina meu rosto até que eu olhe bem em seus olhos, a explosão de sardas em seu nariz.

— Estou apaixonado por você — confessa ele, frustrado e sem camisa na minha cama. Na verdade, ele grita isso, as sobrancelhas escuras numa expressão cheia de raiva. — Estou apaixonado por você e quero ficar com você.

Sinto meu estômago revirar. Fecho os olhos com força e enfio os dedos nos lençóis.

— Você acha — engulo em seco. — Você acha que está confuso, por causa do nosso acordo?

— Por que você acha que concordei com esse acordo?

— Luka. — Estou ficando frustrada agora. Ele está forçando demais. Estou cedendo sob a pressão.

— Eu queria que você me desse uma chance. Queria saber se você pode me ver da mesma forma.

Balanço a cabeça.

— Você não vê como pode estar enganado? — tento dizer. — Talvez sejamos apenas bons metirosos. Talvez o seu coração esteja confuso.

— Pare de me dizer como me sinto, Stella.

— Você pode me amar, mas não está apaixonado por mim. É que… — Busco algo para explicar o que está acontecendo em minha cabeça e em meu coração. — É apenas o... é toda essa tensão. O sexo, talvez. Não sei.

— É assim que você se sente? — Ele engole em seco. — Foi só sexo?

Abro os olhos e vejo Luka me encarando com uma expressão tão devastada que fico sem ar. O melhor que posso fazer nessa situação é ficar de boca fechada, certa de que qualquer coisa que eu diga só vai piorar tudo. Claro que não me sinto assim. Amo Luka há tanto tempo que parece que esse sentimento faz parte de mim, mas já estou acostumada a escondê-lo — suprimi-lo —, e isso também faz parte de mim. Então, não digo nada enquanto pisco e desvio o olhar, fixando os olhos nas tábuas do chão, em uma das meias dele quase escondidas debaixo da cama. Com luzinhas de Natal, retorcidas e emaranhadas.

— Merda — sussurra. Ele ri baixinho e de forma sombria e o observo erguer a mão da cama, meus olhos fixos na marca que ele deixou ali. Será que tenho marcas assim nas minhas coxas, nos meus pulsos, na minha bunda? Quanto tempo vou conseguir preservá-las antes que desapareçam também?

— Estou me sentindo um idiota — admite ele, se levantando da cama e pegando a meia. Ele olha ao redor do quarto procurando o restante de suas roupas e eu afundo ainda mais sob os lençóis.

Luka encontra um de seus velhos moletons meio pendurado para fora da minha cômoda e o veste. Eu o roubei três anos atrás e não pretendia devolvê-lo. Ele se vira para mim, mas não olha para cima, ficando em um pé só e tentando calçar a meia.

— Desculpa se te deixei desconfortável — resmunga.

— Luka. — *Você não me deixou desconfortável,* quero dizer. *Só me assustou pra caralho.* — Fica por favor. A gente pode... Vou fazer waffles. Podemos esclarecer isso.

O som que ele faz quase parte meu coração em dois.

— Não vejo nada que precise ser esclarecido. Só vou... — Aponta o polegar por cima do ombro em direção à porta. Observo enquanto ele procura uma desculpa e não encontra nada. — Vou cair fora.

— Você vai voltar? — Odeio quão fina minha voz soa.

Ele balança a cabeça, ainda olhando para o chão.

— Sim, te encontro mais tarde. A gente tem que cortar uma árvore com a Evelyn, né?

Eu não me importo com o que temos que fazer com Evelyn. No momento, só me importo com Luka e aquele olhar distante em seu rosto, em como, mesmo parado bem na minha frente, parece que está a milhares de quilômetros de distância.

— É, mas...

— Vejo você depois, então.

E Luka vai embora, a porta se fechando silenciosamente atrás dele.

COLOCO A CALCINHA e o sutiã. Ando sem rumo pela cozinha. Vejo o prato de bacon com waffles e biscoitos de Natal no balcão e quase começo a chorar. Pego um biscoito açucarado e mordo enquanto ando em círculos.

Estou oficialmente incorporando todas as pessoas tristes em todos os filmes tristes que já assisti. Estou apática, vazia.

Há sinais de Luka por toda parte. As luvas na mesa perto da porta. Moedas que ele tira dos bolsos e coloca na tigela de cerâmica azul que uso como porta-chaves. A caneca que usou para tomar café de manhã lavada e secando de ponta-cabeça na pia. Isso é o que mais me machuca, acho. Que mesmo estando chateado e desapontado, ele ainda conseguiu cuidar de mim.

Luka e eu já brigamos antes. Certa vez, brigamos na farmácia embaixo do apartamento dele, nós dois tão irritados que o proprietário teve que nos pedir para sair antes que eu pegasse a empanada que queria. Mas sempre terminamos com um abraço ou um beijo na bochecha, seus braços apertados nas minhas costas.

Essa briga parece diferente. Eu sei que é.

Não consigo parar de pensar na fisionomia triste dele, os olhos fechados e caídos quando deixei o silêncio entre nós se prolongar. Fui covarde, burra por pensar que esta semana poderia acontecer sem que um de nós se machucasse. Achei que seria eu. Teria sido capaz de lidar com as consequências se fosse assim. Mas saber que Luka também está sofrendo, que sentiu que precisava ficar longe de mim... não estou conseguindo lidar com isso.

Eu me preparo para o dia e evito a todo custo olhar para a pele sensível entre meus seios, o lugar em que a nuca dele deixou marcas em minha pele pálida. Enrolo um cachecol em volta do pescoço e ponho um chapéu. Talvez se colocar camadas suficientes, consiga encobrir esse sentimento horrível no meu peito.

Sigo para os campos, sem rumo. A ideia de ficar sentada no meu escritório, com a gaveta de baixo cheia de pinheirinhos de papelão, me dá tanto pânico que tropeço na calçada de paralelepípedos. Ainda faltam algumas horas até que tenha que encontrar Evelyn, e uma caminhada pelos campos no ar frio parece uma boa pedida. Talvez o ar me faça bem, mas acima de tudo tenho vontade de me afundar.

Então, ando ao léu.

Começo no terreno oeste e sigo por entre as árvores. A neve da noite passada já se foi, as árvores tão brilhantes e vibrantes como sempre, intocadas pela primeira demonstração do inverno.

Revivo nossa discussão. A noite passada foi incrível, mas acho... acho que ficar em Nova York o fez ter saudade de casa. O novo emprego, a mudança. Ele está procurando por coisas que o façam se sentir confortável. Que o façam se sentir bem. Sei que Luka me ama, mas ele não... ele não está apaixonado por mim. E não quero ceder, dar a ele todos os pedaços de mim que tenho guardado só para que daqui a um mês ele descubra que não é assim. Daqui a seis meses. Acho que não conseguiria me recuperar disso. Melhor me deixar machucar um pouco agora do que sofrer de forma irrecuperável depois.

Porque eu amo Luka. Sou apaixonada por ele há quase nove anos. Cada dia um pouco mais. E se eu ceder agora só para que tudo desmorone depois, nao terei mais nada.

Começo a ficar irritada com todas as árvores imaculadas, então me viro e mudo de direção. A terra fica mais rochosa sob minhas botas, os campos se abrindo à medida que o volume de árvores diminui. Vejo o primeiro toco de casca retorcida e espio por cima do ombro. De alguma forma, vim parar no terreno sul, com as árvores mortas. Olho para aquela que está mais próxima de mim e mexo em um dos galhos quebradiços, um grande pedaço preto se partindo entre meu polegar e o indicador. Talvez eu devesse cortar um e colocá-lo em casa. Combina com o meu humor.

Ouço o som de botas atrás de mim e me viro rapidamente, esperando por Luka. Quero me desculpar, implorar para que ele esqueça que esta manhã existiu. Só quero que voltemos a ser como éramos antes.

Mas não é Luka. É Evelyn, olhando para nossas árvores retorcidas com uma única sobrancelha arqueada. Outra pontada de arrependimento me atinge por um tipo diferente de mentira.

— É aqui que os sonhos vêm para morrer?

Ao que tudo indica, sim.

Como posso começar a explicar sobre o sr. Hewett e o sistema de umidade do solo e sua fazenda de alpacas? Decido que o esforço não vale a pena.

— Essas árvores ficaram doentes no outono. As raízes apodreceram, talvez.

Acho que também estou sofrendo de raízes podres. Começa no meu coração e desce até ficar visível. Na semana que vem, é bem provável que eu esteja igual a essas árvores, curvada e quebradiça na mesa no escritório.

Evelyn estreita os olhos para mim, se concentrando em meu chapéu. Acredito que esteja ao contrário.

— Tá tudo bem?

Não. Acabei de fazer meu melhor amigo achar que não o amo logo após ele confessar que me ama quando bebíamos café. Ah, e tivemos uma noite incrível de sexo apaixonado e intenso. Ele fez waffles e eu o expulsei de casa. Não estou nada bem.

— Tá — digo e tento colocar algo parecido com um sorriso no meu rosto. A julgar pela careta de Evelyn, não sou exatamente bem-sucedida. — Estou atrasada para nossa aventura com a árvore?

Ela balança a cabeça e se aproxima, com as mãos nos bolsos.

— Não, não está. Eu estava procurando você.

— Ah, é?

— É, eu queria mostrar as primeiras filmagens que fiz da fazenda.

A sensação surge de novo, o estômago se revirando. Odeio ter mentido para ela, feito Evelyn pensar que esta fazenda e meu relacionamento com Luka são algo que não são. Não é justo com ela nem com todas as outras pessoas que participam do concurso. Aqueles que disseram a verdade desde o início e precisam do dinheiro tanto quanto eu.

Suspiro e tomo uma decisão.

— Antes disso, preciso contar uma coisa.

Não sei o que pensar sobre a maneira como ela retorce a boca e se balança nos calcanhares.

— O quê?

Não há uma maneira fácil de dizer que fingi ter um relacionamento para fazer minha fazenda parecer mais romântica, então decido simplesmente começar.

— Eu menti pra você. Sobre mim e o Luka.

Estranhamente, sua boca se abre em um largo sorriso. Ela assente e tira as mãos dos bolsos, colocando o celular na palma da mão.

— Estou tão feliz que você tenha dito isso. Eu já sabia.

— Na verdade, não estamos... espera... — Pisco algumas vezes, olho para minhas botas e depois para cima de novo. — Você sabia?

— Sim, eu sabia. — Ela balança a cabeça e coloca uma mecha solta de cabelo escuro atrás da orelha. — Tinha esperança de que você me contasse.

— Como você sabe?

— Grande parte do meu trabalho é ouvir o que as pessoas não estão dizendo. E Stella, não é nada difícil fazer isso aqui. O povo de Inglewild fala... muito. Fazia meia hora que eu estava na cidade quando ouvi sobre as apostas na cafeteria.

Luka estava certo. Esta cidade só tem intrometidos.

— Achei estranho você ter assumido pouco tempo antes um relacionamento com um parceiro de longa data que supostamente também é dono da fazenda. — Ela me dá um sorriso gentil. — Mas todo mundo ama vocês dois juntos, só pra você saber.

Isso... não vem ao caso.

— Você sabia que eu estava mentindo? Desde o primeiro dia que chegou aqui? Por que não disse nada? — Achava que não teria como me sentir pior, mas as surpresas nunca acabam. Estou morrendo de vergonha.

— Eu ia perguntar naquele primeiro dia, mas, bem... eu me distraí. — Lembro o rosto dela quando Beckett entrou na padaria. Nada mais justo. — Então, vi você e o Luka juntos e pensei que talvez tivesse entendido errado as fofocas da cidade. Decidi perguntar ao Gus quando ele me levou pra casa ontem à noite.

— O que ele disse? — Eu nem estou chateada. Só exausta. Essa confusão toda, e para quê? Só para perder meu melhor amigo de um jeito humilhante.

— Ele me disse como ficou feliz em ver vocês dois juntos, que ganhou a aposta que os moradores da cidade fizeram. Perguntei sobre o que era essa aposta e a partir daí entendi tudo. Preciso dizer que, oficialmente, você está desqualificada do concurso — diz ela da forma mais gentil possível, mas ainda assim meu estômago aperta, o desconforto áspero do constrangimento. — Você assinalou a opção que dizia que todas as informações em sua inscrição eram verdadeiras e, se alguma fosse falsa, sua inscrição seria anulada.

Eu concordo. Já tinha imaginado isso.

— Sinto muito por ter mentido. Sabia que era um erro desde o início.

Acho que queria coisas demais. Ela estreita os olhos para mim, um sorriso discreto se deixando ver. Bate o celular na palma da mão de novo.

— Será que acha mesmo? Que foi um erro?

A mentira? Sim, sem dúvida. Todas as noites eu ia para a cama com um peso no peito, pensando naquela linha do texto do formulário, minha maior mentira. Mas o tempo com Luka? Em relação a essa parte eu tenho menos certeza.

— Eu não entendo. — Quantas vezes uma pessoa pode pensar e dizer a mesma frase em uma manhã? Vai ser meu epitáfio.

— Não demorei muito para entender. Foi só ver vocês dois juntos. Será que vocês não veem o jeito que se olham? — Quando me limito a piscar, ela balança a mão. — Esquece, não importa. Eis o acordo. Você está desqualificada do concurso e do prêmio, mas ainda vejo uma história aqui. Uma boa. O tipo de história que eu não contava havia algum tempo.

— Sério?

— Sério. Este lugar é lindo demais. Stella, por favor, entenda que mesmo se você fosse solteira e morasse em uma pequena caverna no pé das colinas comendo comida de cachorro enlatada, eu ia achar este lugar incrível. É como se o Polo Norte tivesse tido um filho com Hogwarts. Quero morar aqui pra sempre.

Abro a boca, mas ela balança a mão de novo, me interrompendo.

— Então vou postar sobre vocês na minha conta. E quero mostrar o vídeo que fiz.

Ela diminui a distância entre nós e me entrega o celular, um vídeo já aberto na tela. Encaro meu rosto em miniatura, parado na frente do meu escritório com um sorriso nervoso e um chocolate quente de menta. O primeiro dia dela na fazenda.

— Só assiste. Vai fazer sentido.

Olho para Evelyn e depois de novo para o celular. Aperto o play com o dedo trêmulo.

Ele exibe um vídeo rápido de mim parada na varanda do escritório, decorações de gengibre brilhantes e coloridas na madeira marrom.

— Foi o Luka quem colocou — me ouço dizer, rindo. — Acho que o obriguei a colocar o alcaçuz de novo umas quatro vezes. Ele deve me odiar.

Muda para outro clipe, Luka surgindo no escritório com café para viagem em ambas as mãos, eu sentada atrás da mesa. Não tinha percebido que Evelyn estava com o celular na mão quando isso aconteceu. Ele pousa o copo na ponta da mesa e, em seguida, estende a mão com luva para mim, segurando meu cotovelo e me puxando para perto. É difícil ver o beijo, mas lembro como me senti. O estômago apertado. Ele se afasta e a pequena versão de mim na tela baixa a cabeça. Mas Luka não. É apenas uma fração de segundo, mas vejo a expressão em seu rosto. A maneira como seus olhos praticamente brilham quando olha para mim. O sorriso lento que surge no canto de sua boca. A surpresa quando ele se vira um pouco e percebe Evelyn no canto. Ele nem imaginava que ela estava lá.

A pista de gelo é a próxima. Luka enxotando Jeremy e me envolvendo em seus braços. Observo enquanto inclino a cabeça para trás em seu peito e olho para cima, seu corpo se movendo ligeiramente para trás para acomodar a mudança de posição. Parecemos... felizes juntos, confortáveis, meu corpo pequeno aninhado na segurança do dele, seu queixo apoiado na minha cabeça enquanto observamos as crianças patinarem.

Clipe após clipe, mais rápido agora. Luka e eu andando na frente de Evelyn pelos campos, nossas mãos se estendendo ao mesmo tempo para se segurarem, Luka na padaria com um sorriso e o rosto vermelho, um bastão de doce meio pendurado na boca enquanto diz: "Ela é incrível e não sabe disso. Ela tiraria o próprio suéter para dar pra alguém". Nós dois na minha cozinha ontem à noite, de costas para a câmera enquanto Luka passa a mão no meu braço. Em todos esses clipes, ele não parece um homem que está fingindo. Ele parece...

O último clipe é mais longo. Estou tentando pendurar de novo uma guirlanda do lado de fora do celeiro do Papai Noel, equilibrada em um banquinho na ponta dos pés. A câmera se move para a esquerda, para longe de mim, e vejo Luka encostado em uma cerca. Ele está com aquela maldita bengala doce de novo, a língua girando para a frente e para trás em sua boca. Mas é o olhar dele que me faz inclinar para a frente até que meu nariz esteja praticamente colado no celular. Olhos suaves iluminados pelo sol quente, uma risada presa na ponta da língua enquanto seu olhar demora. Amor e adoração gentil na curva de seus lábios, a inclinação de suas sobrancelhas.

Luka não está fingindo nem por um segundo.

— Na verdade é o segundo vídeo — Evelyn diz, e eu praticamente pulo de susto. No mesmo instante, derrubo o celular dela no chão. Deus, espero que ela tenha esse vídeo salvo. — O primeiro vídeo sou eu explicando que estou na Fazenda Lovelight, onde dois idiotas acham que estão fingindo estar apaixonados. — Ela sorri para mim, orgulhosa de si mesma. — Você entende agora?

Ela pega o celular do chão.

— Você acha que está mentindo pra mim, mas esse tempo todo só mentiu pra você mesma.

22.

Luka me ama.

Luka está apaixonado por mim.

Repito em silêncio sem parar. Aquele olhar no rosto dele, eu já o vi antes. Claro que sim. Eu o peguei olhando para mim da mesma forma logo de manhã, quando eu estava em pé, parada em frente à máquina de café, sussurrando olá e implorando por cafeína. Quando saímos para passear na baía, naqueles barquinhos a remo em forma de dragões, um saco de migalhas no bolso para as gaivotas. Eu vi esse olhar praticamente todas as vezes que estive com ele. As peças se encaixam agora. Luka esteve se apaixonando por mim esse tempo todo e estive muito concentrada em esconder meus próprios sentimentos para perceber.

O sino acima da porta da padaria toca quando entro, as mesas vazias, as cadeiras ainda empilhadas no canto. Layla só abre daqui a uma hora, mas sei que ela está aqui em algum lugar, provavelmente se arrumando nos fundos. Vejo Beckett sentado no balcão, um prato de rosquinhas na frente dele e um saco de confeiteiro na mão esquerda. Ele gosta de vir aqui quando está estressado, comer para afogar as mágoas e fingir que está ajudando Layla enquanto faz isso. Layla sai da despensa, um avental na cintura e uma mecha do cabelo cheia de farinha.

Ela para ao me ver, Beckett se virando com um olhar por cima do ombro.

— Eu estraguei tudo — digo em voz baixa.

Nenhum dos dois diz nada, completamente congelados no balcão. Eles se parecem com uma daquelas exposições de arte viva.

— Por favor, diga que está falando do Luka — Layla suspira.

Beckett revira os olhos e volta a rechear as rosquinhas.

— Claro que é do Luka. Ela está com um chupão no pescoço e o chapéu está ao contrário. — Ele coloca uma rosquinha perfeita na travessa que Layla preparou para ele e confeita um pequeno visco em cima. — Além disso, o Luka está escondido lá em casa desde manhã.

Fico aliviada por Luka ainda estar aqui na fazenda. Apesar de sua promessa de que voltaria, uma grande parte de mim estava preocupada que ele desaparecesse em Nova York. Recusasse o trabalho em Delaware e nunca mais voltasse.

Layla acena e abre espaço para mim no balcão. Ela segura uma rosquinha na frente do meu rosto.

— Coma isso e me conte o que aconteceu.

Beckett tenta pegar a rosquinha da minha mão, mas me viro para longe. Preciso disso mais que ele.

— Você tá péssima. — Ele pega a rosquinha que decorou, mordendo a minúscula cobertura em forma de visco no meio. Layla franze a testa para nós dois e põe o prato na prateleira de trás, fora da nossa gula.

— Não vai sobrar nada pra vender se vocês dois continuarem tentando me ajudar.

Engulo massa folhada quente e recheio de creme de manteiga enquanto crio coragem.

— O Luka está apaixonado por mim.

Beckett e Layla me encaram. Quando não digo nada, Layla ergue as duas sobrancelhas.

— E?

Bato a testa no balcão com um gemido.

— Todo mundo sabia, menos eu?

— Sim — responde Beckett. Ouço uma mão batendo na pele nua e espreito no momento em que Beckett esfrega a testa, dirigindo um olhar a Layla. — O quê? Você sabe que é verdade. Tinha uma aposta rolando na cidade toda por causa disso.

Layla o ignora.

— Ele te contou?

Assinto e dou a versão resumida dos eventos. Que ele disse que me amava e discutimos. Minha conversa com Evelyn nos campos e o vídeo que ela me mostrou.

— Você não devia ter percebido só por causa de um vídeo — reclama Beckett, espremendo um pouco do recheio de rosquinha em seu dedo. Layla também pega isso das mãos dele. — Ele vem demonstrando há anos.

Olho para a bancada.

— Eu não percebi.

— Percebeu, sim — Layla diz gentilmente e lança um olhar de advertência para Beck quando ele abre a boca. — Você percebeu, querida. Só estava com muito medo de tomar uma atitude. Se sentia confortável sendo amiga dele e decidiu ficar assim.

Dou de ombros, infeliz.

— E como eu conserto as coisas?

— Acho que isso depende. — Layla se vira e pega uma rosquinha da bandeja, divide ao meio e me oferece. Beckett faz um barulho de dor baixinho. — Você está disposta a ser sincera?

Retorno para o chalé após convencer Layla a me dar outra rosquinha. Dou a última volta no grande carvalho e cambaleio quando vejo alguém parado nos degraus da frente. Luka está sentado ali, as pernas afastadas, as mãos entrelaçadas frouxamente entre elas. Está olhando para o chão, mas olha para cima quando minhas botas jogam uma chuva de cascalho no meu jardim, uma rosquinha ainda em mãos.

— Ei — diz ele, a hesitação fazendo a palavra soar fraca.

Depois de assistir ao vídeo e examinar cada detalhe das nossas interações no último mês e meio, é quase surpreendente vê-lo sentado ali. Eu não esperava vê-lo de novo hoje. Tinha esboçado um plano vago em minha caminhada de volta para casa:

Comprar uma garrafa de vinho.
Continuar pensando demais em Luka.
Tomar todo o vinho e comer o que sobrou da torta de abóbora.
Pedir desculpas a Luka.
Implorar pelo perdão dele.
Dizer a ele que o amo.
Comer mais torta.

Ainda estava decidindo os detalhes.

— Oi — digo de volta.

Meu coração vem até a boca, tornando difícil a tarefa de engolir. Observamos um ao outro, hesitantes, então Luka se levanta, seu corpo alto se erguendo do degrau mais baixo para encostar-se no balaústre. Procuro as chaves nos bolsos, um dos pinheiros de Luka roçando meus nós dos dedos. Eu nunca tirei dali depois do nosso beijo no celeiro. Parece que foi há muito tempo.

As palavras de Layla surgem em minha mente. *Você está disposta a ser sincera?*

Não sei se sou tão corajosa assim.

— Você tem a chave — digo, ignorando o pinheiro e forçando meus pés a continuarem andando. Está frio esta tarde, o ar cortante faz meus dedos ficarem dormentes. Eu me pergunto quanto tempo fiquei nos campos, quanto tempo Luka está na minha varanda. Olho para a cor avermelhada em suas bochechas, a maneira como seus ombros se encolhem próximos das orelhas. Ele nem está de cachecol.

— Não achei que seria certo usar — confessa, o olhar ainda fixo em mim, apesar da linha ansiosa de seu corpo. Ele está se segurando parado, tenso, longe de mim, e isso me deixa mais triste que qualquer outra coisa. Passo por ele subindo as escadas, ciente do espaço entre nós. Quero jogar seu braço em meu ombro, me curvar ao seu lado e fazer com que ele me provoque por não conseguir encaixar a chave na fechadura.

— Você sempre pode usar — murmuro, abrindo a porta para nós. Meu olhar se concentra na árvore de Natal na janela enquanto estou tirando as botas, meu sutiã pendurado em um dos galhos mais altos. Luka segue meu olhar e ri ao ver, uma pincelada de cor na base do pescoço, onde ele ainda não está pintado de rosa pelo frio.

— Ah. — Ele coça a nuca e arruma minhas botas em uma linha perfeita, quase como se não pudesse se conter. Esse pequeno gesto me dá esperança de que as coisas não estejam totalmente arruinadas entre nós. Ele balança a cabeça e desvia a atenção do meu novo e criativo enfeite. Eu deveria tirar aquilo dali antes que Dane chegue com a papelada de Hewett. Luka balança para trás em seus calcanhares. — Estou aqui para a coisa com a Evelyn.

— Ah. — A pouca esperança que eu tinha se extingue. — A gente decidiu não fazer mais. — Não fazia sentido, já que fomos desqualificados do concurso. Acho que seria bom contar isso a ele.

— Hm... a gente não precisa mais fingir que estamos juntos. — Engulo em seco e olho rápido para o rosto dele antes de perder a coragem e olhar para nossas meias. — Eu contei a verdade pra Evelyn. E ela já sabia.

— Ela sabia que a gente não estava juntos?

Assinto.

— Intrometidos — digo. Isso é tudo que posso oferecer como explicação agora. Aceno com a cabeça em direção à máquina de café na cozinha. — Quer passar um tempo aqui, ou...

Não quero que ele sinta que tem que ficar aqui comigo, especialmente porque está claro que só veio para cumprir uma responsabilidade que sentia que tinha. Ele está livre para ir agora, para se livrar de mim, se quiser. Isso faz uma sensação amarga dominar meu corpo. Ele deve ver no meu rosto, porque estende a mão e bate uma vez no meu cotovelo. É uma tentativa corajosa de voltar às nossas formas de demonstrar afeto, e parte de mim deseja que ele me envolva em seus braços, me puxe para perto e apoie o queixo na minha cabeça.

— Posso passar um tempo — diz ele, parecendo um pouco emburrado. Seus olhos saltam da janela para a curva do meu queixo, para o meu ombro e depois de volta. Odeio quão estranho isso é. Mesmo na primeira vez que almoçamos juntos, não ficamos sem ter o que falar. Eu estava triste, retraída, um pouco perdida, mas Luka preencheu o espaço entre nós com uma conversa fácil... padrões de dados e a comida da mãe e a barraquinha de pupusa na cidade a que ele gostava de ir sábado de manhã.

Ligo a cafeteira em silêncio, o *ping ping ping* constante como um metrônomo. *Você está disposta a ser sincera?* Luka se senta em uma cadeira, os olhos fixos na janela. Mantenho a compostura durante duas repetições das gotas, até não aguentar mais, o coração martelando no peito.

Vou criar coragem. Vou falar a verdade para ele.

— Luka, eu...

— Eu queria...

Dou uma risada que é mais nervosismo que bom humor e gesticulo para ele continuar. Se alguém merece falar primeiro, é Luka. Vou seguir o que ele disser. Fazer o que ele quiser.

Ele apoia as mãos na mesa.

— Quero pedir desculpas por hoje de manhã. — Meu estômago afunda até os dedos dos pés e meu rosto deve mostrar isso, porque ele se apressa para se corrigir. — Não... não pelo que eu disse, mas pela forma como saí. Não foi certo.

— Eu te machuquei — digo e sirvo duas canecas fumegantes de café com as mãos trêmulas. Se Luka tivesse reagido da mesma forma que eu esta manhã, eu estaria no primeiro trem que saísse da cidade. Estaria no campo, cavando um buraco para me enterrar. Não tenho certeza se voltaria a aparecer em Inglewild.

— Machucou — concorda ele, e aquele sentimento amargo torce e aperta, me fazendo franzir a testa. Eu me sento em frente a ele e me esforço para retribuir seu olhar. — Mas mesmo assim, eu não devia ter ido embora daquela forma. Eu sei... que é muito doloroso pra você pensar nas pessoas indo embora. Acho que é por isso que você não contou sobre os problemas da fazenda para o Beckett e a Layla. Porque você estava com medo de que eles fossem embora se descobrissem que você estava com dificuldades. — Sua voz é gentil, mas suas palavras acertam em cheio, caindo como pedrinhas de granizo em meu coração. Cada uma delas deixa um pequeno amassado. — E quando eu te disse que te a... — Ele limpa a garganta, evitando dizer a palavra, e isso também dói. O fato de que passei parte do meu medo para ele. — Quando eu disse o que disse e sua reação não foi a que eu queria, fiz exatamente o que você temia. Fui embora. Desculpa por isso.

Não suporto a dor de ouvi-lo pedir desculpas. Não depois do jeito que agi esta manhã. Não depois do jeito que tenho agido desde que começamos tudo isso.

— Luka...

— Sabia que compro os pinheiros a granel? Aqueles pequenos de papelão — explica, como se eu não soubesse do que ele está falando. Como se eu não tivesse todos os pinheiros que ele já me deu guardados na gaveta da mesa, o excesso em uma caixa no meu armário. Cada vez que abro a porta para pegar um suéter, o cheiro de pinho invade o quarto, agora já um pouco bolorento, mas me recuso a me livrar deles. — Comprei o primeiro por acaso no posto de gasolina da rua, mas seu rosto se iluminou quando o dei pra você. Acho que foi ali que percebi.

Prendo a respiração, encantada.

— Percebeu o quê?

Ele está com vergonha. Olha para as mãos que seguram a caneca antes de erguer os olhos para encontrar os meus. Sua boca se contrai no canto, mas ele ignora minha pergunta.

— Fiquei ávido por aquele olhar. Não queria que fosse de mais ninguém. Ainda não quero que seja de mais ninguém.

Ele é todo seu, tenho vontade de dizer. *Todos os meus sorrisos e olhares e abraços e toques são seus. Meu coração também. Se você ainda quiser.*

— Enfim, acho que o que estou tentando dizer é que ainda tenho cerca de duzentos daqueles pinheiros de papelão. E tenho um pedido em aberto. Eu... não vou embora, Lalá. Ainda tenho muitos pinheiros para te dar. Enquanto você me quiser por perto, estarei aqui.

Ele enfia a mão no bolso de trás, mexendo o corpo para tirar algo. Coloca um pequeno pinheiro de papelão sobre a mesa e o desliza para mim com o dedo.

Eu encaro aquela árvore por um longo tempo, os olhos quentes, a garganta apertada.

É difícil amar alguém sem restrições. Se entregar às idas e vindas sem medo do que pode acontecer. Acho que é natural tentar guardar uma parte de si mesma, protegê-la da forma que puder. Minha mãe me amava com todas as suas forças, mas não abriu o coração para mais ninguém. Não depois do que meu pai fez. Então acho que... foi assim que aprendi a não desejar mais do que podia. A ficar com o que era seguro e fácil.

Mas é difícil evitar ceder também. Layla tem razão. Nos últimos nove anos, a cada vez que um sentimento mais forte se deixava entrever, eu o encobria com negação e anseio, fingindo que não entendia o que estava acontecendo. A cada vez que olhava para Luka, eu sentia. Essa falsidade. Esse puxão abrupto. Uma dor persistente e desconfortável.

Eu me levanto da mesa de repente, a cadeira tombando com tudo com um guincho raivoso. Luka também se levanta, com uma leve expressão de pânico. Eu me viro e sigo pelo corredor, todo o meu corpo tremendo.

— Stella? — Luka tropeça atrás de mim, batendo o joelho na ponta de um porta-guarda-chuva antigo que uso para guardar papéis de presente enrolados em tubos. Ele xinga baixinho e vai mancando. — Stella, calma aí. Eu não...

Abro a porta do armário. Uma cascata de suéteres e cachecóis e de todas as outras coisas aleatórias que enfiei ali cai. Um gnomo de jardim pousa no meu dedo do pé. Duas caixas de cordões de luzes saltam para a liberdade. Jogo uma versão antiga de *Candyland* por cima do ombro. Luka entra cambaleando no quarto.

— O que você está... meu Deus — Ele para de falar de repente. Inspira fundo, provavelmente horrorizado com a zorra que estou fazendo. Talvez devesse ter mostrado isso a ele antes que ele confessasse seu amor. — Isso é uma samambaia?

É uma planta de mentira que uma das irmãs de Beckett comprou para ele e que ele largou na minha porta no mesmo instante. Eu me sento no chão e a tiro do caminho, procurando atrás dela, na velha caixa de uma batedeira. Mas acho que não tenho uma batedeira.

— Você não tem batedeira — diz Luka, dobrando alguns suéteres atrás de mim. — Posso te ajudar em algo, ou...

Há frustração ali, uma pitada de tristeza também. Ele acabou de abrir o coração e estou vasculhando meu armário.

— Achei. — Abro a tampa da caixa e a viro, centenas de pequenas árvores de papelão no chão entre nós. Elas caem uma em cima da outra em uma pequena cachoeira de pinheiros velhos e bordas verdes enrugadas, as cordas emaranhadas. Luka para de dobrar roupas e pega um, as sobrancelhas franzidas em confusão.

— Tenho alguns fatos para compartilhar — digo, a voz trêmula. — Depois daquele dia em que você me levou para comer queijo grelhado, eu pensava no seu sorriso toda vez que passava pela loja de ferramentas. Ainda penso no seu sorriso toda vez que passo por ela. Compro creme para fazer chantilly quando passo pela mercearia porque certa vez você me disse que o chantilly caseiro é melhor que o comprado pronto. Sabe quantas embalagens de creme de leite já desperdicei? Às vezes finjo que não vi um filme, só para você me contar as melhores partes. — Engulo a respiração profunda e trêmula. — Aquele show em que usei o vestido rosa? Eu queria te beijar também. Quando acampamos pela primeira vez na praia e acordei com você me abraçando, sentia seus batimentos cardíacos nas minhas costas. Foi a primeira vez em anos que não acordei sozinha e triste.

É um alívio libertar cada pensamento secreto, cada sentimento oculto. Passo os dedos embaixo dos olhos e tento controlar minha respiração. Está tudo quieto entre nós, e olho para os pinheiros espalhados pelo chão.

Luka limpa a garganta, estendendo as mãos para mim. Em algum momento ele decidiu sentar ao meu lado

— Acho que a análise de dados... — Sua voz falha e ele para, se recompõe e tenta de novo. — Acho que a análise de dados chama isso de tendência de longo prazo.

— Quero todas as suas árvores — digo. — Sabia que escrevi *namorado* naquele formulário de propósito? — Retribuo a honestidade dele na cozinha com um pouco da minha. — Eu tinha acabado de falar com você no celular. Você estava rindo de algum comercial que viu e tinha aquelas rugas nos olhos... — Acaricio as tênues linhas de sorriso em seu olho esquerdo. — Estas. Logo depois que desligamos, preenchi a inscrição para o concurso e escrevi *namorado*. Eu estava pensando em você. Queria uma desculpa. Achei que poderia ficar com você por uma semana, e isso seria o suficiente para fazer meus sentimentos irem embora. — Olho para minhas mãos e começo a empilhar as árvores. — Mas tudo o que esta semana fez foi tornar amar você ainda mais fácil. Me desculpa por não ter sido sincera. Sinto muito pela maneira que reagi e por ter machucado você. Eu não lidei com nada direito. Não sei, todas as minhas desculpas parecem estúpidas agora.

Penso no que tinha dito para Layla. Que se fosse para acontecer alguma coisa, já teria acontecido. Sou uma idiota. As coisas estão acontecendo há anos, e me apeguei a essa de que se tudo permanecesse igual, eu nunca mais me machucaria.

Luka fica de joelhos na minha frente, afastando as árvores do caminho. Ele segura minhas coxas e abaixa a cabeça até poder olhar para mim.

— E foi o suficiente? Para fazer o que você sentia ir embora?

Balanço a cabeça.

— Não.

— Como você se sente agora?

Você está disposta a ser sincera?

Respiro fundo.

— Ainda estou com medo — digo. Retribuo o olhar, com a esperança de que perceba que estou seriamente, ridiculamente apaixonada e morrendo de medo. — Estou com muito medo. Você é meu melhor amigo. Preciso saber que, se tentarmos e não der certo, ainda vou ter você.

— Você vai — responde ele, a palma das mãos se movendo para cima e para baixo, se aproximando. — Você não vai conseguir se livrar de mim, eu prometo.

— Mesmo que tudo dê errado?

— Não vai dar errado.

— Luka.

Ele sorri para mim.

Não vai dar errado — ele diz novamente, a voz mais suave.

— Quero com firma reconhecida — fungo e passo a mão trêmula debaixo do nariz.

— Podemos reconhecer firma. O Alex faz isso, certo?

— Faz — assinto. — Ok.

— Tudo bem. — Ele assente, um sorriso surgindo no canto da boca. O sol que entra pela janela ilumina seus olhos em tons de ouro, as sardas em seu nariz parecendo uma explosão de estrelas. — Viu, foi tão difícil assim?

Eu rio. Foi só a coisa mais difícil que já tive que fazer.

— Estou muito feliz por ter pedido pra você ser meu namorado de mentira — confesso.

— E eu por ter aceitado ser seu namorado de mentira.

— Eu te amo — suspiro, e a mudança no rosto dele é instantânea. Seu sorriso suaviza e se espalha até que todo o rosto esteja brilhando, as mãos em minhas coxas deslizando até meus quadris. Ele apoia a testa na minha até se tornar um borrão colorido. Dourado, castanho, rosa-pálido. Suspiro e fecho os olhos. — Eu te amo muito.

Posso sentir seu sorriso no meu, brilhante e bonito. As mãos apertam meus quadris, minhas costelas, então sobem para segurar minhas bochechas. Seus polegares acariciam a área embaixo dos meus olhos.

— Porra, até que enfim.

Quando ele me beija, tem gosto de café com latte de avelã, a ponta de um minipinheiro cravada no meu joelho.

Até que enfim.

23.
LUKA

DEMOROU QUASE UMA década, mas finalmente criei vergonha na cara.

Sendo justo, Stella também caminhou a passos de tartaruga. Acho que isso faz de nós um bom casal, deixando de lado a mágoa desnecessária. Digo isso a ela enquanto estamos deitados no chão do quarto, minha pele ainda pegajosa de suor e meus dedos traçando um caminho em suas costas, sua pele pálida brilhando ao sol da tarde. Tenho certeza de que estou deitado em cima de um sapato, mas Stella continua se aconchegando mais perto, seus cabelos fazendo cócegas em meu queixo, e eu não me mexeria nem se Beckett e todos os seus gatinhos arrombassem a porta. Stella inclina a cabeça para cima para me encarar ao ouvir meu comentário "até que enfim", mas eu a vejo escondendo um sorriso também. Meu sorriso favorito de Stella, covinhas espreitando nas bochechas.

Talvez seja melhor lembrá-la de tirar o sutiã da árvore.

Ela suspira em meu bíceps e parte de mim balança e se acomoda. Eu tinha minhas dúvidas de que chegaríamos a esse ponto. Antes dessa coisa de redes sociais, meu plano de dizer a Stella o que eu sentia por ela era... vencer pelo cansaço, acho. Continuar aparecendo, continuar fazendo bolonhesa para ela, talvez tentar segurar a mão dela. Eu disse a Beckett que era um jogo longo. Ele me chamou de idiota. Quando expliquei o plano para Charlie, ele me deu um tapa na cabeça e roubou o resto da minha cerveja.

Acho que ela não percebeu, mas nos últimos nove anos é como se fôssemos namorados. Mesmo quando ela estava com alguém, era para mim que ligava depois que trancava as chaves dentro do carro no posto de gasolina. Sou o cara para quem ela liga quando acidentalmente coloca gelo seco na pia e tem medo de explodir o encanamento. Estou muito feliz por ser o cara para quem ela liga quando precisa de um namorado de mentira.

A fazenda vai ficar bem. Com as parcelas mensais que Dane fez Hewett pagar por todos os danos que causou, Stella não vai precisar do dinheiro do concurso. Ela ainda não sabe, mas Charlie me mandou uma mensagem mais cedo enquanto Stella estava vagando pelos campos.

Elle decidiu se separar de Brian. Aparentemente, houve um incidente com a secretária e outras sete mulheres da empresa. Não tenho certeza se pode ser chamado de incidente quando passam de dois, mas não ia perguntar isso. Como presente de despedida, Charlie decidiu comprar todas as árvores mortas e distorcidas do terreno sul e jogá-las no gramado da frente da casa do pai. Acho que é uma boa maneira de comemorar a ocasião. Tenho certeza de que Stella vai concordar.

Stella dá um beijo no meu queixo e eu acaricio suas costas com a palma da mão.

Eis a verdade. Quando Stella me perguntou qual seria a estratégia para encerrarmos essa coisa de relacionamento falso, eu não tinha uma. Sendo direto, estava ocupado demais pensando em tocá-la, abraçá-la, estar com ela do jeito que sempre quis. Mas assim que ela perguntou, eu sabia qual era a minha resposta. Disse a ela que continuaríamos, e estava falando sério.

Tenho uma lembrança do meu pai que surge aos poucos na minha mente. Sorvete de baunilha. Calor de verão pegajoso. Umidade que fazia minhas roupas parecerem pesar cinco mil quilos. E as meias do meu pai, uma mais alta que a outra, presas na perna da calça. Pequenos frascos de ketchup estampados nelas, um presente da minha mãe.

Eu tinha acabado de dar um soco na cara de Jimmy Tomilson no parquinho da escola e meu pai foi me buscar mais cedo. Ficou em silêncio no carro e continuou em silêncio quando paramos em frente à sorveteria. Permanecemos quietos quando entramos na fila, até que ele pediu duas casquinhas para levar. Descemos a rua até um pequeno jardim escondido, cercado por roseiras com uma fonte vazia no meio. Eu estava apavorado com o que ele poderia dizer, a ameaça de sua decepção pairando sobre mim como uma nuvem espessa.

— Por que você fez isso? — perguntou ele.

Eu disse que Jimmy estava implicando com Sarah Simmons, jogando serragem nela e fazendo com que tropeçasse toda vez que ela tentava pular no escorregador. Eu disse para Jimmy parar, e, como ele não ouviu, dei um soco na cara dele. Meu pai não falou nada, apenas deu outra mordida lenta em seu sorvete. Ele sempre fazia isso. Morder o sorvete em vez de lamber. Minha mãe dizia que era uma barbárie.

— Nem sempre você vai saber qual é a coisa certa — dissera ele. — Quando isso acontecer, você continua.

Eu pisquei para ele, o sorvete derretendo na lateral da minha casquinha e nos nós dos dedos.

— Continuar o quê?

— Você vai descobrir. — Mais uma mordida no sorvete. — Continue. Ouça. Você vai encontrar a solução.

Tentei entender esse conselho enquanto crescia. Sempre esteve lá no fundo da minha mente, toda vez que me sentia confuso, frustrado ou impaciente. Continue. Ouça. Mas agora, pela primeira vez, acho que entendi.

Vou continuar enchendo a despensa de Stella com pão integral, barras de proteína e frutas de verdade, porque macarrão instantâneo e biscoitos não são uma dieta saudável. Vou dançar com ela na cozinha, seus pés descalços pisando nos meus a cada passo. Cozinhar ravióli e manicotti e pão de alho com queijo extra, porque seu rosto se ilumina quando ela me vê no fogão, queixo no meu ombro enquanto tenta estender a mão por cima de mim para provar. Vou segurar a mão dela quando ela precisar, aconchegá-la quando ela precisar também.

Vou amá-la de todas as maneiras silenciosas, lentas, barulhentas e desagradáveis. Meu coração tem se movido firmemente nessa direção desde que ela tropeçou na escada da loja de ferramentas, caindo nos meus braços.

— Por que você está sorrindo assim? — murmura ela em meu peito, um olho semicerrado, o dedo cutucando a linha da minha bochecha. Afasto a mão dela e entrelaço nossos dedos. — É esquisito.

— Hum, você leva jeito com as palavras. Alguém já te disse isso?

Ela se apoia em um cotovelo, seu cabelo escuro caindo sobre o ombro em uma confusão de cachos. Fica deslumbrante assim, a pele nua e as bochechas rosadas, os cabelos emaranhados e um chupão na curva do ombro. Afasto todo aquele cabelo de seu rosto e traço a linha de sua mandíbula, a pequena saliência em seu queixo, seu lábio inferior carnudo e tentador. Não sei como passei tanto tempo sem conseguir tocá-la. Ela dá um beijo na palma da minha mão e tudo em mim se acalma. Juro que não sabia quanto eu estava tagarelando lá dentro até que Stella pegou meu coração com a mão e o puxou.

— Sério, por que você tá com essa cara?

— Só pensando — digo a ela. Deito a cabeça no chão de novo. — É só felicidade.

Ela cantarola com isso, um pequeno tremor de seu corpo contra o meu. O silêncio é um conforto caloroso entre nós, o tornozelo dela enganchado no meu. O vento assobia nas janelas, o velho relógio no corredor com as batidas descompassadas. É lento em um segundo, rápido demais no seguinte. Olho para o espelho no canto do quarto dela e tenho algumas ideias.

Ela passa os dedos pelo meu peito e, em seguida, desliza a palma da mão para baixo.

— Qual é o plano agora? — pergunta, um pouco sonolenta.

Ir para a cama, penso. *Ver quantas vezes consigo fazer você perder o fôlego.*

— Hum, acho que é óbvio — digo. Inclino a cabeça para olhar para ela. Stella se levanta, o queixo na palma de uma das mãos, a outra encostada nas minhas costelas. Acho que não percebeu, mas está passando os dedos por cada uma das minhas sardas, traçando desenhos na minha pele. Eu sorrio.

Ela bufa e deita de novo em mim, seu rosto no meu peito.

— Não diga.

Eu envolvo os dois braços em volta dela e seguro firme. Sorrio para o teto.

— Vamos continuar — digo a ela.

Epílogo

STELLA

Dois anos depois

Dou uma espiada em Luka por cima do livro.

É uma noite normal para nós, espremidos no sofá. Coloquei meus pés em seu colo assim que cheguei, sua mão imediatamente encontrando a curva do meu joelho, os dedos bem abertos. Ele tem palavras cruzadas apoiadas na coxa e uma caneca de chá abandonada na mesinha ao lado. Tudo normal. Eu sento com meu livro, o observo e não consigo apontar nada fora do comum.

Mas algo parece errado. Algo um pouco além do meu alcance. Ele reorganizou nossa coleção de chá quatro vezes esta manhã. Desapareceu em seu escritório por duas horas e fez Deus sabe o quê com uma série de planilhas. E agora está sentado ao meu lado com meus pés no colo, traçando sem rumo a parte de trás da minha perna com a ponta dos dedos enquanto tenta fazer as palavras cruzadas de seis dias atrás. Seu cabelo ainda não se acalmou desde essa manhã, o lado esquerdo um pouco espetado, como sempre parece estar.

Tudo exatamente como sempre, e ainda assim…

— Você está estranho.

— Você está estranha — rebate ele no mesmo instante, a caneta presa entre os dentes. Ele sempre usa uma caneta, mesmo que erre setenta e cinco por cento das respostas. Não sei porque ele insiste em fazer isso. Ele tira a caneta da boca, rabisca alguma coisa e olha para mim. — É você quem está me encarando faz quinze minutos que nem doida.

— Porque você está estranho. — Eu o cutuco com o pé e depois fecho o livro e o coloco de lado, em cima dos outros três que comecei esta semana e abandonei.

A boca de Luka se inclina para o lado. Um meio sorriso. Seu cabelo ainda está preso no lado esquerdo, como se não tivesse descoberto como encarar o dia.

— Vou precisar que você explique melhor.

Talvez tenha sido todo aquele tempo no escritório. Ele não costuma fazer isso no fim de semana. Ou talvez tenham sido os sussurros ao celular que ele fingiu que não aconteceu em nosso pequeno corredor.

Não sei. Algo está errado.

Eu o olho fixamente.

— Eu te conheço há muito tempo, Luka.

O meio sorriso se espalha. Ele joga o papel dobrado em cima do meu livro e se vira para mim, o braço apoiado no espaldar do sofá. Seus olhos têm um brilho âmbar à luz da lareira, o sol começando a se pôr do lado de fora das janelas salientes. Daqui posso ver o rosa e lilás caindo em cascatas nas pontas das árvores que margeiam os campos. O inverno, finalmente começando a surgir minha época favorita do ano devagar.

Minha época favorita do ano.

— Você me conhece há muito tempo — concorda, em voz baixa. — Melhor que ninguém. É por isso que você deveria saber, sem sombra de dúvida, que não estou estranho.

Pego meu livro de novo, os olhos estreitos. Não acredito nele, mas tudo bem. Vou deixá-lo resolver o que quer que o esteja perturbando e talvez reorganizar o armário de temperos por país de origem. Isso sempre parece deixá-lo de bom humor.

— Certo.

Seu sorriso fica maior. Quero morder as covinhas que se formam em suas bochechas.

— Ok.

— Ok. — respondo.

Ele dá risada.

— Então tá.

Volto a ler meu livro. Luka, a deslizar a ponta dos dedos na minha perna. Eu olho para cima e o pego me espiando, os olhos suaves. Está com o suéter de tricô verde de que mais gosto. Meias com pequenos sinos de prata bordados.

Apoio o livro no peito.

— O que foi?

Ele pisca duas vezes e depois engole em seco. Ele leva um minuto, o rosto tão sério que começo a ficar preocupada. Ele limpa a garganta e senta.

— Você quer sair pra escolher uma árvore?

Olho pela janela. O sol se põe lentamente no horizonte.

— Agora?

Ele concorda.

— Vai estar escuro quando a gente chegar nos campos. — Eu me remexo no sofá. — Podemos ir de manhã, se você ainda quiser.

— Ou pode ser agora.

Minha suspeita aumenta. Ainda faltam duas semanas para o Dia de Ação de Graças e geralmente sou eu quem o arrasto para escolhermos a árvore. Se pegarmos uma tão cedo, é bem provável que a casca esteja seca quando o Natal chegar. Não que isso importe para mim. Eu continuaria com ela o ano todo se Luka não se cansasse de varrer as folhas.

Mordo meu lábio inferior e o estudo.

— Por quê?

Ele se mexe, brincando com um fiapo imaginário em seu joelho.

— Por que o quê?

— Por que você quer ir buscar uma árvore agora?

— Por que tantas perguntas? — murmura, mais para si mesmo que para mim. Ele vira a cabeça para o lado e encontra meu olhar, uma exasperação afetuosa em cada linha de seu rosto bonito. — Quero escolher a árvore agora, neste exato momento. E quero muito que você venha comigo. Precisa de outro motivo além desse?

Eu o encaro. Encaro e encaro e encaro.

— Se você vai terminar comigo, é melhor fazer isso dentro de casa, no quentinho.

É uma brincadeira com fundo de verdade. Luka e eu já estamos juntos há tempo suficiente para que o medo de perder tudo o que construímos surja nos momentos mais sombrios da noite — quando o sono parece distante e meus medos espreitam nas sombras, nos cantos do nosso quarto. Quando não consigo encontrá-lo com as mãos no espaço ao meu lado rápido o suficiente. Quando ele demora mais que o normal para rolar na minha direção e pôr o rosto nos meus cabelos, os braços apertando minha cintura.

Ele me olha como se não achasse graça.

— E quem vai dobrar a roupa direito se eu não estiver aqui? — Percebo a tensão em sua mandíbula. — Não vou terminar com você.

— Ok.

— Tudo bem.

— Tá bom.

O suspiro que ele dá vem do fundo de sua alma. Ele vai precisar reorganizar o armário de temperos e a gaveta em que guardamos os panos de prato. Fico preocupada com os sapatos que enfio aleatoriamente embaixo da cama. Da última vez que discordamos em relação a alguma coisa, nossa casa parecia um showroom da IKEA.

Ele se levanta do sofá e olha para mim com as mãos nos quadris. É... perturbador... quando ele fica mandão.

— Vá vestir o casaco.

Tenho que ajustar a gola da camisa.

— Ok.

Luka desaparece enquanto procuro minhas botas. Só consegui encontrar uma quando de repente ele está lá, segurando a outra na mão. O Príncipe Encantado de inverno. Está todo agasalhado, da cabeça aos pés, um cachecol grosso cuidadosamente enfiado sob o queixo. Ele me entrega um copo de papel com algo fumegante e se ajoelha para me ajudar a calçar o outro pé na bota.

Alguma coisa na posição de seu corpo, talvez. Luka de joelhos. Todo o seu comportamento estranho. O sussurro e a insistência em pegar uma árvore, agora, quando está escuro e...

— Ai, meu Deus — sussurro. — Você vai me pedir em casamento?

Luka não olha para mim, ainda lutando com meu pé e a bota. Estou usando meias-calças grossas hoje, daquelas que prendem embaixo do pé. Acho que elas atrapalham na hora de colocar sapatos. A única indicação de que me ouviu é a tensão sutil em seus ombros e um rubor rosado que ilumina sua nuca como uma árvore de Natal.

Meu coração bate em um ritmo semelhante ao *Quebra-Nozes*. Minhas mãos começam a suar nas luvas. É um milagre eu não derrubar a caneca de chá na cabeça dele.

— Luka.

— Por favor — sussurra ele. — Por favor, pare de falar.

Não há calor em suas palavras. Apenas um tipo de reconhecimento confuso de que a situação não está ocorrendo como planejado. É o mesmo tom que usa quando não me preocupo em separar a roupa ou quando só como casquinha de chocolate com menta no café da manhã. Dou um sorriso.

— Posso...

— Não.

Ele finalmente consegue colocar meu pé na bota. Aperta muito os cadarços na emoção da vitória, e eu vou cambaleando para o lado. Ele me firma com a outra mão no meu quadril. Quando se levanta de novo, suas bochechas estão de um vermelho brilhante e flamejante e ele está olhando para mim como se eu tivesse colocado o dedo no bolo. Como se eu tivesse roubado seu brinquedo favorito.

— Estraguei tudo? — sussurro.

Ele revira os olhos para o teto.

— Eu disse que você me conhece melhor do que ninguém, não disse?

— Você disse.

— Então... — Ele dá de ombros, impotente. Então me vira em direção à porta. — Vamos.

— Espere, espere, espere. — Eu me viro para ele. Luka faz um som indistinto. — Tenho que perguntar uma coisa.

Seus lábios se achatam em uma linha, mas posso ver a diversão em seus olhos castanhos. Diversão e adoração e dez anos de amizade e amor entrelaçados. Tudo o que já fomos um para o outro. Tudo o que sempre seremos.

— Você não tem permissão para me perguntar nada pelos próximos vinte minutos.

— É a última pergunta, prometo.

— Depois podemos sair?

— Podemos. Então sair e encontrar uma árvore ou… sei lá.

— Sei lá — diz, com uma risada baixinha. Ele pega o copo de papel das minhas mãos e toma um gole fortificante. Acho que colocou outra coisa além do chá. — Vamos ouvir a pergunta.

— Ok. — Deslizo as duas mãos em seu peito, e deixo uma delas em cima de seu coração. — Luka, você quer se casar…

— Ah, claro que não. — Ele me interrompe antes que eu termine a pergunta, colocando o chá na mesinha onde sempre deixamos as chaves. Ele se abaixa e me joga por cima do ombro antes que eu possa gritar. Ele desce os degraus da varanda como um homem possuído, caminhando em direção aos campos do norte, onde crescem nossas árvores mais antigas.

Comigo jogada em seu ombro como um saco de batatas.

Eu ofego, lutando para me segurar em algo para não escorregar pelas costas dele e cair de cara no chão. Seguro com força seu casaco fofo. Comprei para ele de brincadeira, mas Luka amou e o usa sem um pingo de ironia ou sarcasmo. Diz que é confortável. Ele vasculhou meu e-mail e encontrou o recibo para comprar um igual para Beckett. Às vezes, sento na minha varanda e os observo vagando juntos pelos campos, duas manchas verdes e azuis.

Limpo a garganta. Ao menos tanto quanto consigo de cabeça para baixo.

— Só para esclarecer, você estava dizendo não para se casar comigo, ou…

— Pare. De. Falar.

Caminhamos em silêncio entre as árvores, galhos se prendendo nas mangas da minha jaqueta. Ele faz barulho a cada vez que se move e tento sincronizar minha respiração com a dele. Não consigo ver nada além de sua bunda incrível e, embora a vista não seja ruim, estou começando a ficar tonta.

— Luka.

Por fim, ele desacelera até parar e eu tenho um vislumbre do brilho fraco das luzes ao redor das árvores. Ele inclina o corpo para a frente e me coloca no chão com cuidado, as mãos nos meus ombros até ter certeza de que não vou cair de cabeça num pinheiro. Ele me segura ali e me lança seu olhar típico. Aquele que me faz sentir como se estivesse flutuando e caindo exatamente ao mesmo tempo.

— Não era isso que eu tinha em mente — reclama.

— Você não planejava me levar no colo para um passeio noturno?

— Por mais estranho que pareça, não.

Brinco com o zíper do casaco dele.

— Aposto que você tinha gráficos, não tinha?

As linhas em seus olhos se aprofundam.

— Não posso confirmar nem negar a presença de gráficos.

— Planilhas, no mínimo.

— Ah, com certeza.

Ele olha por cima do ombro, depois de volta para mim. É difícil notar quando parece tão entretido, mas sempre consigo perceber cada nuance dele.

Luka está nervoso.

E em resposta, algo se instala em meu peito. Se acomoda.

Estico o braço e o seguro por um dos pulsos. Aperto uma vez.

— Qual era o plano?

Ele dá outro suspiro profundo e entrecortado. Sua respiração forma uma nuvem branca entre nós e suas mãos deslizam pelos meus ombros até pararem logo acima dos cotovelos. Desliza para os meus pulsos. Uma versão agradável e lenta de seu habitual um-dois-três.

— É esse o problema. Eu não conseguia decidir.

— Seu plano?

— É. — Ele balança a cabeça e dá um passo para trás, mais perto daquele brilho etéreo que se ergue logo acima das árvores. — Antes eu tinha pensado em ir até a loja de ferramentas numa tarde tranquila. Fazer você entrar enquanto eu esperava você voltar no degrau da frente.

Da mesma forma que nos conhecemos.

— É bem provável que eu me distraísse com alguma coisa. Você ia me esperar por horas.

— Estou acostumado a esperar, Lalá. — Sua boca se curva em um sorriso. — Mas você tem razão. A cidade inteira ia se meter. A rede secreta está cada vez mais rápida hoje em dia.

— É verdade. Eles tiveram muita prática na intromissão nos últimos dois anos — murmuro e o sigo enquanto ele dá mais um passo para trás. — No que mais você pensou?

— Bom, pensei que um jantar romântico fosse bom. Algo em casa, só nós dois. Ou talvez em algum lugar chique. Um lugar em que fosse preciso fazer reserva.

— Tem algum lugar assim em Inglewild?

— Não tem. Como você pode ver, estamos em um campo de árvores.

— Ah.

— Então pensei que talvez isso pudesse funcionar. — Ele solta uma das minhas mãos para deslizar a dele em seus cabelos, parando de repente, tão adorável, em frente a um pinheiro enorme. — Não sei. É um milagre que eu tenha conseguido planejar tudo. Eu... — Ele se interrompe com um suspiro. — Sabe há quanto tempo estou carregando esse anel comigo?

Meu coração parece bater na garganta. *Tum tum tum.* As lágrimas surgem de repente.

— Então há um anel.

Ele me ignora completamente.

— Faz dois anos que pedi esse anel pra minha mãe. No dia em que você disse que me amava. Tenho guardado perto das caçarolas porque sei que você nunca mexe nelas. Às vezes carrego comigo no bolso, só para o caso de o momento certo surgir. Mas é o seguinte, Stella. — Ele dá um suspiro profundo. — Sempre me pareceu a coisa certa.

— E agora? — Minha voz falha e Luka me puxa para ele até que meu queixo esteja em seu peito e minha cabeça inclinada para trás para encontrar seu olhar firme. As estrelas formando uma auréola acima de sua cabeça. Suas mãos com luvas alisando meus cabelos. — Agora parece a coisa certa?

Ele nos move para a frente até que enfim estejamos no espaço de onde vem toda aquela luz.

— Agora parece a coisa mais certa.

Um aglomerado de árvores, todas enfeitadas com fita vermelha e lâmpadas vintage. As que guardo numa caixa no armário dos fundos porque eram as preferidas da minha mãe, que gostava de como faziam tudo brilhar. Uma mesa que reconheço da Layla, colocada no meio. Um cobertor vermelho xadrez fazendo as vezes de toalha de mesa. O mesmo que usamos para fazer piqueniques à beira do lago quando está quente, a cabeça de Luka no meu colo e um livro aberto em seu peito.

Um prato com o que imagino ser queijo grelhado, cuidadosamente embrulhado em papel-alumínio para protegê-lo do frio da noite.

— Quando você fez tudo isso?

Ele estreita os olhos para algo desconhecido a distância.

— Saí pela janela do escritório — diz baixinho. — Fiz o queijo grelhado na casa do Beckett.

Esfrego meus dedos nos lábios.

— Ah.

— Sim. — Ele para atrás de mim, me envolvendo em seus braços, um deles apoiado na minha clavícula e o outro na minha cintura. Ele me puxa para perto até que seus lábios estejam contra meus cabelos e possa sentir cada uma de suas inspirações e expirações. — O que você diz, Lalá? Quer se casar comigo e continuar arruinando meus melhores planos pelo resto de nossa vida?

Eu me sinto como um dos globos de neve que ficam bem na ponta da minha mesa. Como se ele tivesse acabado de me sacudir e eu estivesse de cabeça para baixo, purpurina e flocos de neve flutuando ao meu redor.

Pelo resto de nossa vida. Isso soa muito bem.

Seu nariz remexe meus cabelos e ele baixa a voz para um sussurro.

— Quero acordar ao seu lado todas as manhãs. Quero tropeçar em caixas ao sair do quarto. Quero dançar com você na cozinha e quero... continuar segurando sua mão. Todos os dias. Quero ser seu marido. Você quer ser minha esposa?

A palavra me faz estremecer de emoção. *Esposa*.

Mas há outro título que ainda é o meu favorito.

— E melhor amiga também?

Eu o sinto engolir em seco atrás de mim. Seus braços me apertam ainda mais. Eu me agarro com a mesma força. Sua voz é áspera quando diz:

— Sempre.

— Vou querer queijo grelhado todos os dias — anuncio. Giro em seus braços até que eu possa envolvê-lo. Ele coloca a testa na minha, a mão com luva na minha bochecha. — Provavelmente vou querer música natalina em julho e não… posso prometer que não vou ser desorganizada. Acho que sempre vou ser um pouco bagunceira.

Seu sorriso faz meu coração bater mais forte.

— É assim que eu gosto — diz ele.

Fico na ponta dos pés para cutucar o nariz dele com o meu. Não sei se ele percebeu, mas aos poucos começamos a dançar. Um balanço suave para a frente e para trás. Não sei se ele ouve uma música em sua mente ou se está apenas nos guiando ao som do vento entre as árvores e das batidas do nosso coração, mas é… perfeito. O momento perfeito. Ele não poderia ter planejado melhor. Eu o sorvo com o ar noturno. Fecho os olhos e imploro para me lembrar desse momento para sempre. As batidas de seu coração contra mim e a maneira trêmula como ele exala. O brilho das luzes de Natal e um cobertor xadrez vermelho com um rasgo no canto. Luka e eu bem no meio disso tudo. Juntos, como deveria ser.

— Sim — digo. — Quero ser sua esposa.

Ele nos balança para a frente e para trás. Sua voz é rouca e baixa.

— E melhor amiga.

Soluço uma risada em seu pescoço.

— Para sempre.

Capítulo extra

A seguir, a perspectiva de Luka em uma cena do capítulo 21.

Transei com meu melhor amigo ontem à noite. Transei com ele duas... três vezes ontem à noite. Depois que caímos no sono da primeira vez, dois corpos amontoados, acordei por volta das duas da manhã com o estômago roncando. Escapei para a cozinha para comer um pedaço de torta direto do pote, só para ouvir Luka vir atrás de mim, roubar um pedaço da torta no meu garfo e então me apoiar no balcão da cozinha.

— Quero isso — murmurou enquanto se abaixava, dentes roçando minha coxa, sua boca quente e úmida na parte interna dos meus joelhos.

LUKA

— Luka.

Resmungo e enterro o rosto mais fundo no travesseiro que estou abraçando, desesperado para me agarrar ao meu sonho. Stella com os joelhos de cada lado dos meus quadris. Minhas mãos abrindo a linha de botões minúsculos de sua enorme camisa de flanela. Seu lábio inferior preso entre os dentes e todos aqueles cachos formando uma cortina à nossa volta.

Aposto que poderia voltar para o sonho se tentasse. Ver qual lingerie Stella está usando. Meu cérebro com certeza tem experiência o suficiente em inventar fantasias explícitas envolvendo-a.

Meu travesseiro se move. Sinto a ponta de um dedo entre meus olhos.

— Luka.

Eu gemo, acordando pouco a pouco e me afastando do sono turvo.

O bufo se transforma em uma risada. Dedos se arrastam pelos meus cabelos. Abro um olho e vejo Stella sorrindo ao luar, os lábios marcados por beijos e o cabelo uma bagunça selvagem e emaranhada. É tão parecido com o meu sonho que tenho que piscar quatro vezes e esfregar os olhos para ter certeza de que não estou imaginando.

Tudo volta para mim em flashes.

Stella no jardim da frente, flocos de neve nos cabelos. Nós dois aos beijos, subindo as escadas para entrar na casa dela, não querendo nos separar. Tirando o suéter até que ela fosse apenas pele nua sob o brilho das luzes da árvore.

As sardas na parte interna do joelho esquerdo. As mãos dela segurando meus cabelos com força. Seu corpo, nu e enrolado no meu.

Tudo o que ela disse quando estava na cozinha, com os olhos fixos em mim.

Tropecei naquele degrau e ele me segurou, se certificando de que eu não ia cair. Ele meio que tem me mantido em pé desde então.

Eu me viro de lado e dou um beijo preguiçoso no ombro dela. Um suspiro discreto escapa de seus lábios e acho que gosto mais desse som do que de qualquer um dos que ela fez na noite passada. Melhor do que sua risada rouca no escuro ou seu gemido pressionado no meu pescoço.

Gosto do som dela se acomodando em mim. Gosto de ouvi-la feliz.

Sempre gostei disso.

Ela passa os dedos pelos meus cabelos de novo e eu me aproximo, embaixo de três edredons e um travesseiro inovador em forma de árvore. Eu a envolvo pela cintura e a puxo para mim.

— Por que você tá acordada? — murmuro. — E por que está cutucando minha testa?

Mal consigo distinguir as linhas de seu rosto no escuro. Procuro o pequeno relógio na ponta da cômoda. São 2h23 da manhã.

— Sonhei com torta — sussurra. Sua voz é baixa e áspera. Tem uma certa rouquidão que me agrada. A voz sonolenta de Stella.

Eu me arrasto ainda mais na cama até conseguir prender uma das pernas dela com as minhas. Eu me aninho em seus cabelos castanhos desgrenhados. Ela cheira a biscoito amanteigado. Uísque e fumaça de madeira. Não quero nunca sair deste lugar.

— Quer que eu pegue um pedaço pra você?

— Não, tudo bem. Vou ver o que a gente tem.

Abro um olho.

— Posso fazer um queijo grelhado, se quiser.

Posso sentir seu sorriso na minha bochecha.

— Não — responde ela. — Por mais que eu fique tentada. Não precisa acordar. Eu só não... — Ela suspira e sua boca encosta brevemente na minha testa, arrastando o lábio inferior. — Não queria que você acordasse e achasse que eu tinha ido embora.

Passo os dedos na curva de seu quadril. Aquela coisa no meu peito que sempre pertenceu um pouco a Stella se movimenta, se reorganiza. Bate mais forte.

— Obrigado — consigo dizer.

— Pode dormir. — Posso senti-la hesitar em cima de mim por um, dois segundos, antes de se inclinar para a frente e dar outro beijo em minha testa. Essas novas versões de nós mesmos juntos, tentando descobrir até onde podemos ir. — Volto em um segundo.

Ela sai de baixo dos cobertores, apesar de minhas mãos que a procuram, e eu a observo, um braço sobre os seios nus enquanto vasculha o chão em busca de uma camisa. Sua pele brilha ao luar e meus olhos gananciosos traçam sua silhueta no silêncio do quarto. Parece que ainda estou preso no meu sonho, tendo a oportunidade de vê-la assim. A curva suave entre a cintura e o quadril. Os cabelos que caem em cascata sobre os ombros. A cicatriz fina e branca na base de sua espinha que sei que ficou de quando pulou na lagoa seis anos atrás. A curva cheia e exuberante de seus seios quando ela encontra uma camisa que claramente roubou de mim e a coloca sobre os ombros.

Ela leva um minuto para fechar os botões e, quando enfim termina, estão desordenados e tortos. O botão bem entre os seios está aberto, e fico tentado a pegar a ponta da camisa e puxá-la. Stella põe o queixo contra o ombro e olha para mim, os olhos azuis de um safira-escuro. Seus lábios se retorcem no canto.

— Já volto.

— Promete?

A torção nos lábios se transforma em um sorriso satisfeito que ela faz de tudo para esconder. Mas ele está ali de todo modo, como a luz das estrelas entrando pelas janelas.

— Sim, eu prometo.

Ela sai do quarto e eu me deito de bruços. Esfrego as mãos pelos cabelos e bocejo com tanta intensidade que minha mandíbula estala. Stella deixa alguma coisa cair na cozinha e ouço um xingamento abafado, pés com meias pisando no chão.

— Tudo bem? — pergunto, tentando me forçar a acordar. É provável que Stella perca um dedo ou coloque fogo em algo tirando uma fatia de torta da geladeira no escuro. Eu me apoio nos cotovelos e forço os olhos. — Acenda a luz, Lalá.

Uma luz pisca na cozinha e Stella resmunga um pouco mais.

— Tudo bem!

Eu rio e caio de volta na cama. Os lençóis cheiram a Stella. Como Stella e eu e sexo e canela, e meu sonho se aferra a mim, o vislumbre da pele de Stella quando ela escorregou da cama fazendo meu desejo aumentar. Minhas mãos coçam para tocar cada sarda que perdi quando caímos na cama ontem à noite. Eu quero saber todos os segredos que seu corpo guarda. Tudo em que tenho pensado na última... década.

Meu Deus, dez anos. Parece que uma semana se transformou em um ano que se transformou em uma década. Não sei como faz tanto tempo. Sei que Stella está com medo e eu estou... não sei. Acho que me contentei em ir no ritmo que ela precisa. Feliz o suficiente com sua confiança e os pedaços de seu coração que lentamente marquei como meus ao longo dos anos. É difícil ser ganancioso quando já sou a primeira pessoa para quem ela liga quando acorda, resmungando algo sobre um sonho que teve envolvendo noz-moscada e castanhas dançantes. Quando ouço sua estranha risada rouca em vez da coisa charmosa e educada que ela faz na frente dos outros. Quando metade de seu armário está cheio de camisas minhas e ela acha que consegue disfarçar ao roubá-las. Sempre tive Stella do jeito que ela permitia.

Mas agora eu também posso tê-la assim.

Nua, na cama dela. Agarrada ao maldito travesseiro de árvore que comprei bêbado para ela dois verões atrás, quando estava sozinho em meu apartamento — um pouco embriagado e me perguntando o que ela estava fazendo, tão longe de mim.

Passei tanto tempo pensando nisso, desejando isso.

E estou deitado na cama dela sozinho enquanto ela está na cozinha, seminua e comendo torta.

Eu sou um idiota.

Saio da cama assim que ela deixa cair outra coisa, encontro minha cueca pendurada em um dos pilares da cama. Eu a visto e sigo o som abafado de seus xingamentos até encontrá-la no balcão da cozinha, papel-alumínio enrolado sobre uma torta de abóbora comida pela metade, garfo na mão. Ela nem se preocupa em olhar para mim enquanto atravesso a cozinha, pegando outro pedaço de torta com o garfo.

— Eu disse que, hunf... — Ela para de falar quando eu a envolvo, queixo em seu ombro, braços cruzados ao redor de seus quadris. Ela é macia e quente e cheira a canela, a curva de sua bunda pressionada na parte do meu corpo que dói de desejo por ela. De novo. Sempre, acho eu. Não sei se algum dia vou me saciar dela.

— Você queria torta? — pergunta, a voz baixa. Ela empina a bunda e seus cílios tremulam na curva das bochechas. Assinto e ela levanta o garfo, um pedaço de torta na ponta. Seguro o pulso dela e o guio para minha boca, abóbora e canela explodindo em minha língua.

— Que gostoso — digo com a boca cheia. Ela pisca para mim, o garfo ainda pairando entre nós. Tudo o que consigo ver é o rubor subindo por seu pescoço, os seios que sobem e descem de modo tentador por baixo da minha camisa de flanela. Pego o garfo de sua mão e o pouso de volta no balcão e a seguro pelos quadris.

Eu a viro até que cada parte dela esteja contra cada parte de mim, os olhos turvos, sonolentos e desejosos me olhando. Vi esse desejo em flashes ao longo dos anos. A troca de olhares em bares lotados. Toques mais intensos quando bebíamos um pouco além da conta e meu controle diminuía, só um pouco. Mas nunca vi dessa forma. Tão perto. Constante.

Exigente.

Acaricio a bochecha dela com o dedão até o pequeno buraquinho em seu queixo e tento guardar esse instante na memória. O ruído da geladeira e o vento rangendo nas janelas. Respirações contidas e a antecipação como pontadas na minha pele. Stella se encosta na bancada, os olhos percorrendo meu comprimento, um sorriso discreto para o aglomerado de sardas sob minha clavícula.

Os lábios estão entreabertos, vermelhos como maçã.

Eu a seguro pela cintura para erguê-la. Os quadris batem na forma de torta e ela desliza pela bancada. O garfo vai parar... em algum lugar. Stella me observa com olhos cuidadosos, a parte interna dos joelhos pressionando meus quadris.

— O que você está fazendo?

Estou tentando ir devagar. Estou tentando me controlar. Estou tentando olhar para Stella sentada na minha frente com uma camisa que roubou do meu armário e não dizer cada palavra que está batendo bem no centro do meu peito. Dou um suspiro trêmulo.

— Quero isso — é tudo que consigo responder. De todas as minhas fantasias com Stella, essa sempre foi a favorita. Aquela à qual recorro quando o desejo e a necessidade se tornam demais e tenho que me segurar. Fecho os olhos e a imagino assim, na minha frente, com as pernas bem abertas. Cabelos desgrenhados e lábios inchados pelos beijos.

— Você quer mais torta? — pergunta ela, com a voz trêmula.

Um som ressoa baixo no meu peito. Uma risada, acho, se é que consigo fazer algo do tipo agora.

— Não, Lalá. Quero mais de você.

O chão está frio sob meus joelhos quando me abaixo na frente dela, mas Stella está quente. Suas coxas se contraem quando roço meus lábios no interior de seus joelhos e ela bate a cabeça no armário quando subo três centímetros e cutuco a barra da camisa que mal a cobre. Olho para ela por entre as pernas abertas e isso parece fazer algo com ela também. Eu, assim, de joelhos à sua frente. Sua respiração fica mais rápida e posso sentir meu coração no peito, batendo de acordo com o ritmo.

— Tudo bem? — pergunto, e Stella sabe que não estou só perguntando sobre a batida na cabeça dela.

— Sim, hum. — Ela assente, os olhos parados. Agarra a bancada com tanta força que os nós dos dedos ficam brancos. — Sim. Isso é bom.

Dou risada no meio de suas coxas e seus joelhos se abrem um pouco mais. A luxúria ruge através de mim.

— Espero que seja melhor do que bom.

Ela ri de volta.

— Acho que vamos ver.

Eu a provoco com beijos gentis e rápidos na parte interna de suas pernas — cada vez mais alto, logo abaixo de onde ela mais me quer. Sua pele é tão macia aqui, tão incrivelmente doce. Dou um leve beijo na dobra de sua coxa e tenho que fechar bem os olhos ao sentir como ela está molhada. Como está quente.

— Luka — suplica ela. Seu calcanhar tamborila no meio das minhas costas, a coxa apoiada no meu ombro. — Luka, por favor.

— Certo. Tudo bem, estou… — Estou desmoronando, é isso que estou. Cedo e seguro suas coxas com as mãos enquanto pressiono minha boca no centro dela, uma lambida leve e longa que nos faz gemer.

— Luka — ela repete. — *Meu Deus.* Luka.

Ouvi-la assim, dizendo meu nome — todo meu autocontrole se esvai. Eu a puxo para a beirada da bancada e coloco a boca nela. De novo e de novo e de novo até que ela está ofegante, me puxando com força. Eu lambo, chupo e mordo, as mãos dela apertadas em meus cabelos, me guiando no ritmo que ela mais gosta. Áspero, rápido, confuso. Enfio uma mão na minha cueca e seguro meu membro ereto quando enfio dois dedos nela. Vou ouvir o som que ela faz em meus sonhos para o resto da vida. Um gemido enfraquecido, confuso pelo desejo.

É perfeito. Ela é perfeita. Ela é tudo que sempre quis. Tudo que sempre esperei. Tudo que sempre sonhei. Seu gosto em minha língua é mais doce que aquela torta de abóbora abandonada no balcão. A sensação dela quente e molhada e cheia de desejo é uma maldita revelação. Não quero fazer mais nada, nunca.

— Estou… tão perto — diz, com a voz duas oitavas acima do normal. Chupo seu clitóris e o gemido dela ecoa em meus ossos. Faço isso de novo e todo o seu corpo treme. Quero mais disso. — Me faz gozar, por favor.

Eu me afasto e descanso a testa em sua perna, observando a forma como meus dedos se movem nela. Seus quadris se movem comigo e é incrível que eu seja capaz de pensar racionalmente. Sinto que poderia gozar só com isso. Só de vê-la desejar o prazer.

Ergo meu olhar até que nossos olhos se encontrem.

— O que você precisa?

Dou um beijo em sua coxa, sugando-a. Seu corpo inteiro estremece.

— Você pode… — Ela apoia a cabeça nos armários, me observando por baixo dos cílios. — Pode colocar a boca em mim de novo?

— Claro. — Eu a cutuco com o nariz e dou um beijo logo abaixo do umbigo. Passo meu polegar em seu centro uma vez, e de novo quando ela abafa um gemido. Sonhei exatamente com isso tantas vezes, Stella exuberante e ofegante e me pedindo mais. Tento reunir o pouco controle que tenho. — Posso fazer isso.

Posso fazer o que você quiser, é o que tenho vontade de dizer. *Tudo o que você sempre pensou.* Engulo as palavras e coloco minha boca nela. Pressão firme e implacável e carícias rápidas da minha língua. Suas coxas apertam meus ouvidos, seus gemidos abafados. Eu fecho os olhos e sinto o jeito que ela se desenrola contra mim, todo o seu corpo cedendo.

Fico com ela enquanto isso, beijos gentis e toques cuidadosos até que se acalme, pernas abertas e membros soltos. Ela me observa com os olhos turvos e interessados enquanto passo as costas da minha mão na minha boca molhada.

— Isso foi... — Ela pisca duas vezes, o azul em seus olhos luminescente. — Foi bom. Caso você estivesse... caso estivesse se perguntando.

— Eu percebi.

— Ah, é? E como você percebeu?

Sorrio para ela e me levanto. Acaricio sua bochecha ruborizada, as mechas de cabelo grudadas em seu pescoço.

— Seu olhar. — Prendo todo o cabelo dela no punho e então o solto com um suspiro desejoso. Sua cabeça pende ao meu toque. — O jeito que você gritou meu nome, estridente.

Uma sobrancelha imperiosa se ergue enquanto ela me dá um tapinha no peito. Pego seus dedos e seguro entre as minhas mãos.

— Não estava estridente.

— Estava, sim.

Ela segura meu maxilar com uma mão e me puxa para mais perto até que possa encostar a boca na minha. Lambe minha boca com um suspiro e sinto um arrepio nos braços.

— Não estava — sussurra em meus lábios.

A metade inferior do meu corpo parece estar a um fio de cabelo de distância de algo devastador e embaraçoso. Provavelmente as duas coisas. Eu me pergunto como Stella se sentiria se eu puxasse minha boxer para baixo e me tocasse vendo-a desgrenhada e cansada. Deus sabe que não demoraria muito.

Sua boca se move para o meu pescoço e estou cansado de provocar.

— Tudo bem, tudo bem. Você não estava. — Estava, sim. — Posso... — Me distraio com o botão preso no lugar errado logo acima dos seios dela, para o qual não paro de olhar. Quero ver a pele dela. Quero ver como ela vai se mover quando eu estiver dentro dela. — Posso ter você de novo?

Ela assente, rosa em suas bochechas. Um pouco tímida. Totalmente adorável. Toda minha.

— Como você me quer?

De todos os jeitos, penso. *Aqui, na sua casa. Nesta cozinha e na sua cama e contra a porta do seu armário tão desorganizado. Comigo, sempre.*

Seus olhos brilham em um tom mais escuro, como se soubesse exatamente o que estou pensando. Depois de dez anos, é bem provável que saiba. Eu a instigo gentilmente com as mãos a descer do balcão e a giro em meus braços até que esteja debruçada na altura da cintura. Tiro a camisa dela e a transformo num monte amassado no chão. Ela não passa de curvas suaves na luz baixa, cotovelos apoiados na bancada e bunda no ar. Outra fantasia.

— Tudo bem assim?

Ela assente, frenética.

— Tudo muito bem. — Suas mãos estão ocupadas lutando com a barra da minha cueca enquanto tenta puxá-la para baixo com o corpo torcido. — Venha aqui, por favor.

Desta vez, é o *por favor* que quase me leva ao limite. Pego uma das camisinhas que Stella deixou prestativamente em cima da torta e a coloco, com a palma da mão nas costas dela. Eu vou nela devagar, devagar, devagar até que esteja todo dentro dela. Até que eu possa me inclinar para a frente com um som profundo de apreciação em seu pescoço.

Fico parado ali, sufocado pela sensação. Mexo em seus cabelos e pego a ponta de sua orelha com os dentes.

— Você planejou isso? — Minha voz parece vir de algum lugar muito distante. Empurro meus quadris e o calor sobe pela minha espinha. Volta a descer. Tudo aperta.

— O quê? A torta? — A respiração dela é quase tão rápida quanto a minha, seus quadris balançando para trás como se estivesse impaciente demais para esperar. Como se aceitasse o que conseguisse pegar de mim. Isso está me deixando louco. — Claro que planejei a torta. Estou sempre planejando uma torta.

— Não a torta. — Eu passo a mão ao longo de sua coluna. Saio dela devagar e volto a penetrá-la com tudo que reprimi... tudo... que tenho sentido desde que acordei com ela nua ao meu lado. Ela me faz sentir como se estivesse fora de controle. Como se eu não pudesse ter tudo o que quero rápido o bastante, com força o bastante. Como se eu precisasse dobrá-la sobre o balcão da cozinha só para que ela entendesse quanto eu quero, o tempo todo.

Estoco nela de novo e as canecas que deixamos no balcão mais cedo chacoalham. Nós dois fazemos sons estrangulados de prazer. Ao mesmo tempo, como sempre, mesmo nisso.

— Você queria que eu te fodesse, não é?

— Lá vem você com essa palavra de novo.

— Eu sabia que você gostava mais dessa.

— Não sei, eu... — Sua respiração falha quando inclino meus quadris e acerto aquele ponto. Aquele ponto que encontrei ontem à noite, quando a apertei contra a cama e a segurei pela cintura, nos dando prazer até que ela tremesse embaixo de mim. — Eu prefiro *afogar o ganso*.

Eu riria se não estivesse tão focado no jeito que ela ainda está tentando me encontrar no meio, suas unhas cravando na pele do meu quadril. Os seios pulando toda vez que me mexo dentro dela. Meu Deus. Isso é melhor que qualquer sonho, qualquer coisa que eu possa ter pensado.

— Anotado — resmungo, então me perco nela. No calor úmido entre suas coxas e o rubor de sua pele. A maneira como ela empurra de volta para mim com mais força quando tento desacelerar, tento fazer isso durar. Inclino a cabeça para trás e tenho um vislumbre de nós na pequena janela acima da pia da cozinha. Stella e todas aquelas curvas de alabastro brilhando como poeira estelar. Eu bem atrás dela, fazendo-a estremecer.

— Porra. — A visão de nós dois juntos me leva ao limite. Apoio o queixo no peito e movo meus quadris contra Stella, profundo e lento e confuso e perfeito. Gozo um pouco antes dela, as mãos revirando a bancada, derrubando uma velha lata de café. Ela bate no chão enquanto desabo nas costas de Stella, minha orelha pressionada em seu ombro. A batida constante de seu coração me embala em um tipo de transe hipnótico. Eu poderia dormir aqui. Bem assim.

— Lembra aquela vez que você me levou naquela praça de alimentação em Annapolis?

Faço um som indistinto na curva de suas costas. Ela ainda está grudada no balcão da cozinha, mas não parece reclamar. Vira o rosto para o lado até olhar para mim com o canto do olho. A ponta de seu dedo suaviza as marcas que deixou em minha pele.

— Aquela com muitas pizzarias?

Uma praça de alimentação. Catorze opções diferentes de pizza. Prato fundo. Borda recheada. Pão sírio.

— Essa mesma.

Seus olhos enrugam no canto.

— Você me disse que foi o melhor dia da sua vida.

Respiro fundo e saio dela. Minhas pernas parecem gelatina. Como se alguém tivesse acabado de me atirar um dardo tranquilizante. Puxo Stella atrás de mim e a ajeito com cuidado em meu peito. Envolvo seu pescoço com uma mão e sinto sua pulsação palpitante, uma linha em zigue-zague até onde seu coração bate em um ritmo constante. Pressiono minha mão ali e fecho os olhos.

Espero que ela possa sentir isso. Tudo o que ainda não disse. Tudo o que eu quero.

— Esse é o meu novo melhor dia — murmuro.

Ela entrelaça os dedos nos meus e apoia nossas mãos em seu coração. Como se também quisesse me contar algumas coisas.

Inclina a cabeça e dá um beijo estalado no meu rosto.

— Vamos voltar pra cama?

Em breve. Vou criar coragem para contar tudo a ela em breve.

Aliso seu quadril e dou um tapa em sua bunda.

— Com você, vou pra qualquer lugar.

Agradecimentos

Meu primeiro agradecimento vai para você, leitor. É loucura pensar que este livro está no mundo, sendo lido por pessoas — pessoas de verdade! Obrigada por dedicar um pouco do seu tempo a ele. Escrever isso foi um sonho que se tornou realidade e não poderia ter sido feito sem o apoio de duas pessoas muito importantes.

Sabia que este é o primeiro texto que escrevo que meu marido lê? Obrigada, amor. Pelo seu apoio enquanto eu digitava no pátio, no sofá, no chão e em todos os outros lugares. Você sempre acreditou em mim e eu te amo muito. Prometo ouvir você falar sobre Fantasy Football agora.

Annie, minha porta de entrada em romances. Você torce por mim há quase uma década. Este livro não seria o que é se não fosse por você. Obrigada por editar, mas, mais importante, obrigada por segurar a minha mão.

Impresso no Brasil pelo Sistema Cameron da Divisão Gráfica da
DISTRIBUIDORA RECORD DE SERVIÇOS DE IMPRENSA S.A.